CARLA NEGGERS

Dissimulation

BestSellers

Titre original : THE MIST

Traduction française de VALERY LAMEIGNERE

Photos de couverture

Femme : © JUPITER IMAGES / GETTY IMAGES
Paysage marin : © SIMON BOND / FLICKR RF / GETTY IMAGES

83/85, boulevard Vincent-Auriol, 75646 PARIS CEDEX 13.
Service Lectrices — Tél. : 01 45 82 47 47
www.harlequin.fr

ISBN 978-2-2802-1291-5 — ISSN 1248-511X

Pour Jim et Maureen
Pour Todd et Martha
La famille !

1

Péninsule de Beara, côte sud-ouest de l'Irlande, le 25 août à 16 h 45, heure d'été irlandaise.

— Tiens donc ! s'écria Eddie O'Shea, le patron du seul pub du village, avec un grand sourire surpris. Que le diable m'emporte si ce n'est pas lord Will en personne !

L'homme qui venait d'entrer se dépêcha de refermer la porte pour empêcher le vent violent de s'engouffrer à l'intérieur de l'établissement, puis il passa machinalement la main dans ses cheveux blonds mouillés de pluie. Il était très grand et, lorsqu'il dénoua la ceinture de son luxueux trench-coat, Lizzie Rush aperçut un pull marron foncé qui tombait bien droit sur un ventre plat. Elle nota également le pli impeccable de son pantalon, ainsi que ses chaussures de marche en cuir, parfaitement adaptées aux collines qui bordaient ce village reculé de la côte irlandaise, mais curieusement immaculées malgré les trombes d'eau qui s'abattaient depuis des heures sur la péninsule.

Les quelques pêcheurs et fermiers que la jeune femme avait vus arriver depuis qu'elle était là avaient tous abandonné leurs bottes près de la porte, puis leurs vestes usées ou leurs cirés sur le portemanteau. Ils étaient maintenant regroupés face à la fenêtre, autour d'une table branlante couverte de pintes de Guinness et de mugs de café.

Tout comme l'épagneul springer anglais affalé devant le feu de tourbe, ils n'accordèrent pas la moindre attention au nouveau venu. Le chien qui appartenait au propriétaire des lieux était un habitué de toutes ces allées et venues.

Attablée près de la cheminée, Lizzie vida son mug avec une petite grimace. Le café était bon, mais elle n'avait pas l'habitude de le boire aussi fort. La journée de la veille avait été particulièrement chargée. Un vol de nuit Boston-Dublin réservé au dernier moment, puis quelques heures passées dans le petit hôtel que sa famille possédait dans la capitale irlandaise, à essayer de se convaincre de renoncer à son excursion. En vain.

Il lui avait alors fallu reprendre l'avion et traverser le pays d'est en ouest sur un modeste appareil qui avait atterri sur le minuscule aéroport de Kerry County. Elle avait ensuite bravé la pluie et le vent en voiture de location jusqu'au paisible village de la baie de Kenmare où elle se trouvait à présent.

Lord Will. Tiens, tiens !…

Elle posa son mug vide sur la table de bois et s'appliqua à tourner calmement une nouvelle page du livre magnifiquement illustré qu'elle lisait en dégustant un crumble aux mûres. Même si c'était tentant, elle ne pouvait pas s'abandonner à l'atmosphère douillette et romantique du pub. Pas question de baisser sa garde. Alors que le nouveau venu marchait vers le bar, elle songea qu'il pouvait cacher une arme — un pistolet, un couteau — sous son trench-coat, voire dans un holster de cheville.

Eddie était en train de verser une Guinness à la pression dans un grand verre orné d'une harpe celtique. Il n'avait cessé de jeter des coups d'œil furtifs à Lizzie depuis qu'elle avait suspendu sa parka dégoulinante de pluie à la patère de bois vissée derrière la porte. Si elle avait eu le sentiment d'être observée avec un mélange de curiosité et de suspicion lorsqu'elle était arrivée, l'accueil qu'il réserva au type élégant fut bien plus chaleureux.

— Vous ne seriez pas venu en Irlande pour faire un peu de golf, par hasard ? lui demanda-t-il, en posant la pinte sur le bois rutilant du comptoir.

— Pas cette fois-ci, malheureusement.

Une ferme au charme désuet, des moutons qui broutaient l'herbe d'une colline, un rassemblement de fées... Les couleurs tendres de l'aquarelle que contemplait Lizzie ajoutaient au sentiment enchanté que dégageait l'illustration. S'il y avait bien une chose à laquelle elle n'avait pas pensé, quand elle avait fait mentalement le tour de tout ce qui risquait de mal se passer au cours de son séjour en Irlande, c'était bien que William Arthur Davenport pourrait décider de venir traîner ses luxueuses guêtres dans ce village perdu.

Son regard s'attardait sur les détails de l'aquarelle : les roses et les mauve pâle du lever de soleil, le violet des chardons le long d'un chemin de campagne, les sourires espiègles des elfes. Le livre était l'œuvre de Keira Sullivan, une illustratrice d'origine irlandaise qui vivait à Boston. Lizzie ne l'avait pas encore rencontrée, mais elle connaissait Simon Cahill, l'agent du FBI qui partageait désormais la vie de la jeune artiste.

Et si elle était en Irlande, c'était précisément à cause de lui. D'après ses renseignements, Keira était venue ici peindre et faire des recherches sur une légende locale, et Simon l'avait accompagnée. Lizzie n'avait aucune envie de déranger les tourtereaux, mais il lui fallait agir avant que Norman Estabrook — qui avait juré de tuer Simon et son patron John March, le directeur du FBI — ne mette ses menaces à exécution.

D'ailleurs, si Estabrook apprenait le rôle qu'elle-même avait joué dans l'enquête qui avait débouché sur son arrestation deux mois plus tôt, nul doute qu'il l'inclurait aussitôt sur sa liste noire. De lourdes accusations — blanchiment d'argent et aide matérielle à un réseau international de trafiquants de drogue — pesaient aujourd'hui sur lui, mais ce milliardaire de la finance toujours en quête de sensations fortes n'était pas un homme ordinaire. Lizzie n'imaginait pas une seconde qu'il puisse finir ses jours en prison. Un type comme lui préférerait sans aucun doute mourir plutôt que de rester enfermé dans une cellule de sept mètres carrés. Après avoir accepté de remettre son passeport aux autorités et de payer une caution astronomique, il était actuellement assigné à résidence dans son ranch du Montana, sous surveillance électronique. Mais ça n'allait pas durer. Lizzie avait entendu dire qu'il était sur le point de conclure un accord avec les procureurs fédéraux et de dire adieu à toutes les poursuites judiciaires.

Une fois libre, sa première pensée serait de se venger de ceux qui l'avaient trahi : Simon Cahill, John March et l'informateur anonyme du FBI.

Ou plutôt l'informatrice : Lizzie Rush en personne...

Lorsqu'elle s'était finalement décidée à venir en Irlande pour parler en tête à tête avec Simon, elle avait imaginé une histoire qui expliquerait sa présence sur la péninsule de Beara.

Oui, elle avait prévu beaucoup de choses en venant ici, mais pas l'arrivée dans ce pub du beau Will Davenport. Et maintenant, il allait falloir du doigté pour échapper à son radar.

Elle aurait bien aimé être l'une des minuscules fées

dessinées dans le livre de Keira Sullivan. Ou l'un de ces *shapeshifters*, ces créatures fantastiques qui changent d'apparence à volonté. Elle se serait transformée en fourmi et aurait quitté le pub sans se faire remarquer par l'homme accoudé au comptoir.

Davenport était le fils cadet d'un aristocrate anglais, un comte ou un marquis, impossible de se souvenir de son titre exact. Peter, son frère aîné, s'occupait du domaine familial, vieux de plus de cinq cents ans et situé au nord de l'Angleterre, tandis que sa jeune sœur Arabella dessinait des robes de mariée dans son atelier londonien. A trente-cinq ans, Will était à la tête d'une fortune conséquente. Il possédait en outre de nombreuses propriétés en Angleterre et en Ecosse, qu'il gérait depuis ses bureaux installés au cœur de Londres, dans un hôtel particulier en brique couvert de lierre.

A côté de ses activités immobilières, il était également officier dans le SAS, le Special Air Service, une unité spéciale des forces armées britanniques. Du moins jusqu'à ce qu'il abandonne brutalement cette carrière deux ans plus tôt pour gérer sa fortune à temps plein. C'était en tout cas la version officielle. Pour sa part, Lizzie le suspectait fortement d'être passé du SAS au SIS, les services secrets britanniques, plus connus sous le sigle MI6.

Question espions, elle en connaissait un rayon…

Elle glissa discrètement quelques mèches noires sous le bandana rouge dont elle s'était affublée. Pas vraiment pour se déguiser, mais pour faire en sorte qu'il soit plus difficile de la décrire avec précision : « Oui, je me souviens d'avoir vu une femme au pub. Elle avait un bandana rouge sur la tête et des vêtements de randonnée. »

Si les choses tournaient mal pour elle ici — ce qui semblait sur le point d'arriver — et qu'on cherche à l'identifier, l'allure qu'elle se donnait ainsi ne faciliterait la tâche à personne. Et, par personne, elle entendait aussi les agents du FBI, du MI6 et les policiers irlandais de la *Garda*.

Elle avala son dernier morceau de crumble, croquant avec délices les fruits noirs qui perçaient sous la croûte de sucre, de farine et de beurre. Comme toujours, elle s'était assise dos au mur, ayant ainsi une vue sur toute la salle.

« S'asseoir contre un mur complique sérieusement la tâche d'un éventuel agresseur, lui avait expliqué son père le jour de ses treize ans. Et pas seulement s'il veut te planter un couteau dans le dos. Si on cherche à te poignarder dans le cœur, tu verras venir l'attaque et tu auras une chance de la parer. »

Harlan Rush, c'était le moins qu'on puisse dire, n'avait pas une vision angélique de la vie. Il restait toujours sur ses gardes et avait transmis cette façon d'être à sa fille unique.

Lizzie aurait pourtant aimé — ne fût-ce que quelques minutes — avoir une vision angélique de la vie. Ou du moins être capable de se détendre et de profiter du moment, d'apprécier par exemple l'ambiance douillette de ce pub pittoresque sans constamment balayer la salle du regard, en se demandant si un tueur n'avait pas franchi la porte pour lui régler son compte.

A l'autre bout de la salle, les habitants du village se chamaillaient dans une ambiance bon enfant. Les reparties fusaient avec cet inimitable accent de West Cork, ponctuées de rires et d'exclamations. Seule à sa table — seule dans un pays qui n'était pas le sien —, Lizzie était frappée de constater cette familiarité. Une complicité, une camaraderie sûrement forgée depuis l'enfance. Sa propre solitude rendait cette fraternité d'autant plus criante, même si son isolement, ces derniers mois, avait été volontaire. Quand on participait à une opération comme celle qui visait à faire tomber Estabrook, mieux valait faire le vide autour de soi.

— Keira n'est pas là ? demanda Davenport à Eddie, avec un soupçon d'inquiétude dans la voix.

Seulement Keira ? s'interrogea Lizzie. Et Simon ?

Elle se pencha pour caresser le chien, dont le pelage était tout chaud à force d'être resté près du feu, et tendit l'oreille.

Eddie posa une autre pinte mousseuse sur le comptoir.

— Keira est partie à Allihies pour la journée. Elle continue à enquêter sur cette vieille histoire. Vous savez, celle des trois frères et de l'ange de pierre. Ça lui a valu de sacrés ennuis la première fois qu'elle est venue au village... Ne me dites pas qu'elle s'est encore mise dans le pétrin ?

— Je me suis arrêté à Allihies avant de venir ici, et elle n'y était pas, répondit Davenport. Mais je ne suis pas là à cause de cette histoire d'ange de pierre.

— Le grand-père de la femme qui l'a racontée à Keira travaillait dans les mines de cuivre d'Allihies. C'est là qu'il l'a entendue. Mais ça fait bien longtemps que la dernière mine a fermé. Keira voulait faire un tour au musée qui a été ouvert dans l'ancienne chapelle.

Eddie plaça les pintes sur un plateau et jeta un regard malicieux à Will Davenport.

— La magnifique demeure que les propriétaires anglais s'étaient fait construire a été transformée en hôtel de luxe.

— C'est la vie. Les choses changent.

— Ça, pour changer, elles changent... Et pas toujours en mieux.

— Est-ce que Keira a dit quand elle comptait rentrer ?

— Je pensais qu'avec ce temps de chien elle serait déjà revenue…

Il souleva le plateau et contourna le comptoir.

— Ses aventures ont excité l'imagination d'un grand nombre de touristes, dit-il en jetant un coup d'œil en direction de Lizzie. Je n'en ai jamais vu autant que cet été. Et, bien sûr, ils s'imaginent tous qu'ils vont retrouver l'ange de pierre.

— Encore faudrait-il qu'il existe, fit remarquer Davenport.

Eddie haussa les épaules avec une mimique évasive et traversa la salle pour apporter les bières aux villageois. Lizzie savait qu'O'Shea et Davenport avaient contribué à mettre fin aux agissements d'un tueur en série obsédé par l'histoire de Keira. D'après ce qu'elle avait entendu dire, Keira et Simon avaient dû affronter le mal en personne. Ces faits remontaient à deux mois à peine, au moment où Simon était censé se faire oublier avant l'arrestation de Norman.

— C'est l'Irlande que vous espérez trouver, en venant ici ?

Davenport s'était approché d'elle. Il s'appuya nonchalamment d'une épaule contre le manteau de la cheminée et ses yeux se posèrent tranquillement sur elle : des yeux couleur noisette avec des reflets bleus, verts et dorés qui changeaient selon la lumière.

Lizzie avait l'habitude d'avoir des hommes autour d'elle. Elle dirigeait les services de conciergerie des quinze hôtels de charme hautement personnalisés que sa famille possédait et elle avait grandi entourée de ses quatre cousins Rush, plus beaux les uns que les autres, dont les âges s'étalaient aujourd'hui de vingt-deux à trente-quatre ans. Pourtant, le regard de l'Anglais lui chauffa les joues aussi sûrement que les flammes de la cheminée. Il avait des traits virils, singuliers et pourtant harmonieux, à mille lieues de la beauté lisse d'un mannequin. Le genre de visage à donner des idées d'abandon même à la femme la plus indépendante.

D'un mouvement de tête, Will Davenport indiqua le livre, toujours ouvert sur la fascinante aquarelle de cette ferme enchantée.

— Des fées, des toits de chaume et de jolis jardins, c'est ce que vous pensez trouver ? insista-t-il.

Lizzie lui sourit.

— Qui vous dit que je ne les ai pas déjà trouvés ?

— Vous croyez au petit peuple, le peuple des fées ?

— Je ne dirais pas que j'y crois, mais je garde l'esprit ouvert. Alors comme ça, vous connaissez Keira Sullivan ? Je vous ai entendu mentionner son nom lorsque vous parliez avec le barman. C'est vraiment une illustratrice très douée.

— Oui… Je l'ai rencontrée il y a peu de temps, au début de l'été. Vous venez d'acheter son livre ?

— Je l'ai trouvé cet après-midi dans une librairie de Kenmare.

Ce n'était pas vrai. C'était Fiona O'Reilly, une cousine de Keira qui étudiait la harpe irlandaise à Boston, qui le lui avait offert. Mais elle jugea inutile de le mentionner.

— J'ai entendu parler de la légende qui a conduit Keira Sullivan jusqu'ici, reprit-elle. Cette querelle qui opposait des fées à trois frères humains à propos d'une ancienne statuette celtique.

Davenport l'observait à présent les yeux mi-clos.

— Une statuette d'ange, ajouta Lizzie. J'adore cette histoire…

— Moi aussi, je la trouve très belle, répondit-il d'un ton parfaitement neutre.

Lizzie repoussa son assiette au centre de la table. Seules quelques miettes témoignaient encore du délicieux dessert qu'elle venait d'engloutir. Elle aurait bien repris du café, mais les deux grandes tasses qu'elle avait avalées étaient plus que suffisantes pour atténuer les effets du décalage horaire. Elle avait l'habitude des longs voyages, mais elle n'avait pu trouver le sommeil que par intermittence lors de son vol pour Dublin.

Elle retourna le livre pour étudier la photo en pied de l'auteur. Keira Sullivan était vêtue d'une robe en velours vert foncé, et ses longs cheveux blonds, décorés de fleurs fraîchement coupées, mettaient en valeur ses yeux bleus.

— Elle ressemble elle-même à une princesse de conte de fées, vous ne trouvez pas ?

— Si… C'est d'ailleurs ce que j'ai pensé la première fois que je l'ai vue.

C'était la même photo qui figurait sur le site internet de Keira.

Lizzie doutait quant à elle de pouvoir passer un jour pour une princesse de conte de fées, même avec une robe en velours vert et des fleurs dans les cheveux.

Non qu'elle fût laide, loin de là, mais ses yeux vert pâle étaient perpétuellement cernés de gris, ces derniers temps. Il fallait dire aussi qu'elle traversait un moment difficile. Un moment qui durait depuis presque un an.

— Vous connaissez Keira ? lui demanda Davenport.

— Non, je ne l'ai jamais rencontrée.

— Mais vous semblez bien connaître l'histoire qui…

— Comme tous ceux qui lisent les journaux, l'interrompit-elle. Il y a deux mois, c'était difficile d'y échapper !

Will Davenport semblait ouvertement suspicieux, maintenant, mais elle s'en moquait. Sa présence, tout aussi inattendue que l'absence de Simon, impliquait un changement de programme. Si Lizzie savait exactement ce qu'elle avait eu l'intention de dire à Simon, elle savait en revanche qu'elle ne dirait rien du tout à son ami lord Davenport. Elle avait besoin d'avoir plus d'informations sur ce qui se passait, de savoir d'abord où se trouvaient Simon et Keira.

— Quel bon vent vous amène sur la péninsule de Beara ? lui demanda encore Davenport avec un sourire affable.

— Je viens faire de la randonnée sur la *Beara Way*.

Elle n'aimait pas mentir, mais c'était plus simple comme ça. Plus prudent, aussi.

— Je ne compte pas tout faire, reprit-elle. Le parcours entier fait près de deux cents kilomètres. Je n'aurais pas assez de temps pour aller jusqu'au bout.

— Vous voyagez seule ?

— C'est une question un peu indiscrète, cher monsieur !

Les yeux de Davenport s'assombrirent légèrement.

— J'imagine que vous savez où dormir cette nuit. Il fait un temps de cochon.

Il fit un geste en direction du comptoir derrière lequel Eddie était revenu avec son plateau vide.

— Eddie pourra sûrement vous indiquer une maison d'hôtes ou un bed and breakfast.

— C'est gentil à vous de vous inquiéter pour moi.

Mais elle se doutait que sa sollicitude n'était pas sans arrière-pensées. C'était le livre qu'elle lisait qui avait attiré son attention. Et le fait qu'elle soit seule au coin du feu. Si elle comptait rester dans les parages, il devait vouloir garder un œil sur elle.

— J'ai une tente, dit-elle. Et ce n'est pas la place qui manque pour camper, par ici.

Il esquissa un sourire. Il avait une bouche bien dessinée, une mâchoire volontaire et ses cheveux blond foncé ondulaient légèrement. C'était un bel homme, indiscutablement, habillé avec soin, mais il ne ressemblait en rien à ces jolis garçons éthérés qui peuplaient les magazines de mode.

— J'avoue que j'ai du mal à vous imaginer en train de faire du camping, reprit-il avec un regard malicieux.

Et pour cause ! songea-t-elle. Il faudrait plus qu'un agent secret suspicieux pour l'obliger à dormir sous une tente. Elle le ferait en cas de nécessité absolue, mais à tout prendre elle préférait largement l'eau courante et les draps frais aux ablutions sommaires et au sac de couchage posé sur un sol irrégulier.

Elle repoussa légèrement sa chaise et se leva. Elle avait soigneusement éraflé la pointe de ses chaussures de randonnée, achetées juste avant de quitter Dublin, pour leur donner un aspect usagé. Moches mais confortables, elles étaient en outre réputées indestructibles.

— Le vent souffle déjà moins fort, dit-elle en le gratifiant de son plus beau sourire.

Mais cela n'eut pas d'effet visible.

— Ça fait au moins dix minutes que les fenêtres n'ont pas vibré, ajouta-t-elle pour meubler le silence.

— Vous êtes américaine, n'est-ce pas ?

Elle hocha la tête. Avec son accent, elle ne risquait pas de passer pour un sujet de sa Très Gracieuse Majesté.

— De quel coin des Etats-Unis ? insista Davenport.

— Las Vegas.

C'était crédible, étant donné son style de vie. Et puis il y avait un Rush Hotel à Las Vegas et elle connaissait bien la ville.

— C'est votre premier séjour en Irlande ?

— Non, mais je n'avais pas encore visité la péninsule de Beara.

Elle retourna le livre de contes folkloriques. Sur la couverture, l'artiste avait dessiné un vallon verdoyant où s'ébattaient des fées.

— Keira Sullivan a vraiment du talent… Ses illustrations tiennent à la fois du rêve et de la réalité. On a envie de croire au monde enchanté qu'elle crée avec ses crayons et ses pinceaux, dit-elle. Et vous, lord Will, vous croyez aux fées ?

— Oubliez le lord, voulez-vous ? Je laisse Eddie me taquiner, mais il ne faut pas le prendre au sérieux. Et vous, comment vous appelez-vous ?

Elle n'avait pas envie de donner un nom. Ni un vrai ni un faux.

— Je dois y aller, annonça-t-elle en rangeant le livre dans son sac à dos avant de laisser quelques euros sur la table.

Will Davenport la regarda hisser le gros sac sur son épaule sans rien dire. Lorsque le chien leva vers elle ses yeux marron, elle se pencha à son oreille.

— *Slán a fhágáil ag duine*, murmura-t-elle.

Ce qui, si sa mémoire était bonne, constituait une sorte d'au revoir. Elle aimait à penser que sa mère — irlandaise de naissance — lui aurait appris cette phrase et bien d'autres, si elle avait vécu plus longtemps.

Tous les hommes présents dans la salle la regardèrent se lever. Ils avaient une vie si différente de la sienne. Ferme, mer, village, église, famille… Ces mots qu'elle les avait entendus prononcer étaient tout leur quotidien, toute leur vie. Une vie routinière très éloignée de la sienne. Et sans doute aussi de celle d'un type comme Will Davenport.

Elle décrocha sa parka de la patère et l'enfila, tandis

que les habitués reprenaient leur conversation sans plus se soucier d'elle. Elle hésita un instant, la main sur la poignée de porte, en les entendant rire d'une histoire que racontait l'un d'eux. Pourquoi ne pas rester tranquillement au coin du feu toute la soirée et oublier ce qui l'avait amenée en Irlande, dans ce petit village perdu ?

Elle se résolut pourtant à sortir. Le vent et la pluie s'étaient calmés, cédant la place à la brume. Elle sortit son téléphone portable de la poche de sa parka et vit qu'elle avait reçu deux SMS de son cousin Jeremiah, l'avant-dernier né de ses cousins Rush. Il travaillait au Whitcomb, à Boston, un hôtel du groupe familial. Les cheveux blond vénitien et les yeux bleu azur, le beau Jeremiah prétendait, tout comme ses frères, que Lizzie les menait par le bout du nez.

C'était une exagération.

C'était la première fois qu'elle recevait un SMS de Jeremiah, qui détestait écrire en abrégé, et elle en fut étonnée.

Elle ouvrit son premier message :

Cahill et March à Boston.
Keira pas là.

Elle parcourut de nouveau le SMS pour s'assurer qu'elle l'avait bien lu. Simon Cahill, agent spécial du FBI, était à Boston avec John March ?

Pourquoi ? Et pourquoi Keira n'était-elle pas rentrée avec Simon ?

Elle avait rencontré Simon une demi-douzaine de fois au cours des derniers mois. Avec ses épaules de déménageur, ses cheveux noirs et ses yeux verts, Simon Cahill était un bel homme doublé d'un charmeur-né. Il avait fait croire à Norman Estabrook qu'il avait une dent contre John March.

Bien entendu, il s'agissait là d'une fable destinée à gagner la confiance du milliardaire.

Ainsi, elle avait sans doute croisé Simon dans les airs entre Dublin et Boston. Quelle ironie, tout de même… Elle était venue en Irlande dans le but de le convaincre d'user de toute son influence pour qu'Estabrook reste en résidence surveillée. Ses menaces de mort à l'encontre de Simon et de March étaient à prendre très au sérieux. Lizzie le connaissait bien. Elle savait que la vengeance n'était pas sa seule motivation. La vérité, c'est qu'il ne supportait pas d'être sur la touche. C'était un véritable drogué de l'action et des sensations fortes, et il était en état de manque. Il avait touché à presque tout. Son goût de l'extrême l'avait entraîné dans une course en avant, dont les prochaines étapes seraient la violence et le meurtre.

La jeune femme rangea son portable, secouée d'un frisson. Le fond de l'air était frais en ce début de soirée et plusieurs questions la taraudaient.

Où était donc Keira Sullivan, si elle n'était pas rentrée à Boston avec Simon ?

Et que faisait Davenport ici, avec son air soucieux ?

Elle sentit l'odeur du tabac à pipe et se retourna. Un vieil homme était assis à quelques mètres d'elle, sur le banc d'une des tables de pique-nique disposées devant le pub. Son visage était creusé par les rides, et sous ses sourcils touffus son regard fixe était d'un bleu si clair, si limpide, qu'il en devenait intimidant.

Il leva sa pipe à hauteur du visage tandis que la fumée s'échappait de sa bouche, s'élevant en volutes blanchâtres dans l'air saturé de brume.

— Vous devriez vous rendre au cercle de pierres, lui suggéra-t-il.

— Pour quoi faire ?

— Pour trouver ce que vous cherchez, ma jeune amie.

— Comment pouvez-vous savoir ce que je cherche ?

Il pointa sa pipe en direction de la rue paisible.

— Là-bas. Au bout de la rue, il y a un chemin qui mène à la colline. Impossible de se perdre…

Brillant d'une étrange intensité, ses yeux restaient fixés sur elle.

— De toute façon, vous finissez toujours par trouver votre chemin… N'est-ce pas ?

Campée sur ses jambes pour résister à une soudaine bourrasque qui arrivait du port, Lizzie regarda par-delà l'alignement des maisons dont les couleurs — fuchsia, bleu, jaune, rouge, jaune moutarde — constituaient un véritable antidote aux journées de grisaille. Elle adorait la lumière si particulière de cet endroit, cette sensation de bien-être à nulle autre pareille…

Trouver son chemin, d'accord… Mais pour aller où, exactement ?

Quand elle se tourna pour lui poser la question, le vieil homme n'était plus là.

L'épagneul d'Eddie O'Shea sortit du pub et se dirigea droit vers la rue principale du village, trottinant dans la direction que l'homme avait indiquée à Lizzie.

Suspendu à un réverbère, un panier de fleurs se balançait au vent. L'espace d'un instant, elle eut le sentiment d'être comme ces géraniums roses, ces pétunias violets et ces gerbes de lavande : ruisselante d'eau et ballottée par la brise.

Le chien s'arrêta soudain et tourna la tête vers elle en remuant la queue.

L'odeur du tabac à pipe s'était volatilisée dans l'air humide. Si elle avait bu de la Guinness et non du café, elle aurait été certaine d'avoir imaginé ce vieil homme.

— Très bien, dit-elle en s'adressant à l'épagneul. Je te suis.

2

Péninsule de Beara, le 25 août à 17 h 50, heure d'été irlandaise.

Le petit cottage traditionnel que Keira Sullivan avait loué se trouvait au bout d'un chemin étroit qui courait entre la baie et les collines, le long d'un mur ancien.

La jeune femme était arrivée en Irlande au mois de juin pour dessiner, peindre et essayer de retrouver les origines d'un conte folklorique entendu dans une cuisine de Boston. La chaîne de montagnes des *Slieve Mikish*, à la pointe de la péninsule, renfermait les riches veines de cuivre qui avaient attiré, des centaines d'années auparavant, une nombreuse population venue des quatre coins de l'Europe. L'histoire de l'ange de pierre ne remontait pas aussi loin, bien sûr, mais Keira croyait savoir qu'elle était née il y avait plus d'un siècle dans une des mines de cuivre de la péninsule. C'était en tout cas ce qu'elle avait confié aux journaux. Quant à la statuette elle-même, bien malin qui aurait pu donner son âge, ou même prouver qu'elle existait vraiment…

Will Davenport avait résisté aux tentations qu'offrait le pub du village — une pinte de Guinness, un feu de cheminée, l'amitié sans façon d'Eddie et des villageois — pour retourner à sa voiture et rouler jusqu'au cottage. Un parfum de roses emplissait l'air frais et humide, tandis que les nuages orageux s'éloignaient vers l'est du pays. Au nord, de l'autre côté de la baie de Kenmare, il pouvait voir la silhouette dentelée des *McGillicuddy Reeks* et la péninsule d'Iveragh, une autre bande de terre qui avançait dans l'océan Atlantique.

La voiture de Keira était stationnée devant le garage, à côté du massif de roses, et une douce lumière filtrait par la fenêtre de la cuisine. Pourtant, la jeune femme n'était pas venue lui ouvrir quand il avait frappé à la porte.

Plus tôt dans la journée, il avait roulé le long de la baie de Bantry, au sud de la péninsule, à sa recherche. Les conditions météorologiques s'étaient détériorées au fur et à mesure qu'il s'était approché de la côte et de la ville d'Allihies. Il s'était brièvement entretenu avec Simon au téléphone et avait espéré trouver Keira fouillant les vestiges des mines abandonnées, éparpillés sur ce morceau de terre reculé dont la beauté aride l'avait toujours ému. Mais elle n'y était pas et il avait repris la route jusqu'au pub. Là, au lieu de la fiancée de son ami Simon, il était tombé sur les beaux yeux vert pâle d'une inconnue qui feuilletait justement un des ouvrages de Keira.

Chassant l'inquiétude diffuse qui le tenaillait, il consulta ses e-mails sur son BlackBerry. Il y en avait un de Josie Goodwin, son assistante. C'était elle qui lui avait réservé son vol, ainsi que la voiture de location qui l'attendait à l'aéroport.

Dans son style direct et concis, elle lui annonçait une mauvaise nouvelle.

Estabrook libre 9 h 00, HAR.

Will fit la grimace et composa aussitôt le numéro de Josie. Ce n'était pas vraiment une surprise, cette libération, mais ça n'en restait pas moins un choc.

— J'allais vous appeler, déclara son assistante sans préambule, aussitôt qu'elle eut décroché. J'en sais maintenant un peu plus sur Estabrook. Apparemment, il devenait fou à tourner en rond dans son ranch et il est monté dans son avion privé aussitôt après avoir signé un accord avec les procureurs fédéraux. Si j'ai bien compris, ce monsieur n'est pas vraiment un contemplatif. Il doit avoir des fourmis dans les jambes après deux mois en résidence surveillée.

— Il est parti seul ?

— Oui.

— Alors comme ça, il a tenu sa promesse de collaborer avec les autorités, dit Will pensivement. Je connais quelques gros bonnets de la drogue qui ne doivent pas être ravis.

— Si les procureurs l'ont laissé partir, c'est qu'ils doivent être satisfaits des informations qu'il leur a fournies.

— Estabrook a fait une autre promesse, plus inquiétante… Celle de tuer Simon et John March.

— Selon mes renseignements, il se serait engagé noir sur blanc à renoncer à toute vengeance personnelle. Ça ferait partie des accords. Et puis, à l'en croire, ce n'était qu'une façon imagée de parler, sous le coup de la colère. Une façon imagée de parler sous le coup de la colère, hein ? Il faudra que je m'en souvienne, de celle-là…

Josie travaillait avec lui depuis trois ans. Il avait eu le temps de s'habituer à sa froide ironie.

— Will, il doit y avoir plus de six mille kilomètres entre l'Irlande et le Montana… Et puis Norman Estabrook n'a pas de passé violent. Il n'a jamais été accusé directement ou indirectement de meurtre…

— Mouais…, fit-il d'un ton peu convaincu. Ecoutez, Josie, je me trouve devant le cottage de Keira. Sa voiture est là, mais elle ne répond ni au téléphone, ni quand je frappe à la porte. Elle a dû aller se balader.

— Simon m'a dit qu'elle adorait marcher dans les collines. Ils vont si bien ensemble, vous ne pensez pas ? Le grand amour ne court pas les rues, mais j'ai l'impression que ces deux-là l'ont vraiment trouvé.

L'ironie avait cédé la place à la mélancolie. A trente-huit ans, Josie avait connu son lot de peines de cœur. Le fils adolescent qu'elle élevait seule était le fruit d'un de ses nombreux échecs sentimentaux, mais elle n'était pas devenue une femme aigrie pour autant. Juste un peu mélancolique quand elle songeait à l'amour avec un grand A, à ce bonheur majuscule que le couple Simon— Keira symbolisait à ses yeux. Pour Will, elle était avant tout un membre fiable et compétent des services secrets britanniques, une femme en qui il avait une entière confiance. Tout comme lui, elle avait fini par comprendre que sa vie personnelle et sa vie professionnelle se trouveraient grandement simplifiées par l'absence de tout désordre amoureux.

— Vous avez parlé à Simon ? lui demanda-t-il encore.

— Je l'ai eu deux minutes au téléphone. Il est rassuré de vous savoir en Irlande avec Keira. Il ne l'aurait jamais laissée seule s'il avait su qu'Estabrook était sur le point d'être libéré. March et lui ont cru jusqu'au dernier moment qu'ils parviendraient à le maintenir sous surveillance électronique.

Will refoula les commentaires acerbes qui lui venaient à la bouche, dès que quelqu'un prononçait le nom de March. Entre eux, il y avait des choses qui demandaient encore à être réglées.

— J'ai rencontré une jeune femme qui lisait le dernier livre de Keira, au pub du village. Une randonneuse, à l'en croire. Petite, mince, avec de beaux yeux vert pâle et des cheveux noirs. Une Américaine. Ça vous dit quelque chose ?

— Cheveux courts ? Cheveux longs ?

— Longs, je crois. Mais je n'ai vu que quelques mèches. Le reste était couvert d'un bandana rouge.

— Ah…

Will soupira.

— Elle m'a dit qu'elle était de Las Vegas et qu'elle était là pour faire de la randonnée sur la *Beara Way*.

— Seule ?

— Je pense, oui, mais elle est restée floue sur le sujet.

— La *Beara Way*…, répéta pensivement Josie. C'est sûrement un très beau parcours. Mais vous pensez qu'elle vous a menti, c'est ça ?

— Oui.

— Bon… J'ai noté la description que vous m'avez donnée et je vais voir si je trouve quelque chose sur elle. On ne sait jamais. Bonne chance pour retrouver Keira. Simon a toute confiance en vous.

— Je lui suis redevable, Josie.

Will se tourna vers le port voilé d'une brume grise, tandis que le souvenir des dix-huit heures d'angoisse qu'il avait passées dans une grotte afghane, deux ans plus tôt, lui revenait à la mémoire. Un cauchemar auquel l'intervention inespérée de Simon Cahill avait mis fin. C'était le genre de dette qu'on ne pouvait jamais rembourser, mais Will savait qu'il n'aurait de cesse qu'il n'ait essayé. Pourtant, ce n'était pas pour cela qu'il était venu en Irlande. Il était là en ami, tout simplement.

— Will…, reprit Josie. Simon sait que vous n'avez rien d'un dandy qui passe son temps entre les rivières à saumons et les parcours de golf. Il a compris depuis longtemps que vous n'étiez pas en Afghanistan pour attraper des papillons.

Elle raccrocha avant qu'il ne puisse répondre.

Il rangea son BlackBerry dans la poche de son trench-coat, mais une partie de son esprit se trouvait encore en Afghanistan. Il y avait été seul, déshydraté, contusionné et ensanglanté mais déterminé à survivre pour témoigner. Car il devait la vérité à deux soldats du SAS, deux amis tombés à ses côtés un peu plus tôt au cours de cette journée d'horreur. Au risque de sa propre vie, avec pour seules armes une hache, une corde et sa force phénoménale, Simon était venu le secourir sous les éboulis rocheux de la grotte effondrée sous les bombes. Ensemble, ils avaient ensuite sorti des décombres les corps de David Mears et de Philip Billings, morts parce que Will avait fait confiance à la mauvaise personne.

Un type qu'il prenait pour un ami.

Myles Fletcher.

Il se força à prononcer dans sa tête le nom de l'homme — officier de l'armée britannique et agent secret — qui avait anéanti leur mission classée top secret, avant d'être lui-même capturé par l'ennemi dont il croyait s'être fait un allié.

Après s'être assuré que Will avait rejoint ses frères d'armes du SAS, Simon était reparti mener à bien sa propre mission pour le compte du FBI. Jamais il ne lui avait demandé d'explications.

Deux ans plus tard, on n'avait toujours pas retrouvé trace ni cadavre de Myles Fletcher. Tout semblait indiquer qu'il était bel et bien mort, pourtant, mais Will savait qu'il n'aurait de paix que lorsqu'il aurait la preuve formelle de son décès.

L'échec de sa mission avait, par ricochet, compromis

définitivement celle du FBI, dont les agents étaient sur le point de démanteler un important trafic d'armes lié au terrorisme. Depuis lors, John March semblait le tenir pour unique responsable de la trahison de Myles et de ses conséquences désastreuses.

Pour sa part, Simon ne semblait pas lui en vouloir : deux années d'amitié avaient appris à Will qu'il en fallait beaucoup pour ébranler Simon Cahill.

Mais être d'un côté de l'Atlantique quand la femme qu'on aime se trouve de l'autre, c'était beaucoup…

Will boutonna son trench-coat, rangeant ses souvenirs dans un compartiment cadenassé de sa mémoire, puis il se mit en route vers la colline, à la recherche de Keira.

3

Péninsule de Beara, le 25 août à 18 h 20, heure d'été irlandaise

Lizzie retira son bandana et laissa le vent frais s'engouffrer dans ses cheveux défaits avec un grognement de plaisir. Le chien d'Eddie l'avait précédée le long d'un étroit chemin bordé d'un mur de pierre qui filait entre la baie et les collines. Des roses détrempées se courbaient gracieusement sous le poids de l'eau, des buissons de houx, des fleurs des champs… Des agneaux qui se regroupaient pour la nuit… Elle s'efforçait de profiter de ce début de soirée d'été, gris et pluvieux, chargé de parfums. Elle s'arrêta devant un vieux cottage abandonné, sans doute érigé à l'époque lointaine où des vagues d'émigrés, poussés par la famine, avaient déferlé pendant des décennies sur West Cork.

L'épagneul s'immobilisa à son tour, quelques mètres devant elle, et se tourna vers elle en remuant la queue. Lizzie ne put s'empêcher de rire à ce spectacle, tout en se traitant d'idiote : comment avait-elle pu croire, ne serait-ce qu'un instant, que ce chien voulait l'emmener quelque part ?

L'animal reprit sa marche, Lizzie dans son sillage, et ils passèrent bientôt devant une maisonnette peinte en jaune. Par la fenêtre, elle vit une femme rousse penchée sur l'évier de la cuisine, tandis qu'un homme au visage souriant déposait une pile d'assiettes à côté d'elle, sur le plan de travail. Derrière eux, de jeunes enfants attablés devant des feuilles et des crayons de couleur dessinaient. Son cœur se serra brusquement et elle pressa le pas.

Elle ne savait pas trop pourquoi elle continuait à suivre le chien, mais prendre l'air ne pouvait pas lui faire de mal, bien au contraire. Le vent frais et le rythme soutenu que lui imposait le trottinement de l'épagneul étaient bons pour s'éclaircir les idées et décider de ce qu'il convenait de faire, maintenant que Simon était rentré à Boston.

Elle entendait au loin les bêlements des moutons dont elle distinguait à peine les silhouettes blanches, dans les pâturages verdoyants. Un brouillard gris pâle s'enroulait autour des plus lointains sommets, stagnant au-dessus des crevasses et des fissures de la roche nue.

Afin d'être crédible dans son rôle de randonneuse, elle avait rempli son énorme sac à dos de matériel de camping, de vêtements secs, de barres énergétiques et de plats lyophilisés. Elle y avait même fourré une lampe torche et une tente légère. Il ne lui restait plus qu'à rejoindre la *Beara Way* et à mettre un pied devant l'autre. A marcher *pour de vrai*. Elle pouvait laisser sa voiture dans le village et suivre le parcours fléché, ce mélange de routes, de sentiers et de raidillons qui montaient vers Kenmare ou descendaient en direction d'Allihies et de l'île de Dursey.

Elle avait rencontré Norman Estabrook seize mois plus tôt, lorsqu'il était descendu dans le *Rush Hotel* de Dublin. Norman était un homme brillant et riche comme Crésus, qui avait les moyens d'assouvir ses caprices. Et des caprices, cet accro à l'adrénaline en avait beaucoup ! Il était aussi connu pour son immense fortune que pour être un trompe-la-mort. Il ne tenait pas en place. Un jour, il faisait le tour du monde en montgolfière, un autre il sautait en parachute à très haute ou très basse altitude, un autre encore on le retrouvait au sommet de l'Everest ou ramant seul au milieu de l'Atlantique.

Elle avait d'abord mis les mauvaises fréquentations du milliardaire sur le compte de sa naïveté, mais elle avait vite compris que c'était elle la naïve, dans cette histoire. Avec le recul, elle pensait même que Norman s'était lancé dans ces activités illégales de blanchiment d'argent en sachant pertinemment qu'en cas de problème les autorités seraient plus intéressées par ses amis des cartels de la drogue que par lui-même, qui gérait les portefeuilles de tant de personnalités aussi influentes que peu recommandables. Malgré son goût de l'extrême, il n'avait pas un caractère impulsif. Il savait se dominer et faire les bons choix.

Lizzie se trouvait avec lui dans son ranch du Montana, à la fin du mois de juin, quand il avait compris que les agents fédéraux étaient sur le point de l'arrêter. Il n'avait rien d'un play-boy. C'était un homme ventripotent au visage quelconque, un célibataire endurci à qui l'idée même de mariage donnait de l'urticaire.

Il s'était tourné vers elle, livide :

— On m'a trahi !

Ce « on » ne la désignait pas, Dieu merci… Il désignait Simon Cahill. Norman l'avait embauché l'été précédent pour l'aider à organiser ses aventures à haut risque, croyant qu'il venait de quitter le FBI.

Seulement voilà… Simon n'avait jamais quitté le FBI ; il était simplement allé lui-même chercher les informations que son employeur ne partageait qu'avec sa garde rapprochée.

Au cours des heures tendues qui avaient précédé son arrestation, Norman n'avait pas fait son mea culpa. Au lieu de reconnaître ses erreurs, de regretter de s'être acoquiné avec des criminels, il avait déversé sa rage et sa rancœur sur ceux qui lui avaient fait du tort.

C'est que les règles communes ne s'appliquaient pas pour lui… Il avait obtenu une bourse pour étudier à Harvard et avait commencé à travailler pour un fonds spéculatif réputé juste après avoir obtenu son diplôme. A vingt-sept ans, il se mettait à son compte et à quarante il pesait plusieurs milliards de dollars. C'est à cette époque qu'il avait commencé à s'accorder du temps libre pour réaliser ses rêves les plus fous.

Hormis quelques membres de son personnel de maison, Lizzie se trouvait seule avec lui ce jour-là. Postée à son côté devant la verrière du salon, face au spectacle de son immense propriété et du ciel sans limites, elle avait essayé de le convaincre d'appeler ses avocats et de collaborer avec les autorités. Mais si elle avait appris quelque chose au sujet de Norman depuis plus d'un an qu'elle le fréquentait, c'était bien qu'il n'en faisait qu'à sa tête. La plupart des gens sur le point d'être menottés par des hommes armés de fusils d'assaut ne se précipiteraient pas sur le téléphone pour menacer de mort un agent du FBI et son patron. Mais comme lui-même aimait à le souligner, il n'était pas comme la plupart des gens.

Elle avait vu sa haine et sa détermination grandir au fur et à mesure qu'il avait réalisé que Simon — l'homme entre les mains duquel il avait mis sa vie — était en réalité un agent infiltré. Quand il avait réalisé que John March avait gagné la partie.

Tournant le dos à la vue magnifique, il s'était emparé du téléphone.

— Ne fais pas ça, Norman, lui avait-elle conseillé.

L'avait-il seulement entendue ?

La mâchoire serrée et les yeux brillants de fureur, il avait appelé Simon à Boston et lui avait annoncé le sort qu'il comptait lui réserver, ainsi qu'à John March.

— Tu peux aller toi-même organiser tes obsèques si tu veux épargner ça à tes proches. Parce que tu es mort, Cahill ! Mort, mort, mort ! Je vais d'abord m'occuper de March, et ensuite ce sera ton tour.

Lizzie se souvenait avoir fixé du regard la cime des peupliers trembles, si verts contre le ciel azur, en songeant qu'elle aussi ne tarderait pas à être morte, morte, morte, si Norman apprenait qu'elle renseignait le FBI à son sujet depuis près d'un an. Jusqu'à ce jour où il avait été arrêté, elle ignorait si ses e-mails anonymes avaient été pris au sérieux. Si les autorités surveillaient les activités de Norman. Tout comme elle ignorait qu'un agent infiltré faisait partie de l'entourage du milliardaire.

Les fédéraux ignoraient des choses, eux aussi. Et en particulier l'identité de leur informateur. *Personne* ne savait qu'elle les renseignait.

Elle n'avait rien dit, ni avant ni après l'arrestation. Même quand les agents du FBI avaient investi le ranch et qu'ils l'avaient interrogée, elle avait gardé le silence sur son rôle. Quand elle avait décidé de partir pour l'Irlande, elle avait pris des précautions pour que son secret ne soit pas dévoilé : sac à dos géant, chaussures de marche et histoire bien rodée sur son supposé projet de faire de la randonnée sur la *Beara Way*. L'idée était de laisser Simon croire qu'elle profitait d'un séjour d'agrément dans le coin pour lui rendre une petite visite, puis de mettre, l'air de rien, le sujet de leur ancien ami commun sur le tapis. Elle lui aurait fait part de sa quasi-certitude que Norman avait assuré ses arrières depuis longtemps au cas où il se ferait pincer et qu'il ne les avait pas menacés sur un coup de tête. Aucun des mots qu'il avait aboyés au téléphone ne lui avait échappé. Quand on connaissait Norman Estabrook aussi bien qu'elle, on savait qu'il ne prononçait aucune parole à la légère et qu'il allait toujours au bout de ses projets.

D'ailleurs, il avait sans doute déjà un plan en tête pour arriver à ses fins et elle pensait que le FBI devait intervenir au plus vite pour l'empêcher de le mettre à exécution. Elle attendait depuis deux mois que la mention « conspiration en vue de commettre un meurtre » soit ajoutée à la liste des charges qui pesaient contre lui. En vain. Le FBI avait pourtant enregistré ses menaces à l'encontre d'un de ses agents et de son directeur et elle n'imaginait pas que cet organisme puisse rester les bras croisés, en attendant de voir si elles seraient ou non suivies d'effet.

Après tout, March avait peut-être déjà donné des instructions… Mais elle était pourtant là, sa parka claquant dans le vent têtu de la côte irlandaise, pendant que Simon et lui se trouvaient à Boston, de l'autre côté de l'Atlantique.

Atteignant le bas d'un sentier qui serpentait sur la colline, la jeune femme nota des empreintes de pattes toutes récentes dans la terre meuble. Convaincue qu'il s'agissait de celles du chien qui avait disparu de sa vue, elle les suivit le long du chemin abrupt. Elle avait l'intention de marcher encore quelques minutes avant de retourner à sa voiture. Il était trop tard pour espérer prendre un avion pour Boston. Peut-être rentrerait-elle alors à Dublin ou trouverait-elle un Bed and Breakfast dans le coin. En tout cas, une chose était sûre : elle avait besoin de sommeil. De sommeil et de renseignements sur ce que faisaient Norman dans le Montana et Simon à Boston.

Le chemin terreux s'aplanit sur quelques mètres, alors qu'elle parvenait à hauteur d'un panneau d'avertissement cloué sur un piquet : « Attention au taureau ! »

Elle décida prudemment de faire une pause et de promener son regard sur le pâturage. Mais au lieu d'un taureau aux naseaux fumants, elle vit les étranges contours d'un alignement mégalithique se découpant contre les nuages sombres.

L'épagneul bondit alors de derrière un rocher, lui arrachant un petit cri de surprise.

— Ah, c'est toi ! dit-elle en riant de sa réaction. Tu m'as fichu une sacrée trouille, tu sais ! Ne bouge pas, j'arrive.

Mais le chien n'attendit pas. Il fit demi-tour et disparut derrière des buissons de genièvre, réapparaissant aussitôt pour sauter par-dessus un tas de petits rochers aux trois quarts enfoncés dans le sol et s'élancer vers le cercle de pierres. Il semblait savoir qu'elle ne résisterait pas à l'envie de le suivre.

Lizzie escalada la clôture barbelée et retomba sur l'herbe mouillée. Regardant où elle mettait les pieds, elle progressa sur le sol inégal.

Soudain, le chien fit demi-tour et passa devant elle ventre à terre, se faufilant sous la clôture avant de rejoindre le chemin terreux.

— Lâcheur…, dit-elle, avant de hausser les épaules et de décider de marcher malgré tout jusqu'au cercle de pierres, l'un des cent et quelques alignements mégalithiques qu'on pouvait trouver dans le comté de Cork.

Quelques instants plus tard, elle pénétrait dans le cromlech, caressant au passage un menhir qui se trouvait là depuis des milliers d'années.

Une brise en provenance de la baie sifflait doucement entre les pierres levées.

Huit lourds menhirs de différentes tailles formaient le cercle du cromlech. Un neuvième était tombé à terre et Lizzie distingua l'emplacement d'un dixième qui n'était plus là. Le onzième — la pierre centrale — était une sorte de dalle au sommet plat qui semblait avoir été tournée de côté.

En contrebas, au-delà des prés vallonnés, elle distinguait le port et son eau grise que les résidus d'orage agitaient encore. Parfaitement immobile, elle s'imprégnait de l'atmosphère particulière des lieux. Elle avait beaucoup voyagé, mais cet endroit était le plus étrange qu'elle ait jamais connu. Le silence qui y régnait semblait fait de murmures enchantés. Quoi qu'ils aient cherché à accomplir en alignant ces pierres, ceux qui avaient érigé ce mystérieux monument avaient bien choisi leur emplacement.

— Je comprends mieux pourquoi les gens voient des fées partout, ici, murmura-t-elle.

Un bruissement la tira de ses pensées. Elle tourna vivement la tête et aperçut une grosse vache brune. L'animal avançait lentement le long des épais buissons de genièvre qui avaient poussé à l'extérieur du cromlech.

Sans pouvoir s'expliquer pourquoi, elle se sentit nerveuse, mal à l'aise.

Ce n'était pas cette vache qui la perturbait, mais le sentiment d'une présence invisible.

Une autre vache ? L'épagneul d'Eddie O'Shea ?

Le vieux fermier, caché dans le brouillard qui montait sur la colline ?

Elle se souvint de ses étranges paroles :

— *Vous devriez vous rendre au cercle de pierres.*

— *Pour quoi faire ?*

— *Pour trouver ce que vous cherchez, ma jeune amie.*

Elle perçut un mouvement dans un petit bouquet d'arbres, tout près. Elle retint sa respiration, l'oreille tendue et les yeux plissés, tandis qu'elle posait son sac à dos sur le sol humide.

Elle n'était pas seule…

Quelque chose — quelqu'un — était là.

4

Péninsule de Beara, le 25 août à 19 h 10, heure d'été irlandaise

Lizzie reprit son sac à dos et se le remit prestement sur les épaules… Il lui fallait quitter le cercle de pierres au plus vite. Tandis qu'elle se glissait entre deux hauts menhirs, elle sentit son pied s'enfoncer dans une petite cavité pleine d'eau et de boue. En un instant, ses chaussures de randonnée et ses chaussettes furent mouillées. Mais le moment n'était pas à faire la délicate…

Des rafales de vent frappaient à présent les collines presque dépourvues de végétation, apportant avec elles des nuages de pluie.

La jeune femme frissonna. Peut-être n'était-ce que cela, ce bruissement inquiétant. Les derniers feux de l'orage, la violence du vent…

Mais au moment où elle tentait de se rassurer, elle entendit un bruit très net derrière elle. Elle se retourna, tendue, prête à se défendre.

C'était une femme qui venait de pénétrer dans le cercle plusieurs fois millénaire, ses longs cheveux blonds éparpillés au vent. Elle portait un pull de marin irlandais qui lui descendait presque jusqu'aux genoux. Un pull qui devait appartenir à Simon Cahill, songea Lizzie. Parce que cette jeune femme devait être Keira Sullivan.

Elle retourna à l'intérieur du cromlech, ralentissant le pas en s'approchant de la pierre centrale.

— Ne vous inquiétez pas, je suis une amie, dit-elle précipitamment, de crainte que Keira — si c'était bien elle — ne prenne peur en la voyant ainsi surgir brusquement derrière elle.

Se présenter comme son amie était sans doute aller un peu vite en besogne, mais elle s'expliquerait plus tard.

— Je connais bien Simon. Simon Cahill. Vous êtes Keira, n'est-ce pas ?

Les yeux de la jeune femme se plissèrent et Lizzie ne put s'empêcher de noter combien la peau de son visage était pâle dans la douce lumière grise.

— Oui, c'est bien moi. J'ai un cottage en bas de la colline... Je suis montée jusqu'ici prendre l'air et me détendre. Mais ça a eu l'effet contraire. Ecoutez, ça va vous paraître bizarre, mais depuis que j'ai traversé le pâturage, je me sens terriblement nerveuse. Je n'arrive pas à m'expliquer pourquoi. Vous connaissez les anciennes mines de cuivre ? Je suis allée y faire un tour, aujourd'hui. Ce sont peut-être les fantômes qui les hantent qui m'ont rendue si anxieuse. Ou alors ce vent...

Elle fronça brusquement les sourcils.

— Vous avez entendu ça ? demanda-t-elle.

Oui, Lizzie avait entendu. Encore ces bruissements en provenance du bouquet d'arbres, à flanc de colline. Mais ce n'était pas le vent qui en agitait le feuillage...

Quelqu'un se cachait là-dedans.

— Ce ne sont ni les fantômes des anciennes mines ni le vent qui vous rendent nerveuse, dit Lizzie en laissant glisser son sac à dos le long de son bras, prête à l'abandonner sur place pour se défendre ou s'enfuir à toutes jambes. Quelqu'un se cache et nous épie. Il faut qu'on parte d'ici.

Des nuages noirs surgirent de derrière la colline et une pluie froide, sifflante, s'abattit sur elles.

— Quelqu'un se cache dans les arbres? répéta Keira, impassible, malgré ses cheveux dégoulinants et son pull trempé. Qui ça peut être?

— Je n'en ai pas la moindre idée, répondit Lizzie. Mais je ne suis pas sûre de vouloir rester pour le savoir, ajouta-t-elle tandis que la vache s'éloignait brusquement. Fichons le camp d'ici.

— Trop tard! s'écria Keira en pointant le doigt vers le bosquet.

Un homme massif, trapu, coiffé d'un bonnet noir, en sortit et déboula dans leur direction. Très vite, il fonça sur Keira.

— C'est à vous qu'il en veut! Fuyez, Keira! Fuyez! ordonna Lizzie.

— Je ne peux pas vous laisser seule…

— Ne vous souciez pas de moi, je sais me défendre… Je vous en prie, partez!

Mais le type pénétrait déjà dans le cromlech. Sans un regard pour Lizzie, il bondit sur Keira, qui parvint à lui échapper en plongeant derrière un menhir.

L'homme poussa un juron et rectifia sa course pour aller la chercher derrière l'énorme pierre. C'est alors que Lizzie vit le couteau d'assaut qu'il tenait à la main.

Elle lui coupa immédiatement le chemin et lança son sac à dos sur la lame, se servant de son élan pour augmenter la force de l'impact. L'assaillant perdit l'équilibre et trébucha en arrière sur un rocher qui affleurait le sol. Avant qu'il n'ait pu se redresser, Lizzie projeta une nouvelle fois son sac à dos sur le couteau, puis assena à l'homme un coup de pied sur le genou gauche — sa spécialité lorsqu'elle pratiquait le kick-boxing.

Il poussa un cri et lâcha son arme. La jeune femme savait qu'elle devait profiter de son avantage. Un second coup de pied atteignit l'homme au tibia, avant qu'elle ne tombe de tout son poids sur ses jambes. Elle avait exécuté ces gestes des milliers de fois à l'entraînement et il lui suffisait de laisser son instinct et ses réflexes agir pour elle.

L'autre s'allongea sur le dos sous l'effet de la douleur, se tortillant dans la boue et l'herbe mouillée. Lizzie s'empara du couteau avant qu'il ne puisse le reprendre et lui colla la lame sur la gorge.

— Je veux voir tes mains, cria-t-elle. Tout de suite ! Et pas d'entourloupe ou je te saigne comme un pourceau !

Il s'exécuta aussitôt, la respiration courte et saccadée, comme s'il craignait que la lame ne s'enfonce dans sa gorge s'il haletait ou déglutissait. Un côté de son visage était pressé contre le sol mouillé.

Lizzie tourna légèrement la partie tranchante de la lame pour qu'il la sente bien peser sur sa carotide.

— Fais ce que je te dis ou tu es un homme mort, c'est compris ?

— Oui… compris…

Il avait l'accent irlandais. Un homme de main recruté sur place par Norman ? Il pouvait aussi imiter l'accent du coin pour brouiller les pistes. Elle en était capable, elle aussi, et elle était pourtant née à Boston.

Le type devait avoir entre trente et trente-cinq ans, et la balafre qui zébrait sa mâchoire semblait indiquer que ce n'était pas la première fois qu'une bagarre au couteau tournait à son désavantage.

— Vous m'avez cassé le genou, se plaignit-il.

— Ça m'étonnerait.

Malgré la grimace de douleur qui ne quittait pas son visage, il semblait curieusement sûr de lui, comme s'il ne faisait aucun doute dans son esprit qu'il finirait par retourner la situation et mener à bien sa mission : tuer Keira Sullivan.

Lizzie, quant à elle, n'avait tué personne au cours de sa vie. Et si elle espérait ne jamais être obligée de le faire un jour, ce n'était pas faute d'ignorer comment. Son père s'était chargé de lui apprendre diverses façons de mettre un adversaire hors d'état de nuire, y compris les plus définitives.

— Je vais vérifier qu'il n'a pas une autre arme, suggéra Keira.

Lizzie hocha la tête, essayant de réguler sa respiration et les battements de son cœur.

Keira s'accroupit auprès de l'homme et le fouilla avec un calme et un professionnalisme qui ne surprirent pas Lizzie. L'oncle de la jeune illustratrice était inspecteur de police à Boston et elle-même avait mis un tueur en déroute, pas plus tard qu'au mois de juin.

Elle trouva un second couteau d'assaut, mais pas d'arme à feu.

Lizzie restait concentrée sur son adversaire, mais son cerveau était en ébullition. Alors, comme ça, Norman avait déjà décidé de passer à l'action ! Avait-il donné des instructions quant à la manière de tuer Keira ?

C'était bien son genre de formuler quelques requêtes particulières, de savourer son pouvoir en agrémentant sa revanche de détails de son cru.

Avait-il également lancé les hostilités contre Simon et John March ?

Contre qui d'autre encore ?

Elle appuya un peu plus la lame contre la gorge du type.

— L'homme qui te paie ne va pas s'en prendre qu'à Keira, n'est-ce pas ? Qui d'autre est sur la liste ?

— Je ne sais rien, répondit-il en ne respirant que par le nez pour réduire au maximum le contact de sa peau avec le couteau.

— Je te conseille de ne pas jouer au plus fin avec moi !

Elle resta silencieuse quelques secondes, puis reposa sa question.

— Alors, qui d'autre ?

Il essaya de déglutir malgré la lame acérée pressée contre sa gorge.

— Ça n'a plus d'importance, maintenant. C'est trop tard. Le processus est enclenché et ni vous ni moi ne pouvons l'arrêter.

— Tu n'as pas répondu à ma question, fit Lizzie d'une voix dure.

S'efforçant de rester aussi immobile que possible, il cracha la terre et les brins d'herbe coincés entre ses lèvres.

— Allez vous faire foutre ! Je ne répondrai à aucune question.

Il avait manifestement décidé de tester la détermination de Lizzie. Elle se demanda si elle devait faire couler son sang pour l'amener à prendre plus au sérieux ses menaces quand le grondement inquiétant d'un chien se fit entendre à l'extérieur du cercle de pierres. Ce ne pouvait pas être le gentil épagneul d'Eddie O'Shea, songea-t-elle en relevant brièvement les yeux.

Keira se mit debout, l'autre couteau en main, tandis qu'un molosse noir bondissait vers eux. La gueule ouverte sur des crocs impressionnants, il gronda de plus belle en fixant du regard l'homme allongé. L'Irlandais perdit aussitôt sa belle assurance. Il était parvenu à donner le change avec un couteau pressé sur la gorge, mais il se décomposait à la vue de cet animal surgi de nulle part.

Keira s'adressa à lui sans élever la voix.

— Dites à mon amie ce qu'elle veut savoir et je m'occupe de calmer le chien. Il sent le danger que vous représentez pour nous.

L'homme passa la langue sur ses lèvres.

— Je n'aime pas les chiens.

— Alors réponds-moi, dit Lizzie d'une voix toujours aussi ferme. Qui d'autre figure sur la liste ?

Il hésita un instant.

— La fille du directeur du FBI, lâcha-t-il finalement.

— Abigaïl…, murmura Keira.

La peur avait envahi ses yeux bleus quand elle se tourna vers Lizzie.

— Abigaïl Browning. Elle travaille à la brigade criminelle de Boston.

Lizzie savait parfaitement qui était Abigaïl Browning. C'était la fille de John March, veuve de Chris Browning. Mais elle préféra ne rien dire.

— Comment tes amis comptent-ils l'éliminer ? demanda-t-elle en pressant de nouveau la lame contre la gorge de l'homme.

Un filet de sang coula cette fois sur l'acier froid.

La pluie s'était arrêtée, faisant place à une fine bruine, mais l'eau et la boue avaient déjà pénétré le pantalon de randonnée de Lizzie.

— Je t'écoute…

— Je ne peux pas. On me tuera si je parle.

Le chien émit de nouveau un grondement et avança au bord de la pierre sur laquelle il s'était juché, la tête baissée vers l'homme, comme prêt à lui bondir dessus.

— Un attentat à la bombe, dit-il d'une voix à peine audible, fermant les yeux pour les rouvrir aussitôt.

Il n'avait manifestement aucune envie de perdre de vue le chien noir.

— L'explosif est déjà en place dans le bâtiment où elle vit.

— Où exactement ?

— Sur la terrasse de derrière.

— C'est un immeuble avec un rez-de-chaussée et deux étages, et chacun dispose de sa terrasse, dit encore Lizzie. Sur quelle terrasse se trouve la bombe ?

Keira la regarda avec des yeux étonnés, mais Lizzie n'avait pas le temps de lui expliquer comment elle savait qu'Abigaïl Browning vivait au rez-de-chaussée d'un immeuble du quartier de Jamaica Plain, acheté en copropriété avec deux autres inspecteurs de la police de Boston, dont l'un n'était autre que Bob O'Reilly, l'oncle de Keira.

— A quel étage ? insista Lizzie, comme l'homme ne semblait pas disposé à répondre.

Le chien montra les dents et une bave épaisse se mit à couler des commissures de sa gueule.

— Sur la terrasse du rez-de-chaussée, répondit-il avec un frisson d'effroi.

Décidément, il n'aimait vraiment pas les chiens.

— Quand la bombe doit-elle exploser ?

— Maintenant.

Lizzie réprima une bouffée de panique. L'inconnu disait la vérité ; elle n'en doutait pas. Entre la perspective de se faire dévorer les entrailles par un chien et celle d'être égorgé, il n'allait pas prendre le risque de mentir. Quand elle avait treize ou quatorze ans, son père lui avait dit qu'il n'y avait rien comme la peur de se vider de son sang pour inciter un homme à parler.

— Il faut qu'on appelle Boston, dit Keira d'une voix blanche.

Lizzie venait d'acquiescer d'un bref signe de tête, quand elle eut un nouveau coup au cœur : la haute silhouette d'un deuxième homme se détachait sur le pâturage. Il venait en direction du cercle de pierres.

Mais bien vite elle le reconnut : c'était Will Davenport.

Keira le vit aussi et se précipita vers lui en criant :

— Will ! Une bombe a été placée chez Abigaïl. Ça va exploser d'une minute à l'autre ! Il faut la prévenir tout de suite !

Appréciant la situation en un coup d'œil, Davenport sortit son téléphone portable.

— D'accord, dit-il d'une voix parfaitement calme. Donne-moi le numéro.

— Je ne connais pas le numéro d'Abigaïl par cœur. Il se trouve dans mon répertoire, au cottage.

— Et celui de ton oncle ?

Elle hocha la tête.

— Donne-moi ton portable, ça sera plus simple si je compose moi-même le numéro.

Il lui tendit aussitôt son BlackBerry. Keira avait les yeux brillants de larmes, mais ses mains ne tremblèrent pas tandis qu'elle enfonçait les touches du clavier.

Will vint s'accroupir auprès de Lizzie, posant sa main sur la sienne. La jeune femme nota comme elle était ferme et chaude.

Leurs regards se croisèrent.

— Laissez-moi m'occuper de lui, dit-il en faisant glisser ses doigts sur le manche du couteau.

Mais Lizzie n'esquissa pas le moindre geste pour lâcher l'arme.

— Qui me dit que vous n'allez pas prendre le couteau et nous tuer toutes les deux ?

— Si j'avais voulu vous tuer, je n'aurais pas eu besoin d'un couteau, répondit-il.

C'était aussi simple que ça.

— J'ai des tendeurs dans mon sac à dos, fit-elle en se décidant à ouvrir la main. On pourrait peut-être les utiliser pour lui attacher les poignets ?

— Je vois que vous pensez à tout…

Au téléphone, quelqu'un répondait enfin à Keira.

— Bob ! Dieu merci, tu es là ! disait-elle à son oncle.

Sa voix se brisa et elle parut vaciller sous le coup de l'émotion. Lizzie s'approcha aussitôt.

— Laissez-moi les prévenir, lui dit-elle en tendant la main vers l'appareil.

Bouleversée, Keira lui tendit le BlackBerry.

— Ecoutez-moi bien, dit alors Lizzie d'une voix ferme. Il faut que tout le monde se mette à l'abri aussi loin que possible de l'arrière de l'immeuble.

— Bon Dieu, mais qui est à l'appareil ? demanda Bob O'Reilly.

— Une bombe est sur le point d'exploser à l'arrière de votre immeuble ! Sur la terrasse d'Abigaïl ! Mettez-vous à l'abri tout de suite !

Bob O'Reilly était déjà en train de hurler.

— Tout le monde à terre ! Tout le monde à terre ! Fiona, Abigaïl, Scoop ! Alerte à la bombe ! Alerte à la bombe ! Ça va exploser !

La ligne se mit à grésiller, puis un son formidable se fit entendre.

Une explosion.

— Inspecteur O'Reilly ?

Mais la ligne était coupée.

5

Boston, Massachusetts, le 25 août à 14 h 37, heure avancée de l'Est

Deux explosions quasi simultanées firent trembler le bâtiment tout entier. Bob O'Reilly fut projeté en l'air puis retomba sur le flanc gauche, la main toujours crispée sur son téléphone portable. L'atterrissage n'avait pas été tendre avec son coude, mais, en dehors de cela, il n'était pas blessé.

Il se mit à genoux et resta ainsi deux ou trois secondes, le temps de reprendre ses esprits, puis il bondit sur ses pieds, les oreilles encore sifflantes de la violence de la déflagration et le cœur battant à tout rompre.

L'instant d'après, il déboulait sur la terrasse arrière de son appartement, qui occupait le troisième et dernier étage de l'immeuble.

Il perçut nettement le bruit des vitres qui se brisaient, du métal qui se tordait sous l'effet de la très forte chaleur, et ce qui lui sembla être le grésillement des flammes.

— Fiona ! appela-t-il. Scoop !

Scoop Wisdom, un collègue inspecteur à la police des polices, habitait l'appartement juste au-dessous de lui. Mais au moment de l'explosion, il se trouvait dans le jardinet de la copropriété avec Fiona, en train de cueillir les tomates qu'il faisait pousser dans son minuscule potager.

Fiona, l'aînée des trois filles de Bob.

Avaient-ils entendu son avertissement ? Avaient-ils eu le temps de se coucher à terre et de se couvrir la tête avec les bras ?

— Papa ! Papa !

Fiona !

Elle semblait terrifiée, mais au moins elle était vivante.

Dieu merci, sa fille adorée était vivante !

Bob se pencha par-dessus la balustrade pour essayer de l'apercevoir à travers la fumée noire qui s'élevait du jardin en épais tourbillons.

— Tiens bon, ma chérie ! lança-t-il d'une voix étranglée, méconnaissable. J'arrive !

— Scoop... Scoop !

Un cri aigu, affolé.

Bob ne put comprendre les mots qu'elle prononça ensuite.

Garde la tête froide, songea-t-il. Il ne fallait pas laisser la panique qui semblait s'être emparée de sa fille le contaminer et lui brouiller les idées. Il avait besoin de tous ses moyens. Il voyait à présent de hautes flammes qui léchaient les poteaux des terrasses des deux étages inférieurs.

Impossible de descendre par l'escalier de derrière. Il brûlerait vif avant d'atteindre le jardin.

Il retourna dans sa cuisine et décrocha le petit extincteur qu'il conservait près de la cuisinière, un cadeau de Jayne, la plus jeune de ses filles, qui avait imprimé une liste des mesures à prendre pour être fin prêt en cas de désastre : incendie, inondation, tremblement de terre, ouragan.

Attentat à la bombe.

Keira se trouvait en Irlande. Comment diable avait-elle pu savoir qu'une bombe était sur le point d'exploser sur la terrasse d'Abigaïl ? Et qui était cette autre femme qui s'était emparée du téléphone ?

Bob remisa ces questions dans un coin de son esprit pour plus tard. L'extincteur sous le bras, il traversa son appartement en courant et sortit par la porte de devant. Heureusement, l'incendie n'avait pas gagné la cage d'escalier.

Restait à espérer qu'une autre bombe n'allait pas exploser.

Il composa les trois chiffres du numéro de police secours puis dévala les marches quatre à quatre. Quand quelqu'un décrocha, il déclina ses nom et fonction, puis son adresse et la nature de l'urgence : deux explosions, un incendie et sans doute des blessés.

— Je pense qu'un de mes collègues est touché. L'inspecteur Cyrus Wisdom, connu sous le nom de Scoop Wisdom. Il n'était pas en service et se trouvait dans le jardin de l'immeuble avec ma fille, Fiona O'Reilly, âgée de dix-neuf ans. Elle a répondu à mes appels et semble indemne.

— Où êtes-vous, inspecteur ?

— A l'intérieur du bâtiment. Je viens d'arriver au rez-de-chaussée et je suis à la recherche d'un autre habitant de l'immeuble, l'inspectrice Abigaïl Browning.

La porte de l'appartement que la jeune femme partageait avec son fiancé, Owen Garrison, était entrouverte, tout comme celle de l'immeuble. Bob voulut y voir un signe positif : si les deux portes étaient ouvertes, c'est qu'Abigaïl était sûrement sortie. Il se rua au-dehors, certain de la trouver sur le trottoir. Il ne se faisait pas de souci pour Owen ; il avait entendu sa voiture démarrer tôt le matin.

Celle d'Abigaïl se trouvait toujours là, mais pas sa propriétaire.

— Elle est peut-être allée dans le jardin pour secourir les autres, dit-il dans le téléphone. C'est là que le feu s'est déclaré.

— Vous êtes dans la rue, inspecteur ?

— Oui.

— Alors restez-y jusqu'à l'arrivée des secours.

— Je suis officier de police et je sais ce que j'ai à faire, répliqua Bob. Restez en ligne. Je vous informerai au fur et à mesure de ma progression.

— Inspecteur, permettez-moi d'insister. Vous êtes censé attendre les secours.

— C'est moi, les secours !

— Une autre explosion pourrait se produire. Si vous avez un barbecue au gaz, la bonbonne de propane risque…

— Je pense qu'elle a déjà explosé. C'était la seconde détonation.

— Alors vous comprenez que vous devez rester à l'abri. Une nouvelle explosion ne peut être exclue.

Bob savait que son interlocuteur avait raison, mais sa fille et son ami avaient besoin de lui. Il ouvrit sans ménagement la porte qui donnait sur l'étroit passage entre son immeuble et celui d'à côté. La fumée qui transformait l'après-midi estival en une nuit opaque lui brûlait les yeux et l'intérieur du nez. Il toussa et sentit le goût du feu dans sa bouche.

— Papa ! Papa ! Au secours !

Fiona sanglotait à présent. A la rentrée, elle était censée commencer sa seconde année à l'université de Boston où elle étudiait la harpe celtique en matière principale. Et voilà qu'elle venait d'être victime d'un attentat à la bombe chez son père !

Il rangea son portable dans la poche de son pantalon et mit ses mains en porte-voix.

— Continue à me parler, ma chérie ! Où es-tu ?

Il sentit le mur de chaleur avant d'apercevoir les flammes oranges et rouges qui dévoraient la terrasse d'Abigaïl, identique à la sienne sauf qu'elle était toujours bien rangée, et désormais presque entièrement anéantie par le feu.

Une des poutres porteuses s'était effondrée et une autre brûlait, tandis que les flammes léchaient déjà la terrasse de Scoop, comme si le diable en personne les crachait vers l'étage supérieur.

Pour Fiona et Scoop, l'explosion avait dû être d'une violence inouïe. Avec les éclats de métal, de verre et de bois qui avaient forcément volé dans le jardin, ce serait un miracle que personne ne soit blessé…

Bob s'efforçait de maîtriser son angoisse, d'autant plus vive qu'il ne distinguait pour le moment que des flammes et des débris calcinés.

Et Abigaïl ? Etait-elle aussi dans le jardin au moment de l'explosion ? Pourquoi ne la voyait-il pas se frayer un passage pour sortir de cet enfer ? Fiona et Scoop étaient invisibles, eux aussi, masqués par la fumée qui recouvrait le petit bout de terrain.

— Fiona !

Sa gorge, brûlée par les gaz toxiques et étranglée par la peur, déformait sa voix.

— Fiona, est-ce que tu m'entends ? Où es-tu ?

Son extincteur ne pouvait lui être d'aucune utilité contre l'incendie principal, mais il préférait le garder au cas où il devrait traverser de plus petits feux pour atteindre sa fille et son ami. Il se couvrit la bouche et le nez avec son polo et s'enfonça dans l'épaisse fumée noire, arrivant presque aussitôt à hauteur de la table en teck autour de laquelle ils passaient le plus de temps possible durant les étés trop courts que connaissait Boston. Le souffle de l'explosion avait renversé les chaises en plastique, mais les deux grands fauteuils de bois étaient restés debout.

— Fiona ! Scoop ! Abigaïl ! Répondez-moi !

— On est là !

C'était la voix de Fiona, un peu moins hystérique à présent.

— Derrière le bac à compost... Je ne peux pas bouger...

— Qu'est-ce qui t'empêche de bouger ?

— Scoop...

Bob arriva dans le petit potager qui faisait la fierté de Scoop et sauta par-dessus une rangée de haricots verts parfaitement alignés. Son ami aimait partager sa récolte avec tous ceux qui venaient profiter du jardin pendant les beaux jours ; d'abord les petits pois et les épinards, puis les haricots verts et les courgettes. Ces jours-ci, c'était au tour des tomates de garnir salades et plats d'été. La production du potager de Scoop semblait inversement proportionnelle à la taille du terrain, au point qu'il n'arrivait plus à l'écouler malgré sa générosité. Ces derniers temps, il parlait même de congeler et de mettre en conserve une partie de sa récolte de l'été prochain.

L'été prochain.

Il serait là l'été prochain pour congeler ses foutus légumes, songea Bob. Il fallait qu'il soit là l'été prochain. Scoop ne pouvait pas mourir comme ça.

Pas si jeune.

Pas devant Fiona.

Il entendit un gémissement suivi d'un sanglot à l'autre bout du potager. Foulant au pied les plants de tomates et de choux-fleurs, il se rua vers le bac à compost. Scoop l'avait fabriqué lui-même avec du grillage fin et des lattes de bois. Il avait acheté un livre sur l'art du compostage.

A présent que l'été touchait à sa fin, le bac était rempli de ce qu'il désignait sous le terme de « matière organique » et de vers de terre.

Il les avait commandés en ligne et avait demandé à Bob de ne pas en parler à Fiona, parce qu'il craignait que les lombrics ne ternissent la vision bucolique qu'avait la jeune fille de ses travaux. Mais Bob n'avait pas eu droit à tant de délicatesse. Scoop lui avait détaillé le rôle que ces petites bêtes jouaient dans la transformation des déchets en engrais. Il appelait ça le « lombricompostage ». Bob l'avait écouté par pure amitié, surmontant le dégoût que lui inspiraient ces explications.

Il laissa tomber le haut du polo qui couvrait son nez et sa bouche quand il aperçut le pied de Scoop qui dépassait du bac, son gros orteil nu sortant de sa chaussure déchiquetée.

Un pied parfaitement immobile.

— Papa, je ne peux pas… Papa…

Non, Scoop ne pouvait pas être mort ! Il était tout en muscles, solide… Il faisait de la boxe, de la lutte. C'était un flic et un ami exceptionnel !

Se préparant cependant au pire, Bob prit une brève inspiration. La fumée emplit aussitôt ses poumons. Il passa de l'autre côté du bac.

Le jeune inspecteur était étendu, face contre terre, sur les cuisses de Fiona. Elle s'était en partie dégagée et avait presque réussi à s'asseoir, coincée entre le bac et le corps inanimé, maculée de sang et de suie.

Bob se rendit vite compte que, pour la plus grande partie, le sang n'était pas le sien.

Elle leva vers lui ses grands yeux bleus qui, dès le jour de sa naissance, avaient fasciné le jeune père qu'il était alors.

Des larmes coulaient le long de ses joues pâles, traçant sur sa peau de petites rigoles noirâtres.

— Fi…, dit-il en faisant un effort surhumain pour ne rien laisser paraître de son désarroi. Tu vas bien ? Tu n'es pas blessée ?

Dans de tels moments, il était primordial de parler d'une voix aussi calme, aussi rassurante que possible.

— Non… Je… Oh ! Papa…

Elle hoqueta et se mit à frissonner et à claquer des dents, les lèvres violettes et un peu ouvertes à l'endroit où elle les avait mordues.

— Scoop… Il m'a sauvé. Il m'a sauvé la vie…

Des éclats de bombe ou de ce qui se trouvait sur la terrasse d'Abigaïl — la bonbonne de propane, peut-être, le barbecue, un seau en métal, la balustrade… — avaient coupé Scoop aux bras et aux jambes. Il avait également le dos lacéré et sa chemise en lambeaux était gorgée de sang. Mais le plus impressionnant était ce morceau de métal enfoncé dans sa nuque, à la naissance des cheveux. D'autres débris métalliques étaient fichés dans la partie haute de son bras gauche, et un dernier projectile, de bois celui-là, avait terminé sa course dans sa jambe, sous l'ourlet de son short kaki.

Bob mit un genou à terre, saisissant le poignet de son ami pour vérifier son pouls.

— Il est vivant, Fi.

Elle serra Scoop plus fort dans ses bras et du sang ruissela entre ses doigts.

— Que s'est-il passé ? demanda-t-elle.

— Quelque chose a explosé, se contenta de répondre son père. Les secours seront là d'une minute à l'autre. Tu ne dois pas bouger avant l'arrivée des urgentistes, d'accord ?

Il s'efforça de se composer un sourire rassurant.

— Reste aussi tranquille que possible, ma chérie…

Scoop gémit et tenta de bouger.

— Toi aussi, Scoop, il faut que tu restes immobile, reprit Bob. Tu vas t'en tirer, vieux…

Le sang qui le couvrait semblait surtout provenir de coupures superficielles et le souffle de la déflagration avait pu l'assommer. Mais Bob ne voulait prendre aucun risque. Surtout avec ce morceau de métal fiché dans sa nuque.

Pourtant, avec son crâne rasé et ses muscles saillants, Scoop ne donnait pas une impression de fragilité. Même ensanglanté et à demi inconscient, lardé de débris métalliques, il avait toujours l'air indestructible.

Bob hésita, mais il devait poser la question à sa fille.

— Tu as vu Abigaïl avant l'explosion ?

Fiona devint plus pâle encore.

— Le téléphone a sonné et elle… Elle…

— Doucement, Fi, doucement. Prends ton temps.

Mais un sentiment d'urgence montait aussi en lui, une appréhension qui lui coupait la respiration. Il devait se maîtriser pour ne rien laisser paraître de sa propre angoisse, ni sur ses traits ni dans sa voix.

— Vas-y, ma chérie. Je t'écoute.

— Elle est allée répondre au téléphone.

— Quand ?

— Avant l'explosion.

Fiona ferma les yeux très fort. De nouvelles larmes perlèrent au coin de ses paupières avant de déborder à leur tour, se mêlant aux coulées qui assombrissaient déjà ses joues blêmes.

— Avant l'explosion, d'accord…, dit doucement Bob. Peux-tu être un peu plus précise, ma chérie ?

— Pas longtemps avant. Je ne m'en souviens plus. Quelques minutes, peut-être…

Elle rouvrit les yeux et renifla.

— Je… Papa… Je crois que je vais vomir.

Bob secoua la tête avec un sourire paternel.

— Mais non… Mais non… Tu ne voudrais pas faire ça à Scoop !

Avait-il mal interprété le fait que les portes aient été ouvertes ? Si Abigaïl avait fui le feu, il l'aurait trouvée sur le trottoir. Alors quoi ? Se pouvait-il qu'elle ait été enlevée ?

Mais qui aurait eu intérêt à faire une chose pareille ?

D'un autre côté, tout était possible, puisque quelqu'un avait placé une bombe sur sa terrasse.

Qui pouvait en vouloir à Abigaïl ?

Il posa doucement sa paume contre la joue de sa fille, notant avec un petit tressaillement combien elle était froide.

— Les secours ne vont pas tarder, dit-il de nouveau.

Il s'efforçait de parler d'une voix assurée pour ne pas l'effrayer davantage.

— On ne peut pas déplacer Scoop, tu comprends ? C'est trop dangereux.

— Je vais rester avec lui, dit-elle.

Bob hocha la tête.

— Bonne idée. Le feu ne viendra pas jusqu'ici. Fais ton possible pour qu'il ne s'agite pas. Il risquerait de déplacer un éclat de métal et ça pourrait accroître les saignements. Toi aussi, reste tranquille. Tu es peut-être blessée, même si tu ne le sens pas.

— Je ne suis pas blessée, papa. Et je sais quoi faire. J'ai des notions de secourisme.

Il retira sa main, restée tendrement posée sur la joue de Fiona. Elle avait toujours eu du caractère.

— Tiens bon, mon trésor. Je ne permettrai pas qu'il t'arrive quoi que ce soit.

Mais ne lui était-il pas déjà arrivé quelque chose de terrible ? Les rescapés d'attentat, même lorsqu'ils n'avaient pas été blessés, souffraient parfois de graves traumatismes psychologiques.

La lèvre inférieure de Fiona ne cessait de trembler.

— Tu vas retrouver Abigaïl, n'est-ce pas ? lui demanda-t-elle.

— Oui.

Il n'aimait pas faire des promesses qu'il ne pourrait peut-être pas tenir, mais le plus important pour le moment était de rassurer sa fille.

— Ne t'inquiète pas, papa, dit-elle avec un sourire contraint. Tu sais que tu peux compter sur moi.

Le cœur de Bob se serra affreusement. L'idée de laisser sa fille ici lui était insupportable, mais il valait mieux pour elle et Scoop qu'ils ne bougent pas.

Quant à lui, il devait absolument retrouver Abigaïl.

Il posa l'extincteur contre le bac à compost et sortit son téléphone de sa poche.

— Je ne sais pas si vous avez entendu quelque chose, dit-il dans l'appareil, mais je vais vous passer ma fille.

La main de Fiona se referma sur le portable. Ses doigts étaient devenus calleux à force de jouer de la harpe plusieurs heures par jour. Elle aurait d'ailleurs dû partir pour répéter à l'heure qu'il était, au lieu de quoi elle venait d'être victime de la folie destructrice de Dieu sait quel salopard.

— Le standardiste de police secours est en ligne, lui dit-il. Il va t'aider. Ecoute-le bien et suis ses conseils.

Elle acquiesça d'un petit signe de tête.

Bob se tourna vers l'incendie qui ravageait le bâtiment. La terrasse de Scoop était en feu, elle aussi, à présent. Le petit immeuble avait une centaine d'années. Bob avait vu des constructions similaires partir en fumée dans le quartier. Si les pompiers n'arrivaient pas très vite, ils n'auraient aucune chance de le sauver.

Mais ce n'était pas ce qui l'inquiétait le plus pour le moment.

Il s'éloigna, traversant le potager puis la pelouse à toutes jambes. Plus il s'approchait de l'immeuble, plus la chaleur devenait infernale. Il était en nage, les yeux et la gorge le brûlaient, et ses vêtements imbibés de sueur lui collaient à la peau.

Il entendit les sirènes des pompiers et des urgentistes. Ils devaient être tout proches, sans doute à un pâté de maisons, mais ça lui sembla encore trop loin. Empruntant en sens inverse le passage entre son immeuble et l'immeuble voisin, il déboula dans la rue et bifurqua aussitôt sur sa gauche pour gravir quatre à quatre les quelques marches qui menaient à la porte principale du bâtiment.

Une fumée noire s'échappait de l'appartement d'Abigaïl.

Se masquant de nouveau le visage à l'aide de son polo, il pénétra dans le salon, scrutant le sol au cas où la jeune femme se serait évanouie. Mais elle n'était pas là.

Pas de trace d'elle non plus dans la salle à manger.

La fumée devenait de plus en plus épaisse, de plus en plus toxique, de plus en plus dangereuse.

Les flammes n'étaient pas loin.

Il fit encore quelques pas, mais dut renoncer à atteindre la cuisine et à plus forte raison la chambre qui se trouvait à l'arrière de l'appartement, tout près de l'incendie.

Il toussait, crachait de la suie. Il sentit ses jambes se dérober et se raidit pour ne pas s'effondrer. S'il tombait maintenant, il y avait de grands risques qu'il sorte de cet appartement les pieds devant. Il était cependant plutôt en forme pour un homme de cinquante ans. S'il était à bout de souffle, ce n'était pas tant à cause de l'effort qu'il fournissait dans ces conditions extrêmes qu'à cause de l'angoisse qui l'étreignait. Mais il s'efforçait de juguler ses craintes et de se concentrer sur ce qu'il avait à faire.

S'assurer que sa fille et Scoop étaient bien pris en charge par les urgentistes.

Trouver Abigaïl.

Trouver les ordures qui avaient placé un engin de mort sur sa terrasse.

L'explosion n'était pas accidentelle. Keira et la femme qui se trouvait avec elle en Irlande ne s'étaient pas trompées en parlant d'une bombe.

Deux pompiers aussi larges que hauts surgirent de nulle part et l'empoignèrent sous les bras, le tirant au-dehors. Une fois dans la rue, il se dégagea et toussa plusieurs fois avant de parvenir à prononcer un mot.

— Deux personnes se trouvent dans le jardin. L'une d'elle est ma fille et l'autre est un inspecteur de police qui habite ici. Ma fille ne semble pas blessée, mais lui a été sérieusement touché par des éclats métalliques.

Il indiqua du doigt le passage entre les deux immeubles.

— Vous pouvez accéder au jardin par là.

Il baissa un instant les paupières. Ses yeux le piquaient affreusement.

— Ils sont tous les deux derrière le bac à compost. Elle s'appelle Fiona et lui Scoop.

Les pompiers partirent sans un mot dans la direction qu'il leur avait indiquée, tandis que d'autres se déversaient des camions rouges rutilants. Suivis de près par les urgentistes, ils envahirent bientôt les lieux. Deux voitures bleu et blanc de la police arrivèrent à leur tour.

Une voiture banalisée vint se garer entre les deux camions

des pompiers. Tom Yarborough, l'équipier d'Abigaïl — un emmerdeur de la pire espèce selon Bob et bon nombre de ses collègues —, en sortit. Il ne manquait plus que lui ! Le FBI, l'ATF — le bureau des alcools, tabacs et armes à feu —, l'unité de déminage, l'unité d'enquête sur les incendies criminels… Le monde entier allait débarquer ici.

Yarborough n'était pas le seul à s'intéresser au sinistre. Les voisins sortaient maintenant dans la rue pour voir ce qui se passait, certains proposant leur aide, d'autres inquiets que le feu ne se propage chez eux, d'autres encore cherchant simplement à assouvir leur curiosité.

— Empêchez-les de s'approcher, dit Yarborough à deux policiers en uniforme.

Il n'était pas là depuis trente secondes qu'il jouait déjà au petit chef, songea Bob, tandis que l'homme arrivait à sa hauteur.

— Comment ça va ?

— Ça va, bougonna-t-il, avant de lui donner des nouvelles de Scoop et Fiona. Les urgentistes sont avec eux, maintenant.

— Qu'est-ce qui a déclenché l'incendie ?

— Une bombe placée sur la terrasse d'Abigaïl.

Un attentat à la bombe n'était pas une chose banale dans les rues de Boston et celui-ci visait son équipière. Pourtant, Yarborough resta impassible.

— Où est-elle ? se contenta-t-il de demander.

— Introuvable.

— Et Owen ?

— Absent au moment de l'explosion.

— La bombe lui était peut-être destinée. Qu'est-ce…

— Il faut que je le prévienne, d'ailleurs. Donne-moi ton portable, j'ai laissé le mien à Fiona.

Yarborough lui tendit un téléphone dernier cri que

Bob saisit aussitôt d'une main couverte de suie, de sueur et de sang.

Le sang de Scoop.

— Bob, je peux composer le numéro si…

— Je n'arrive pas à m'en souvenir. Bon Dieu ! dit-il en fixant le portable d'un air hagard. Avec tous les numéros qu'ils ont, je ne suis pas foutu d'en connaître un seul par cœur ! Entre les portables, le numéro d'ici, de *Beacon Street*, de la propriété du Texas, de celle du Maine…

— Je dois avoir le numéro de portable d'Owen dans mon répertoire.

Bob se tourna vers lui en plissant les yeux.

— Dans quoi ?

— Laisse-moi faire…

Owen lui prit l'appareil des mains, appuya rapidement sur quelques touches, puis le lui rendit.

— Tiens, ça sonne.

Owen répondit presque aussitôt.

— Salut, Tom !

— Non, c'est Bob à l'appareil.

Il avait passé des centaines de coups de fil de ce genre au cours de ses presque trente ans de carrière dans la police, et voilà que sa voix se mettait à trembler.

— Où es-tu, Owen ?

— Dans la maison de *Beacon Street*, pourquoi ?

La voix d'Owen s'était teintée d'un soupçon d'inquiétude.

— Que se passe-t-il ? Abigaïl va bien ? Elle est avec toi ?

— Non. Ecoute, l'immeuble a pris feu et elle est introuvable. Je vais t'envoyer Yarborough, poursuivit-il sans laisser à Owen le temps de poser d'autres questions. Il va s'assurer que tu ne cours aucun danger. En attendant, fais évacuer la maison.

— Alors c'était un incendie criminel, c'est ça ? demanda Owen d'une voix blanche.

— Une bombe, Owen. Une putain de bombe… Et maintenant, fais sortir tout le monde de cette baraque. On va la retrouver, ajouta-t-il.

Mais Owen était un ancien militaire et l'un des meilleurs spécialistes en recherche et sauvetage de la planète. Il avait fondé et dirigeait Fast Rescue, une organisation internationale qui intervenait rapidement sur les catastrophes naturelles dans le monde entier. Il allait s'imaginer qu'il pourrait la retrouver, lui aussi.

— Owen, ne t'emballe pas, d'accord ? Ce genre de recherche n'est pas ce que tu…

— A plus tard, l'interrompit le fiancé d'Abigaïl avant de lui raccrocher au nez.

Bob ne se donna pas la peine de le rappeler. De toute façon, il ne répondrait pas. Il allait faire évacuer la belle demeure en brique début XIXe, une maison de famille qui abritait les bureaux de la fondation caritative des Garrison.

Ensuite, il partirait à la recherche d'Abigaïl.

— J'y vais, dit Yarborough.

— Des bombes ont peut-être été placées au siège de Fast Rescue à Austin et dans leur camp d'entraînement de Mount Desert Island. S'il y a des gens là-bas…

Tom hocha la tête et partit en courant vers sa voiture.

Bob chercha le numéro d'Abigaïl dans le répertoire de Tom. Il le trouva et appuya sur une nouvelle touche pour composer le numéro. Sans doute aurait-il dû commencer par là, songea-t-il sans vraiment croire qu'elle allait décrocher.

Une sonnerie plus tard, il entendait l'annonce de sa messagerie vocale.

Il attendit impatiemment que le bip l'invite à laisser un message.

— Abigaïl, c'est Bob. Rappelle-moi dès que possible.

Une jeune recrue en uniforme, les cheveux en brosse, s'approcha de lui.

— Vous avez l'air épuisé, inspecteur, fit-il, une expression inquiète sur le visage. Vous devriez peut-être vous asseoir.

— Non… Je dois retourner là-dedans pour voir comment se portent ma fille et mon ami. Tiens, je t'ai trouvé une occupation : empêche donc les pompiers de me plaquer au sol.

— Je pense vraiment que vous devriez vous reposer, inspecteur.

— Tu penses ? Tu cherches à me contredire, c'est ça ?

Le jeune homme blêmit. Se mettre les anciens à dos n'était pas la meilleure stratégie pour faire carrière dans la police.

— Non, inspecteur, je ne cherche pas à vous contredire. Je vous demande seulement de rester en retrait et de laisser les pompiers faire leur travail.

Bob fixa le gamin. Quelque chose montait en lui ; quelque chose comme une crise de nerfs, un coup de folie, ou Dieu sait quoi encore. Il éclata d'un rire dément qui se termina en quinte de toux. Puis il se pencha en avant et cracha une énorme boule noirâtre sur le trottoir. Lorsqu'il se redressa, il eut l'affreuse sensation d'être sur le point d'éclater en sanglots. Si une chose pareille arrivait, il n'aurait plus qu'à prendre sa retraite et à acheter une maison près de celle de ses parents en Floride, parce que sa carrière serait terminée.

La jeune recrue semblait de plus en plus inquiète.

— Inspecteur ?

Bob redevint brusquement très calme et pointa du doigt une tache noire encore humide qui luisait sur le trottoir, à environ un mètre de son crachat.

— Regarde-moi ça. On dirait du sang, non ?

— Je vais boucler la zone, dit aussitôt le jeune homme.

Bob s'approcha et se pencha pour mieux voir la tache. Oui, ça avait tout l'air d'être du sang.

— Abigaïl n'est pas sortie pour aller faire une promenade dans le quartier, dit-il.

— Je ne le crois pas non plus, inspecteur.

Bob se redressa d'un coup.

— Non ? Alors, on peut savoir ce qu'en pense le bleusaille ?

Le jeune policier rougit, mais ne se démonta pas.

— Tout semble indiquer que l'inspectrice Browning a été enlevée.

— Oui, c'est ce qu'on dirait…

Il s'essuya le front du revers de la main, soudain accablé par la conscience de ce qui venait de se passer et de ce qu'il allait devoir affronter dans les jours à venir.

Un cortège de 4x4 d'un noir étincelant fit son entrée dans la rue résidentielle, d'ordinaire si paisible.

— Les fédéraux, dit le jeune policier. Comment ont-ils pu arriver si vite ?

— Le père d'Abigaïl Browning est en ville, lui répondit Bob.

— Le directeur du FBI ? Il ne manquait plus que ça !

Les grosses voitures s'immobilisèrent derrière les camions des pompiers.

— La tache, lui dit Bob.

Le gamin sursauta et partit en courant vers sa voiture de patrouille, s'adressant en criant à son équipière qui semblait tout aussi jeune et inexpérimentée quc lui.

Bob vit alors Simon Cahill ouvrir la porte arrière du 4x4 situé en milieu de cortège.

Simon... Un homme capable de danser la gigue irlandaise et de séduire sa nièce Keira. Mais, à cet instant précis, il était surtout un agent spécial du FBI.

Le 4x4 se remit en marche, mais s'arrêta de nouveau quelques mètres plus loin. Cette fois-ci, John March en personne en sortit. Malgré la chaleur, il était impeccable avec ses cheveux gris acier et son costume gris anthracite, se déplaçant au milieu de ce spectacle de désolation avec la même aisance que s'il se trouvait dans une garden-party, à la Maison Blanche.

A l'époque où Bob était lui-même un policier novice, John March était déjà un jeune détective très en vue. Il devait maintenant avoir un million de types en costume sous ses ordres, mais ses yeux, aussi noirs que ceux de sa fille, exprimaient une immense tristesse.

March n'était pas venu ici en voiture blindée en tant que directeur du FBI, mais en tant que père d'Abigaïl.

Simon arriva le premier à sa hauteur.

— Bonjour, Bob... Que s'est-il passé ?

Bob avait la bouche sèche. Sa gorge et ses yeux le brûlaient. Il leva la tête vers le ciel voilé de fumée. Impossible de se dérober... Alors il se lança dans le récit de ce qu'il venait de vivre et les deux hommes l'écoutèrent gravement.

— On est à la recherche d'Abigaïl, maintenant...

Il avait dit cela du ton le plus professionnel possible.

— Les pompiers continuent à fouiller son appartement, mais j'y suis allé moi-même et je ne l'y ai pas vue. J'ai trouvé sa porte d'entrée et celle de l'immeuble ouvertes juste après l'explosion.

— Et sa voiture est garée dans la rue, dit March.

— Et sa voiture est garée dans la rue, en effet. Nous avons bouclé le quartier et nos hommes frappent à toutes les portes, arrêtent tous les véhicules qui circulent dans le coin. La déflagration a pu la désorienter et il se peut qu'elle erre dans un des jardins du voisinage.

Simon se déplaça légèrement pour laisser passer des pompiers qui arrivaient en renfort.

— Et Owen ? demanda-t-il.

Bob avait l'impression que sa tête allait exploser.

— Il est dans la maison de *Beacon Street*. Yarborough est parti le rejoindre. Qu'est-ce que vous faites là, tous les deux ?

Simon répondit d'une voix égale :

— Abigaïl a appelé il y a une heure environ. Elle voulait qu'on la retrouve ici. Elle n'a pas donné plus d'explications.

Bob ignorait aussi la raison de son appel, mais il avait sa petite idée. March avait pris le jeune Cahill sous son aile vingt ans plus tôt, à l'époque où le père de Simon — un agent de la brigade des stupéfiants — avait été exécuté par des trafiquants. Au fil du temps, John et Simon avaient tissé des rapports de père à fils, rapports qu'Abigaïl avait toujours eu beaucoup de mal à accepter. Cela faisait des mois qu'elle essayait de franchir le pas vers plus de compréhension et elle avait très bien pu les convoquer tous les deux pour en parler.

Et une bombe explose juste avant qu'ils n'arrivent.

Bob songea aux menaces que Norman Estabrook avait proférées contre les deux hommes. La bombe avait peut-être explosé trop tôt, à moins que le milliardaire n'ait voulu toucher March par ricochet en s'en prenant à sa fille… Mais il y avait aussi le tueur en série que Keira et Simon avaient arrêté en juin, ainsi que des dizaines de criminels qu'Abigaïl avait appréhendés ou contrariés d'une manière ou d'une autre.

Le jeune policier, plus nerveux que jamais, vint interrompre ses pensées.

— Inspecteur, je… Je viens juste de…

March, qui se tenait à côté de lui, posa la main sur son épaule.

— Doucement, mon jeune ami, lui dit-il d'une voix posée. Respirez un bon coup et dites ce que vous avez à dire.

Le jeune policier n'osait pas se tourner vers le directeur du FBI, comme s'il craignait d'être changé en statue de sel s'il croisait son regard.

— Je viens d'avoir l'inspecteur Yarborough au téléphone. Owen Garrison est monté dans sa voiture après avoir fait évacuer sa maison de famille. Il voulait venir ici, mais il a d'abord vérifié que son véhicule n'avait pas été piégé.

— Et il a trouvé un pain d'explosif, c'est ça ? intervint Bob.

Le policier hocha la tête.

— Oui, inspecteur. L'unité de déminage a été prévenue, mais il semblerait que M. Garrison ait lui-même désamorcé l'engin.

— Lui-même, hein ? soupira Bob.

Simon et March restèrent silencieux, mais ils savaient l'un comme l'autre qu'Owen était capable de désamorcer une grande variété d'engins explosifs.

Combien d'autres bombes allaient-ils découvrir ? Avant ou après leur explosion ?

Qui était derrière tout ça ?

Pourquoi en voulait-on à Abigaïl et Owen ?

La journée s'annonçait longue. Pour le moment, Bob n'avait qu'une envie : retrouver sa fille et prendre des nouvelles de Scoop. Mais il devait d'abord dire quelque chose à Simon. Quelque chose qui risquait de ne pas lui plaire.

— Keira m'a appelé d'Irlande.

Simon resta calme, mais Bob le vit pâlir.

— Pourquoi ?

— Pour me prévenir justement qu'une bombe était sur le point d'exploser sur la terrasse d'Abigaïl…

6

Péninsule de Beara, le 25 août à 20 h 10, heure d'été irlandaise

Tandis qu'ils approchaient du village, l'Irlandais, les mains attachées dans le dos avec les tendeurs de Lizzie, affichait maintenant un visage dur, fermé. Lizzie et Will l'encadraient et Keira fermait la marche en silence, quelques mètres derrière eux. Le chien noir les avait suivis et sa silhouette sombre se déplaçait furtivement le long du mur de pierres qui longeait le sentier.

— Avance plus vite, ordonna Lizzie à l'homme en le poussant dans le dos, ou on te laisse avec le chien.

Il se tourna vers elle, le regard vide.

— C'est bon, c'est bon, j'avance…

Lorsqu'ils atteignirent les premières maisons, l'animal fit brusquement demi-tour et s'éloigna en direction des collines, disparaissant comme il était venu, mystérieusement.

Lizzie jeta un coup d'œil à Keira par-dessus son épaule. Le dos voûté, le visage fermé, ses longs cheveux emmêlés et humides, la jeune femme semblait accablée. Elle avait essayé à plusieurs reprises de rappeler son oncle à Boston, mais elle était tombée chaque fois sur la messagerie vocale.

— Il ne faut pas imaginer le pire, dit-elle pour tenter

de la réconforter. Ils ont sûrement eu le temps de se mettre à l'abri.

Keira esquissa un sourire fatigué.

— Vous, on peut dire que vous êtes une optimiste !

— La plupart du temps, oui.

— Moi aussi, je suis optimiste la plupart du temps, dit Keira d'une voix sombre.

Mais le sort de Bob O'Reilly et des autres personnes présentes dans le petit immeuble était désormais scellé. Ni l'espoir ni l'optimisme qu'ils pouvaient afficher à des centaines de kilomètres de là ne rendraient la vie à ceux qui l'avaient peut-être perdue dans l'explosion. Ils pouvaient simplement espérer que Bob, Abigaïl et Scoop, tous trois policiers expérimentés et rompus aux situations dangereuses, avaient eu les bons réflexes. Restait à savoir si la chance avait été avec eux…

La chance ou les fées, songea Lizzie. Parce qu'elle commençait à croire que dans ce pays de lande et de brouillard les fées existaient vraiment. Comment expliquer sinon ce qui s'était passé dans le cercle de pierres ? Elle avait maîtrisé seule l'agresseur de Keira, mais, sans la présence de ce mystérieux chien noir, l'homme n'aurait sans doute rien dit au sujet de la bombe.

Il ne faisait aucun doute pour elle que Norman Estabrook était derrière la tentative de meurtre sur Keira et l'attentat de Boston. Il avait apparemment décidé de frapper d'abord Simon et John March à travers ceux qu'ils aimaient.

Et ce n'était que le début de sa vengeance…

Eddie O'Shea sauta prestement du mur où il était assis avec deux petits hommes secs coiffés de bonnets de laine, dès qu'il les aperçut. Lizzie, perdue dans ses pensées, poussa un cri de surprise.

— Mes frères, Aidan et Patrick, leur dit-il en guise de présentation, tandis que les deux autres O'Shea sautaient à leur tour sur le sentier, puis s'avançaient vers eux.

Will salua les trois frères d'un signe de tête. Il n'avait pas dit grand-chose depuis que la communication avec Boston avait été interrompue. Un homme extraordinairement maître de lui-même, songea Lizzie. Il avait interrogé leur prisonnier, qui avait affirmé être venu seul sur la péninsule et n'avoir aucun complice qui l'attendait au village. Lizzie avait eu le sentiment qu'il disait la vérité, n'était-ce qu'à cause de sa peur évidente du chien noir.

Aidan retira son Barbour et le posa sur les épaules de Keira, qui le remercia d'un sourire éteint. Quelques minutes plus tard, ils entraient enfin au sec et au chaud dans le pub. L'épagneul les y attendait, sagement assis devant la porte.

La salle était vide. Les pêcheurs et les fermiers qui formaient le gros de la clientèle étaient rentrés chez eux à cette heure. Le chien s'ébroua, puis alla s'étendre paresseusement devant la cheminée où brûlait un bon feu de tourbe.

Will poussa l'homme sans ménagement sur la chaise que Lizzie avait occupée plus tôt dans la journée. Il avait perdu son bonnet au cours de la bagarre et on voyait à présent ses cheveux sombres clairsemés et ses yeux bleus. Dans la pleine lumière du pub, Lizzie se rendit compte à quel point il était musclé. Elle en éprouva une peur rétrospective, mêlée à la fierté légitime d'avoir triomphé seule d'un adversaire qui n'avait rien d'un gringalet.

Cela dit, si Will Davenport était arrivé quelques minutes plus tôt dans le cercle de pierres, il n'aurait eu aucun mal à le neutraliser. Il fallait qu'elle se souvienne de ne pas se fier à ses vêtements de luxe ni à ses manières aristocratiques. Il n'était pas officier du SAS doublé d'un agent secret pour rien.

— Je vais prévenir la *Garda*, annonça Patrick, le plus jeune des frères O'Shea.

— Je t'accompagne, lui proposa Aidan, l'aîné, et tous deux disparurent dans un petit couloir situé au fond du pub.

Keira se débarrassa du Barbour et l'accrocha à une patère, puis elle alla rejoindre Lizzie et le chien au coin du feu. C'était à qui serait le plus crotté et le plus mouillé.

Il faisait très chaud là où elle avait pris place, pourtant Lizzie n'arrêtait pas de frissonner. Elle rangea le couteau d'assaut à l'intérieur de sa parka et tendit les mains vers les flammes, doigts écartés. Elle remarqua alors seulement que ses jointures étaient tout écorchées, mais elle ne se souvenait pas de s'être blessée, ni d'avoir eu mal. D'ailleurs, elle ne sentait toujours rien.

— Je vais chercher de quoi soigner vos bobos, lui proposa Eddie.

— Merci, mais ce n'est vraiment pas nécessaire. Par contre, je n'aurais rien contre un doigt de brandy ! ajouta-t-elle avec un sourire.

Le barman hocha la tête, puis jeta un regard noir à son compatriote aux poignets attachés.

— Bouge ne serait-ce qu'un muscle et tu vas comprendre ta douleur !

Puis il se faufila derrière le comptoir et sortit trois verres qu'il posa sur un plateau. Gardant un œil protecteur sur ses clients — ses invités, plutôt —, il dévissa le bouchon métallique d'une bouteille de brandy et remplit les trois verres.

— Qu'est-ce que tu fais là ? demanda Keira à Will, maintenant que la tension retombait un peu. Tu as parlé à Simon, aujourd'hui ?

— Pas depuis quelques heures. Mais j'ai eu Josie deux fois au téléphone. La première quand je me trouvais devant ton cottage, et ensuite pendant que je montais vers le cercle de pierres.

Il l'observait avec attention, se demandant visiblement ce qu'il devait lui dire et ce qu'il valait mieux lui cacher encore. Puis il se décida :

— Norman Estabrook n'est plus en résidence surveillée.

Lizzie fixait les flammes, s'efforçant de ne rien trahir de ses sentiments. Elle savait pertinemment que Will surveillait sa réaction du coin de l'œil.

— Simon avait vu juste, dit Keira, le visage grave. Estabrook a décidé de coopérer avec les autorités fédérales en échange de sa libération.

— Les charges qui pèsent contre lui ne sont pas définitivement abandonnées, souligna Will. S'il ne tient pas ses engagements, il sera de nouveau inculpé.

Il y eut un court silence durant lequel on n'entendit que le crépitement du feu et le bruit des verres qui s'entrechoquaient derrière le comptoir.

— Ce n'est pas tout, Keira... Estabrook a quitté son ranch du Montana ce matin, seul à bord de son avion privé.

— Alors il peut être n'importe où, à l'heure qu'il est...

L'eau qui gouttait de ses longs cheveux se mêlait aux empreintes boueuses du chien sur le petit tapis posé devant de la cheminée.

— Will, tu sais que cet homme a proféré des menaces de mort contre Simon et John March ?

— Oui, je le sais. Mais il n'a jamais fait preuve de violence dans le passé. Apparemment, ses avocats ont réussi à convaincre les procureurs fédéraux que ses mots avaient dépassé sa pensée.

— Les procureurs ont peut-être été convaincus, dit Keira, mais moi je ne le suis pas.

Lizzie non plus, mais elle ne comptait pas se mêler à la conversation.

Le regard de Will glissa de l'Irlandais à elle, avant de revenir se poser sur Keira. Rien dans son expression ne permettait de deviner ses pensées.

— Je peux faire quelque chose pour toi, Keira ?

— Non, je n'ai besoin de rien. Merci, Will.

Elle se tourna vers Lizzie avec un sourire gêné.

— Vous m'avez sauvé la vie et je ne connais même pas votre nom…

N'importe qui, dans une situation similaire, aurait alors décliné de bonne grâce son identité. Mais après ce qui venait de se passer à Boston et dans le cercle de pierres, Lizzie avait envie moins que jamais de trop en dire sur elle-même. Surtout en présence d'un probable espion de Sa Très Gracieuse Majesté et d'un tueur à gages qui pourrait plus tard avoir des idées de vengeance. Les choses auraient été différentes si Simon avait été là, puisque lui la connaissait, mais ce n'était pas le cas. Il lui fallait plutôt redoubler de prudence.

Et vite élaborer un nouveau plan !

Elle s'éloigna du feu et de Will Davenport par la même occasion. Il pouvait certainement être utile en cas de mauvaise rencontre, mais elle préférait y voir plus clair avant de lui révéler sa véritable identité.

Plateau en mains, Eddie arriva à point nommé pour faire diversion. Il posa son chargement près de la cheminée et distribua les trois verres de brandy, commençant par Keira et terminant par Will. Alors que Lizzie commençait à croire qu'Eddie avait cessé de se poser des questions à son sujet, il la fixa pendant de longues secondes, la tête légèrement inclinée, avant de ramasser son plateau vide en fronçant les sourcils.

Puis il se tourna vers Will.

— Tu sais ce que j'ai dit à mes frères, tout à l'heure ? Je leur ai dit : « Je vous parie que cette jeune femme aux cheveux noirs a plus d'un tour dans son sac… »

Il indiqua d'un mouvement de tête l'Irlandais.

— Il semblerait que j'ai vu juste.

Keira approcha frileusement ses mains du feu de tourbe.

— C'est vrai que je n'aimerais pas avoir à me battre contre vous, dit-elle à Lizzie. On peut dire que vous savez vous défendre. Et défendre les autres, ajouta-t-elle avec un sourire.

— C'est l'adrénaline…

Mais Keira afficha une moue dubitative.

— Pas seulement. Vous saviez ce que vous faisiez.

— J'ai pris quelques cours d'autodéfense, admit Lizzie.

Mais elle se garda de dire qu'elle avait commencé à l'âge de deux ans avec un père agent secret pour professeur.

— Et puis il ne faut pas oublier le facteur chance, reprit-elle. Et l'effet de surprise. Ça suffit parfois à triompher d'un adversaire plus fort et plus expérimenté.

— Plus fort, plus expérimenté et armé de deux couteaux d'assaut, corrigea Keira.

— Il lui aurait suffi d'un seul coup de poing pour m'envoyer valser à l'autre bout de la baie !

Keira sourit, mais Will resta de marbre. La lueur

des flammes se reflétait dans ses yeux, accentuant leurs reflets dorés. *Surtout ne pas prendre son calme pour de la nonchalance*, songea Lizzie. Will était un homme très compétent, un homme potentiellement dangereux, dont les sens étaient toujours en alerte.

— Pourquoi ne pas vous être enfuie au lieu de prendre le risque d'affronter cet homme ? lui demanda encore la jeune illustratrice.

— Si je le savais, s'efforça de plaisanter Lizzie, ma vie sentimentale serait sans doute moins pathétique !

Keira sourit de nouveau, tandis que Will continuait à siroter son brandy avec son air de ne pas y toucher.

— Vous vous êtes battue comme une vraie pro, dit-il enfin.

— Attendez qu'un dingue armé d'un couteau vous saute dessus... L'instinct de survie fait des miracles, vous savez.

Keira releva les manches de son pull trop grand, puis secoua le bas de sa jupe maculée de boue. Elle était visiblement très inquiète pour son oncle et ses amis, mais il émanait d'elle une sérénité qu'enviait Lizzie, elle qui avait parfois le sentiment d'en être singulièrement dépourvue.

Elle but une petite gorgée de brandy et reposa le verre sur la table. Même si cela avait quelque chose de tentant, il n'était pas question pour elle de passer la soirée ici, en compagnie d'une bouteille d'alcool. D'autant que les policiers irlandais n'allaient pas tarder à arriver.

Elle s'approcha de l'homme qui les avait attaquées. Seul contre tous et attaché, il y avait peu de risques pour qu'il s'en prenne à elle. Mais elle-même ayant appris à se battre assise et les mains liées, elle préféra rester à bonne distance pour que les pieds du prisonnier ne puissent l'atteindre.

— Qui vous a engagé ? lui demanda-t-elle, revenant au vouvoiement maintenant que la tension était retombée.

Pour toute réponse, il détourna le visage. Mais il en fallait plus, bien plus, pour décourager Lizzie Rush. Même si cette brute choisissait le mutisme, son langage corporel pourrait donner de précieuses indications qu'elle et Will sauraient peut-être décrypter. Davenport avait indubitablement conduit plus d'interrogatoires qu'elle, mais elle connaissait les techniques de base grâce à son père.

— Alors ? reprit-elle. Vous n'avez pas décidé par hasard de vous balader avec un couteau d'assaut près du cercle de pierres. Qui vous a envoyé ?

L'Irlandais se tourna de nouveau vers elle. Il avait retrouvé une partie de son assurance depuis que le chien noir n'était plus là.

— Pourquoi ? demanda-t-il d'un ton sarcastique. Vous pensez à quelqu'un en particulier ?

Un frisson désagréable secoua la jeune femme : le souvenir d'un certain soir à Las Vegas, quelques jours avant l'arrestation de Norman, lui revenait à la mémoire.

— Oui, je pense à quelqu'un, dit-elle d'une voix à peine audible.

Elle en était venue à penser que Norman avait envie de connaître la trouble sensation d'avoir du sang sur les mains, mais elle réalisait à présent qu'avec cette offensive tous azimuts, il avait d'abord eu envie de faire une démonstration de force. Et pour monter ce son et lumière aussi violent que spectaculaire, il avait forcément eu besoin d'aide.

— Un Anglais, reprit-elle. Une petite quarantaine d'années, avec des cheveux courts châtain clair et des yeux gris. A peu près de votre taille. Excellente condition physique.

— Ça ne me dit rien… Mais je n'ai pas la mémoire des noms et des visages.

Lizzie posa les mains sur ses hanches et se pencha vers lui, le regardant dans le blanc des yeux.

— Dangereux, charmant et très déterminé… Pas le genre d'homme qu'on oublie facilement. Ça ne vous dit rien ?

— Non, je ne vois vraiment pas.

Disait-il la vérité ? Lizzie n'en avait pas la moindre idée. Par contre, elle sentait le regard acéré de Will qui la jaugeait en silence. De toute évidence, la description qu'elle venait de faire éveillait en lui un écho.

Peut-être était-ce Will qu'elle aurait dû questionner, songea-t-elle avant de reprendre l'interrogatoire en essayant de ne pas se laisser distraire par l'attention que lui portait le bel Anglais.

— Pourquoi avez-vous attaqué Keira avec un couteau ? Pourquoi ne pas lui avoir tiré dessus ? Ç'aurait été plus simple, il me semble.

— A cause du tueur en série, intervint alors Keira, frappée d'évidence. C'est pour ça, n'est-ce pas ?

L'Irlandais évita son regard, ce qui constituait malgré lui une réponse à la question.

Lizzie hocha lentement la tête, comprenant à son tour.

— Oui… Bien sûr… Vous avez voulu brouiller les pistes en copiant les méthodes de Jay Augustine, le tueur qui s'en est pris à Keira en juin dans ces mêmes collines, dit-elle. La police aurait cru à l'œuvre d'un de ces psychopathes qui imitent les crimes dont parlent les médias.

L'homme inspira profondément par le nez.

— Je n'ai fait de mal à personne.

— Ce n'est pas faute d'avoir essayé, pourtant !

Elle fit glisser le doigt sur le bord de son verre.

— Le propriétaire du pub et ses frères vous auraient

reconnu si vous étiez du coin. D'où venez-vous ? De Dublin ? De Cork ? De Limerick ?

Aucune des villes mentionnées ne le fit réagir.

Will s'approcha de lui et tira sur la fermeture Eclair qui fermait la poche extérieure de son blouson.

— Voyons voir, dit-il en en sortant un portefeuille qui avait connu des jours meilleurs.

Il l'ouvrit et saisit une carte bancaire entre deux doigts.

— Michael James Murphy. C'est votre vrai nom ? Je suppose que oui. Vous pensiez que ce serait du gâteau ce soir, n'est-ce pas, Murphy ?

— J'ai essayé de la sauver, tenta de se défendre l'autre en désignant Keira de la pointe du menton. J'ai vu que l'espèce de sorcière aux cheveux noirs était sur le point de s'en prendre à elle, et je me suis interposé. Dieu sait ce qu'elle lui aurait fait subir si je n'étais pas passé par là !

Lizzie leva les yeux au ciel.

— Il vaut mieux entendre ça que d'être sourde !

L'homme la fusilla du regard.

— Vous pouvez peut-être réussir à duper vos amis, mais moi je sais à quoi m'en tenir. Je m'expliquerai avec la police.

— Ne vous gênez surtout pas pour moi. En attendant, vous êtes seul ici avec nous.

Il lui répondit d'un sourire goguenard, manifestement peu impressionné par cette menace sous-entendue.

Keira tourna le dos au feu. La chaleur avait rougi ses joues, apportant une surprenante touche colorée à l'extrême pâleur de son visage.

— Il devait surveiller mon cottage et il m'a vue monter vers le cercle de pierres.

Elle avala encore un peu de brandy, le verre calé entre ses mains.

— Je croyais que la pluie s'était arrêtée pour de bon et je me suis dit qu'une promenade me ferait du bien. J'étais si nerveuse… Simon me manquait. Je m'inquiétais pour lui.

Murphy — si vraiment c'était son nom — toisa Lizzie avec une grimace haineuse.

— Vous avez failli me casser le genou, espèce de folle ! Ça me fait un mal de chien !

Lizzie lui rit au nez.

— Et puis quoi encore ? Vous voulez peut-être que je vous plaigne ? Je vous rappelle que c'est vous qui vous êtes précipité sur Keira avec un couteau d'assaut.

— Je vous ai déjà dit que je n'avais pas l'intention de lui faire du mal. Je voulais au contraire la protéger. Détachez-moi, maintenant. Je n'ai rien fait qui justifie que vous m'ayez ficelé comme un saucisson !

— Rien fait ? Vous alors, vous ne manquez pas de culot !

Chassant un brusque sentiment de vide et de solitude, Lizzie alla poser son verre sur le bois brillant du comptoir. Elle avait des amis, de la famille. Pourquoi avait-il fallu qu'elle fasse ça toute seule ? Elle jeta un coup d'œil à Will Davenport. Son calme souverain, alors qu'il composait un numéro de téléphone sur son BlackBerry, la rendait encore plus nerveuse que s'il s'était agité en tous sens. Il allait gérer les choses par ordre de priorité.

D'abord s'assurer que Keira était en sécurité.

Elle-même viendrait ensuite.

Son voyage en Irlande ne se déroulait pas du tout comme elle l'avait espéré. Au lieu de contrecarrer les projets de vengeance de Norman, elle avait atterri en plein milieu de leur exécution. Son histoire de randonnée sur la *Beara Way* et de visite impromptue à Simon ne tenait plus la route. Will et lui n'auraient qu'à unir leurs efforts pour la percer à jour. Avec les moyens et les réseaux dont ils disposaient, ça ne leur prendrait pas longtemps. Mais en attendant, elle avait encore un peu d'espace pour manœuvrer.

Will tendit son BlackBerry à Keira.

— C'est Simon. Ni John March ni lui n'étaient sur les lieux quand la bombe a explosé. Ton oncle et ta cousine Fiona sont indemnes.

Il hésita une fraction de seconde avant d'ajouter :

— Mais Scoop Wisdom a été sérieusement blessé.

— Oh ! mon Dieu, Scoop… Et Abigaïl ?

— Apparemment, elle n'était pas chez elle.

Keira s'empara du BlackBerry.

— Simon…, dit-elle dans un murmure. Je vais bien. Je t'aime.

La gorge de Lizzie se noua en entendant Keira parler à l'homme qu'elle aimait. Ces deux-là s'étaient vraiment trouvés.

Mais il y avait plus urgent que d'envier à Keira cet amour. Si Scoop Wisdom était en état de s'exprimer, il parlerait au FBI de cette femme aux cheveux noirs qu'il avait surprise devant son immeuble, la veille après-midi. Il était sorti dans la rue avec une passoire remplie de haricots verts, ce qui, curieusement, l'avait rendu encore plus impressionnant.

— Je peux vous aider ? lui avait-il demandé.

Elle avait hésité à lui dire la vérité, puis avait opté pour le mensonge.

— Non merci, je reprends simplement mon souffle, avait-elle répondu avec un sourire. Un point de côté…

L'inspecteur Wisdom n'avait pas pris la peine de cacher son scepticisme, mais il l'avait laissée poursuivre son chemin. Le soir même, elle prenait l'avion pour l'Irlande. Après moult hésitations, elle avait finalement décidé de parler à Simon plutôt qu'à Abigaïl, ou à ses collègues et amis qui habitaient à la même adresse qu'elle.

Et maintenant, vingt-quatre heures plus tard, une bombe venait d'exploser sur la terrasse d'Abigaïl, blessant gravement Scoop Wisdom.

Toutes ses alarmes sonnaient à tue-tête dans son crâne et elles disaient toutes la même chose : « Fiche le camp d'ici tout de suite si tu veux éviter les ennuis ! » Elle n'avait aucune envie de se retrouver aux mains de la police irlandaise. Les flics de la *Garda* appelleraient le département de police de Boston et le FBI, et qu'adviendrait-il alors d'elle ?

Elle se retrouverait détenue en tant que témoin principal, voire en tant que suspecte.

Elle tendit le bras vers son sac à dos posé devant la cheminée. Avait-elle commis une grave erreur, la veille, en choisissant de ne rien dire à Wisdom ? Aurait-il découvert la bombe à temps si elle lui avait donné la véritable raison de sa présence devant l'immeuble ?

Si son père avait été là, il lui aurait dit que les regrets ne servent à rien, qu'il faut apprendre de ses erreurs. Il lui aurait conseillé de songer à ce qu'il convenait de faire, maintenant, au lieu de perdre son temps et son énergie à vouloir changer ce qui ne pouvait plus l'être.

Ses coupures et ses écorchures la lançaient à présent.

— Norman Estabrook ne s'est pas envolé pour Saint-Tropez ou Ibiza pour y fêter sa libération, dit-elle à Will. Il va être fou furieux d'apprendre que son plan n'a pas fonctionné comme prévu, et, croyez-moi, il ne va pas en rester là.

Davenport s'approcha d'elle, la fixant de son regard intense. La couleur de ses yeux changeait au gré des flammes dansantes. Rien ne semblait échapper à leur sagacité, pas même — et peut-être surtout pas — ce qu'elle essayait de lui cacher.

Une image s'imposa à elle, parfaitement incongrue. L'espace d'un instant, elle se vit avec lui dans une auberge, aussi charmante que douillette, avec pour seuls soucis le choix des sels de bain et du livre à lire au coin du feu.

— Je ne crois pas faire preuve d'une grande sagacité en concluant que vous connaissez M. Estabrook. Vous êtes amie avec lui ? lui demanda-t-il.

— Norman n'a pas d'amis. Pas de vrais amis, en tout cas.

— Sa fortune est immense. Il y a des gens que ça attire.

— Sûrement, oui…

Si elle voulait être utile à présent que Norman mettait ses menaces à exécution, il fallait qu'elle cache aussi longtemps que possible le rôle qu'elle avait joué dans son arrestation. Tant pis si Will Davenport pensait qu'elle s'était liée avec lui — et avec son entourage d'aventuriers, de stars, de riches hommes d'affaires, de parasites et de trafiquants de drogue — pour de mauvaises raisons.

Tant pis ou peut-être tant mieux.

— Comme tout le monde, vous savez sans doute que Norman Estabrook est un homme peu banal, dit-elle encore en hissant son sac à dos sur une épaule. Et maintenant, si vous voulez bien m'excuser…

— Vous avez vécu un moment très difficile, ce soir.

Il passa doucement le bout du doigt sur sa main, juste au-dessus de ses jointures écorchées.

— Et vous êtes blessée.

Elle haussa les épaules avec une moue dédaigneuse.

— Je pense que je vais survivre. D'ailleurs, j'ai un

remède infaillible pour ce genre de bobos. Un bon bain chaud et un autre verre de brandy.

Elle glissa l'autre bras sous la bretelle de son sac. La combinaison du décalage horaire et de la tension nerveuse qui retombait lui faisait l'effet d'un puissant somnifère.

— Je vous en prie, ne me retenez pas. Je suis épuisée et je n'ai aucune envie que ces messieurs de la *Garda* me fassent veiller jusque tard dans la nuit.

Il ne la quittait pas des yeux.

— Je vais trouver qui vous êtes, lui dit-il de sa voix posée.

— Vous pourriez me confisquer mon sac à dos et le fouiller, mais vous n'en ferez rien. On est dans un pays étranger, tous les deux. Imaginez que la police irlandaise arrive alors qu'on est en train de se battre… Un homme qui agresse une femme, ça fait toujours mauvais effet. Et Keira et vous aurez suffisamment d'explications à leur fournir comme ça, vous ne croyez pas ?

L'expression de Will changea subtilement, mais quelque chose dans son regard fit naître en elle de nouvelles images pour le moins troublantes. Elle se vit en train de se battre avec lui, bloquant les coups, contre-attaquant… dans un ambigu corps à corps…

Encore une preuve des effets délétères du décalage horaire, des brusques poussées d'adrénaline, des combats à l'arme blanche au centre d'un cromlech irlandais et d'un verre de brandy sur un esprit d'ordinaire parfaitement sain.

Il était vraiment temps pour elle de s'en aller.

Elle sortit le couteau d'assaut de sa poche et le tendit à Eddie.

— Merci pour le brandy et pour votre aide. Saluez vos frères de ma part.

Il saisit le couteau et la regarda d'un air plus suspicieux que jamais.

— Alors comme ça, vous êtes simplement venue faire de la randonnée sur la *Beara Way* ?

Mais lui non plus ne chercha pas à la retenir lorsqu'elle quitta le pub sans lui répondre.

Le petit village était plus charmant et plus paisible que jamais à cette heure. On n'entendait pas un bruit, hormis un chien qui aboyait dans le lointain et le bêlement des moutons, sur les collines. Le vent n'était plus qu'une aimable brise et la pluie avait cessé, mais le fond de l'air, chargé du parfum des roses et de la lavande, était froid pour un mois d'août.

La terrasse du pub était déserte, les tables de pique-nique inoccupées et les parasols repliés. Pas de vieux fermier à la pipe fumante et aux paroles étranges.

Lizzie marcha le long des maisons colorées, sous les paniers fleuris accrochés aux réverbères, jusqu'à sa voiture de location.

Personne n'avait cherché à la retenir. Personne ne l'avait suivie hors du pub.

Elle se glissa au volant, s'interdisant de baisser sa garde malgré l'atmosphère paisible qui régnait en ce lieu. Alors qu'elle mettait le contact et que son corps épuisé par le voyage et meurtri par la bagarre criait grâce, elle dut résister à l'envie tenace de retourner dans la chaleur du pub.

Elle aurait tant voulu croire qu'elle y avait des alliés, des gens en qui elle pouvait avoir confiance.

Mais elle démarra, s'éloigna et regarda le pub rétrécir dans son rétroviseur. Quelques minutes plus tard, elle avait rejoint la route principale. Devant elle, le ciel s'assombrissait lentement, plongeant la baie de Kenmare dans le crépuscule.

Combien de temps allaient lui laisser la *Garda* irlandaise, la police de Boston, le FBI et ce bel espion anglais avant de lui tomber dessus ?

Sans doute pas beaucoup.

7

Boston, Massachusetts, le 25 août à 15 h 40, heure avancée de l'Est

Un coup de fil… Oui…

Abigaïl se souvenait d'avoir taquiné Scoop et Fiona à propos des tomates qu'ils venaient de récolter. Elle riait, accoudée à la balustrade de sa terrasse… Le téléphone avait sonné dans l'appartement. Elle était rentrée pour répondre et…

Elle marchait à présent sur ce qui lui semblait être le quai flottant d'un port de plaisance, entre les deux hommes qui l'avaient enlevée. Après avoir enfoncé dans ses côtes le canon de leurs pistolets, ils lui avaient jeté sur la tête une vieille couverture puante, qui l'aveuglait encore.

Elle tenta cependant de prendre quelques repères : l'odeur saumâtre de la marée basse, à laquelle se mêlaient des relents de poissons, le bruit continu des bateaux d'un côté et celui des voitures de l'autre, ce qui l'amena à penser qu'elle se trouvait sur un des quais du port de Boston, toujours très animé.

Elle s'efforçait de dominer sa peur et sa colère pour se concentrer sur ce qu'elle percevait autour d'elle. Elle pouvait écouter, apprécier la situation, garder tous les sens en alerte.

Et surtout gérer ses émotions pour économiser son énergie et rester en vie le plus longtemps possible, en guettant une opportunité de s'enfuir. Ou en espérant qu'on vienne à son secours.

— Vous devriez me retirer cette couverture de sur la tête. Ça va finir par attirer l'attention !

— Si quelqu'un pose des questions, on dira que tu as le mal de mer et que la lumière du jour empire encore les choses, répondit celui des deux hommes qui avait un fort accent du sud de Boston. Et je te conseille de jouer le jeu…

— Comment ? Vous voulez que je vomisse sur commande ?

Elle l'entendit qui inspirait bruyamment, signe probable qu'il n'appréciait pas — mais alors pas du tout — ce genre d'humour.

Abigaïl avait hésité à laisser le téléphone sonner, quand elle se trouvait sur la terrasse, plaisantant à distance avec Fiona et Scoop. Elle s'était dit que si c'était Owen, il rappellerait sur son portable. Idem pour Tom Yarborough, son équipier. Mais son père et Simon étaient en chemin vers chez elle, et ils risquaient d'appeler sur son fixe s'ils avaient un contretemps.

Il faisait si chaud dehors qu'elle s'était décidée à aller répondre en se disant qu'elle prendrait l'appel dans la cuisine et en profiterait pour boire un grand verre de thé glacé.

A l'autre bout du fil, la voix avait été claire et précise. Ce n'était pas l'homme avec l'accent du sud de Boston. Sans doute le chauffeur de la camionnette qui attendait dans la rue.

— Dans cinq secondes, avait-il dit, une bombe va exploser sur votre terrasse. Cinq… quatre…

A trois, Abigaïl était dans son salon.

A zéro, une puissante déflagration l'avait projetée au sol, lui coupant la respiration. Elle avait rampé jusqu'à la porte d'entrée, les oreilles sifflantes et douloureuses, puis elle s'était relevée tant bien que mal en s'accrochant à la poignée.

Elle avait ensuite traversé en titubant le petit hall d'entrée de l'immeuble en s'inquiétant pour ses amis. Scoop… Fiona… Bob… Oui, elle se souvenait avoir voulu contourner le bâtiment pour accéder au jardin et leur venir en aide.

Mais à peine avait-elle ouvert la porte de l'immeuble que deux hommes avaient surgi, l'empoignant selon une méthode visiblement bien rodée, avant de la jeter au fond d'une camionnette. Désorientée par l'explosion, elle n'avait pu se défendre mieux qu'en griffant et en donnant quelques coups de pied au hasard.

Après l'avoir balancée sans ménagement à l'arrière du véhicule, ils avaient eux-mêmes sauté à bord, refermant la porte coulissante alors que le chauffeur démarrait en trombe.

Trois hommes armés et aguerris contre une femme seule, certes inspectrice de police, mais désarmée et complètement sonnée par la terrible déflagration… Elle n'avait pas pu faire mentir les statistiques, qui ne jouaient pas en sa faveur.

Lorsque la camionnette avait enfin fini par s'arrêter, les deux hommes à l'arrière lui avaient alors mis cette couverture sur la tête et l'avaient conduite sur le quai flottant où elle se trouvait maintenant.

— Attention, dit l'homme à sa gauche. Continue à marcher de travers et tu vas servir de repas aux requins.

— Ça vaut peut-être mieux que d'être aux mains de primates décérébrés ! rétorqua-t-elle d'une voix étouffée par la couverture.

Ses ravisseurs passèrent chacun un bras sous ses aisselles, la soulevant à moitié, et l'entraînèrent sur ce qui était manifestement un bateau. Et d'après ce qu'elle pouvait en percevoir, un bateau qui n'avait rien de modeste.

Ils la poussèrent sur les marches d'un petit escalier qu'elle faillit dégringoler sur les fesses, puis ôtèrent enfin la couverture, avant de la conduire dans une cabine sombre. Là, ils la forcèrent à s'asseoir sur une chaise en métal.

Avec des gestes sûrs et rapides, ils l'aveuglèrent de nouveau à l'aide d'une espèce d'écharpe, serrée si fort autour de sa tête que le tissu tira ses cheveux courts. Les yeux brillants de larmes sous la bande d'étoffe, Abigaïl s'efforça de réguler sa respiration et de ne pas céder à l'affolement, pendant qu'on lui ligotait les chevilles et les poignets aux pieds et au dossier de la chaise.

Elle inspira alors par la bouche en comptant jusqu'à huit, retint sa respiration pendant huit secondes, puis expira par le nez en comptant encore jusqu'à huit : une manière déjà éprouvée pour elle de lutter contre la montée de la panique et du sentiment de claustrophobie.

— J'espère que vous n'avez pas saigné sur moi, dit-elle une fois retrouvée la maîtrise d'elle-même, se souvenant qu'en se débattant elle avait griffé l'un de ses ravisseurs jusqu'au sang.

La réponse vint immédiatement, sous la forme d'une terrible gifle dont on la frappa, du revers de la main. Le coup l'atteignit sur la pommette et sa tête s'inclina jusqu'à son épaule sous la violence de l'impact. Mais elle resta stoïque malgré l'intense douleur.

— Aïe, dit-elle d'une voix monocorde.

— Quand l'heure viendra, je me ferai un plaisir de te trouer la peau, dit l'homme avec l'accent du Sud.

Elle recommença son exercice de respiration.

Huit secondes d'inspiration par la bouche.

Huit secondes sans respirer.

Huit secondes d'expiration par le nez.

— Estabrook et son ami anglais vont pouvoir s'occuper d'elle, maintenant, ajouta-t-il à l'intention de son comparse. Cette affaire pue l'embrouille. Je monte boire un verre…

Abigaïl entendit la porte se fermer, puis reconnut le cliquetis d'un verrou. Elle tendit l'oreille, mais ne perçut aucun bruit de respiration à côté d'elle, aucun bruit de pas.

Elle était seule.

Estabrook…

Ainsi, les autorités fédérales avaient quand même fini par le libérer. Voilà pourquoi son père et Simon se trouvaient à Boston… Une opportunité qu'elle avait saisie pour leur demander de venir chez elle.

L'explosion de sa terrasse avait-elle eu pour but de tuer les deux hommes qu'Estabrook considérait comme ses ennemis ? Ses sbires avaient-ils cru qu'ils se trouvaient déjà sur les lieux ?

Elle renouvela trois fois de suite son exercice de respiration, puis imagina Owen qui lui souriait depuis le pont de son voilier, à l'ancre devant sa maison d'été de Mount Desert Island. Il ne resterait pas les bras croisés en attendant qu'on veuille bien lui rendre sa fiancée ! Il n'était pas seulement un bel homme élancé, séduisant mélange de Texan et de Bostonien, mais aussi un spécialiste en recherche et sauvetage. Il allait se mettre à l'œuvre pour la retrouver…

Sauf s'il avait été, lui aussi, la cible d'Estabrook, songeat-elle avec un affreux sentiment d'angoisse.

Et son père ? Et Simon ? Les hommes qui l'avaient enlevée savaient-ils pourquoi elle souhaitait les voir ?

Elle refoula toutes ces pensées. Même si elle était seule, une caméra de surveillance la filmait peut-être. Alors pas question de craquer, si quelqu'un l'observait, à l'affût d'un signe de faiblesse.

Huit secondes d'inspiration par la bouche.

Huit secondes sans respirer.

Huit secondes d'expiration par le nez.

Le yacht se mit en route. Vers quelle destination ? Elle se prit à espérer que ses ravisseurs commettraient une erreur. Peut-être même en avaient-ils déjà commis une et l'unité d'élite du SWAT était-elle d'ores et déjà en train de préparer sa libération ?

Owen…

Abigaïl le vit venir à elle sous les rayons de lune d'une nuit d'été dans le Maine. Elle sentit son corps adoré qui lui faisait l'amour, ses caresses, entendit les mots passionnés qu'il aimait murmurer à son oreille, les vagues qui s'écrasaient sur les rochers, juste derrière les fenêtres de la maison, avec au loin le cri des mouettes.

Quoi qu'il arrive, Owen serait avec elle.

Il était déjà avec elle.

8

Péninsule de Beara,
le 25 août à 21 h 10, heure d'été irlandaise

Plus haut dans la péninsule, Lizzie quitta la route principale et s'engagea sur un chemin qui grimpait vers les collines, en direction du village touristique de Kenmare, à la pointe de la baie. C'était un petit détour, mais elle espérait réduire ainsi les risques de croiser l'*An Garda Síochána*, les gardiens de la paix.

En d'autres termes, la police irlandaise.

Une fois à Kenmare, elle se rendrait au petit aéroport de Kerry County et prendrait le dernier vol pour Dublin.

A défaut d'avoir mis au point une nouvelle stratégie, elle avait au moins pris une décision.

Elle se rangea sur le bas-côté, aménagé pour les moutons bien plus que pour les voitures, et sortit, accueillant avec plaisir le vent vivifiant qui lui fouetta aussitôt le visage. Elle était épuisée, tant par la nouvelle de l'attentat de Boston que par les séquelles physiques et émotionnelles du premier combat de sa vie contre un adversaire armé déterminé à la tuer.

Sans parler de sa rencontre avec Will Davenport.

Son regard se porta au-delà des collines qui plongeaient

à pic dans la baie. Le ciel s'était assombri malgré la fuite des nuages et jetait des reflets gris sur l'eau.

Elle fit quelques pas le long d'une clôture barbelée. Elle n'avait pas croisé une seule voiture depuis qu'elle avait quitté la route principale. Seules les lumières d'une ferme isolée, en contrebas, témoignaient d'une présence humaine. Un trio de moutons déambulait sur le pâturage hérissé de rochers qui s'étendait devant elle. Malgré l'obscurité grandissante, Lizzie distinguait les taches bleues qui marquaient le manteau laineux des trois animaux. Le moment était si doux… Pourquoi ne pas passer outre son peu de goût pour le camping, finalement, et planter sa tente ici même, au milieu des rochers et des moutons, oublier tout ce qui lui occupait l'esprit, y compris le beau Will Davenport ? Sans doute ce dernier trouverait-il le moyen de découvrir son identité avant que les horloges d'Irlande ne sonnent les douze coups de minuit. C'était le problème… Quelque chose lui disait que, de toute manière, l'élégant aristocrate risquait de devenir très vite pour elle un *sérieux* problème…

Alors qu'elle regardait les moutons s'approcher de la clôture, elle se demanda comment Will connaissait l'Anglais dont elle avait parlé au prisonnier. Elle avait rencontré cet homme à Las Vegas et elle était certaine que Davenport le connaissait aussi.

Oui… Il allait lui falloir gérer *en plus* la présence inattendue de ce séduisant lord en terre irlandaise.

Elle était arrivée dans la capitale du jeu fin juin, après quelques jours passés seule dans sa maison du Maine, suivis d'un saut rapide à Boston, au siège de l'entreprise familiale. Son oncle Bradley, qui dirigeait le groupe hôtelier, supportait de moins en moins ses absences. Il avait même récemment laissé entendre qu'il pourrait réorganiser la direction sans elle. Mais Lizzie était douée pour accomplir un grand nombre de choses en peu de temps et elle avait réussi à apaiser son courroux. Voyager d'un hôtel Rush à l'autre lui avait donné la flexibilité nécessaire pour combiner sa vie professionnelle et ses incursions dans le monde de Norman. Mais bien qu'elle ait toujours trouvé le temps de dénicher de nouvelles idées, de faire évoluer les services de conciergerie qui faisaient la réputation des hôtels Rush, son oncle aurait aimé la voir plus souvent aux réunions ou derrière son bureau.

Elle s'était réjouie d'être de retour à Las Vegas, ville ensoleillée et fascinante, ville de tous les extrêmes où son père avait élu domicile. Malheureusement, Norman avait débarqué à l'improviste le matin même de son arrivée pour un *High-stakes* poker, un tournoi réservé à ceux qui avaient les moyens de jouer gros. Elle avait ouvert grand les yeux et les oreilles pour glaner de nouveaux renseignements à fournir au FBI, mais le milliardaire n'était accompagné d'aucun de ses amis des cartels de la drogue et elle avait décidé de se détendre un peu.

Au cours du tournoi, un homme aux cheveux châtain clair, coupés très court, avait profité d'une pause pour s'entretenir brièvement avec Norman, loin des oreilles indiscrètes. Lizzie n'avait pu entendre un seul mot de leur conversation, mais elle avait été frappée par la gravité de leurs visages. Lassée de jouer les potiches autour de la table de poker, elle s'était alors réfugiée au bar de l'hôtel. Dix minutes plus tard, l'Anglais était venu l'y rejoindre. Elle avait fait de son mieux pour affecter l'ennui, tandis qu'elle sirotait tour à tour une bouteille d'eau et un Martini.

Le bar était presque désert, mais l'homme s'était juché sur le tabouret voisin du sien.

— Est-ce que vous avez encore de l'eau dans votre sac, ma belle ?

— Bien sûr.

Elle avait plongé la main dans son fourre-tout et en avait retiré une petite bouteille d'eau minérale. C'était Vegas et il fallait toujours avoir sur soi quelque chose pour s'hydrater.

— Je m'appelle Lizzie Rush, avait-elle dit. Et vous êtes ?

Il avait ouvert la bouteille et en avait bu une gorgée.

— Faites attention où vous mettez les pieds, ma belle, avait-il simplement répondu, ponctuant sa phrase d'un clin d'œil.

C'était à ce moment-là qu'elle avait noté le gris de ses yeux.

— Désolé, je ne peux pas rester, avait-il ajouté en quittant le tabouret. Il faut que je prenne l'avion avant le grand *rush* des vacances.

Il était parti en riant de son mauvais jeu de mots.

Plus tard ce soir-là, Lizzie était montée à contrecœur dans le jet privé de Norman, en direction du Montana. Simon était censé les rejoindre après un détour par Londres, chez son ami Will Davenport. Norman lui avait demandé de venir plancher sur son prochain défi : une descente dans les entrailles d'un volcan encore en activité.

Trois jours plus tard, Norman était en état d'arrestation.

Lizzie avait fourni au FBI une description détaillée du mystérieux Anglais. Mais cette information semblait n'avoir débouché sur rien.

Avant de quitter Las Vegas pour le Montana, elle avait demandé à son père s'il connaissait cet homme.

— Inconnu au bataillon, lui avait-il répondu.

C'était peut-être la vérité.

Ou non.

A présent elle se trouvait en Irlande, face à trois moutons qui l'observaient placidement.

Elle sortit un téléphone portable de sa parka et composa le numéro de son père.

— C'est moi, papa. Tu es à Vegas ?

— Oui, en train de perdre au poker. Comment vas-tu, ma petite fille ?

Elle perçut une certaine inquiétude dans sa voix, mais préféra éluder la question.

— Tu te souviens de l'Anglais qui est venu parler à Norman Estabrook, en juin ?

— Qui ?

— Tu sais très bien de qui je parle ! Ce soir-là, tu m'as dit que tu ne le connaissais pas. Je me demandais si par hasard tu ne l'avais pas revu, ou si tu t'étais renseigné à son sujet, depuis…

— Je suis en train de perdre ma chemise, Lizzie. Où es-tu ?

Elle se figura son père assis à la table de poker du *Rush Hotel* de Las Vegas, de loin le plus grand du groupe, avec ses cent quatre-vingt-dix-sept chambres. A bientôt soixante ans, Harlan Rush était un bel homme — riche, pour ne rien gâter. La mère de Lizzie, une Irlandaise, avait eu le coup de foudre pour ce blond séduisant, trente et un ans plus tôt, alors qu'elle séjournait à Boston, au *Whitcomb Hotel*. Elle travaillait à ce moment-là à l'office du tourisme irlandais.

Soi-disant.

Lizzie n'avait pas envie d'informer son père du lieu où elle se trouvait, ni des derniers événements auxquels elle avait été mêlée.

— Disons simplement que je ressens les effets du décalage horaire…

Une réponse globale dont il allait devoir se contenter.

Harlan soupira.

— Tu es en Irlande. Combien de fois t'ai-je dit de ne pas y aller ?

— L'Irlande n'est pas le problème, papa.

— Ce pays porte la poisse à notre famille. Pas étonnant que j'aie des cartes pourries, ce soir.

— Eh bien moi, je l'adore, ce pays. Justin se débrouille comme un chef à Dublin. L'hôtel ne désemplit pas.

— Tu as des ennuis, Lizzie, n'est-ce pas ? Je peux l'entendre dans ta voix.

Elle leva les yeux vers le ciel. Il y aurait des étoiles, ce soir. Elle avait de plus en plus envie de rester, seule avec les moutons, pour les regarder éclore sur la voûte céleste.

— Je pense que l'Anglais qu'on a vu à Las Vegas connaît Will Davenport, un de ses compatriotes et un bon ami de Simon Cahill.

— Cahill ? L'agent du FBI ?

Son père poussa un grognement.

— Lizzie…

— Et je pense que Will évolue dans des eaux qui te sont familières.

— Will Davenport… Et on peut savoir comment tu le connais ?

— On vient de se rencontrer dans un pub du coin, autour d'un verre de brandy.

— Tu ne bois du brandy que quand tu as des problèmes.

— Pas seulement, répliqua-t-elle avec un sourire, en espérant que son père le percevrait dans sa voix. Mais c'est encore meilleur quand tout va de travers.

— Tu veux un conseil, ma fille ? Retourne dans le Maine, assieds-toi sur un rocher et regarde les cormorans.

— Papa…

— Estabrook a été libéré ce matin. Mais ce que fait ou ne fait pas ce salopard n'est pas ton problème. Tu en as bien conscience, j'espère ?

— Bien sûr. Alors, tu n'as vraiment rien sur l'Anglais qu'on a vu en juin ?

Il hésita, juste une fraction de seconde.

— Non, je n'ai pas de nom à te donner. Ni rien d'autre, d'ailleurs. Oublie-le, Lizzie. Et si lord Davenport est son ami, je te conseille de l'oublier aussi.

— Je t'ai donné son nom, pas son titre, lui fit-elle remarquer. Comment sais-tu que Will est un lord ?

— Quoi ? Il est vraiment lord ? J'ai dit ça pour plaisanter.

Tu parles !, songea-t-elle.

De toute évidence, son père lui cachait des choses. Pas par goût du mensonge, mais simplement parce qu'il ne disait jamais tout ce qu'il savait. Pas même à sa fille. Il avait pu se renseigner sur Simon Cahill et ses amis tout aussi aisément qu'elle, avant ou après l'arrestation de Norman. Il n'avait jamais aimé la voir traîner avec Estabrook et sa clique.

— Will est du même monde que toi, n'est-ce pas ? lui demanda-t-elle.

— Ce n'est pas parce que je t'ai appris deux ou trois choses utiles pour ne pas te faire marcher sur les pieds qu'il faut en tirer des conclusions hâtives sur le métier que j'exerçais.

— Ça veut dire oui ou ça veut dire non ?

— Un amateur avec les compétences d'un professionnel reste un amateur, Lizzie. Et c'est ce que tu es. Tu n'as personne derrière toi. Ni réseau, ni organisation. Et les francs-tireurs ne font pas de vieux os, dans ce monde-là.

— Je t'ai, toi.

— Lizzie…

Elle l'entendit inspirer profondément à l'autre bout du fil.

— Si tu as besoin de moi, tu sais que je serai là, bien sûr…

— Oui, je le sais.

— Ta tante Henrietta est à Paris. Elle est allée y choisir du linge de maison.

— J'adore Henrietta, papa, mais tu sais à quoi ressemble une journée de shopping avec elle ?

— Oui. A l'enfer sur Terre. Cela dit, tu es plus proche de Paris que du Maine. Va donc lui rendre une petite visite. Ils ont de bons alcools, en France… Amuse-toi, Lizzie.

Il marqua une pause quelques secondes avant de reprendre :

— Les Davenport sont des gens bien. Sans compter qu'ils n'ont pas la réputation d'être laids… Si tu as une bonne raison de boire du brandy, trinquer avec un Davenport n'est pas forcément une mauvaise idée.

Une bénédiction à demi-mot qui suffisait amplement à Lizzie.

— Merci, papa. Retourne à ta table de poker. Tu n'es pas en train de bluffer avec une paire de trois, j'espère ?

— Si seulement j'avais une paire… Fais bien attention à toi, Lizzie.

— Bien sûr. Je t'embrasse très fort, papa.

Après qu'elle eut raccroché, la jeune femme sourit en voyant d'autres moutons rejoindre le trio et s'agglutiner devant la clôture, le vent faisant gonfler leurs longs manteaux de laine. Elle devait beaucoup à son père. Grâce à lui, elle pouvait entre autres se battre à mains nues, repérer un type qui la filait, désamorcer une bombe rudimentaire.

— Le plus important n'est pas de savoir désamorcer un engin explosif, lui avait-il dit à maintes reprises, mais de se rendre compte qu'il y en a un planqué là où tu te trouves.

Elle revint à la voiture et fouilla dans son sac à dos à la recherche de vêtements de rechange. Ils n'étaient guère plus sophistiqués que ceux qu'elle portait, mais au moins ils étaient propres. Elle se changea là, au bord du chemin, sous le regard toujours aussi impénétrable des moutons. Elle troqua ensuite ses chaussures de randonnée crottées contre une paire de délicieuses petites sandales, achetées à prix d'or à Dublin, chez Brown Thomas. Une ville que son père fuyait comme la peste depuis de longues années. Depuis que Shauna Morrigan Rush, sa femme et la mère de Lizzie, y avait trouvé la mort.

Un accident selon les autorités irlandaises et John March, alors jeune inspecteur chargé de l'enquête sur son décès. Ce même John March qui était aujourd'hui à la tête du FBI.

Lizzie referma le coffre de sa voiture de location, l'esprit agité par une multitude de questions.

— Evite de spéculer, n'avait cessé de lui répéter son père au cours de sa jeunesse. Discipline-toi et apprends à te concentrer sur ce que tu peux faire. Le reste, c'est du temps et de l'énergie perdus.

Plus facile à dire qu'à faire quand une pluie de couteaux, de bombes, d'agents du FBI et d'espions en tout genre vous tombait sur la tête… Mais elle se promit de faire de son mieux.

Un bélier s'approcha et la regarda en bêlant gravement. Elle lui répondit en bêlant à son tour.

— Là, dit-elle en riant de cette bêtise, je n'ai qu'à rester ici et faire la conversation aux moutons !

Elle se souvint du jour où Edna Whitcomb Rush, sa grand-mère — une femme sévère mais juste qui n'était pas préparée à aider son fils aîné à élever seul sa fille —, l'avait invitée à prendre le thé comme une grande pour lui expliquer les longues absences de son père.

— Ton papa s'en va de par le monde découvrir de nouveaux endroits et de nouvelles idées pour nos hôtels. C'est un explorateur. Un explorateur d'endroits et d'idées…

Un explorateur ?

L'explication tenait la route et Lizzie avait alors gravement hoché la tête. Mais elle n'en avait pas cru un mot. Elle avait compris depuis longtemps que son père était agent secret. Un espion au service des Etats-Unis d'Amérique et qui avait déjà commencé à lui apprendre tout ce qu'il savait.

Elle grimpa dans sa voiture après avoir pris congé des moutons avec un dernier bêlement, abandonnant son idée de camping.

Alors qu'elle regagnait le chemin obscur qui serpentait à flanc de colline, elle jeta un coup d'œil dans son rétroviseur.

Ni la *Garda* ni Will Davenport ne semblaient être à ses trousses.

Pas encore, en tout cas.

9

Boston, Massachusetts, le 25 août à 16 h 25, heure avancée de l'Est

Simon passa le bout des doigts sur le dessin d'une ancienne statuette celtique, un ange de pierre que Keira jurait avoir vu dans une ruine de la péninsule de Beara.

Elle avait aussi vu un chien noir, ce soir-là.

Keira et ce petit village de la côte sud-ouest de l'Irlande… Entre eux, c'était une histoire forte. Une histoire qui semblait ne pas vouloir finir.

Elle avait exécuté ce dessin elle-même et l'avait donné à Fiona O'Reilly, qui l'avait accroché au mur de la salle de réception de l'élégante demeure de la famille Garrison à *Beacon Hill*. Owen mettait généreusement cette pièce à disposition de la jeune fille et de ses amis, qui venaient y répéter avec leur groupe de musique folklorique. Cette salle presque vide, située au rez-de-chaussée, accueillait essentiellement des réunions et des soirées de bienfaisance sous son monumental lustre en cristal. Les bureaux de la Fondation Dorothy Garrison, créée à la mémoire de la sœur d'Owen, avaient été installés au premier étage. Owen venait d'avoir onze ans et Dorothy quatorze quand elle s'était noyée à proximité de leur maison de vacances, sur la côte du Maine. A la suite du drame, leurs parents, dévastés par le chagrin, avaient quitté Boston pour s'installer à Austin, dans l'état du Texas. Quant à Owen, après un détour par l'armée, il avait fondé Fast Rescue, une ONG unanimement respectée, qui intervenait rapidement sur les lieux frappés par un désastre, qu'ils soient naturels ou d'origine humaine, et ce partout dans le monde.

Simon, lui-même spécialiste en recherche et sauvetage, s'était porté volontaire pour rejoindre les rangs de Fast Rescue, après s'être lié d'amitié avec Owen, rencontré par l'intermédiaire de John March. Owen et March vivaient l'un à côté de l'autre à Mount Desert Island, une magnifique île du Maine, mais leur relation de bon voisinage avait pris un tour différent lorsque Owen avait découvert le cadavre de Christopher Browning, un agent du FBI assassiné alors qu'il entamait son quatrième jour de lune de miel. Sept ans plus tard — soit l'été précédent —, Owen et Abigaïl, la veuve de Chris, étaient tombés amoureux l'un de l'autre et avaient finalement découvert l'identité du meurtrier.

A cette même époque, Simon s'infiltrait dans l'entourage proche de Norman Estabrook pour le compte du FBI, tentant de mettre au jour les activités criminelles du milliardaire. Un an plus tard, juste avant l'arrestation d'Estabrook, en juin, il avait rencontré Keira Sullivan... Et voilà que, quelques heures plus tôt, elle avait failli être tuée par sa faute ! C'était la deuxième fois durant l'été qu'elle échappait à la mort...

Il détailla un autre dessin, qui représentait une jardinière sur un balcon de Dublin. Ornée de pommes de pin, de branches de houx, de boules multicolores et de figurines, elle était traversée d'un ruban doré qui ondulait comme une caresse à travers les décorations. Keira avait capturé bien plus qu'un décor de Noël sur le papier, si pittoresque fût-il. Comme toujours, elle allait au-delà des apparences pour restituer l'invisible : une atmosphère, un instant de grâce, un rêve…

L'unité de déminage avait fouillé de fond en comble le bâtiment de la fondation sans rien trouver de suspect, mais les quelques employés avaient tout de même été invités à rentrer chez eux par mesure de prudence. Les forces de l'ordre étaient toujours sur place, le gros des troupes massé dans l'allée où Owen avait désamorcé la bombe qui piégeait sa voiture. Bob O'Reilly était passé en coup de vent, une expression grave — furieuse, même — sur le visage. Il fallait se mettre à sa place : deux bombes dans la ville dont il était censé assurer la sécurité, une placée sur une terrasse de son propre immeuble et l'autre dissimulée dans la voiture d'un proche. Un collègue et ami dans un état stable mais toujours critique. Une autre collègue et amie disparue. Sa fille profondément choquée, peut-être traumatisée à vie. Et sa nièce victime d'une tentative de meurtre en Irlande.

Ça faisait beaucoup pour une journée. Beaucoup trop…

Dieu merci, Keira se trouvait maintenant sous la protection de la police irlandaise, saine et sauve. La priorité désormais était de retrouver Abigaïl. Toutes les forces de la ville étaient mobilisées pour la localiser.

Des membres de la police et du FBI envahissaient à présent le grand vestibule de la maison Garrison. C'était là que Simon avait posé les yeux sur Keira pour la première fois en juin dernier, seulement quelques jours avant qu'elle ne découvre cette statuette celtique en Irlande, dans les ruines d'une hutte de pierre. Il la revoyait ici même, avec ses yeux bleus et ses longs cheveux blonds, vision inoubliable, apparition enchantée, irréelle presque…

Sur le moment, il l'avait seulement trouvée très belle, mais aujourd'hui il se demandait s'il n'avait pas eu un coup de foudre. Ce qui était certain, en tout cas, c'est qu'il l'aimait profondément. Il l'avait rejointe en Irlande au début du mois d'août. Pendant qu'elle dessinait et peignait, il faisait son possible pour aider les autorités à démanteler le réseau de trafiquants de drogue dont l'un des principaux rouages n'était autre qu'Estabrook.

Le vieux parquet grinça légèrement sous ses pieds lorsqu'il s'avança jusqu'au centre de la salle de réception où se tenait Owen, les yeux rivés sur le lustre, comme s'il cherchait des réponses, ou peut-être simplement une raison d'espérer, dans les délicats reflets des innombrables pendeloques en cristal.

Mais Simon savait qu'il ne fallait pas se fier à l'air calme et pensif de son ami. C'était sa façon de contenir ses émotions, de rester maître de lui-même malgré l'indicible angoisse qui l'étreignait forcément depuis la disparition de sa fiancée.

Une angoisse qu'ils éprouvaient tous.

— Je donnerais n'importe quoi pour qu'ils me laissent prendre sa place, dit Owen brusquement sans quitter le lustre du regard.

— Abigaïl le sait. Elle va s'accrocher à l'amour que tu lui portes pour ne pas sombrer. Ça va lui donner la force de tenir. Tu as déjà vu ce phénomène à l'œuvre chez des gens en situation périlleuse, n'est-ce pas ?

Avant de venir à Boston, Simon avait rejoint les sauveteurs de Fast Rescue en Arménie où venait de se produire un terrible tremblement de terre. Ils avaient extrait des dizaines de gamins des décombres d'une école effondrée. Beaucoup d'entre eux étaient gravement blessés. Quelques-uns s'en étaient sortis indemnes. D'autres n'avaient pas survécu.

Simon avait vu Owen travailler sans relâche, jour et nuit, déblayant et motivant ses troupes sans jamais flancher, malgré l'épuisement et l'horreur de certaines découvertes.

Combien d'enfants sauvés leur avaient-ils dit qu'ils savaient que quelqu'un viendrait les sortir de là, qu'on ne les abandonnerait pas à leur triste sort ? Combien avaient réussi à tenir le coup en songeant à l'amour de leurs parents, de leurs frères et sœurs, de leurs amis ?

Owen était un homme d'action par excellence. Un fonceur. Un type qui ne restait jamais les bras croisés face au malheur du monde. C'est pourquoi, à le voir ainsi immobile, comme figé par l'angoisse, Simon mesurait la profondeur de son désarroi.

— Le sang sur le trottoir n'est pas le sien, dit-il.

Owen hocha la tête. Bob l'avait déjà mis au courant. Des analyses venaient de confirmer qu'il s'agissait bien de sang humain, mais pas du même groupe que celui d'Abigaïl.

— Ce qui veut dire qu'elle était en état de se défendre quand on l'a enlevée, poursuivit Simon. Elle n'a pas dû être blessée par la bombe.

— Espérons, répondit simplement Owen. Tu as des nouvelles de Scoop ?

— Il a été recousu et il est sous analgésiques. L'éclat métallique qui l'a touché à la base du crâne pose encore des problèmes, mais les médecins sont moins pessimistes qu'ils ne l'étaient il y a quelques heures.

Owen ferma brièvement les yeux. Entre ses années d'armée et son expérience de sauveteur pour Fast Rescue, il avait appris à garder son sang-froid en toutes circonstances, à se concentrer sur l'essentiel pour être aussi efficace que possible. Tremblement de terre, tsunami, écoulement de boue, inondation, attentat terroriste… Il avait tout vu, tout vécu. Mais cette fois-ci, il était personnellement touché. Très personnellement.

— Je n'en peux plus d'être là, à attendre debout sous ce lustre ! Je déteste me sentir impuissant !

Simon essaya de sourire.

— Un homme qui vient tout juste de désamorcer un explosif placé dans sa voiture est tout sauf impuissant. Ça faisait longtemps que tu n'avais pas eu à jouer les démineurs, pas vrai ?

— Pas assez longtemps.

Simon sourit de nouveau.

— Et puis c'était un mécanisme simple, ajouta Owen. Une bombe artisanale.

— Suffisante néanmoins pour t'envoyer au paradis des sauveteurs.

Mais rien ne semblait pouvoir chasser le masque d'inquiétude qui déformait les traits déjà anguleux d'Owen.

— Heureusement que Keira a appelé pour nous prévenir, dit-il. La bombe cachée chez Abigaïl a été actionnée à l'aide d'une télécommande. Celle dans ma voiture était programmée pour exploser quand j'aurais mis le contact. Il y avait assez de C-4 pour réduire ma Volvo en miettes et me tuer, ainsi que tous ceux qui se trouvaient dans les environs immédiats.

— Comme ça, ces lâches n'avaient pas besoin de se planquer et d'attendre que tu te mettes au volant.

Owen leva une nouvelle fois les yeux en direction du lustre en cristal.

— Pourquoi vouloir me tuer et avoir enlevé Abigaïl ?

— C'est une bonne question…

— A propos de questions, c'est Tom Yarborough qui m'a interrogé. Je lui ai dit tout ce à quoi j'ai pu penser. Il était encore tôt ce matin quand je suis parti et Abigaïl était toujours au lit. Je suis allé directement à ma voiture et je ne me souviens pas avoir vu quiconque dans la rue, à l'exception d'un ou deux voisins. Une fois ici, je me suis garé dans l'allée, comme d'habitude, et je suis monté travailler.

— Pour la fondation ou pour Fast Rescue ?

— Pour Fast Rescue. On va déménager le siège à Boston et ça demande un peu d'organisation.

— Fast Rescue déménage ? Première nouvelle !

— La décision a été prise au début du mois. Je n'en ai pas encore parlé à Abigaïl.

Sa voix se mit à trembler imperceptiblement.

— Je voulais lui faire la surprise. Je vais passer beaucoup moins de temps dans les avions et beaucoup plus avec elle, quand les bureaux seront ici. On…

Il laissa la phrase en suspens et inspira profondément.

— Ça n'a plus d'importance, maintenant.

— Bien sûr quc si, ça en a ! protesta Simon. Ab va être ravie, mais elle risque aussi de râler. Tu sais qu'elle n'aime pas que tu aies des secrets pour elle.

Le sourire d'Owen n'atteignit pas ses yeux.

— Je te ferai remarquer qu'il y a une différence entre *surprise* et *secret*.

— Tu la lui expliqueras quand elle reviendra, mais je ne suis pas certain que tu vas t'en sortir à si bon compte.

— Tu sais qu'elle déteste qu'on l'appelle Ab. Mais bien entendu, c'est pour ça que tu le fais.

— Je suis vraiment désolé de ce qui t'arrive, Owen…

— Tu n'y peux rien. Mais parlons d'autre chose, s'il te plaît. D'Estabrook, par exemple. Tu as des nouvelles ?

— Non. Il a littéralement disparu de nos radars avec son avion. Des recherches ont été entreprises, mais il a dû se poser dans je ne sais quel coin perdu du Montana… Le retrouver peut prendre longtemps. Des semaines, voire des mois. Si jamais on le retrouve un jour…

— D'autant qu'il n'a peut-être pas envie qu'on le retrouve.

Simon comprit tout de suite où Owen voulait en venir.

— C'est sûr. Il a balancé un certain nombre de types qui ne sont pas des enfants de chœur. A l'heure qu'il est, il est sans doute la cible de criminels endurcis. C'est peut-être à eux qu'on doit d'ailleurs les réjouissances d'aujourd'hui. Les bombes, l'agression contre Keira… Quant à Estabrook, il a pu décider de fuir leur vengeance.

— C'est vraiment ce que tu crois ?

— Non, en fait. Mais on ne peut exclure aucune hypothèse.

— Les forces de l'ordre sont tenues de ne rien exclure, répliqua Owen. Pas moi.

— On peut aussi imaginer que Norman va revenir se poser ce soir dans son ranch. Ce qui vient de se passer ici et en Irlande peut aussi être l'œuvre de quelqu'un qui en veut directement à Abigaïl. Quelqu'un qu'elle a contribué à faire tomber au cours d'une de ses enquêtes. A moins que la bombe n'ait visé Bob ou…

— Allons ! Tu sais comme moi que c'est Estabrook, coupa Owen.

— Cette opération a pu aussi être dirigée contre le père d'Abigaïl. Il faut faire attention à ne pas tirer des conclusions hâtives, au risque de passer à côté du ou des vrais coupables.

— Sauf qu'on sait très bien que c'est Estabrook, répéta calmement Owen.

Cette fois-ci, Simon resta silencieux quelques secondes avant de hocher lentement la tête.

— Il n'a pas pu agir seul, reprit Owen. Pour lancer trois

attaques quasi simultanées quelques heures seulement après sa libération, il a fallu que son coup ait été préparé longtemps à l'avance. Il a sans doute commencé à y réfléchir dès les premières heures de son arrestation. Tu sais quoi, Simon ? Tu devrais aller rejoindre Keira en Irlande.

Simon ne rêvait que de cela. Il se figura la jeune femme dans le cercle de pierres, aux prises avec un tueur à gages, et ne put réprimer un sentiment de culpabilité.

— J'aurais mieux fait d'aller pêcher en Ecosse avec Will Davenport que de venir à Boston au mois de juin, murmura-t-il. Si je l'avais fait, Keira serait en sécurité à l'heure qu'il est.

— Ou bien morte, dit brutalement John March en pénétrant dans la grande salle.

Quelques agents du FBI entrèrent sur ses talons, mais restèrent à distance raisonnable.

— Le tueur s'intéressait à l'histoire irlandaise de Keira avant que tu ne la rencontres, poursuivit March. Qui sait ce qui serait arrivé, au contraire, si tu n'étais pas entré dans sa vie à ce moment-là ? Ce psychopathe de Jay Augustine se serait peut-être senti les mains plus libres pour lui faire du mal. Et puis tu n'as aucune raison de t'inquiéter pour elle. Elle est en sécurité, maintenant.

Mais sa fille Abigaïl ne l'était pas.

Simon eut envie de disparaître sous terre.

— Désolé, dit-il. C'est lamentable de ma part de m'apitoyer sur mon sort alors qu'Owen et vous…

Il ne termina pas sa phrase.

— Tu as parfaitement le droit de te faire du souci, répliqua March. Estabrook a décidé de s'en prendre à nos proches et c'est difficile à vivre pour nous tous. Mais Keira et Abigaïl ne sont pas ses vraies cibles.

Simon hocha la tête.

— Je sais. C'est nous qu'il cherche à atteindre. Vous et moi.

— Et nous supprimer ne lui suffit pas. Il veut d'abord nous faire souffrir…

March se tourna vers son futur gendre :

— Owen, je ne sais pas quoi dire…

— Je veux aller la chercher, John.

— Trop risqué. On n'en sait pas encore assez. Collabore avec nous, c'est la meilleure façon de procéder. Tu as peut-être vu quelque chose, ou tu vas finir par te souvenir d'un détail, d'une réflexion d'Abigaïl, de…

March s'interrompit brutalement, les traits tendus et le regard impassible, aussi maître de lui-même que possible en pareilles circonstances. On voyait qu'il avait déjà passé près de quarante ans dans les forces de l'ordre.

— Abigaïl ne voudrait pas que tu joues les Zorro, dit-il.

— Alors laissez-moi me rendre dans le Montana et aider les autorités à localiser l'avion d'Estabrook. J'ai à ma disposition des équipes rompues à ce genre d'exercice.

March soupira.

— Quelqu'un — très certainement l'homme que tu voudrais localiser — a essayé de te tuer. Tu en as conscience, n'est-ce pas ?

— J'ai été prévenu à temps ; j'ai trouvé la bombe et je l'ai désamorcée, fin de l'histoire.

Owen marcha vers une des hautes fenêtres qui donnaient sur le *Boston Common*, le jardin public de la ville.

— Je n'ai pas pour habitude de m'appesantir sur ce qui aurait pu se passer, ajouta-t-il.

— A l'heure où je te parle, plusieurs de mes hommes sont en train de le pister.

Owen lui jeta un regard.

— Oui, mais ce ne sont pas *mes* hommes !

March ne répondit rien et Simon alla rejoindre son ami devant la fenêtre. Des passants défilaient à travers la vitre parfaitement lavée : un mélange de touristes, d'étudiants et d'employés qui commençaient à quitter les bureaux.

— Ça fait un an que j'essaie de comprendre le fonctionnement de Norman, dit-il. Sa façon de penser. J'ai acquis la certitude que braver la mort est sa façon de se sentir vivant.

Il hésita un instant avant de poursuivre, puis se tourna vers March.

— Il défie les autorités pour la même raison, John. Pour se sentir vivant.

— Pourquoi s'en prend-il à moi, à ton avis ?

Ce fut Owen qui lui répondit.

— Il vous considère comme son égal, John. Et dans son univers, il n'existe pas grand monde à qui il puisse se mesurer. Pour lui, la plupart des gens ne sont que des pions, des inférieurs. Mais vous…

Il haussa les épaules.

— En tant que directeur du FBI, la plus puissante agence de renseignements au monde, vous incarnez la loi à vous tout seul.

John March, qui était devenu un second père pour Simon lorsque son vrai père était mort vingt ans plus tôt, vint à son tour se poster devant la haute fenêtre. Simon l'observa à la dérobée, tandis que son regard se fixait sur un point invisible, quelque part dans les allées du jardin public. Rien sur son visage ne trahissait l'étendue de sa souffrance, de son angoisse, et pourtant Simon les sentait comme s'il les avait exprimées par des cris et des larmes. L'émotion contenue de cet homme si puissant avait quelque chose de particulièrement déchirant.

— Je ne suis pas riche, dit March, brisant le silence. Et je n'ai aucun goût pour les aventures extrêmes. Je suis juste un flic, rien de plus. Que je patrouille dans les rues de Boston ou que je sois assis derrière mon grand bureau de Washington, je reste toujours un flic qui fait son boulot.

Simon secoua doucement la tête.

— Norman ne voit pas les choses comme ça. Pour lui, vous êtes un défi à relever. En faisant de vous son ennemi, il a le sentiment de se dresser contre le FBI tout entier. Contre la loi avec un grand L. Dans son esprit, c'est une autre façon de braver la mort.

Owen quitta le spectacle de la rue pour se tourner vers celui qu'il considérait déjà comme son beau-père.

— Estabrook préfère mourir de mort violente que de croupir en prison jusqu'à la fin de ses jours.

— Il veut mourir au combat, hein ? dit alors March. Eh bien, on va lui donner satisfaction ! Ma femme est à Washington, sous surveillance rapprochée. Vous devriez faire de même, tous les deux. Je vais mettre des hommes à votre disposition.

— Je compte faire tout mon possible pour aider le FBI, mais je n'ai besoin de personne pour assurer ma sécurité, protesta Owen d'un ton un peu raide, tandis que Simon levait un sourcil.

— Vous plaisantez, John ? dit-il à son tour. J'ai travaillé sans filet pendant un an, côtoyant presque quotidiennement Norman et ses nouveaux amis, et voilà que d'un seul coup vous êtes inquiet pour moi ?

— Simon…

— Pas besoin de protection rapprochée, coupa-t-il. Et maintenant que Keira ne court plus de danger, j'ai bien l'intention de m'occuper de cette affaire.

Il ne donna pas plus de détails sur ce qu'il comptait

faire. Will Davenport se trouvait en Irlande et il avait un contentieux avec March. Simon en ignorait la nature exacte, mais il avait le sentiment qu'il fallait chercher son origine du côté de l'Afghanistan et de cette grotte effondrée où Will s'était retrouvé coincé, où deux de ses hommes avaient perdu la vie tandis qu'un troisième s'était retrouvé aux mains de l'ennemi. Simon avait lui-même été envoyé en mission là-bas. Les Anglais avaient sans doute eu des raisons similaires aux siennes pour se trouver dans ce secteur, mais ils avaient gardé le silence après la perte de trois de leurs hommes. Peut-être s'étaient-ils montrés plus loquaces avec March.

John l'observait attentivement. Son regard, ni amical ni paternel à cet instant précis, était un regard de flic. De superflic. Un regard de patron du FBI. La déclaration qu'il venait de faire n'était manifestement pas tombée dans l'oreille d'un sourd.

Simon posa une main virile et chaleureuse sur l'épaule d'Owen, adressa un salut de la tête à John March et quitta la pièce sans ajouter un mot. Qu'y avait-il d'autre à dire ?

Il traversa le grand vestibule et descendit les marches qui menaient à la rue. Les têtes de quelques collègues du FBI et de quelques policiers, éparpillés sur les larges trottoirs qui bordaient la maison, se tournèrent vers lui. Avaient-ils pour consigne de ne pas le laisser partir seul ?

Tant pis pour eux si c'était le cas.

L'air était chaud en cette fin d'après-midi, et même un peu étouffant. Il songea à la description de la femme qui avait sauvé la vie de Keira en Irlande.

— Cheveux raides, longs et noirs, yeux vert pâle, avait dit Will. Elle est petite, mais très vive et sûre d'elle. Elle n'a eu aucun mal à prendre le contrôle sur Murphy. Tu aurais dû voir ça, Simon ! Elle l'a désarmé en deux temps trois mouvements et lui a confisqué son couteau. Et ce type doit faire le double de son poids. D'où sort-elle, à ton avis ?

Il avait répondu qu'il n'en avait pas la moindre idée, ce qui était la vérité à ce moment-là.

A présent, il pensait à quelqu'un, mais ça n'avait aucun sens.

Lizzie Rush, en train de dérouiller un tueur dans un cromlech irlandais ? Allons donc…

Comme beaucoup de membres distingués de l'entourage proche d'Estabrook, la jeune femme s'était dite choquée, horrifiée d'apprendre que le milliardaire avait trempé dans des activités illégales.

L'agent du FBI qui l'avait interrogée après l'arrestation de Norman avait décrit son état d'esprit en ces termes :

— Elle est tombée des nues. Un peu agacée de n'avoir rien soupçonné. Impatiente de retrouver son père indigne à Las Vegas.

Simon l'avait vue pour la dernière fois au cours d'une soirée à Cabo San Lucas, où Norman possédait une propriété. Vêtue d'une élégante robe noire, elle papillonnait d'invité en invité, un verre de Martini à la main. Une fois la fête finie, elle, Norman et lui s'étaient retrouvés au calme pour discuter d'un des prochains défis envisagés, encore à l'état de projet. Simon s'était vite rendu compte que Lizzie Rush connaissait son sujet. Ses activités au sein du groupe hôtelier familial lui conféraient une indéniable expérience en matière de tourisme et d'excursions. Mais connaissait-elle aussi la face cachée — la face sombre — du génie de la finance qu'elle appelait son ami ?

Et, s'il avait vu juste, que faisait-elle dans ce petit village irlandais où résidait Keira ?

Ça ne pouvait pas être un hasard.

— Tu sais, Simon, je m'en serais sortie d'une manière ou d'une autre, lui avait dit Keira.

Il ne s'agissait pas d'une fanfaronnade, mais de cette confiance en elle, de cette force intérieure qui la caractérisait et avec laquelle Simon s'était familiarisé au cours des deux derniers mois.

— Mais je ne me plains pas d'avoir eu de l'aide, avait-elle ajouté avec son joli rire.

Simon ignorait si l'intervention de l'inconnue — de Lizzie Rush ? — avait été déterminante, et au fond ça n'avait pas d'importance. Ce qui importait, c'était que quelqu'un avait engagé un tueur pour éliminer Keira.

Pour éliminer la femme qu'il aimait.

Il traversa *Beacon Street* et emprunta l'escalier de pierre, un peu raide, qui permettait de rejoindre le jardin public. Le vent faisait bruire les feuilles des arbres. Il jeta un coup d'œil par-dessus son épaule, pour s'assurer qu'il n'était pas suivi.

Pas encore, mais ses collègues le regardaient toujours. A leur place, songea-t-il, il aurait fait la même chose.

Il sortit son portable et composa un numéro, précédé de l'indicatif de Londres.

— Moneypenny ? dit-il, quand Josie Goodwin décrocha.

— Agent spécial Cahill..., répondit celle-ci. Je pensais bien avoir de vos nouvelles aujourd'hui.

— J'ai un nom à vous donner.

— Je vous écoute.

— Lizzie Rush. Si cette jeune femme est notre mystérieuse randonneuse aux cheveux noirs et aux coups de pied ravageur, vous pouvez demander à Will de lui dire de rentrer chez elle et de s'occuper de ses affaires.

— Elle en sait peut-être plus que vous ne l'imaginez, Simon.

— Dans ce cas, elle n'a qu'à m'appeler et me confier tous ses secrets. Cette demoiselle est riche, très jolie, et elle doit s'ennuyer à mourir, Josie. Elle n'a pas à se mêler de…

Mais il s'interrompit brusquement. Il n'avait cessé de songer à Lizzie depuis qu'il avait eu Will et Keira au téléphone, de s'interroger sur la nature exacte des relations qui la liaient à Norman Estabrook. Et si Josie avait raison ? Si elle en savait vraiment plus qu'il ne l'imaginait ?

Il soupira.

— Laissez tomber, Josie.

— A la bonne heure. Imaginez que cette femme ait joué un rôle aussi crucial que discret dans toute cette affaire… Se pourrait-il que March ait bénéficié d'informations grâce à une source anonyme ?

Non seulement cela se pouvait, mais c'était le cas. Combien de fois, au cours de ces derniers mois, March en personne lui avait-il montré des documents de tout premier ordre — photos, liste de noms, comptes en banque — qui ne pouvaient provenir que d'un proche de Norman Estabrook ? March n'avait jamais confirmé ni infirmé l'existence d'un informateur et il lui avait même clairement fait comprendre que ce n'était pas son problème.

Prends l'info et fais ton boulot sans poser de questions sur la provenance de tel ou tel document. Tel avait été, en substance, le message du patron.

Bien entendu, Simon s'était posé des questions, en particulier durant les semaines qui avaient suivi l'arrestation de Norman. Quelques noms lui étaient venus à l'esprit : celui d'un comptable, d'une employée de maison, d'un courtier en Bourse chargé d'investir une partie de la fortune du milliardaire…

Mais Lizzie Rush ?

— Laissez Will gérer le cas de cette jeune femme, dit encore Josie.

Quelque chose dans sa voix alerta Simon.

— Moneypenny… Vous ne me cacheriez pas quelque chose, par hasard ?

— Comment pouvez-vous imaginer une chose pareille, Simon ? répondit-elle d'un ton faussement choqué avant de raccrocher, signe qu'elle lui cachait au contraire quelque chose.

Josie aimait bien Simon, mais elle était avant tout au service de Will, un loup solitaire qui menait une existence dangereuse et s'efforçait de préserver son entourage des conséquences de cette vie.

Malheureusement, protéger ses proches n'était pas toujours possible, songea Simon en composant le numéro de portable d'Owen.

— Alors, commença-t-il, tu as toujours March sur le dos ?

— Toujours.

— Je vais t'aider à aller dans le Montana.

Owen resta silencieux quelques instants.

— Merci, finit-il par dire.

— Au moins, avec mon aide, tu ne te retrouveras pas derrière les barreaux.

— Je ne…

— Pas avec moi, Owen ! Je sais très bien que tu comptais y aller par tes propres moyens.

L'autre ne protesta pas et Simon reprit d'un ton beaucoup plus sérieux :

— Ecoute… Je t'ai vu au travail lors de missions de recherche pour Fast Rescue. Si quelqu'un peut retrouver l'avion de Norman, c'est bien toi.

— Je suis prêt à partir.

— C'est bien ce qu'il me semblait…

Alors qu'il rangeait son portable dans sa poche, Simon se tourna vers l'est, en direction du port de Boston, plissant les yeux comme si son regard pouvait porter au-delà des gratte-ciel et de l'Atlantique et se poser en Irlande, sur le visage de Keira. L'espace d'un instant, il s'abandonna aux sentiments qu'il éprouvait pour elle. Will ne la laisserait pas seule tant qu'il ne serait pas certain que la *Garda*, les frères O'Shea et les fées assurent bien sa sécurité.

Keira avait protesté pour la forme, mais au fond elle comprenait.

Cette fois-ci, ce n'était pas son combat.

10

Péninsule de Beara, le 25 août à 22 h 15, heure d'été irlandaise

Keira préparait du matériel de dessin et de peinture à emporter, qu'elle rangeait dans une grande caisse de bois posée sur la table en pin de son cottage.

— La femme qui s'est portée à mon secours n'était pas là par hasard, Will… Tu l'as entendue comme moi. Elle a parlé de Bob, de Scoop, d'Abigaïl et de Simon. Est-ce que tu as une idée de qui elle est ?

— Non, aucune, répondit Will Davenport en retirant son trench-coat.

Les hommes de la *Garda*, qui venaient de fouiller la maison à la recherche d'engins explosifs, attendaient maintenant la jeune femme à l'extérieur pour l'emmener en lieu sûr. Simon allait certainement s'en vouloir de ne pas avoir été là pour la défendre. Mais qu'aurait-il fait de plus que cette mystérieuse femme aux cheveux noirs ? Elle avait mis Murphy au tapis et l'avait interrogé comme une professionnelle, avant de prendre la poudre d'escampette pour éviter la police. Ses aptitudes au combat n'avaient d'égal que son audace.

Sans oublier sa beauté…

Bien sûr, Will aurait pu la retenir de force, mais il n'en avait rien fait.

Et il savait pourquoi. Il ne l'avait pas retenue pour la même raison qu'il ne l'avait pas interrompue, quand elle avait demandé à Michael Murphy s'il connaissait un Anglais « dangereux, charmant et très déterminé », qui selon elle aurait pu l'embaucher.

Keira jeta un carnet à dessins dans la caisse de bois et se tourna vers lui, un bouquet de pinceaux neufs à la main.

— Tu vas finir par découvrir son identité, n'est-ce pas ?

— Bien sûr, répondit-il d'une voix assurée, comme s'il s'agissait là d'une évidence.

— Mais tu ne l'as pas empêchée de s'en aller…

Le ton n'était pas celui du reproche. Tout au plus la jeune femme semblait-elle intriguée.

— Non, je ne l'ai pas empêchée de s'en aller, confirma Will avec un flegme tout britannique.

Les yeux se rencontrèrent, mais Keira n'ajouta rien, détournant bientôt le regard pour finir de sélectionner le matériel qu'elle voulait emporter avec elle.

L'odeur des roses grimpantes s'invitait par les fenêtres ouvertes, poussée par la brise, et seuls les cheveux emmêlés de Keira rappelaient que la pluie et le vent violent balayaient encore la péninsule deux heures plus tôt. Elle aurait aimé prendre une douche tout de suite, se débarrasser de ses chaussures et de ses vêtements boueux, mais les inspecteurs de la *Garda* préféraient qu'elle attende d'être installée là où ils comptaient l'emmener.

Elle avait commencé par refuser la protection des autorités, mais Simon l'avait finalement convaincue d'accepter au téléphone. Aussitôt arrivés dans le village, les hommes de la *Garda* s'étaient montrés diablement efficaces. Ils avaient embarqué Michael Murphy, établi une zone de sécurité autour du cercle de pierres, fouillé le pub, son cottage et le bateau où Simon et elle avaient passé des moments inoubliables au cours du dernier mois, naviguant le long de la côte. Aucun engin explosif n'avait été trouvé, aucun autre indice…

— Je n'arrête pas de penser à Scoop, dit-elle en ramassant un bout de gomme, puis le laissant tomber dans la caisse de bois. C'est un type adorable, tu sais. Il a adopté deux chats de gouttière que les pompiers ont réussi à sauver…

Elle essuya du revers de la main les larmes qui venaient brusquement d'inonder ses joues.

— Il est dans un état critique, Will…

Will posa doucement la main sur l'épaule délicate de la jeune femme.

— Je suis désolé, Keira… Je sais que tu vis des moments très difficiles.

— Scoop est une force de la nature, reprit-elle en reniflant. Il va s'en sortir !

Elle attrapa le large pinceau à poils noirs qu'elle venait tout juste de ranger avec le reste de son matériel.

— Il faut absolument qu'il s'en sorte ! Et Abigaïl… Si je m'autorise à penser à elle, à imaginer ses conditions de détention, ce que ses ravisseurs lui font peut-être subir, je vais m'effondrer et ça n'aidera personne.

Will connaissait par Simon l'existence nomade que Keira avait menée pendant des années, à la fois partout et nulle part chez elle. Elle avait fini par rentrer à Boston pour être plus près de sa mère, qui vivait jusqu'alors retirée du monde dans une forêt du New Hampshire. Depuis son retour, la jeune femme s'était rapprochée de son oncle Bob et de ses trois cousines. Elle était également devenue amie avec Scoop Wisdom et Abigaïl Browning.

Et puis Simon était entré dans sa vie.

— Simon n'est pas responsable de tout ça, dit-elle encore en plantant de nouveau ses yeux dans ceux de Will. Lui aussi est une cible.

— Et même la cible principale. Il t'a parlé de Norman Estabrook ?

— Pas beaucoup. Je sais que c'est un homme brillant, mais irascible et revanchard, et qu'il a besoin de se mettre en danger pour se sentir exister.

La caisse de bois, qu'elle continuait à remplir tout en parlant, était sur le point de déborder.

— Je sais aussi qu'il avait une confiance aveugle en Simon.

— Une confiance méritée, commenta Will. Simon est parfaitement qualifié pour préparer le genre de défis qu'aime Estabrook. Et je suis sûr que sa sécurité a toujours été au centre des préoccupations de ton homme. Sa sécurité et sa future arrestation, bien sûr.

— D'après ce que m'a dit Simon, cet homme a toujours un plan de secours. Et même un plan de secours pour le plan de secours. Et pour en revenir à aujourd'hui, que les choses se soient ou non passées comme il l'avait prévu, je suis certaine qu'il a déjà plusieurs options pour la suite des opérations.

— Ça ne va pas nous faciliter la tâche…

Elle acquiesça d'une mimique sombre.

— Dire qu'on vient à peine de se rencontrer, Simon et moi… Il me suffit de fermer les yeux pour l'entendre chanter des balades irlandaises. Mon oncle et lui ont des voix magnifiques. Moi, je chante comme une casserole ! Je tiens ça de ma mère… Quand je pense qu'on l'a tirée de sa vie de prière, paisible et solitaire, et qu'elle habite maintenant en ville, au milieu de toute cette violence…

Elle n'a pas mérité de troquer le silence de la forêt contre le bruit des bombes.

— Ne t'inquiète pas pour ta mère, Keira. Elle est en sécurité. La police de Boston et le FBI veillent sur elle.

Tout en parlant, Will l'observait à la dérobée. Il suffisait de voir l'expression de son visage pour comprendre que Simon n'avait pas exagéré en la décrivant comme têtue et très indépendante. Très courageuse, aussi. Même si la *Garda* avait l'intention de la mettre en lieu sûr pour sa sécurité, il savait qu'elle continuerait à faire tout ce qui était en son pouvoir pour aider l'enquête. Elle n'était pas du genre à enfoncer la tête dans le sable en attendant que la tempête s'éloigne.

Ils entendirent frapper doucement à la porte de derrière, puis la tête d'un policier apparut dans l'embrasure.

— Encore deux minutes et il va falloir y aller, leur dit-il.

— Je suis sûre que j'ai oublié plein de trucs, dit Keira avec un soupir.

Puis elle haussa les épaules avec une moue fataliste.

— J'imagine que je pourrai toujours demander à un policier d'aller m'acheter du matériel, si quelque chose me manque.

Elle resta songeuse un moment, puis leva une nouvelle fois les yeux vers Will.

— Il faudra que tu rencontres toute la bande, un de ces jours. On a prévu de fêter Noël en Irlande, cette année. Il y aura mon oncle Bob, mes cousines et ma mère. Et moi, bien sûr, ajouta-t-elle avec un petit rire enfantin.

— Il va faire froid, sombre et humide, répliqua Will d'un ton lugubre.

Un faible sourire éclaira le visage de la jeune femme.

— J'y compte bien ! J'ai promis à ma cousine Fiona

de faire la tournée des pubs avec elle pour écouter de la musique irlandaise. Elle joue de la harpe celtique dans un groupe folklorique. Elle se débrouille bien… J'ai vraiment envie de la voir. Simon t'a dit que Scoop lui a sauvé la vie, aujourd'hui ? Il s'est couché sur elle pour la protéger et c'est lui qui a reçu tous les éclats. Simon n'a pas voulu me donner de détails, mais je crois que ce n'était pas beau à voir.

Elle essuya d'autres larmes d'un geste furtif. Des larmes de chagrin et d'angoisse, mais aussi de colère et de frustration.

— Je n'ai aucune envie de me planquer comme une trouillarde, Will. J'ai la lâcheté en horreur !

— Tu ne te planques pas comme une trouillarde.

— Ah bon ? Ça y ressemble, pourtant.

Sans attendre la réponse de son interlocuteur, elle se retira dans l'unique chambre du cottage dont elle ressortit une minute plus tard, munie d'une besace en brocart et les cheveux noués en queue-de-cheval. *Une jeune femme charmante, créative et finalement assez pragmatique sous ses airs éthérés et fantasques*, songea Will.

La *Garda* lui avait sûrement déniché une maison dans le village même. Avec la police et les frères O'Shea qui veillaient au grain, elle serait en sécurité.

— Je ferai ce que j'ai à faire, déclara-t-elle d'une voix calme. Tu le sais, n'est-ce pas ?

— Oui, et Simon le sait aussi.

Il la regarda quelques secondes en silence, le sourire aux lèvres.

— Vous serez bientôt ensemble, tous les deux.

Keira lui prit la main et vint poser un baiser sur sa joue.

— Quelle que soit la dette que tu penses avoir envers

Simon, sache que lui ne voit pas les choses comme ça. A l'entendre, tu ne lui dois rien du tout.

— Je ne suis pas là pour payer mes dettes, Keira.

Elle hocha doucement la tête, les yeux fixés sur lui. Il les vit bientôt s'éclairer d'une lueur malicieuse.

— Si tu retournes à Boston, Will, évite de te mettre à dos les flics qui enquêtent sur cette affaire. Tu n'as pas encore rencontré mon oncle, mais il doit être très remonté après ce qui vient de se passer !

— C'est un de ces Irlandais de Boston, c'est ça ?

— Tout juste. Il s'appelle O'Reilly.

— Alors je changerai de trottoir si je croise son chemin, dit Will avec un clin d'œil.

— Sérieusement... fais attention à toi, murmura-t-elle, en lâchant sa main.

Quelques minutes plus tard, il rejoignait sa voiture garée sur le sentier qui menait au cottage. Sans qu'il puisse vraiment se l'expliquer, les pétales de roses que le vent et la pluie avaient éparpillés sur la carrosserie le firent songer à l'épreuve que traversait Keira.

Tandis qu'il roulait en direction du village, son regard se porta sur les hautes silhouettes des collines qui se dressaient devant lui. Elles semblaient monter la garde dans la nuit irlandaise.

Même s'il ne quittait pas Keira de gaieté de cœur, il était persuadé qu'elle ne risquait plus rien.

Quant à lui, il avait du pain sur la planche.

Une douce lumière éclairait les vitres du pub et Will se réjouit de trouver Eddie encore derrière son comptoir, en train de donner un dernier coup d'éponge avant d'aller se coucher. La police avait quitté les lieux, du moins pour le moment.

— Rien de tel que des flics à la recherche d'une bombe pour faire fuir les clients, dit Eddie lorsqu'il vit Will entrer. Que diriez-vous d'un petit remontant, mon lord ?

— Je ne serais pas contre un café, si ce n'est pas trop compliqué à faire à cette heure avancée.

— Compliqué ? Rien de plus simple, au contraire ! Il y a encore de l'eau chaude dans la bouilloire.

Eddie alla chercher une cafetière à piston qu'il posa sur le comptoir rutilant.

— La prochaine fois que vous aurez une envie pressante de visiter notre petit village, ajouta-t-il en jetant une poignée de grains dans le moulin à café, ayez la bonté de me passer un coup de fil. J'aime bien savoir quand les ennuis surgissent.

— Les ennuis ont commencé avant mon arrivée, lui fit remarquer Will en se juchant sur un tabouret haut.

— Il est vrai que Keira nous a déjà fait le coup au début de l'été avec son ange de pierre et ce dingue qui a essayé de la tuer. A croire qu'elle les attire.

Il mima un frisson d'horreur.

— Certaines images de cette triste aventure me resteront à jamais dans la tête…

— Je suis navré que vous ayez à vivre tout ça, Eddie. Et j'espère sincèrement que votre beau village retrouvera bientôt sa tranquillité.

— Moi aussi.

Il versa le café moulu, puis l'eau chaude, prenant soin de remuer le mélange avec une cuillère de bois avant de replacer le piston sur le récipient de verre. Il agita la cafetière, la plaça devant Will, lui sortit un mug, du sucre et un petit pichet de crème, tout cela avec la facilité et le naturel des gestes routiniers.

— La police a commencé à interroger notre lascar. Son vrai nom est bien Michael Murphy. Il n'est sans doute pas assez futé pour s'en inventer un. Il vient de Limerick. Apparemment, il a une petite réputation, là-bas.

— Qui risque d'être sérieusement écornée, quand ses amis apprendront qu'il s'est fait dérouiller par une femme !

— Heureusement pour Keira qu'elle passait par là, en tout cas, commenta Eddie. A propos d'elle, les policiers auraient aimé qu'on l'empêche de se faire la malle.

Will ne fut pas surpris de l'entendre.

— Vous avez vu comme moi le phénomène… Avec ses mains en sang, ses vêtements maculés de boue et la façon dont elle a disposé de ce paquet de muscles de Murphy… Vous auriez eu envie de vous battre avec elle, vous, pour la retenir ici ?

De toute évidence, Murphy n'avait pas cru un instant que la jeune femme pouvait représenter une menace pour lui. Et pourtant elle avait réussi à le désarmer avec ses pieds, ses poings et un sac à dos de randonnée… Will en souriait tout seul, en regardant Eddie enfoncer le piston de la cafetière. L'homme avait mordu la poussière — en dépit de ses muscles et de son air de malfrat — avant d'avoir eu le temps de dire ouf. Il n'avait même pas réussi à la frapper, ne fût-ce qu'une seule fois !

Eddie, l'œil encore vif et alerte derrière son comptoir, malgré l'heure tardive, ne semblait nullement affecté par les événements de la journée. Pas le moindre signe de fatigue nerveuse sur son visage ou dans son attitude.

— Les enquêteurs de la police ne vont sûrement pas avoir la tâche facile. Ils vont devoir interroger un tas de criminels de bas étage pour tenter de remonter jusqu'au commanditaire.

— Sans doute, oui, approuva Will en remplissant son mug.

Le café était très chaud, très fort, et il se demanda s'il connaîtrait un jour le bonheur d'être assis là, à boire un bon café et à discuter avec le sympathique Eddie, pour le simple plaisir de la conversation.

— Je suppose que vous ignorez où la police a relogé Keira…

Will haussa les épaules avec une moue d'impuissance.

— Désolé, pas la moindre idée.

— Inutile que je pose la question aux flics, ils m'enverront balader. Et au fond peu importe, ajouta Eddie après une courte pause. Tant qu'elle est en sécurité…

Il désigna le mug d'un signe de tête.

— Vous voulez grignoter quelque chose avec ? Il me reste un peu de crumble à la mûre, si ça vous tente. J'ai aussi de la soupe, mais c'est Patrick qui l'a faite et même les cochons n'en voudraient pas.

— Je n'ai pas faim, merci beaucoup.

— Vous broyez du noir, vous, on dirait !

Ce n'était pas tout à fait faux. Cette journée l'avait ramené deux années en arrière, dans cette grotte afghane où deux de ses hommes avaient trouvé la mort. Deux hommes qui avaient mis leur vie entre ses mains.

Il but encore quelques gorgées de café avant de lever les yeux.

— Est-ce que vous aviez déjà vu Michael Murphy dans le village avant l'agression ? Ce matin, ou peut-être un autre jour ?

Eddie vida la bouilloire en acier inoxydable dans un petit évier.

— Je ne me souviens pas l'avoir vu avant que vous le rameniez dans mon pub. C'est d'ailleurs ce que j'ai expliqué à la police.

— Il pourrait avoir un complice. Vous m'avez dit que le village voit défiler pas mal de touristes en été, surtout cette année avec le battage médiatique autour des mésaventures de Keira et de son ange de pierre. Quelqu'un a peut-être attiré votre attention… Quelqu'un qui se serait démarqué d'une façon ou d'une autre du touriste lambda.

Il but une nouvelle gorgée. Quand il reposa son mug sur le comptoir, son regard se planta dans celui de son interlocuteur.

— Réfléchissez bien, Eddie. Qui est sorti du lot, ces derniers jours ? Qui a marqué votre esprit par ses vêtements, sa façon de parler, son attitude générale ?

Eddie s'empara de la cafetière encore chaude et jeta le marc de café dans la poubelle. Il rinça ensuite le récipient et le piston dans l'évier, puis les mit à sécher sur l'égouttoir.

— Il y a environ une semaine, dit-il finalement, j'ai vu un Anglais qui pourrait correspondre à la description faite par notre amie aux cheveux noirs.

Will se redressa imperceptiblement sur le tabouret, les traits immobiles et concentrés.

— Parlez-moi de lui.

— Il n'y a pas grand-chose à en dire… Il a mangé une soupe et il est parti.

— Keira et Simon se trouvaient dans le village, ce jour-là ?

— Non. Ils étaient en croisière.

— Il a posé des questions sur eux ?

— Non. Je m'en souviendrais si ç'avait été le cas. A sa

façon de se comporter, je dirais que c'était un militaire. Il avait un certain self-control qui m'a fait penser à vous, d'ailleurs.

Il s'interrompit un instant pour passer un chiffon humide sur le comptoir.

— Non que j'y connaisse quoi que ce soit en militaires, remarquez..., ajouta-t-il.

Will ne broncha pas, bien qu'il sentît s'accélérer les battements de son cœur. Une image de Myles Fletcher lui vint à l'esprit, allongé sur le dos, mains jointes derrière la nuque, les yeux rivés sur les étoiles du ciel afghan.

— Je dors aussi bien sur ces rochers que sous les dorures de Buckingham Palace, avait-il dit.

Il n'y avait nulle vantardise dans ses propos.

Durant ces huit années où Will lui avait accordé son amitié et sa confiance, Myles n'avait jamais montré le moindre signe de vénalité. Qui aurait pu deviner que cet homme d'apparence si probe allait un jour trahir son pays, ses amis et ses camarades de combat ?

— Vous vous souvenez d'autre chose ? demanda-t-il encore d'une voix toujours aussi égale. Le plus petit détail peut se révéler déterminant.

— Il a payé en euros et s'est assis seul, sans chercher à engager la conversation avec quiconque. Il n'a bu que de l'eau avec sa soupe. Ni café ni alcool. Quand il a quitté le pub, il a marché jusqu'au port, puis le long du sentier. Patrick et Aidan se sont relayés pour le suivre. Il s'en est rendu compte, mais ça n'a pas semblé le gêner.

— Il a passé la nuit au village ?

— On a fini par perdre sa trace et je ne sais pas où il a dormi. Il a évoqué l'histoire de l'ange de pierre, à un moment, mais il ne s'est pas appesanti sur le sujet. Et puis il n'était pas le premier à mettre ça sur le tapis. On en a entendu parler tout l'été ! Et j'ai bien peur que ce ne soit pas près d'être fini.

— Qu'est-ce que vous lui avez dit, quand il a parlé de cette statuette ?

Une lueur malicieuse éclaira le regard de l'Irlandais.

— Je lui ai dit que s'il cherchait un trésor, il fallait creuser au pied d'un arc-en-ciel.

Will sourit malgré la tension nerveuse qui raidissait ses muscles. Eddie O'Shea avait le sens de l'hospitalité, mais il avait aussi son caractère, dont les importuns pouvaient faire les frais.

— Avec le recul, vous pensez qu'on a bien fait de laisser partir cette jeune femme, lord Will ?

— Vous vous faites du souci pour elle ?

— Je dis juste qu'on aurait peut-être dû la retenir…

Eddie laissa tomber son chiffon dans l'évier avant de le troquer contre un autre, tout neuf, et destiné à sécher le bar brillant comme un miroir.

— Bien sûr, reprit-il, ç'aurait sans doute été au prix d'une bagarre qu'on n'aurait pas forcément gagnée. Il y a des gestes qui ne trompent pas. Il m'a suffi de voir la façon dont elle a accroché sa parka à la patère pour comprendre qu'elle savait se servir de ses poings et de ses pieds et qu'il valait mieux éviter de lui chercher querelle.

— En me basant sur ce que j'ai vu, renchérit Will, je dirais même qu'elle a reçu un entraînement poussé au combat. Un entraînement de professionnel…

— Similaire à celui que vous avez vous-même reçu, mon lord ?

Mais la question resta sans réponse.

— C'est pour ça que vous l'avez laissée filer ? Un grand gaillard comme vous, inquiet de se faire rosser par un petit bout de femme…

— Elle a eu raison d'un type armé, je vous le rappelle. Un tueur à gages réputé.

— Je comprends. C'était un combat perdu d'avance.

Will revit la jeune femme au coin du feu, le livre de Keira ouvert devant elle, telle qu'il l'avait découverte en arrivant dans le pub. Ce souvenir lui arracha un sourire.

— Perdu d'avance ? Je n'ai pas dit ça.

Il sortit une carte de visite et la tendit par-dessus le comptoir.

— N'hésitez pas à m'appeler, Eddie. A n'importe quelle heure et quelle qu'en soit la raison.

— Je n'ai pas de belles cartes de visite, mais vous connaissez le numéro du pub, répondit le barman en prenant la carte. Les appels sont transférés chez moi après la fermeture. Je serai disponible pour vous à tout moment, moi aussi. Et soyez certain que je vais faire mon possible pour vous aider.

Il ramassa le mug vide et le posa dans l'évier, non sans avoir machinalement passé un coup de chiffon à l'endroit où la tasse avait été posée.

— Vous avez une idée de l'identité de cet Anglais que j'ai peut-être vu ?

Will ne pouvait répondre à cette question. Dire la vérité était impossible et mentir lui sembla inacceptable. Il choisit donc de se taire et Eddie n'insista pas.

— Et s'il revient manger une soupe au pub ? se contenta-t-il de demander.

— Si vous croisez de nouveau sa route, évitez de le prendre à rebrousse-poil.

— Il me tuera dans mon sommeil si je lui dis un mot de travers, c'est ça ?

La réponse vint de la porte d'entrée.

— Si cet homme a décidé de vous faire la peau, que vous soyez éveillé ou endormi ne changera rien à votre sort…

C'était Josie Goodwin.

Elle déboutonna son petit manteau chic, plus adapté à la vie londonienne qu'à celle d'un petit village reculé de la côte irlandaise, et avança jusqu'au bar.

— Je suis venue aussi vite que possible, dit-elle à Will. Je serai plus utile ici qu'à Londres, si Keira a besoin d'un coup de main. Et qui sait ? Je parviendrai peut-être à convaincre nos amis de la *Garda* de partager leurs informations. La ville me manque déjà. Il fait affreusement sombre, dans ce patelin !

Will posa les yeux sur elle, un sourire hésitant sur les lèvres. Il ne se souvenait pas de l'avoir vue aussi pâle. Grande, imposante, Josie Goodwin était une femme séduisante qui marchait d'un pas décidé vers ses quarante ans.

Il commença à faire les présentations, mais Eddie leva la main pour l'arrêter.

— Je préfère vous laisser discuter tranquilles, tous les deux. Je ne suis pas sûr d'avoir envie d'entendre ce que vous avez à vous dire.

Tandis qu'il se retirait, Will observa son assistante à la dérobée. Elle affichait un air calme et détendu, mais sa pâleur la trahissait.

— Josie, dit-il, on en est encore au stade des suppositions et je…

— Laissez-moi d'abord vous dire ce que j'ai sur le cœur. Que les choses soient claires. Vous feriez mieux de rentrer à Londres, Will. Laissez aux Américains et aux Irlandais le soin de se dépatouiller dans ce bourbier !

— Vous en savez plus sur notre mystérieuse femme aux cheveux noirs ?

— Elle s'appelle Lizzie Rush, répondit Josie en s'installant sur le tabouret voisin. De la famille des hôtels Rush. Elle dirige les services de conciergerie de tous les hôtels du groupe et il semblerait qu'elle mène une vie plutôt aventureuse.

— Comment a-t-elle connu Simon ?

— Elle fait partie de l'entourage de Norman Estabrook depuis plusieurs mois. Elle se trouvait avec lui dans le Montana le jour où il a été arrêté. Le FBI l'a interrogée, mais aucune charge n'a été retenue contre elle.

— Elle couche avec lui ?

— D'après les quelques témoignages que j'ai réussi à glaner, leur relation ne se situe pas du tout sur ce plan-là. Estabrook aime s'entourer de jeunes gens brillants et séduisants, et elle fait juste partie du lot, voilà tout.

— Est-ce qu'il existe un lien entre elle et John March ?

Josie lâcha un soupir.

— Je suis toujours en train de creuser dans cette direction. Sans résultat pour le moment.

— March n'a aucun scrupule à se servir des gens pour arriver à ses fins.

— Je vous rappelle que sa fille vient d'être enlevée. Il vit des moments difficiles.

— Je sais. Il est dans une position très délicate…

— Ce sont malheureusement les risques du métier. Surtout à un poste aussi exposé que le sien. Bien sûr, la vie personnelle n'est pas censée s'en mêler, ajouta Josie en sautant du tabouret, visiblement incapable de tenir en place.

Elle contourna le bar et alla se servir un verre de whiskey.

— Votre rancœur vis-à-vis de March ne doit pas altérer

votre jugement, Will, reprit-elle, après en avoir bu une longue gorgée.

— C'est une inimitié partagée, même si elle a un caractère impersonnel, dans la mesure où on ne s'est jamais rencontrés, lui et moi. Je suis convaincu qu'il en savait plus sur Myles qu'il n'a bien voulu nous le dire. Le problème, c'est qu'il n'a jamais eu confiance en moi.

C'était plus qu'il n'en avait jamais dit sur son aversion pour le directeur du FBI, et il n'avait pas l'intention de s'étendre sur le sujet.

— Revenons à Lizzie Rush, fit-il en posant le coude sur le comptoir, la joue dans sa main. Elle a un contentieux avec Estabrook ou bien c'est juste une riche héritière qui se mêle de ce qui ne la regarde pas parce qu'elle s'ennuie et qu'elle a un penchant pour l'aventure ?

— On peut aussi imaginer qu'à sa façon elle travaille pour lui, non ? Après tout, ils ont passé beaucoup de temps ensemble, ces derniers mois. Mais si elle fourre son nez dans les affaires des autres, ajouta-t-elle d'une voix dure, elle pourrait bien se le faire arracher.

— Je vous rappelle qu'elle a sauvé la vie de Keira. Rien ne l'empêchait de rester là où elle était, de laisser le tueur faire son boulot et de s'en laver les mains.

— Ça ne veut rien dire. Vous savez très bien que tout ça pourrait n'être qu'une mise en scène concoctée avec la complicité de Murphy. Et puis elle a peut-être ses propres motivations, qui n'ont rien à voir avec Keira, Estabrook ou Simon.

Personne au monde n'était plus lucide que Josie Goodwin. Jamais elle ne laissait ses émotions guider son jugement. Will songea à l'importance qu'elle avait prise dans sa vie professionnelle. Elle lui était devenue indispensable, non seulement par son incroyable efficacité et sa compétence comme assistante, mais aussi par sa capacité à décrypter les situations les plus complexes. Soumettre ses analyses à Josie, c'était leur faire passer l'épreuve du feu.

— Je suppose qu'en théorie la mort de Keira et de ses proches à Boston pourrait contrarier les plans de cette Lizzie Rush, dit-il. Quels qu'ils soient.

— Et Abigaïl Browning ?

Josie termina son verre d'un trait et manqua de s'étouffer. Elle se frappa violemment le thorax avec le poing.

— Désolée, ça fait des mois que je n'ai pas bu une goutte d'alcool. Ça me rendait larmoyante. Combien de fois me suis-je retrouvée avec une bouteille de Johnny Walker, en train de pleurnicher sur mes malheurs ?

Elle agita une main impatiente.

— Enfin, bref… Peut-être que, grâce à ses liens avec Estabrook, Lizzie Rush pourrait nous aider à retrouver la fille de John March. Que sa présence en Irlande ait ou non un rapport avec cet enlèvement.

Will plissa légèrement les yeux.

— Josie, si vous avez d'autres informations, j'aimerais ne pas avoir à vous supplier.

— Je n'ai pas grand-chose de plus que ce que je vous ai dit, mais j'ai parlé à Simon. Ça ne se présente pas bien. Il n'y a ni témoin, ni véritable piste et ils attendent toujours une demande de rançon.

— Mais le cadavre d'Abigaïl Browning n'a pas non plus été retrouvé…

— Non, en effet, répondit Josie en se versant un deuxième verre de whiskey. Je suppose qu'on peut mettre ça dans la colonne des bonnes nouvelles.

Alors qu'elle portait le verre à sa bouche, elle interrompit son mouvement.

— Vous savez que je ne suis pas alcoolique, n'est-ce pas ?

Un sourire éclaira le visage de Will.

— Oui, Josie. Je le sais.

Elle toussota et avala une nouvelle gorgée, plus raisonnable cette fois-ci. La pâleur de sa peau lui donnait un côté vulnérable que démentait son regard dur, intraitable.

Une femme toute de contrastes…

— Comme toujours, vous êtes un puits d'informations, Josie. Je ne sais pas ce que je ferais sans vous.

— Sans moi et ce foutu boulot, vous auriez une vie de rêve en Irlande, répliqua-t-elle en replaçant la bouteille de whiskey sur l'étagère du bar. Vous croyez que Lizzie Rush peut nous aider à mettre la main sur ce traître de Myles Fletcher ?

— Josie…

— C'est une question sérieuse, Will.

— Nous n'avons aucune raison de penser qu'il soit encore en vie.

Elle vida son deuxième verre de whiskey avec une grimace et un frisson.

— La description du barman correspond…

— Ah, vous avez entendu Eddie me parler de ce type ? Depuis combien de temps étiez-vous derrière cette porte ?

— Peu importe. La description correspond à Myles, vous êtes d'accord ?

— Oui, comme je suis certain qu'elle correspond aussi à un tas d'autres citoyens britanniques. Ce n'est pas une preuve en soi.

Josie le fusilla du regard avant d'aller rincer son verre dans le petit évier.

— Vous essayez de me mettre sur la touche.

— Vous mettre sur la touche ? Jamais de la vie !

— Si vous le dites ! J'aimerais quand même savoir si cette pourriture de Myles est mort il y a deux ans ou s'il a survécu et s'il est devenu un mercenaire sanguinaire.

— J'aurais dû en faire plus pour le retrouver, ou retrouver son cadavre…

— Vous avez fait tout ce qui était en votre pouvoir, Will, tout.

Il hocha la tête sans conviction.

— Si Estabrook s'est payé les services de Myles, reprit Josie, ça signifie qu'il a trouvé quelqu'un capable de transformer tous ses fantasmes de violence en réalité.

Elle s'interrompit un instant, comme accablée par cette idée.

— Mais j'espère que ce n'est pas le cas, murmura-t-elle finalement.

— Moi aussi, je l'espère.

— Si Myles est toujours en vie, j'espère qu'il est devenu amnésique et qu'il a ouvert une épicerie à Liverpool. Parce que sinon…

Lorsqu'elle leva les yeux vers lui, ses joues avaient repris un peu de couleurs.

— Dire que j'aurais pu l'étouffer avec un oreiller…

— Josie…

— Bon, bon… Assez discuté, passons à l'action. Je vais enquêter sur un possible lien entre Myles et Lizzie Rush ou le reste de sa famille. Elle est peut-être amoureuse de lui. Myles sait y faire avec les femmes…

— A en juger par les questions qu'elle a posées à Murphy, je dirais qu'elle ne sait pas grand-chose sur lui.

— C'est peut-être ce qu'elle veut vous faire croire. Je n'ai pas besoin de vous rappeler que Fletcher est un tueur professionnel, aussi compétent qu'impitoyable. S'il est en vie, Will, n'allez pas vous imaginer que vous pourrez négocier avec lui. On ne ramène pas une bête sauvage à la raison.

— Josie, je suis désolé que son nom soit apparu dans cette affaire.

Mais elle n'en avait pas terminé.

— Si vous croisez son chemin, logez-lui donc une balle dans la tête ! De ma part et de celle de tous ceux qu'il a trahis. En l'éliminant de la surface de cette terre, vous ferez œuvre de salubrité publique. Ce type est un prédateur. Il attend le bon moment, la bonne proie, tapi dans les broussailles. Et puis il lui bondit dessus. Je suis bien placée pour le savoir, Will. J'ai moi-même été sa proie.

— Il nous a manipulés tous les deux, Josie. D'une façon différente, bien sûr, mais le résultat est le même. Nous lui avons l'un et l'autre accordé notre confiance et il l'a trahie. Mais il ne faut pas oublier pour autant les services qu'il a autrefois rendus à notre pays.

Josie commença à reboutonner son manteau. Son regard, toujours aussi dur, était maintenant teinté d'amertume.

— Myles est un vrai caméléon. Pour mieux séduire, il devient ce qu'on veut qu'il soit.

Will ouvrit la bouche, mais elle reprit, avant qu'il n'ait eu le temps de répondre :

— Curieusement, la famille Rush ne possède pas d'hôtel en Angleterre. Mais ils en ont un à Dublin, et tout le monde s'accorde à dire qu'il est des plus charmants.

— Quel rapport avec Myles ?

— Aucun. J'en parle parce que je vous y ai réservé une chambre pour la nuit. Ça devrait vous plaire. J'attends un rapport complet de votre part, ajouta-t-elle avec un sourire. Ils savent que vous arriverez tard.

Will fut soulagé de voir son assistante retrouver un peu de son humour.

— Vous pensez que Lizzie Rush s'y est réfugiée, ou vous savez de source sûre qu'elle s'y trouve ?

— Simple hypothèse, mais qu'elle y soit ou non, c'est un bon endroit pour commencer les recherches.

Elle s'interrompit et le dévisagea, les sourcils légèrement froncés.

— Vous avez bien l'intention de lui mettre la main dessus, n'est-ce pas ?

Lui mettre la main dessus, songea Will, en se remémorant les yeux vert pâle, ombragés de longs cils noirs, de la jeune femme. Ce regard plein d'audace qui cachait pourtant — il en était certain — des peurs et des secrets.

— Oui, dit-il, j'ai l'intention de la retrouver.

— A la bonne heure !

Elle ferma les deux derniers boutons de son manteau et souffla brièvement, comme pour dénouer ses nerfs mis à rude épreuve par l'évocation de Fletcher.

— Saluez Simon de ma part, quand vous le verrez. Au fait, et Keira ? demanda-t-elle, bien qu'elle n'ait jamais rencontré la femme dont Simon était tombé amoureux au début de l'été. Elle tient le coup ?

Will hocha la tête.

— Elle est impatiente de retrouver Simon.

— Bien sûr, bien sûr… On peut la comprendre. Eh bien, je pense que vous devriez prendre la route. Dublin est à plus de trois cents kilomètres, mais ce n'est pas ça qui va vous faire peur. Vous avez l'habitude des horaires décalés, des journées qui n'en finissent pas…

Un sourire malicieux se dessina sur ses lèvres.

— Et des nuits blanches, termina-t-elle.

Will soupira, s'abstenant de tout commentaire.

— De toute façon, dit-elle encore, si Myles est dans les parages, il vaut mieux rester éveillé et sur ses gardes.

— Vous savez que je ne dors jamais que d'un œil, Josie…

— Même d'un seul œil, on dort mieux dans un hôtel de charme. Au fait, votre chambre est déjà réglée.

— Je vois que tout a été décidé et organisé, et que je n'ai plus qu'à suivre le mouvement.

— C'est le début de la sagesse…

Il la considéra d'un air bienveillant.

— Et vous, Josie, où comptez-vous passer la nuit ?

— J'ai réservé dans un cinq étoiles de Kenmare, mais je ne suis pas sûre qu'il soit bien raisonnable de rouler sur ces routes sombres après avoir ingurgité deux grands verres de whiskey. Imaginez un peu que je me fasse arrêter par les autorités irlandaises. On risque de frôler l'incident diplomatique, et moi je suis une adepte de la discrétion. Et puis après ça, allez leur demander de partager des informations…

Eddie O'Shea réapparut à ce moment-là. Rien dans son comportement ne laissait penser qu'il avait écouté aux portes.

— Mon frère Aidan a une ferme tout près d'ici, dit-il en s'adressant à Josie. Il sera ravi de vous offrir l'hospitalité.

Le visage de Josie s'illumina. Elle semblait sincèrement ravie de la proposition.

— Une nuit dans une ferme irlandaise ? Pourquoi pas ! Quel meilleur épilogue à une journée difficile ?

11

Boston, Massachusetts, le 25 août à 18 h 25, heure avancée de l'Est

Depuis qu'il avait vu Scoop Wisdom partir dans l'ambulance, ensanglanté et inconscient, Bob O'Reilly avait fait comprendre à tout le monde que personne d'autre que lui ne dirigerait l'enquête. C'était peu dire qu'il en faisait une affaire personnelle. Tandis que ses hommes quadrillaient le quartier à la recherche de témoins, il avait improvisé une réunion de crise sur le trottoir avec la police de la ville, la police d'Etat et le FBI.

Les pompiers avaient laissé une vision chaotique derrière eux, mais leur intervention avait permis de sauver le bâtiment, ou du moins sa structure. Côté jardin, les terrasses de Scoop et d'Abigaïl n'étaient plus qu'un tas de cendres fumantes. L'appartement du rez-de-chaussée allait devoir être entièrement refait. Quant aux deux autres, c'était difficile à dire. Il fallait attendre l'avis des experts de l'assurance.

Aucune autre bombe n'avait été trouvée sur les lieux, c'était déjà ça…

Bob tira sur sa chemise toute collante. Le soleil de cette fin d'après-midi chauffait le trottoir à blanc face au petit immeuble où l'inspecteur de police avait élu domicile, trois ans plus tôt. Pas le moindre coin d'ombre, pas le moindre souffle de vent. La sueur perlait à son front, coulait le long de ses tempes et mouillait sa chemise, sous les bras et dans le creux du dos.

Les experts scientifiques avaient à présent investi les lieux et plusieurs hypothèses quant au mode opératoire du ou des poseurs de bombes avaient déjà été émises. La plus probable était qu'un ou plusieurs hommes s'étaient introduits dans le jardin et avaient placé l'engin sous le barbecue. Dans la mesure où Abigaïl et Owen menaient une vie trop trépidante pour profiter souvent de leur terrasse, la bombe avait pu rester là un moment avant d'exploser. Peut-être quelques heures. Peut-être quelques jours. Ce qui était certain, c'est que la mise à feu avait été déclenchée à distance, à l'aide d'une télécommande.

Quant à la voiture d'Owen, elle avait forcément été piégée après son arrivée à *Beacon Hill*. Dans le cas contraire, elle aurait explosé au petit matin, quand il avait quitté l'appartement d'Abigaïl.

Grâce à l'alerte donnée par Bob, Scoop avait tout juste eu le temps d'empoigner Fiona et de plonger avec elle derrière le bac à compost, en la protégeant de son corps.

Sauvée par des épluchures et des feuilles en décomposition ! s'était écriée la jeune fille un peu plus tard, avec un rire hystérique qui en disait long sur l'état de ses nerfs.

Mais Scoop, lui, ne s'en était pas sorti indemne…

Comment réagir face à un attentat visant des policiers ? Chacun était censé être préparé et connaître les mesures à prendre en pareille situation, mais le choc n'en était pas moins rude.

Bob était d'ailleurs globalement satisfait de ses troupes, à l'exception de l'imbécile qui avait cru bon de prévenir son ex-femme, qui était aussi la mère de ses trois filles. Et maintenant, elle était là sur le trottoir avec lui, les traits tirés et les lèvres pincées, le faisant transpirer plus sûrement que les rayons implacables du soleil.

— Plus jamais ça, disait-elle en lui jetant un regard noir et en lui brandissant sous le nez un ongle carré, une habitude qui avait toujours eu le don de le mettre hors de lui. Tu m'entends, Bob ? Plus jamais ça !

Il laissa passer la vague de colère qui le soulevait, avant de répondre d'une voix aussi calme que possible. S'il ne voulait pas que ça finisse mal, il ne fallait surtout pas entrer dans son jeu.

— Fiona n'a plus envie de vivre avec toi, Theresa…

— Je me fous de ce dont elle a envie, figure-toi ! Je lui interdis de retourner dans son appartement !

— Sur ce point, je suis d'accord avec toi…

Sans juger bon de les consulter, leur fille aînée avait décidé de louer un appartement — un taudis selon Bob — pour l'été, avec trois amis musiciens. L'unité de déminage l'avait passé au peigne fin, sans rien y trouver de suspect. Ils avaient également fouillé l'appartement en front de mer où Eileen — la sœur de Bob et la mère de Keira — s'était provisoirement installée, après avoir abandonné sa vie d'ermite au fond des bois. Elle avait laissé un message sur le portable de son frère, lui indiquant qu'elle priait pour Scoop Wisdom et Abigaïl Browning, une attention qui l'avait touché. Terriblement inquiet quant au sort de ses deux amis, lui-même s'était surpris à murmurer une prière.

Les yeux de Theresa s'emplirent brusquement de larmes.

— Excuse-moi, Bob…

Elle tremblait maintenant et claquait des dents.

— Tout ça est tellement horrible !

Bob ne se souvenait pas de la dernière fois où il s'était senti aussi mal.

— Oui, je sais. Pour moi aussi, c'est difficile.

Theresa était chef des opérations dans une grande entreprise high-tech de la banlieue de Lexington. Ils s'étaient rencontrés à l'époque où il était encore simple flic et elle une intérimaire pleine de rêves. Ils étaient restés ensemble jusqu'aux quatre ans de Jayne, la plus jeune de leurs trois filles, qui en avait aujourd'hui onze. Deux ans après leur divorce, Bob s'était remarié. Mais l'encre des faire-part avait à peine eu le temps de sécher qu'il avait dû reconnaître l'échec de cette seconde tentative. Theresa ne s'était pas remariée, mais elle vivait avec un homme, cadre supérieur comme elle. Après son expérience avec Bob, elle avait juré de ne plus jamais tomber amoureuse d'un policier.

Bob s'épongea le front du revers de la main. L'angoisse de son ex-femme lui était insupportable.

— Alors, Ter, tu teins tes cheveux, maintenant ? lui demanda-t-il d'une voix faussement dégagée.

— Va te faire foutre ! Et ne m'appelle pas « Ter », ça m'énerve.

— Comme tu voudras, Theresa…

Elle soupira, laissant lourdement retomber ses bras le long du corps. Ses cheveux étaient d'un blond vénitien qui n'avait rien de naturel, elle avait de petites rides au coin des yeux et autour de la bouche, mais elle était toujours aussi jolie. Lui avait été plus marqué par les outrages du temps. Il avait des kilos en trop et des taches brunes étaient apparues sur ses bras et son visage. Il était roux et son médecin le mettait sans cesse en garde contre les dangers du soleil.

— La crème solaire, monsieur O'Reilly. Vous devez penser à mettre de la crème solaire !

Et elle protège aussi contre les brûlures des bombes et des incendies, cette foutue crème solaire ?

— Bob ? Est-ce que ça va ?

Theresa posa les doigts sur son bras, leur imprimant une légère pression.

— Je ne me suis jamais senti mieux de toute ma vie, répondit-il d'un ton lugubre.

Il jeta un coup d'œil en direction du 4x4 du FBI garé à quelques mètres de là. Ses collègues de la police de Boston s'étaient remis à interroger Fiona devant le véhicule blindé. La jeune fille avait fait une courte pause, s'asseyant à l'intérieur du 4x4 pour profiter de l'air conditionné et manger un morceau. Mais elle était de nouveau adossée aux portes de la grosse Cadillac noire aux vitres teintées, accablée de fatigue nerveuse.

Il jugea que ça suffisait et qu'elle avait bien mérité un peu de tranquillité.

— Attends-moi là, dit-il à Theresa. Je vais aller libérer Fi avant qu'elle ne s'effondre.

— Au risque de te décevoir, Bob, je n'ai aucune intention de partir !

Sept ans après leur divorce, personne ne pouvait le mettre hors de lui aussi sûrement que cette femme… Mais « mère indigne » ne figurait pas sur la liste des nombreux reproches qu'il pouvait lui faire. Au contraire, elle avait toujours été aimante et dévouée pour leurs filles.

Tandis qu'il marchait, Bob sentit ses jambes se dérober. Retombée d'adrénaline. Quelques verres de Jameson's et il n'y paraîtrait plus. Le whiskey irlandais avait des effets bénéfiques indéniables sur les jambes en coton et le sentiment de culpabilité. Theresa l'avait toujours encouragé à prendre des cours du soir pour devenir juriste comme John March. Des années à le supplier en vain. Elle n'avait jamais aimé son métier de policier. Certaines femmes de flic finissaient par s'habituer à l'angoisse, aux appels nocturnes, aux horaires improbables. Pas elle.

— Bob, tu pars travailler tous les matins avec un pistolet chargé, lui avait-elle dit un jour. Ça suffit à résumer ce que je ressens.

Qu'y avait-il à répondre à cela ? Rien.

Il aperçut Tom Yarborough qui la rejoignait sur le trottoir. L'équipier d'Abigaïl avait fait preuve d'un admirable sang-froid depuis l'explosion. Professionnel et concentré, sans pour autant se montrer insensible à la souffrance des victimes... Cela faisait maintenant huit mois qu'il travaillait avec Abigaïl et Dieu sait que leur collaboration n'allait pas sans heurts ! Bob lui-même avait dû intervenir à trois ou quatre reprises pour jouer les juges de paix lorsque les choses étaient allées trop loin entre eux. Mais l'un comme l'autre étaient des inspecteurs de tout premier plan et, au fond, ils se respectaient.

Lorsqu'il vit Theresa se tamponner les yeux avec un mouchoir, il préféra se tourner vers sa fille. Il n'avait pas la force de voir son ex-femme pleurer.

Fiona avait d'abord répondu aux questions de son père, au milieu du chaos qui avait suivi l'explosion, tandis que les médecins urgentistes prenaient Scoop en charge. Elle avait été interrogée une seconde fois, d'une façon moins improvisée, plus détaillée, par Yarborough et Lucas Jones, l'ancien équipier d'Abigaïl. Ce dernier avait été promu au grade de lieutenant durant l'automne précédent, puis muté à la brigade des stupéfiants. Dans la mesure où Estabrook s'était acoquiné avec des trafiquants de drogue, il estimait devoir être inclus dans l'enquête. Il se trouvait encore avec Fiona, qui semblait se ratatiner de seconde en seconde contre la carrosserie du 4x4. Lucas, qui avait abandonné sa famille au milieu d'un pique-nique à Roxbury pour venir les rejoindre sur place, était une véritable armoire à glace mais préférait être considéré comme un bon professionnel plutôt que comme un dur à cuire, bien qu'il pût être les deux.

— Tu tiens le coup, ma puce ? demanda Bob à sa fille.

Fiona leva les yeux vers lui, mordillant sa lèvre inférieure.

— Ça va…

— Elle est lessivée, dit Lucas, mais elle a fait du très bon boulot.

Si Bob avait dû désigner lui-même quelqu'un pour interroger sa fille, son choix se serait porté sur Lucas. Non seulement ce type était une crème, mais c'était l'un des meilleurs enquêteurs de la police de Boston. Cependant, il trouvait maintenant que Fiona avait passé assez de temps avec ses collègues. Il voulait qu'elle aille rejoindre ses amis musiciens, qu'elle joue avec eux des balades folkloriques et des chansons à boire.

Un peu plus bas dans la rue, il repéra Simon Cahill qui montrait son insigne du FBI à un policier en uniforme. Il était flanqué de deux types en costume sombre, sans nul doute une protection rapprochée qui lui avait été imposée, mais il leur faussa compagnie et se dirigea vers lui. Il paraissait détendu, nullement impressionné par l'effervescence qui régnait aux abords de l'immeuble éventré. *Simon tel qu'en lui-même*, songea Bob. Mais malgré sa décontraction apparente, l'agent spécial qui se dirigeait vers lui n'était pas l'homme affable qui s'était mis à danser et à chanter des airs irlandais deux mois plus tôt en compagnie de Keira, dans le jardin de ce même bâtiment aujourd'hui noirci par les flammes. Un jardin lui-même carbonisé, trempé et grouillant de policiers.

— Bob…

Simon s'éclaircit la gorge.

— Je suis navré…

— De quoi ? C'est vous qui avez posé la bombe ?

— J'aurais dû prévoir les conséquences de ma mission auprès d'Estabrook, avant d'aller plus loin avec Keira. Je savais qu'il faisait une fixation sur John March, mais…

— Arrêtez ça, Simon ! Vous savez comme moi que les regrets ne servent à rien.

— Oui, vous avez raison. J'aimerais parler avec votre fille…

Lucas l'entendit et s'interposa, protecteur.

— Je vous montrerai mes notes.

Mais Simon ne sembla pas l'entendre.

— C'est bon, dit Bob avec un soupir. Mais après ça, pas question qu'un autre agent du FBI l'interroge de nouveau !

— Je donnerai des instructions dans ce sens, promit Simon.

— Et j'assiste à l'entretien, ajouta Bob.

Lucas n'avait pas l'air ravi, mais il fit contre mauvaise fortune bon cœur et se retira sans protester.

Simon ouvrit la portière arrière du 4x4, plongea le bras dans l'habitacle et en sortit une bouteille d'eau fraîche. Il ôta lui-même le bouchon et tendit la bouteille à Fiona. Elle le remercia d'un sourire épuisé. Les urgentistes l'avaient examinée, sans rien lui trouver de grave. En dehors de quelques coupures, écorchures et ecchymoses, elle allait aussi bien que possible pour quelqu'un qui venait d'être victime d'un attentat à la bombe. Elle s'était nettoyée comme elle avait pu et Bob avait réussi à remonter chez lui pour lui ramener un T-shirt propre. Dans la précipitation, il avait pris l'un des siens, trois fois trop grand pour elle.

Mais au moins, il ne sentait pas trop la fumée et il était en meilleur état que la chemise qu'elle portait au moment de l'explosion, déchirée et maculée du sang de Scoop.

Les yeux rivés au trottoir, buvant de l'eau à petites gorgées, Fiona raconta qu'elle cueillait des tomates avec Scoop en chantonnant des chansons irlandaises quand il s'était brusquement rué sur elle. L'instant d'après, elle se trouvait sous lui, derrière le bac à compost, au milieu d'un chaos de fumée, de débris de toutes sortes et de sang.

— Tu as vu quelqu'un avant la déflagration ? lui demanda Simon.

Elle secoua négativement la tête.

— A quelle heure est-ce que tu es arrivée chez ton père ?

— Vers 14 heures. Je voulais qu'on parle du Noël qu'on doit passer en Irlande. J'imagine que Keira t'a dit qu'elle venait avec nous ? Notre arrière-grand-père était un vrai Irlandais, tu sais. Et notre grand-mère est née là-bas.

— Oui, je sais, répondit Simon avec un gentil sourire. Grâce à Keira, je n'ignore plus rien de vos origines.

— J'ai imprimé tout un tas de bonnes adresses trouvées sur internet, continua la jeune fille, que la perspective d'aller en Irlande semblait ragaillardir. Des endroits pour prendre le thé à Dublin le soir de Noël. Ça doit être génial de prendre le thé en Irlande le soir de Noël, tu ne crois pas ?

Bob se mit à mâcher son chewing-gum comme si sa vie en dépendait. Il en était à son deuxième paquet depuis l'explosion et sa mâchoire, pourtant bien entraînée, en devenait douloureuse. Dans les circonstances actuelles, prendre le thé à Dublin ou n'importe où dans le monde était à coup sûr le cadet des soucis de Simon, mais il n'en fit rien paraître.

— Je vois bien ton père prendre le thé avec canapés,

petits gâteaux et tout le tralala, dit-il avec un sourire dans les yeux.

— Il commencerait par dire que c'est trop chichiteux pour lui, mais au bout du compte je suis sûre qu'il adorerait ça, répondit Fiona en jetant un regard complice à son père.

— Personne ne le connaît mieux que toi. Donc, tu as pris les bonnes adresses que tu avais imprimées et tu es partie rendre visite à Bob. Où étais-tu, avant ça ?

— Dans la maison des Garrison. Je travaillais ma harpe.

— Avec ton groupe ?

— Non, j'étais seule. Enfin, seule dans la salle de réception, parce que Owen se trouvait aussi dans la maison, mais à l'étage supérieur, dans les bureaux de la fondation. Il y était déjà quand je suis arrivée, à 10 heures du matin.

A la façon dont elle donnait tous ces détails, sans avoir à y réfléchir, on voyait que ce n'était pas la première fois qu'on lui posait ces questions.

— J'ai passé presque tout mon temps là-bas à travailler ma harpe, ajouta-t-elle.

— Tu es venue ici en voiture ou tu as pris le métro ?

— J'ai pris le métro et ensuite j'ai marché. Il faisait tellement beau…

Elle déglutit, puis avala précipitamment une gorgée d'eau.

— J'ai envie de vomir !

Simon fit comme s'il ne l'avait pas entendue. Bob aurait fait pareil, à sa place.

— Où as-tu pris le métro ?

— A l'arrêt de Downtown Crossing. La ligne orange.

— D'autres gens sont montés en même temps que toi ?

— Je crois, oui. Je n'ai pas particulièrement fait attention et je ne me souviens de personne en particulier.

— Est-ce que quelqu'un est descendu du métro en même temps que toi ?

— Non, et personne ne m'a suivie non plus. Je fais toujours attention. C'est devenu une habitude.

Elle tourna légèrement la tête vers son père.

— Papa m'a appris à être vigilante quand je suis seule…

— Donc, tu marchais vers chez ton père…, l'incita à poursuivre Simon.

— Oui, et je n'ai rien remarqué d'anormal durant le trajet. Quand je suis arrivée ici, je suis allée directement dans le jardin. Je n'ai pas sonné à l'Interphone, ni frappé à aucune porte.

— Ton père était au courant de ta venue ?

Elle acquiesça d'un signe de tête.

— Je l'ai appelé de mon portable quand je suis sortie du métro. Une fois dans le jardin, j'ai crié pour le prévenir que j'étais là.

— La porte qui mène au jardin n'était pas verrouillée ?

— Non. Je n'ai eu qu'à la pousser. J'ai dit à papa que j'allais ramasser des tomates et les lui monter. Scoop en avait plein. En *a* plein, corrigea-t-elle aussitôt.

Soudain sur la défensive, elle jeta un regard belliqueux à Simon puis à son père, comme si elle s'attendait à une remontrance. Mais l'expression bienveillante de leurs visages la rassura et elle poursuivit son récit.

— Les pompiers et les urgentistes ont marché sur les plants de tomates pour venir jusqu'à nous, mais je crois qu'une partie du potager a été épargnée. De toute façon, Scoop remettra tout en ordre quand il sera sur pied.

— Très bien, dit Simon en s'appuyant d'une épaule contre le 4x4.

Il ne montrait aucun signe de fatigue ou de tension, malgré le sentiment de culpabilité qu'il avait dû ressentir en apprenant la nouvelle tentative de meurtre sur Keira. Quant à la chaleur ambiante, elle ne semblait pas l'affecter le moins du monde.

— Tu es donc dans le jardin et tu annonces ton arrivée à ton père en criant en direction de son appartement. Il se trouvait sur sa terrasse ?

— Non, il est sorti quand il m'a entendue. Il m'a dit bonjour et il est retourné à l'intérieur.

— Et Scoop ? Il était où ?

— Dans le potager.

— Il t'a proposé de l'y rejoindre, ou c'est toi qui en as pris l'initiative ?

— C'est moi. J'adore les tomates.

— Donc, tu l'as rejoint. Et ensuite ?

Elle but encore un peu d'eau avant de répondre :

— Abigaïl m'a dit bonjour.

— Tu te souviens où elle était ?

— Sur sa terrasse. J'ai d'abord cru qu'elle était dans sa cuisine, mais je…

Les mains de Fiona se mirent à trembler. C'était le moment de son récit où la cueillette des tomates, par un bel après-midi d'été, tournait au cauchemar.

— Mais c'était une erreur, reprit-elle d'une voix mal assurée. En fait, elle était sur sa terrasse.

— Qu'est-ce qu'elle a dit, exactement ?

Fiona prit le temps de réfléchir.

— Elle a dit : « Salut, Fiona, ça va ? Ne le laisse pas te refiler ses tomates pourries ! »

La réflexion d'Abigaïl arracha un sourire à Simon, mais

Bob savait qu'il n'était pas aussi spontané qu'il en avait l'air. Il était un agent du FBI au boulot et son attitude n'avait d'autre but que de mettre Fiona à l'aise pour obtenir les renseignements les plus précis et les plus fiables possible.

— Et qu'est-ce que Scoop a répondu à ça ?

— Il a brandi une magnifique tomate rouge, toute ronde et toute brillante, et il a dit : « Et ça, Browning, c'est une tomate pourrie, peut-être ? Ce n'est pas au supermarché que tu en trouveras d'aussi belles ! »

— Elle a répondu quelque chose ?

Bob eut un élan de tendresse en voyant trembler la lèvre inférieure de sa fille. Exactement comme quand elle était bébé.

— Non, dit-elle. Pas que je me souvienne.

Son visage se contracta et elle posa le bout des doigts sur ses tempes, comme pour mieux se concentrer.

— J'ai entendu sonner un téléphone. C'était une sonnerie classique, pas une mélodie de portable. Ça vient juste de me revenir. C'est sans doute pour ça... Oui, c'est sûrement pour ça qu'elle est rentrée dans son appartement.

— Pour répondre au téléphone, dit Simon.

Elle hocha la tête d'un air absent.

— Et puis papa a crié et Scoop s'est jeté sur moi.

— Donc, d'abord la sonnerie du téléphone chez Abigaïl, puis ton père qui a crié, et enfin Scoop qui s'est jeté sur toi.

— Oui, c'est ça.

— Et ensuite ?

— Scoop m'a projetée au sol, derrière le bac à compost.

— Il a dit quelque chose ?

— Pas un mot. Je me souviens d'avoir eu la respiration coupée. Je suis tombée sur le dos et Scoop était sur moi.

J'essayais de retrouver ma respiration quand la bombe a explosé. Je ne comprenais rien à ce qui se passait. Et puis j'ai senti que Scoop…

Le débit de sa voix était de plus en plus haché, de plus en plus saccadé au fur et à mesure qu'elle s'immergeait dans le souvenir des premiers instants de l'attentat.

— Tout s'est passé dans le brouillard et je me suis même demandé si je n'étais pas en train de rêver. C'était comme si tout l'air de mes poumons avait été aspiré, comme si le jardin entier était devenu une planète hostile. Scoop a poussé un gémissement et puis… Il y avait tout ce sang…

— Il a été atteint par des morceaux du barbecue et de la bombonne de gaz, précisa Bob à Simon. Tu sais, Fiona, continua-t-il, ce n'est pas parce qu'il a voulu te protéger qu'il a été blessé. S'il avait sauté tout seul derrière le bac à compost, il aurait quand même…

— Si c'est moi qui l'avais protégé au lieu du contraire, le coupa Fiona d'une voix catégorique, c'est lui qui serait en train de répondre à ces questions et moi qui serais sur un lit d'hôpital !

Avant que Bob ne puisse répondre, Simon se décolla du 4x4 et vint se planter devant elle.

— Ça ne fonctionne pas comme ça, Fiona… Toi, tu es une étudiante de dix-neuf ans et Scoop est un flic. Il a reçu une formation spécifique pour répondre présent dans ce genre de situation et c'est ce qu'il a fait. C'est pour ça qu'il a été plus rapide que toi. Il a réagi en policier compétent et bien entraîné, c'est-à-dire avant même que ton cerveau ne t'ait avertie du danger.

— Scoop est un héros, dit-elle avec une moue têtue.

Lorsqu'elle lui rendit la bouteille d'eau, Simon nota que ses mains avaient presque cessé de trembler.

— En arrivant ici, je n'ai vu personne dans la rue ni

devant les maisons voisines. Je n'ai entendu aucun bruit. Rien du tout. Pas même un chien qui aboyait ou le son d'une télévision par une fenêtre ouverte. S'il y avait des bruits, c'étaient des bruits de fond, des bruits familiers que je ne percevais pas consciemment. Je me souviens que je chantonnais *Irish Rover* en arrivant dans le jardin.

A son tour, Bob se souvint d'avoir entendu sa fille chantonner un des airs irlandais sur lesquels elle travaillait à la harpe. Il l'avait complètement oublié jusque-là.

Fiona regarda Simon et son visage s'éclaira soudain d'un sourire.

— Vous avez vraiment une voix superbe, papa et toi ! Tu devrais venir chanter avec mon ensemble folklorique, un de ces jours.

Elle disait presque toujours « ensemble » au lieu de « groupe ».

— Seulement si je peux aussi danser la gigue irlandaise, lui répondit Simon avec un clin d'œil.

— Ah oui ! C'est vrai… J'avais oublié que tu nous as fait une démonstration, le soir où papa s'est décidé à nous montrer ses talents cachés. Quand je pense que je ne savais même pas que tu chantais aussi bien, dit-elle en se tournant vers son père, des mèches blondes plaquées contre ses joues blafardes. Il a fallu que l'histoire de Deirdre McCarthy refasse surface et que l'émotion te submerge pour que je puisse enfin profiter de ta voix.

Bob ne put retenir une grimace en entendant le nom de son amie d'enfance dont le meurtre sauvage, alors qu'elle n'avait que dix-neuf ans, l'avait traumatisé à jamais.

— Deirdre avait une voix d'ange, dit-il. Je ne lui arrive pas à la cheville.

— Même si elle a disparu longtemps avant ma naissance, je n'arrête pas de penser à elle depuis qu'on m'a parlé d'elle et de sa mort tragique. C'est comme si son esprit avait toujours fait partie de ma vie, de nos vies, et que je ne le savais pas.

Bob aurait préféré que Deirdre n'occupe pas les pensées de sa fille, mais que pouvait-il y faire ? En refusant d'évoquer son amie pendant trente ans, il avait réussi à préserver ses filles du drame d'un destin brisé de la façon la plus horrible qui soit. Mais le passé avait fini par les rattraper, lorsque le meurtre de Deirdre avait inspiré le tueur en série qui s'en était pris à Keira au mois de juin.

Avait-il commis une erreur en ne parlant jamais d'elle à Keira et à ses filles ? Auraient-elles été mieux préparées aux conséquences tardives de son assassinat ? C'était à croire que le silence, les secrets de famille finissaient toujours par se payer d'une façon ou d'une autre.

Simon, qui venait de jeter la bouteille d'eau vide dans le 4x4, referma la portière d'un coup sec. Un truc pour faire retomber la tension et inciter Fiona à se concentrer, songea Bob.

— Tu m'as dit tout à l'heure que tu avais entendu Abigaïl crier après l'explosion, reprit-il en s'appuyant de nouveau contre le véhicule.

— Oui, mais je me suis trompée. J'ignore en fait ce que j'ai entendu… Sur le moment, j'ai eu l'impression que tout arrivait en même temps, mais maintenant les choses sont moins confuses dans mon esprit. D'abord le téléphone a sonné, ensuite papa a crié, puis Scoop m'a plaquée au sol et enfin il y a eu l'explosion. Dans cet ordre. Tout s'est passé si vite… Je sais que les gens disent toujours ça après un accident, mais c'est vraiment comme ça que je l'ai ressenti.

Simon posa la main sur son épaule.

— C'est parfait, Fiona. Grâce à toi, on y voit un peu plus clair.

Elle se tourna vers son père.

— Tu as vu quelque chose, toi, papa ? Comment est-ce que tu as su qu'une bombe allait exploser ?

Bob ne lui avait pas encore parlé de l'appel de Keira et de cette inconnue. Sans leur mise en garde, Fiona n'aurait peut-être pas été là pour témoigner, avec son teint livide, ses grands yeux fatigués et sa lèvre tremblante. Lucas et Tom Yarborough n'étaient pas au courant non plus du coup de fil salutaire de sa nièce, tout simplement parce qu'ils n'avaient pas posé la question. Non par négligence, mais parce qu'ils prenaient les choses dans l'ordre.

Simon était au courant, mais il n'en avait parlé à personne.

— Papa, pour que tu nous préviennes, il a bien fallu que toi aussi tu aies été prévenu. Qui t'a dit qu'une bombe était sur le point d'exploser sur la terrasse d'Abigaïl ?

— Tu pourras parler avec ton père tout à l'heure, l'interrompit Simon. Pour l'instant, j'aimerais qu'on revienne au moment où tu travaillais ta harpe dans la maison des Garrison. As-tu remarqué quelqu'un là-bas…

— Qui aurait pu piéger la voiture d'Owen ?

Elle était visiblement à bout de nerfs, de moins en moins patiente, près de fondre en larmes ou de se mettre à hurler.

— J'en ai presque terminé, d'accord ? Juste quelques dernières questions que j'aimerais te poser seul à seule.

Bob ne fit pas d'objection. Il posa un baiser sur les cheveux de sa fille et commença à s'éloigner en direction de Theresa, avant d'être interpellé par le responsable de l'ATF.

— C'est du C-4, l'informa ce dernier d'un ton docte. Une variété de la famille des plastics. Cet explosif est idéal pour fabriquer ce type de bombe. Un pain d'un peu plus de cent grammes est largement suffisant pour détruire une bombonne de propane et ses environs immédiats.

Le responsable de l'unité de déminage approuva avant que le responsable de l'unité des incendies criminels ne mette à son tour son grain de sel en apportant quelques détails techniques.

Bob dépiauta une nouvelle tablette de chewing-gum et l'enfourna dans sa bouche.

— Tout ça c'est bien gentil, mais les bombes ne sont pas venues toutes seules avec leurs petites jambes se planquer sous la voiture d'Owen Garrison ou sous le barbecue d'Abigaïl Browning. Et Abigaïl ne s'est pas évaporée dans la nature, que je sache !

Entre deux phrases, il mâchait son chewing-gum avec d'impressionnants mouvements de mâchoire.

— Quelqu'un l'a enlevée et l'a embarquée dans un véhicule. Tout ça sous mon putain de nez ! cria-t-il, le visage fermé, en proie à un brusque accès de colère. La sonnerie du téléphone l'a attirée à l'intérieur et l'a éloignée de la terrasse. Ces ordures ne voulaient pas la tuer. Ils se foutaient bien du sort de ma fille, de Scoop Wisdom ou du mien. Qu'on crève ou qu'on s'en sorte, c'était le cadet de leurs soucis ! La déflagration a néanmoins dû sonner Abigaïl, ou au moins la désorienter. Peut-être même a-t-elle perdu connaissance. Et ces fils de pute sont venus la cueillir alors qu'elle n'était plus en état de se défendre, avant de la jeter dans le véhicule qui attendait dans la rue.

Il fit un signe de tête en direction de l'endroit où il avait remarqué la tache de sang.

— Enfin, quand je dis qu'elle n'était plus en état de se défendre, reprit-il avec une sorte de fierté dans la voix, elle a quand même réussi à amocher un de ses ravisseurs.

Il se tut et personne ne pipa mot. Bob savait pertinemment ce qu'ils pensaient tous. Avec un de ses amis et collègues gravement blessé, une autre portée disparue et une fille profondément choquée, ils se disaient qu'il était aux portes du syndrome de stress post-traumatique.

Bob ne leur en voulait pas : lui-même n'était sûr de rien. Et les battements erratiques de son cœur n'étaient pas faits pour le rassurer.

— Toute mon attention a été prise par la déflagration, l'incendie qui s'est déclaré et les premiers secours aux blessés. Leur stratégie de diversion a parfaitement fonctionné. Je n'ai rien vu. Rien ! Comme un débutant !

— Comment ont-ils fait pour accéder au jardin et placer la bombe sur la terrasse ? demanda le responsable de l'ATF.

Bob eut envie de l'étrangler.

— A votre avis ? Vous pensez que je les ai fait entrer et que je leur ai montré le barbecue d'Abigaïl en leur disant : « Regardez, les gars, y a un bon endroit pour cacher une bombe, ici. Personne ne la remarquera. »

— Pas de réparation de la ligne téléphonique, récemment ? La visite d'un électricien ? D'un jardinier ?

— J'ai déjà fait ma déposition. Ma fille aussi. Scoop Wisdom fera la sienne quand il ne sera plus inconscient et Abigaïl n'est pas là pour la faire, au cas où vous ne l'auriez pas remarqué !

Une grimace embarrassée altéra un instant les traits du type de L'ATF.

— Désolé, inspecteur…

Le responsable de l'unité des incendies criminels fit un pas vers lui.

— On peut faire quelque chose pour vous, Bob ? Ou pour votre famille ?

Une demi-douzaine de répliques vinrent à l'esprit de Bob, toutes plus acerbes les unes que les autres. Mais il fut désarmé par l'expression sincère de l'homme qui lui faisait face. Tous ces types paraissaient désolés pour lui et ne demandaient qu'à l'aider.

Mais il n'en pouvait plus. Il avait besoin de calme.

Il trouva refuge sur le siège passager du tas de ferraille qui lui servait de voiture. Là, il nettoya son téléphone portable couvert de suie et de sang, puis composa le numéro d'Eddie O'Shea. Il avait déjà parlé avec Keira et un inspecteur irlandais de l'agression dont elle avait été victime. A présent, il voulait discuter avec le propriétaire du pub. Il l'avait rencontré au début du mois d'août, quand il s'était aventuré pour la première fois de sa vie sur la terre de ses ancêtres. Il avait fait le voyage avec sa sœur. En ce début août, Keira était déjà tombée amoureuse de Simon.

Il espérait alors qu'il serait de l'expédition familiale qui devait réunir ses filles, sa sœur et sa nièce autour d'un Noël irlandais. Simon serait le compagnon idéal pour aller boire une bière ou deux pendant que les filles feraient les vitrines à Dublin. Mais Noël semblait si loin, maintenant. Hors d'atteinte, comme un rêve impossible.

O'Shea répondit au bout de deux sonneries.

— Les policiers irlandais sont encore chez vous ? lui demanda Bob, après s'être présenté.

— Non, ils sont partis. Ils ont fouillé mon pub à la recherche de bombes, Bobby…

Malgré ses protestations, O'Shea insistait pour l'appeler Bobby, ce qui le rendait dingue.

— Ils en ont trouvé une ?

— Ils ont eu un moment de doute, mais c'était juste une soupe de Patrick, finalement.

C'était une honnête tentative d'humour. Eddie O'Shea avait eu une vie paisible avant que Keira ne débarque en juin dernier dans son joli village de la baie de Kenmare.

— Ne faites confiance à personne, Eddie. Ni aux hommes de la *Garda*, ni à vos fées irlandaises. A personne, vous m'entendez ?

— Comment allez-vous, Bobby ?

— Calciné des pieds à la tête, merci.

— Et Simon ?

— Déterminé.

Bob sentit sa gorge se serrer. Il avait de la sympathie pour Simon Cahill, qui sans nul doute se sentait responsable de ce qui venait d'arriver. Pourtant, il se demandait si Estabrook n'aurait pas de toute façon croisé leur chemin d'une manière ou d'une autre. Ce type était comme un virus mortel qui sommeillait dans leurs vies, attendant l'occasion de se propager et de causer le plus de dégâts possible.

— J'aimerais que vous me parliez de cet Irlandais qui a essayé de tuer ma nièce.

— Il savait qu'une bombe était sur le point d'exploser à Boston.

— Celle qui se trouvait chez moi. Il y en avait une autre sous une voiture.

— Vraiment ? Il n'a pas mentionné celle-là. C'est un tueur à gages, vous savez.

— Comment Keira a-t-elle réussi à le faire parler ?

— Ce n'est pas Keira. C'est cette Mata Hari aux cheveux noirs qui l'a fait parler.

Keira avait déjà décrit la jeune femme à son oncle.

— Des infos sur son identité ?

— S'il y en a, personne ne m'en a fait part. Mais laissez-moi vous dire une chose, Bobby : cette jeune femme sait ce qu'elle fait !

— Elle n'est pas membre des forces de l'ordre ?

— Ah, Bobby… Entre nous, je préfère ne pas songer à ce qu'elle pourrait être…

— Quoi ? Vous croyez que cette fille est un agent secret ?

Bob avait l'impression que sa tête allait exploser.

— Laissez tomber, reprit-il. Vous passez vos journées derrière le comptoir d'un pub. Forcément, vous adorez les intrigues. C'est une seconde nature chez les barmen.

Eddie ne fit aucun commentaire.

— Elle était seule ?

— Oui. Elle a prétendu qu'elle était là pour faire une randonnée sur la *Beara Way*, mais elle semblait connaître Norman Estabrook, le milliardaire américain qui…

— Je vois très bien qui c'est, coupa Bob.

— J'aurais dû m'en douter. Lord Will était là aussi, ajouta-t-il finalement, avec une voix de conspirateur.

— L'ami de Simon ?

— On peut avoir confiance en lui, j'en mettrais ma main au feu. Quant à Keira, ne vous faites pas de mauvais sang pour elle. Elle est en sécurité, ici. Et puis elle en a plus que la plupart des hommes, si vous me permettez l'expression.

Un sourire se dessina sur les lèvres de Bob. Le premier depuis… Depuis un bon moment.

— Ça, pour en avoir, elle en a, répondit-il.

Il n'avait pas envie de raccrocher. Malgré les paroles rassurantes d'Eddie, savoir Keira seule de l'autre côté de l'océan avec un contrat sur le dos le rendait franchement nerveux. Elle avait toujours été comme une fille pour lui.

— Dites-lui de rester tranquille, Eddie. Qu'elle peigne

des fées irlandaises et des chardons en attendant que ça se tasse.

Il raccrocha et sortit de sa voiture.

Le type de l'ATF vint aussitôt à sa rencontre.

— A qui étiez-vous en train de parler, inspecteur ?

Son ton soupçonneux et arrogant lui entra par une oreille et ressortit par l'autre. Il avait son compte pour la journée, mais il gratifia néanmoins l'abruti qui lui faisait face d'un large sourire.

— Je parlais avec un barman irlandais, figurez-vous... Je lui demandais sa recette du crumble à la rhubarbe.

Puis il s'éloigna et partit rejoindre son ex-femme et sa fille avant que le type l'ATF ne lui torde le cou.

12

Le long de la côte du Massachusetts,
le 25 août à 19 h 45, heure avancée de l'Est

Abigaïl luttait de toutes ses forces contre le mal de mer qui menaçait d'annihiler ses dernières ressources morales. Que dirait Owen s'il apprenait qu'elle se laissait aller ? De toute sa vie, il n'avait jamais été malade sur un bateau. Elle croyait entendre sa voix grave et rassurante lui prodiguer des conseils à l'oreille :

Dors dès que tu en as l'occasion, Abigaïl.

Bob, Scoop, Yarborough, Lucas, son père… tous lui diraient la même chose. Simon aussi, sans doute, même si elle ne le connaissait pas aussi bien que les autres.

Elle pressa les paupières pour faire barrage aux larmes qui lui brûlaient les yeux sous le bandeau. Mouiller l'étoffe qui l'aveuglait ne ferait qu'accroître son inconfort. Elle avait déjà mal partout, sans parler de démangeaisons affreuses, et le sentiment d'être entièrement à la merci des salauds qui l'avaient enlevée lui donnait envie de hurler.

Ils venaient la voir à tour de rôle pour s'assurer qu'elle n'essayait pas de s'échapper, la menaçant de représailles terribles si elle tentait quoi que ce soit. Mais qu'aurait-elle pu tenter, avec les liens qui la maintenaient solidement à sa chaise ?

Deux hommes se disputaient derrière la porte de la cabine où elle était enfermée. L'un — irascible et vaniteux — lui sembla américain, l'autre — agressif et insolent — anglais.

— Vous avez promis d'être avec moi jusqu'au bout sur ce coup-là ! tonnait l'Américain.

L'Anglais eut un petit rire méprisant.

— Pas dans ces conditions, imbécile !

— Je vous interdis de me parler comme ça !

— Je vous parle comme je veux. J'ai accepté de faire un travail et vous avez embauché ces deux parfaits crétins dans mon dos pour satisfaire vos envies mesquines de vengeance.

— Rien de ce que je fais n'est mesquin, c'est compris ? Et sachez que je me fous de ce que vous avez pu faire ou être dans le passé. Pour moi, vous êtes un mercenaire que je paie grassement et qui travaille pour moi. Si vous acceptez mon argent, alors vous devez aussi accepter mes directives et ma façon de mener les opérations !

— Je ferai ce que vous me demandez, mais vous ne m'empêcherez pas de penser que…

— Inutile de vous répéter… Vous avez déjà exprimé votre opinion et je l'ai écoutée. Ce qui est fait est fait, et je propose que nous nous intéressions plutôt à ce qui reste à faire. Alors ?

L'autre eut un moment d'hésitation.

— C'est d'accord…

Les gonds grincèrent et Abigaïl entendit la porte s'ouvrir d'un seul coup. Ses épaules et ses cuisses étaient raides, douloureuses, et les doigts de ses mains comme ceux de ses pieds, malgré ses efforts pour les remuer, avaient fini par s'engourdir.

Elle perçut des bruits de pas tout près d'elle, comme si quelqu'un faisait le tour de sa chaise.

— Regardez-moi cette belle jeune femme toute saucissonnée ! On dirait que vous n'avez pas eu une journée facile, inspectrice, dites-moi…

C'était l'Américain. Malgré son ton moqueur et suffisant, la jeune femme devina une certaine agitation dans sa voix.

— Moi non plus, je n'ai pas eu une journée de tout repos, reprit-il. J'ai fait un voyage long et éprouvant depuis le Montana.

Norman Estabrook !

Abigaïl se força à rester de marbre.

— Mais les risques que j'ai pris et toute cette tension sont peu de chose, comparés au plaisir de vous voir là, complètement à ma merci. Oui, ça valait vraiment la peine.

Il se trouvait face à elle, maintenant.

— Votre père et vos amis flics ne savent pas du tout où vous êtes. Ni où je suis, d'ailleurs. Et même s'ils doivent se douter que nous sommes au même endroit, vous et moi, force leur sera d'admettre que ça ne les avance pas à grand-chose.

— Si je comprends bien, jouer au casse-cou à bord d'un rafiot ou d'un vieux coucou ne vous suffit plus, Norman.

Elle détesta le son de sa voix, mais au moins elle ne tremblait pas, ne trahissait pas sa peur.

— Vous avez besoin de poser des bombes et de séquestrer des policiers pour avoir le grand frisson, maintenant ?

Elle attendit un moment, mais Estabrook ne répondit rien.

— Profitez bien de votre petit moment de triomphe,

parce qu'il ne va pas durer, reprit-elle. Je me trompe ou les choses ne se sont pas passées comme prévu, aujourd'hui ? Vous avez foiré un truc, pas vrai ?

Il dut se pencher vers elle, parce qu'elle sentit soudain son haleine chaude sur son visage.

— Foiré ? Pas tant que ça, inspectrice. Je vous ai, après tout. J'ai la fille de John March. Dites-moi, Abigaïl March Browning, vous ne pensez pas que votre père a besoin d'un diable à combattre ? Un diable rien que pour lui ?

— Vous n'avez qu'à l'appeler et le lui demander…

— Inutile ! Je sais qu'il a besoin de moi… Il a besoin d'un ennemi à sa mesure. Vous avez eu l'occasion d'apprendre un tas de choses sur le bien et le mal, cet été. Vous devez en connaître un rayon sur le sujet, à présent. N'est-ce pas, inspectrice ? Le tueur en série qui s'en est pris à votre amie Keira Sullivan était fasciné par le diable. Vous l'avez rencontré à plusieurs reprises au cours de l'enquête. Comment s'appelait-il, déjà ? Augustine. Jay Augustine… Ce type-là a compris que, pour exister, Dieu a besoin de Lucifer.

Abigaïl réprima un frisson. Au mois de juin précédent, en effet, elle en avait plus appris sur le mal que pendant tout le reste de sa carrière. En huit années d'enquêtes policières, elle n'avait jamais croisé la route d'un esprit aussi profondément maléfique que celui de Jay Augustine. Ce qu'elle avait vu, c'était le mal à l'état pur : le choix conscient, délibéré, de commettre des actes abjects, des actes de violence gratuite sur des innocents.

Le mal pour le mal.

— Je ne vois pas ce que Dieu ou Satan viennent faire ici, dit-elle. Mon père n'est qu'un simple mortel. Un homme comme les autres. Tout comme vous d'ailleurs…

— Mais non, je ne suis pas comme les autres ! Vous voyez, c'est précisément l'erreur qu'ont commise les procureurs fédéraux. Ils ont oublié que je n'étais pas un homme ordinaire. J'ai des réseaux et des appuis si haut placés que même le FBI n'a pas de prise sur eux.

— On en reparlera quand vous serez en prison, répliqua Abigaïl d'un ton tranquille.

Estabrook fit entendre un petit rire. Dans le noir imposé par son bandeau, la jeune femme eut soudain le sentiment d'être face à un gamin ravi du mauvais coup qu'il prépare.

— Votre père doit être dans tous ses états, à l'heure qu'il est. Il doit s'en vouloir à mort de m'avoir laissé filer.

— Ce n'est pas lui qui a donné le feu vert. Au contraire, il était opposé à l'idée de conclure un marché avec vous. Vous voyez, il n'est pas tout-puissant.

— Le fait est qu'il a commis une erreur de jugement qui va lui coûter cher. Il n'a vu en moi que du menu fretin… Un excentrique fortuné qui s'acoquine avec des malfrats avant de rentrer dans le droit chemin… Grave erreur, vraiment… Ah, il ne me croyait pas capable de violence ! Ah, il ne s'intéressait qu'à mes nouveaux amis, seuls dignes d'occuper son précieux temps ! Eh bien, il va s'en mordre les doigts… Imaginons un peu l'avenir, voulez-vous ? Je vais défier l'homme qui est à la tête du plus puissant service de renseignements du monde. Je vais le harceler chaque jour, jusqu'à la fin de sa vie. Et quand il mourra, ce sera un vieillard brisé et amer qu'on enterrera !

— Vous êtes un homme bien plus banal que vous ne le pensez, Estabrook. Jusqu'ici, l'argent vous a permis de vivre vos fantasmes, mais, cette fois, vous avez visé trop haut et la réalité ne va pas tarder à vous rattraper.

Cette fois-ci, le rire d'Estabrook résonna un peu plus loin, et Abigaïl comprit qu'il s'était redressé.

Lorsqu'il reprit la parole, ce fut d'une voix presque aimable.

— Au début, je souhaitais seulement tuer votre père. A présent, je veux le faire souffrir. Oui, je veux qu'il souffre et qu'il souffre et qu'il souffre encore.

Il se tut quelques secondes avant d'ajouter :

— Bien sûr, il y en a d'autres que je me contenterai de tuer de mes propres mains.

Abigaïl se concentra sur sa respiration avant que la peur ne brouille ses pensées, comme l'espérait sûrement son ravisseur.

Huit secondes d'inspiration par la bouche.

Huit secondes sans respirer.

Huit secondes d'expiration par le nez.

Elle entendit la porte s'ouvrir et se refermer, mais continua son exercice de respiration. Elle le renouvela trois fois avant de se concentrer de nouveau sur ce qui l'entourait.

— Vous avez des amis tenaces…

C'était l'homme à l'accent anglais. Il avait parlé d'une voix douce, tout près de son visage.

— Ils font de gros efforts pour vous retrouver.

— Estabrook est parti ?

Elle se sentait un peu plus calme, maintenant.

— Pour le moment, oui.

Elle déglutit, la bouche et la gorge asséchées par le manque d'eau, mais aussi par l'angoisse et cette lutte permanente pour refouler la panique, le mal de mer et le sentiment de claustrophobie.

— Vous feriez bien de me libérer maintenant, avant que mes amis me retrouvent, dit-elle.

— J'en prends bonne note.

Il avait dit cela d'une voix neutre. La perspective d'affronter l'arsenal de guerre qu'avaient sans nul doute déployé les forces de l'ordre ne semblait ni l'exciter ni l'inquiéter.

— Quelle heure est-il ? demanda-t-elle.

— Aux alentours de 20 heures. Vous êtes blessée ?

— Non, ça va. Laissez-moi partir avant que…

— Vous allez vivre des moments difficiles, l'interrompit l'Anglais. Si j'étais vous, je ne gaspillerais pas mon énergie à réclamer des choses impossibles à obtenir.

— Alors dites-moi au moins comment vont mes amis qui se trouvaient dans l'immeuble quand la bombe a explosé. Scoop, Bob et sa fille Fiona.

Elle les avait délibérément appelés par leurs prénoms pour les humaniser, pour les rendre plus réels dans l'esprit de cet homme.

— Aucun décès n'est à déplorer, répondit l'autre, comme s'il faisait un rapport. L'inspecteur O'Reilly et sa fille sont indemnes.

Elle se prépara au pire, résolue par avance à bloquer toute émotion violente.

— Mais pas Scoop ?

— L'inspecteur Wisdom a été atteint par des éclats métalliques. Il devrait s'en sortir, mais il va lui falloir un peu de temps pour s'en remettre.

— Owen…, murmura-t-elle. Il ne lui est rien arrivé, n'est-ce pas ?

— Votre fiancé est un vrai MacGyver.

Ses muscles se relâchèrent brusquement et elle se tassa sur sa chaise, comme un pantin dont on aurait coupé les fils. Ses amis avaient failli mourir parce qu'elle était la fille de John March.

— Tu as de sérieuses casseroles aux fesses, lui avait dit Bob, alors qu'elle n'était encore qu'une novice déterminée à devenir inspectrice.

Traumatisée par le meurtre de son mari dont l'assassin courait toujours, Abigaïl avait abandonné ses études de droit pour un métier où elle pourrait aider ceux qui vivaient un drame similaire au sien.

Bob n'avait pas mâché ses mots, à l'époque :

— Entre l'assassinat non élucidé de votre mari et votre père sur le point de prendre les rênes du FBI, je ne vois pas comment ça pourrait coller. Si je m'écoutais, je vous renverrais à vos études de droit.

Au début, Bob avait considéré Owen, avec sa famille fortunée et ses incessants voyages pour Fast Rescue, comme un handicap supplémentaire. Il voyait là des motifs de distraction incompatibles avec l'implication de tous les instants qu'exigeait le métier de policier. Pour lui, la jeune femme n'avait pas sa place à la brigade criminelle et elle ne l'aurait jamais. Mais elle avait fait ses preuves et avait fini par gagner le respect et l'amitié de Bob.

— Vous avez tous eu beaucoup de chance, commenta l'Anglais.

— C'est drôle, railla Abigaïl, je me disais justement que j'étais une sacrée veinarde.

Elle inspira profondément.

— Vous avez essayé de tuer Owen ou vous avez voulu l'enlever, lui aussi ?

— On voulait le tuer.

Son estomac se souleva, mais pas question de vomir.

— Un autre engin explosif ?

Au prix d'un grand effort, elle parvint à conserver un ton neutre, professionnel.

— Où était placée la charge ? Dans la maison de *Beacon Street* ?

— Sous sa voiture. Mais figurez-vous qu'il a été prévenu à temps. Alors dites-moi, ma belle, murmura l'homme, maintenant à quelques centimètres de son visage : comment pensez-vous qu'une telle chose ait pu se produire ?

Abigaïl se tortilla sur sa chaise pour faire diversion. Elle ne voulait pas laisser l'Anglais lire quoi que ce soit sur son visage qui puisse lui faire penser qu'elle avait une idée sur la question.

— Vous êtes censée répondre…

— Je ne sais ni comment ni par qui Owen a pu être prévenu. Je vous rappelle que j'étais sur le plancher d'une camionnette, avec le pied d'un de vos gorilles sur la tête. Ce que j'ai compris, par contre, c'est que votre plan ne s'est pas déroulé comme prévu.

— Qui a dit que c'était mon plan ?

Surtout ne pas se laisser berner par son ton calme, où perçait peut-être un brin d'ironie. Le type qu'elle avait devant elle, si près qu'elle sentait son eau de toilette, avait tout d'un professionnel aguerri. C'était un homme discipliné, plein de sang-froid et sûrement très dangereux.

— Qu'attendez-vous de moi exactement ? lui demanda-t-elle.

— Rien pour le moment. Vos amis et vous êtes de redoutables adversaires, vous savez. Votre père aussi…

— C'est bien ça qui excite Estabrook, non ? Mais vous, qu'est-ce que vous faites avec lui ? Vous êtes un pro. Vous savez qu'il prend des risques inutiles pour pimenter le jeu et assouvir sa soif de vengeance.

— Chacun à notre façon, nous prenons des risques inutiles pour pimenter le jeu, répondit l'Anglais.

Abigaïl s'efforça de détendre les muscles de sa mâchoire et de soulager son cou et ses épaules de la tension qui les raidissait.

— J'ai entendu un petit bateau aborder plusieurs fois. Estabrook a atterri dans un aéroport privé et vous l'avez amené ici à bord d'une vedette, c'est ça ?

— Quelle différence ça fait, maintenant ?

— Aucune... L'important, c'est le présent. Vous pouvez encore m'aider. Vous, vous fuyez où bon vous semble et moi je rentre à la maison retrouver Owen et préparer notre mariage.

L'Anglais se mit à rire.

— Qu'est-ce que j'ai à gagner à fuir ? Tenez-vous tranquille, ma belle, je vais couper la corde qui entrave vos poignets et vos chevilles.

— Quel est votre nom ? Comment dois-je vous appeler ?

— Fletcher.

— C'est votre nom ou votre prénom ?

— Peu importe.

D'autant que rien ne prouvait qu'il s'appelait vraiment comme cela.

— Citoyen britannique ?

— Longue vie à la reine !

Au moins, il avait le sens de l'humour.

— D'abord, les poignets... Vous allez sentir la lame sur votre peau, mais ne paniquez pas. Les liens sont très serrés et, si vous bougez, je risque de vous blesser. Mais vous ne m'avez pas l'air du genre à paniquer, ajouta-t-il en glissant la lame froide entre la corde et ses poignets.

Ce Fletcher était trop efficace, trop professionnel pour s'amuser à la faire souffrir. S'il décidait de la tuer, il le ferait rapidement, sans cruauté superflue. C'était déjà ça.

— Bougez vos bras tout doucement, lui conseilla-t-il, tandis que les liens cédaient sous l'action de la lame. Ça fait un bon moment que vous êtes dans la même position. Je vais m'occuper de vos chevilles, maintenant.

Abigaïl ramena ses bras devant elle avec une grimace de douleur. C'est à peine si elle prit conscience qu'il libérait aussi ses chevilles tellement elle avait mal. Elle avança lentement une jambe en ravalant ses larmes. Le sang afflua brusquement dans ses pieds et ses mains, et elle laissa échapper malgré elle un long gémissement.

Fletcher dénoua le bandeau et le retira tout doucement. Elle cligna plusieurs fois des yeux et étira lentement ses membres, pendant que le brouillard se dissipait autour d'elle, laissant place à un décor de plus en plus précis. Une lampe suspendue était allumée au centre de la cabine, au-dessus d'une table de billard, et un canapé d'angle occupait toute la longueur d'un des murs.

L'Anglais la regardait, négligemment adossé à la table de billard. Rasé de frais, visiblement en excellente condition physique, il avait des cheveux châtains coupés très court et des yeux gris. Abigaïl lui donna quarante ans et un mètre quatre-vingt-cinq. Pas de cicatrice, de tatouage, de tache de naissance ou n'importe quel autre signe distinctif visible. Mais elle n'en avait pas besoin pour se souvenir de lui.

— Ça y est ? lui demanda-t-il avec un petit sourire narquois. Vous m'avez bien regardé ? Vous allez pouvoir me décrire précisément aux portraitistes de votre brigade ?

Puis, sans attendre sa réponse, il fit un geste en direction de sa pommette gauche.

— Vous avez été frappée ?

— Par le type avec l'accent du sud de Boston.

— C'est une tête brûlée doublée d'un butor. La galanterie n'a jamais été son point fort, ajouta-t-il en s'approchant d'elle. Ça vous dirait de faire un brin de toilette ?

Elle hocha la tête.

— Oui, merci.

— Dans ce cas, il va falloir vous lever de cette chaise, dit-il en la prenant doucement par le bras pour l'aider.

Mais la jeune femme se dégagea d'un geste brusque

et se leva toute seule. Son corps était raide et endolori, cependant elle tenait debout.

Fletcher la conduisit jusqu'à une porte située au fond de la cabine, à côté d'un petit bar sur lequel trônait un shaker chromé.

— Frappez à la porte quand vous aurez terminé, dit-il. Vous avez deux minutes.

— Je ne peux pas…

— Mais si, ma belle, vous pouvez.

Il referma doucement la porte derrière elle et Abigaïl se retrouva dans le noir complet. Elle se cogna à quelque chose — un évier, selon toute vraisemblance — et laissa courir sa main le long du mur, à la recherche de l'interrupteur. Elle finit par le trouver à force de tâtonner et vit qu'elle était dans un minuscule cabinet de toilette équipé d'une douche, d'un lavabo et d'un WC. Il y avait un distributeur de savon liquide et un autre de crème hydratante, un pot-pourri dans un panier en osier et une pile de petites serviettes pliées avec soin et destinées à se sécher les mains.

Ici, au moins, on sait recevoir les prisonniers…, ironisa-t-elle intérieurement.

Elle verrouilla la porte et commença par utiliser les WC. Puis elle se lava sommairement avec de l'eau et du savon liquide, faisant l'impasse sur la crème hydratante, avant d'enfouir son visage dans une serviette blanche, aussi épaisse que moelleuse. Elle s'accorda quelques secondes pour souffler et s'apitoyer sur son sort, mais le temps pressait. Laissant tomber la serviette au sol, elle ouvrit la bouche sous le robinet et but autant d'eau que possible. Elle n'avait pas envie d'être malade, mais elle ignorait quand se représenterait l'occasion de se réhydrater. Ou de manger. Et elle était affamée.

Pour finir, elle inspecta son corps à la recherche de

blessures que l'adrénaline et l'engourdissement auraient pu l'empêcher de sentir. Ses poignets et ses chevilles étaient violacés, brûlés par la corde, mais ils ne saignaient pas. Elle avait quelques bleus ici et là qu'elle avait dû se faire en tombant sur le plancher de la camionnette, mais ce n'était rien de bien méchant.

— Trente secondes, l'avertit Fletcher de l'autre côté de la porte.

Elle se pencha vers le miroir pour observer l'ecchymose qui gonflait sa pommette. Elle allait avoir un beau coquard.

Lorsqu'elle sortit du cabinet, l'Anglais la prit par le bras et la reconduisit à sa chaise.

— Je ne vais pas vous rattacher, lui dit-il à son grand soulagement.

Il la poussa gentiment pour l'inciter à s'asseoir.

— Ce n'est pas que je vous fasse confiance, ajouta-t-il en esquissant un sourire. Mais je sais que vous ne parviendrez pas à vous échapper.

— Où m'emmenez-vous ?

— On fait juste une petite sortie en mer.

Il se redressa et la regarda avec un visage dépourvu d'expression.

— Vous jouez au billard ?

— Pas vraiment.

— Alors c'est l'occasion de vous y mettre…

Il lui indiqua le bar d'un mouvement de tête.

— Il y a à boire et à manger derrière le comptoir. Vous trouverez même des glaçons pour votre bleu à la pommette. Faites comme chez vous.

— Merci, dit-elle, tandis qu'il quittait la cabine sans ajouter un mot.

13

Dublin, République d'Irlande,
le 26 août à 1 h 5, heure d'été irlandaise

Le taxi déposa Lizzie devant l'hôtel du groupe familial, situé dans une petite rue perpendiculaire à *St. Stephen Square.* Deux grooms en uniforme — l'un d'entre eux n'étant autre que Justin, le plus jeune de ses quatre cousins Rush — l'accueillirent avec des marques de déférence appuyées, qui lui donnèrent, l'espace d'un instant, le sentiment d'être une princesse de retour au château. Mais l'illusion s'estompa vite. Ce soir, elle se sentait moins que jamais dans la peau d'une princesse. Si les lumières de la ville et l'activité qui animait encore les rues de Dublin à cette heure tardive l'avaient un moment ragaillardie, elle se sentait surtout dans la peau d'une femme épuisée ; une femme aux muscles douloureux et aux mains écorchées, qui avait plus besoin d'un bain chaud et d'une présence amicale que d'une couronne. Le vol entre Kerry et Dublin avait duré un peu moins d'une heure, mais la fatigue avait fini par la rattraper et par lui affaiblir le moral. Le sentiment d'être isolée et fragile n'avait jamais été aussi intense que depuis son atterrissage à Dublin.

Justin jeta un regard intrigué vers son grand sac à dos,

s'attardant sur ses chaussures de randonnée qui pendaient à l'une des bretelles, attachées par leurs lacets. Lizzie avait fait son possible pour les décrotter, mais le résultat n'était pas vraiment convaincant.

— Tu veux que je les jette à la poubelle ? lui demanda-t-il avec une grimace de dégoût.

Sans doute à cause de son âge, il avait échappé à cette hantise du gaspillage que leur grand-mère Whitcomb-Rush avait transmise à bon nombre de ses petits-enfants.

Tout juste sorti de l'université, Justin comptait travailler à Dublin encore au moins six mois. Les contours délicats de sa bouche et le bleu marine de ses yeux rêveurs lui venaient de sa mère, mais ses cheveux blond vénitien et sa mâchoire carrée étaient clairement signés Rush.

— Tu ne penses pas qu'on peut les ravoir ? lui demanda Lizzie, en digne petite-fille de sa grand-mère.

Il s'approcha des chaussures et les inspecta d'un œil dubitatif.

— Qu'est-ce que tu as fait, pour les mettre dans un état pareil ? Tu as pataugé dans une mare à cochons ? Elles sont aussi répugnantes à l'intérieur qu'à l'extérieur ! Eh bien non, je ne pense pas qu'elles puissent survivre au traitement que tu leur as infligé !

Son regard glissa vers elle.

— Où étais-tu ?

— Dans un cromlech de West Cork.

— Au cœur d'une tempête ?

— C'est le temps idéal pour ce type d'expédition, figure-toi ! répliqua-t-elle en souriant, avant de poser le pied sur la première des six marches qui menaient au lobby.

Mais Justin la rattrapa et la délesta de son sac à dos.

— Je vous prie de m'excuser, madame, mais il m'appartient de porter les bagages des clients. Même s'ils sentent l'auge à cochons…

— Certes, mais votre statut ne vous autorise pas à donner votre opinion sur leur état, mon jeune ami. Qu'ils soient vieux, troués, bon marché ou…

— Couverts de crottes de moutons ? suggéra Justin.

— Je crois qu'il s'agit plutôt de bouses de vaches, corrigea Lizzie.

— Super ! dit Justin d'un ton sinistre.

Lorsqu'ils arrivèrent dans le lobby, paisible et baigné d'une lumière tamisée à cette heure, Lizzie sentit qu'elle commençait enfin à se détendre. Rien de tel qu'un endroit familier et cosy pour vous remettre d'aplomb après une bagarre avec un tueur, songea-t-elle, plus que prête à se laisser aller dans l'un des fauteuils club disposés devant la cheminée.

Le regard de Justin ne quittait plus le sang séché qui noircissait les jointures de ses mains.

— Tu as confondu le cercle de pierres avec un ring de boxe ?

— Disons que j'ai découvert que les panneaux « Attention au taureau ! » qu'on trouve dans les pâturages sont là pour une bonne raison.

L'explication ne convainquit visiblement pas le jeune homme, mais il se contenta de gratifier sa cousine d'une moue franchement sceptique. Honnêtement, il fallait bien reconnaître qu'une rencontre avec un taureau irlandais, même très mauvaise, avait assez peu de chances de vous laisser des écorchures aux mains ! Mais il était hors de question qu'elle lui donne des détails sur le type de bête sauvage qu'elle avait effectivement affrontée. Ni à lui, ni à personne d'autre dans l'hôtel. Inutile d'impliquer cette partie de sa famille dans ses problèmes, ou de leur fournir des informations que la *Garda* et le FBI seraient ravis de leur soutirer.

Elle alla chercher la clé de sa chambre au bureau de réception et se tourna vers son cousin.

— Je vais monter mes bagages moi-même. Si quelqu'un me demande, dis que je suis à Las Vegas. Non, pas Vegas… Papa est là-bas. Rome ! Dis que je suis à Rome.

— En parlant de Vegas, comment va l'oncle Harlan ?

— La dernière fois que je l'ai eu au téléphone, il était en train de perdre au poker.

— Ça ne m'étonne pas… Il ne saurait même pas quoi faire d'une belle main. Je peux demander qu'on nettoie tes chaussures pour demain matin, si tu veux. Du moins qu'on essaie.

— Merci, Justin. Mais je vais les garder avec moi.

Lizzie passa la main dans ses cheveux, qu'elle n'avait pas eu l'occasion de démêler, depuis son combat contre Michael Murphy.

— Dis-moi, tu ne saurais pas par hasard s'il y a une arrivée tardive prévue pour un Anglais du nom de Will Davenport ?

A l'expression de son cousin, elle sut tout de suite qu'elle avait vu juste. Justin était au courant de toutes les arrivées du jour et il pouvait réciter par cœur la liste des nouveaux clients. Un exploit qu'il renouvelait quotidiennement. A croire que les dispositions pour ce métier se transmettaient génétiquement.

— Préviens-moi dès qu'il arrive, d'accord ? Il est grand, blond…

— On parle bien de lord Davenport ?

— Tu le connais ?

— Je ne l'ai jamais rencontré, mais je sais que sa sœur

a une petite maison de couture à Londres. Elle s'est spécialisée dans les robes de mariée. Arabella Davenport.

— Comment tu sais ça ?

Il sourit de toutes ses dents.

— N'oublie pas que je suis un groom ! Et un bon groom est au courant de tout. Elle a dessiné les robes pour un mariage qui a eu lieu ici, cet été. Maman se trouvait dans l'hôtel à ce moment-là, et tu sais comme elle est…

Oui, Lizzie le savait. Sa tante aimait tout ce qui avait un rapport avec les tissus et la couture, et si une histoire d'hôtel ou de mariage se greffait là-dessus, elle était aux anges. Alors, les deux à la fois…

— Tu as dû l'écouter analyser chaque robe centimètre par centimètre, c'est ça ?

Justin hocha lentement la tête, l'air affligé, comme si le souvenir de cette épreuve lui était encore douloureux.

— Passe un peu de temps avec elle, à l'occasion, lui suggéra-t-il. Ça lui ferait plaisir de parler de ces choses-là avec toi.

— Justin… J'adore tante Henrietta, mais parler chiffons, ce n'est pas vraiment mon truc, tu sais. Surtout les robes de mariée…

— Ça vaut pourtant mieux que de se battre avec un taureau irlandais.

L'image de Will Davenport, pénétrant tranquillement dans le pub douillet du petit village, s'imposa à l'esprit de Lizzie. Sa sœur était peut-être douée pour la couture et les frous-frous, mais lui ne faisait sûrement pas dans la dentelle. Il ne fallait surtout pas se fier à son élégance ni à son calme olympien : il était arrivé sur la péninsule de Beara préparé au combat.

Elle offrit un sourire fatigué à son jeune cousin.

— Je suis vannée, Justin. Je me retire dans mes appartements.

Elle n'avait pas fait trois pas qu'il l'interpella.

— Lord Davenport n'aurait pas quelque chose à voir avec l'état calamiteux de tes chaussures, par hasard ?

Elle lui jeta un regard par-dessus son épaule. Peut-être parce qu'il était le plus jeune de la fratrie, ou parce que sa mère l'avait beaucoup couvé, Justin était doté d'une sensibilité à fleur de peau qui le rendait plus clairvoyant que la plupart des gens.

— C'est une histoire compliquée, répondit-elle.

— Elles le sont toujours, avec toi.

Il soupira.

— Bon, je t'appellerai dans ta chambre quand l'Angliche se pointera.

La petite suite de Lizzie était située au premier étage, près de l'escalier. Soucieuse de ne pas tacher la moquette de la chambre, la jeune femme emporta directement son sac à dos et ses chaussures de randonnée dans la salle de bains et les posa sur le sol carrelé. Tandis qu'elle se déshabillait entièrement, elle se revit balancer le gros sac sur le couteau d'assaut de Murphy. Et ce molosse noir qui grondait, bave aux lèvres, cette brume étrange qui s'enroulait sur la cime des arbres…

Un frisson la parcourut tout entière.

Sur le moment, les réflexes l'avaient emporté sur la peur, mais à présent, dans le décor familier de son hôtel préféré, elle pouvait s'autoriser à baisser sa garde, à laisser affluer les émotions qu'elle avait bloquées jusque-là…

Dire que Keira Sullivan avait failli être assassinée à coups de couteau et que le cercle de pierres aurait pu lui servir de sépulture, à elle aussi ! Will serait-il arrivé à temps, si elle n'avait pas réussi à maîtriser leur agresseur ?

La question n'avait plus d'importance, maintenant. Elle enfila un confortable peignoir blanc qu'elle ferma soigneusement, avant de se rendre dans le salon de sa suite et d'appeler le service d'étage pour commander un petit déjeuner irlandais. Le crumble à la mûre n'était plus qu'un lointain souvenir et elle avait une faim de loup.

Elle s'enfonça dans le canapé et ramassa un jeu de cartes posé sur la table basse, une antiquité qu'elle avait elle-même chinée avec sa tante Henrietta. Chacune des trente-sept chambres et suites de l'hôtel avait un décor qui lui était propre, le plus souvent composé de meubles et d'objets d'art irlandais.

Contre l'avis de son père, Lizzie avait travaillé pendant dix-huit mois à la décoration du *Rush Hotel* de Dublin avec sa tante Henrietta, une expérience qu'elle avait adorée. Privilégiant systématiquement le travail des artistes locaux, les deux femmes avaient écumé un nombre incalculable de galeries d'art irlandaises, à la recherche de tableaux, de poteries, de sculptures, de tapis, de petits meubles…

Sur la table basse, elle reconnut aussi un vase en cuivre qu'elles avaient déniché dans une galerie de Kenmare. Il avait été conçu par un artiste contemporain, mais il lui faisait penser maintenant à ces anciennes mines de cuivre où l'histoire de l'ange de pierre, si chère à Keira, semblait être née.

Après avoir poussé de côté le vase et une pile de livres sur l'Irlande, Lizzie se mit à distribuer les cartes en quatre piles distinctes de treize cartes chacune, puis commença une partie de bridge. Elle était à la fois l'entameur, le déclarant et le mort. Jouer seule lui permettait de fixer son esprit, tout en lui donnant la liberté de vagabonder.

Elle avait un appel important à passer et il lui fallait auparavant mettre ses idées au clair.

Le camp du déclarant remporta la première levée.

Une employée qui travaillait à l'hôtel depuis longtemps vint lui apporter sa commande, lui souhaitant un bon appétit comme si prendre un petit déjeuner à une heure aussi avancée de la nuit était la chose la plus naturelle du monde.

Lorsqu'elle fut partie, Lizzie contempla le plateau posé sur un coin de la table basse en se demandant si le mieux ne serait pas de manger, de prendre un bain et d'aller se coucher. Après tout, elle pouvait remettre ce coup de fil au lendemain et demander à Justin d'oublier ce qu'elle lui avait demandé à propos de Will Davenport.

Au lieu de quoi elle beurra une tranche de pain irlandais, en croqua un morceau, puis alla chercher son téléphone portable sur lequel elle composa le numéro souhaité. A ce jour, elle ne s'en était servie que deux fois, préférant utiliser le courrier électronique quand elle avait le choix.

Il était 21 heures tout juste passées sur la côte est des Etats-Unis et John March décrocha presque aussitôt.

— Où êtes-vous ? lui demanda-t-il.

— En Irlande.

Aucune raison de lui cacher cela.

— Norman ne s'est pas envolé de son ranch pour aller prendre des vacances, ce matin, poursuivit-elle. Et il ne s'est pas non plus écrasé sur une montagne. Mais vous le savez déjà…

— Oui.

— J'ai été désolée d'apprendre ce qui s'est passé à Boston. J'aurais aimé pouvoir les prévenir plus tôt. Comment va Scoop Wisdom ? Et votre fille ? Vous avez des nouvelles ?

— C'est vous qui êtes censée parler, pas moi.

Lizzie fit entendre un long soupir.

— La bombe était une diversion, c'est ça ? Pour permettre à Norman d'enlever votre fille ?

— Dites ce que vous avez à dire au lieu de me poser toutes ces questions !

Lizzie saisit tranquillement sa fourchette. Pas question de se laisser intimider.

— Je suis en train d'hésiter devant un boudin noir, dit-elle en le piquant avec sa fourchette. Vous croyez que je devrais goûter ?

— A vous de voir... C'est fait avec du sang de porc, vous savez. Mais ça a plus ou moins un goût de saucisse.

— Vous êtes sûr que ce n'est pas plutôt le boudin blanc qui est fait avec du sang de...

— Oui, j'en suis sûr ! C'est le noir qui est fabriqué avec du sang de porc, de la graisse de rognon et de la farine d'avoine.

— Du sang de porc et de la graisse de rognon ? Ça n'est pas très appétissant, dites-moi. Je suppose qu'il y a des choses que je préfère ignorer.

— On est tous dans le même cas.

Sous la force et la détermination qu'elle avait toujours senties chez cet homme, la jeune femme percevait maintenant l'angoisse d'un père pour sa fille disparue.

— Vous êtes encore à Boston ? lui demanda-t-elle.

— Oui.

— Et Simon ?

— Aussi.

Lizzie fixa le pain irlandais, le beurre, les œufs, le bacon, les tomates grillées, le boudin noir... le tout joliment disposé sur une grande assiette en porcelaine blanche... La vie normale, en somme... La vie qu'elle menait avant… Avant que sa curiosité et son sens civique ne la poussent à s'intéresser à des choses que la loi et la morale réprouvaient. Le jour où elle s'était retrouvée dans une pièce remplie de trafiquants de drogue aussi violents que cyniques, elle avait commencé à envoyer des noms et des photos volées à John March. Quel honnête citoyen n'aurait pas fait comme elle, à sa place ?

Parfois, elle se demandait si son prétendu sens civique n'avait pas surtout été une excuse pour contacter l'inspecteur de police qui avait enquêté sur la mort de sa mère, trente ans plus tôt.

Mais peu importait la raison profonde, le résultat était là : au lieu de quitter rapidement l'entourage de Norman, elle s'était au contraire immergée dans le monde du milliardaire jusqu'à son arrestation par le FBI.

— Norman ne reconnaîtra jamais qu'il est seul responsable de ses déboires avec la justice, dit-elle.

Malgré la fatigue et la peur, elle parlait d'une voix calme.

— Pour ça, il faudrait qu'il accepte de se remettre en question. Seulement, c'est tellement plus simple de vous en vouloir, à Simon et à vous. Et à moi, si par malheur il apprenait un jour le rôle que j'ai joué dans son arrestation…

— C'est vous, la femme qui a sauvé la vie de Keira Sullivan, n'est-ce pas ? Vous qui avez prévenu Bob O'Reilly qu'une bombe était sur le point d'exploser ?

— Keira s'en serait peut-être sortie sans mon aide. Quand je pense à ces bourrasques, à ces menhirs disposés en cercle, à ce chien furieux qui sortait de nulle part… C'était à vous donner la chair de poule.

Sans parler d'un aristocrate anglais qui avait tout l'air d'un espion, songea-t-elle en plantant fermement sa fourchette dans le boudin noir, avant d'en découper un petit morceau à l'aide de son couteau.

— Dire que, depuis le temps que je viens en Irlande, je n'ai jamais mangé de boudin noir... Je suppose que vous avez déjà le dossier de Michael Murphy sur votre bureau.

— Nous menons l'enquête main dans la main avec les autorités irlandaises.

Pourquoi March avait-il tant de mal à répondre directement à une question ? Déformation professionnelle, sans doute.

— Norman est derrière cette tentative de meurtre, affirma-t-elle.

— A l'heure qu'il est, nous ne privilégions aucune piste.

— Eh bien moi, si !

Elle était exaspérée par la langue de bois du directeur du FBI.

— Estabrook n'a pas de raison de prendre un risque pareil.

— Avait-il une raison de faire le tour du monde en montgolfière ?

— Le goût de l'aventure. Ce n'est pas tout à fait la même chose...

— Norman est un trompe-la-mort, monsieur March. Littéralement un trompe-la-mort. Ce n'est pas le goût de l'aventure qui le pousse, mais le goût du risque. D'ailleurs, je ne sais pas pourquoi je vous raconte ça, parce que vous le savez aussi bien que moi. Tout comme vous savez qu'il est responsable de ce qui est arrivé aujourd'hui. Ou plutôt hier en ce qui me concerne, puisqu'il est minuit passé ici.

Elle jeta un œil circonspect sur le morceau de boudin noir planté sur sa fourchette.

— Aimer le boudin noir doit être une question de culture, dit-elle. Il faut sans doute en avoir mangé depuis l'enfance pour être capable de l'apprécier.

— Vous êtes épuisée. Votre voix vous trahit.

— Un petit déjeuner irlandais devrait me remettre d'aplomb, vous ne croyez pas ? J'ai commandé le complet. Vous savez, je m'étais déjà battue à mains nues, mais c'est la première fois que ma vie dépendait de l'issue du combat.

Elle sentit qu'elle s'enfonçait un peu plus profondément dans les coussins du canapé.

— Et le pire, c'est que ma vie n'était pas seule en jeu.

— Vous avez gagné, dit-il, pragmatique.

— J'aurais pu le tuer. Je tenais son couteau tout contre sa gorge.

— Vous aviez envie de le tuer ?

Lizzie laissa son esprit retourner dans le cercle de pierres.

— Non, en fait je ne voulais pas le tuer, dit-elle après un moment de réflexion.

— Que faites-vous en Irlande ?

— J'ai lu un beau livre sur les fées irlandaises et j'ai décidé…

— De parler à Simon, termina March.

— Ça n'a plus d'importance, maintenant. Je suis arrivée juste à temps pour aider Keira, mais trop tard pour prévenir votre fille.

— C'est grâce à vous si Scoop Wisdom et la fille de Bob O'Reilly sont encore de ce monde.

Cette remarque aurait peut-être dû la combler de fierté, mais elle n'en retira pourtant aucune satisfaction.

— Norman a des moyens énormes. Sa fortune est à la mesure de sa haine : un puits sans fond.

— Le gouvernement fédéral peut s'aligner en ce qui concerne les moyens, répliqua March. Par contre, nous travaillons sans haine, ce qui nous donne un avantage sur lui.

— Norman peut être n'importe où, à l'heure qu'il est. Croyez-moi, il a un plan bien établi. Le goût du risque est pathologique chez lui. Il a besoin de sensations toujours plus fortes, comme un drogué qui doit sans cesse augmenter sa dose. Il faut que les analystes comportementaux du FBI comprennent bien ça. Et que *vous* le compreniez, vous aussi. Moi-même, il m'a fallu du temps pour m'en rendre compte, mais à présent je sais que Norman Estabrook est un homme dangereux, un homme profondément violent.

Elle entendit March souffler dans l'appareil, sans doute pour libérer un peu de tension. Savoir sa fille aux mains d'un type pareil devait être extrêmement éprouvant pour ses nerfs. Pourtant, quand il reprit la parole, sa voix était aussi posée qu'à l'ordinaire.

— Vous avez voulu me faire croire que vous étiez une professionnelle, dit-il. Mais ce n'est pas le cas…

Lizzie ne répondit rien.

— Je veux savoir qui vous êtes.

— Vous le saurez bien assez tôt, répondit-elle. Ecoutez bien ce que je vais vous dire, monsieur March… Vous ne devez parler de moi et de ce que j'ai fait pour le FBI à personne. J'insiste : *à personne.* Ne cherchez pas non plus à savoir qui je suis. Vous mettriez ma vie en danger et vous compromettriez mes chances de vous aider à retrouver votre fille.

— Un de mes hommes peut venir vous voir dès ce soir. Où que vous soyez. Laissez-moi vous protéger. Je vous sais gré de vouloir m'aider à retrouver Abigaïl, mais vous ne devez pas prendre de risques inutiles.

— Il y a une chose que vous pouvez faire pour moi... Elle hésita à poursuivre, de crainte d'aller trop loin.

— Je voudrais des informations sur un homme... Un Anglais. Grand, blond, aristocrate, pas mal du tout de sa personne. Il s'appelle Will Davenport. C'est un ami de Simon. Est-ce que je peux lui faire confiance, à votre avis ?

— Si je vous dis oui, lui accorderez-vous votre confiance ? N'êtes-vous pas plutôt du genre à vous méfier de tout le monde ?

Voilà une question à laquelle Lizzie n'avait nullement envie de répondre ce soir.

— Norman ne doit jamais apprendre mon rôle dans son arrestation, vous m'entendez ? Jamais. J'imagine que c'est inutile de vous dire ça, mais deux précautions valent mieux qu'une.

Elle se décida enfin à goûter le boudin noir.

— Vous ne m'avez pas menti, dit-elle. Ça a vraiment un goût de saucisse.

Elle raccrocha sur ces mots, sans lui laisser le temps de répondre.

March allait-il trouver qui elle était ? Serait-elle réveillée au petit matin par des hommes armés jusqu'aux dents ? Le directeur du FBI était capable de mettre sur pied ce genre d'opération en l'espace de quelques heures, partout dans le monde.

Mais il n'en ferait rien. C'était un homme habitué aux choix difficiles, voire impossibles, et Lizzie ne doutait pas de celui qu'il venait de faire. Il allait laisser les coudées franches à sa source anonyme pour lui donner une chance de retrouver Estabrook ; une chance, donc, de retrouver Abigaïl.

Elle avala encore quelques bouchées avant de se rendre dans la salle de bains. Là, elle fit couler de l'eau très chaude, ajouta des sels à la lavande et laissa tomber son peignoir à ses pieds. Après avoir risqué un orteil prudent dans l'eau fumante, elle y plongea le corps entier avec un soupir d'aise. La chaleur soulagea ses muscles raides et douloureux ; l'odeur de lavande apaisa son âme fourbue.

Des images lui traversèrent l'esprit en ordre dispersé : Simon et Norman dans le ranch du Montana en train de préparer une randonnée en Patagonie... Le clin d'œil de cet Anglais énigmatique, à Las Vegas... Scoop Wisdom sortant dans la rue avec sa passoire remplie de haricots verts... Keira Sullivan et le chien noir dans le cercle de pierres... Will Davenport lui jetant un regard appuyé par-dessus son verre de brandy.

Dans l'eau jusqu'au menton, elle revit John March dans le *Rush Hotel* de Boston, le Whitcomb, en train de boire du whiskey irlandais. C'était le jour anniversaire de la mort de sa mère, dont le nom avait été donné au pub où March s'était attablé seul. Lizzie était venue à Boston pour faire acte de présence dans les bureaux du groupe, avant de passer en coup de vent au Whitcomb.

Elle n'avait pas abordé le directeur du FBI et elle ne pensait pas qu'il avait noté la présence de cette jeune femme qui l'observait à la dérobée. A présent, elle ne pouvait s'empêcher de se demander ce qui aurait changé si elle s'était présentée à lui comme étant la source anonyme qui lui fournissait tant d'informations sur Norman Estabrook et son entourage peu recommandable.

Elle sortit du bain, se sécha avec une immense serviette brodée au nom de l'hôtel et enfila de nouveau le peignoir.

De retour dans le salon, elle appela le service d'étage

pour qu'on vienne chercher les restes de son repas, puis elle alla déposer le plateau dans le couloir. De retour sur le canapé, elle reprit sa partie de bridge, mais y renonça vite pour se pelotonner dans la douceur d'un grand plaid en laine irlandaise.

Lorsque le téléphone sonna, elle se redressa d'un seul coup, réveillée en sursaut. Elle décrocha, jetant un œil à sa montre posée sur la table basse. Il était presque 4 heures du matin.

C'était Justin.

— Il vient d'arriver, lui dit-il. Que veux-tu que je fasse, maintenant ?

— Fais-le monter dans ma suite.

— Tu es sûre, Lizzie ?

— Sûre.

— Très bien, ça restera notre secret…

A ces mots, une bouffée de chaleur monta brusquement aux joues de la jeune femme.

— Ce n'est pas du tout ce que tu crois, Justin !

Mais elle ne pouvait pas lui en dire plus.

— Je t'expliquerai plus tard. Promis.

— Quand j'aurai l'âge de comprendre ? ironisa-t-il. Bon, alors, je lui dis quoi ? Que tu veux le voir ?

— Non…

Elle hésita une seconde, chassant les dernières brumes du sommeil pour être certaine de prendre la bonne décision.

— Donne-lui une clé de ma suite en lui disant que c'est sa chambre. Je m'occupe du reste.

— Tu as une vie bien compliquée, ma chère !

Alors qu'elle raccrochait, son peignoir s'ouvrit en grand, exposant sa peau nue.

Mauvaise idée, songea-t-elle. Elle était venue en Irlande

pour mettre un agent du FBI en garde contre les pulsions meurtrières de Norman Estabrook, non pour recevoir un lord anglais nue sous son peignoir.

Elle avait intérêt à s'habiller en quatrième vitesse si elle ne voulait pas que Will Davenport la surprenne dans une tenue aussi légère…

14

Dublin, République d'Irlande,
le 26 août à 3 h 47, heure d'été irlandaise

A peine Lizzie avait-elle eu le temps d'enfiler une jupe en tricot et un T-shirt, qu'elle entendit une clé magnétique glisser dans la fente de la porte. Seuls ses pieds étaient encore nus, ce qui, en la circonstance, constituait un moindre mal. Elle se dépêcha d'aller retirer la chaîne de sécurité et ouvrit grand au moment même où Will Davenport faisait de même. Son trench-coat était replié sur un bras et il tenait à la main un sac de voyage au cuir fatigué, ce qui voulait dire qu'elle n'avait pas à se soucier de voir Justin débarquer dans cinq minutes avec un sourire en coin.

Davenport la regardait sans avoir le moins du monde l'air surpris.

— Je me disais bien que vous étiez un garçon doué, commença-t-elle.

Il esquissa un sourire.

— Et moi, je me disais bien que j'allais vous trouver de l'autre côté de cette porte…

— Les Rush aiment garder un œil sur les espions qui séjournent dans leurs hôtels.

— Espion ? Je vois que vous ne manquez pas d'imagination. Puis-je entrer ?

— Faites donc, dit-elle en s'effaçant.

Il passa devant elle et posa son bagage sur la moquette, à côté du canapé. Alors qu'il refermait la porte, elle vit qu'il jetait un coup d'œil sur les cartes éparpillées sur la table basse.

Elle passa la main dans ses cheveux, se souvenant qu'elle ne les avait pas non plus peignés en sortant de son bain, saisie d'un doute soudain. Qu'est-ce qui lui avait pris d'inviter un agent du MI6 à partager sa chambre d'hôtel ?

— Jouer seule au bridge m'aide à me concentrer, dit-elle en allant ramasser les cartes. Vous n'imaginez pas le nombre de problèmes que j'ai résolus grâce à cette méthode !

— Et peut-on savoir quelle sorte de problème vous avez essayé de résoudre ce soir ?

— Le problème Will Davenport. La question était : que faire quand vous arriveriez à l'hôtel ?

La lumière tamisée diffusée par une lampe en cuivre jaune rendait le regard de son invité encore plus difficile à déchiffrer.

— Et vos cartes vous ont conseillé de me faire monter dans votre suite ?

— Non, j'avais décidé ça avant, quand j'ai su que vous aviez réservé une chambre ici… Je n'avais aucune envie de vous laisser vadrouiller seul dans les couloirs, à cuisiner le personnel pour essayer d'en savoir plus sur moi.

Le personnel ou, pire encore, un membre de sa famille.

— Vous avez vous-même travaillé ici, avant de diriger les services de conciergerie de tous les hôtels du groupe.

— Bravo ! Je vois que vous avez fait vos devoirs…

— J'ai une assistante très compétente.

— Vous savez, j'ai adoré travailler ici. J'ai beaucoup appris de cette expérience. Et puis l'Irlande dispose d'un grand nombre d'atouts pour séduire ses visiteurs : d'excellents restaurants, une histoire riche et des paysages à couper le souffle.

— Vous m'en direz tant…, fit-il avec un petit sourire.

— Le personnel de l'hôtel ne pourra pas vous apprendre grand-chose de passionnant sur moi, vous savez. Je parle un peu l'irlandais et j'ai un faible pour le beurre et les fruits de mer qu'on trouve ici, les moules en particulier… Ah oui ! Et puis j'adore marcher…

Elle rangea les cartes dans leur étui, remarquant au passage que ses mains tremblaient légèrement, ce qu'elle préféra attribuer au manque de sommeil plutôt qu'à la proximité de l'homme qui se trouvait devant elle.

— En fait, ma plus grande crainte était que quelqu'un vous dévoile mon goût immodéré pour les magasins chic de *Grafton Street*.

Il parut si imperméable à son humour qu'elle se demanda un instant s'il avait compris qu'elle plaisantait.

— Estabrook a dormi dans cet hôtel ? lui demanda-t-il.

— Oui, l'année dernière au mois d'avril. C'est d'ailleurs comme ça que j'ai fait sa connaissance.

Elle ressortit les cartes de l'étui et étala le jeu en éventail sur la table basse.

L'heure de l'interrogatoire avait sonné.

— Il a embauché Simon Cahill quelques mois plus tard, ajouta-t-elle.

Will posa son trench-coat sur le dos d'une chaise et la regarda droit dans les yeux.

— Peut-être devriez-vous me dire qui vous êtes…

— Puisque vous êtes venu jusqu'ici, c'est que vous le savez.

— Vous êtes Lizzie Rush, responsable du service de conciergerie des *Rush Hotels,* mais quoi d'autre ?

— Ça ne vous suffit pas ? demanda-t-elle en affectant d'être vexée. Ce n'est déjà pas mal, vous savez.

— Pourquoi êtes-vous venue à Dublin, ce soir ?

— Vous me croirez si je vous dis que j'en ai eu marre de crapahuter sur la *Beara Way* et que j'ai soudain ressenti l'irrépressible envie de dormir dans des draps frais ?

Son grand sourire la prit au dépourvu.

— Des draps frais ? J'avais pourtant l'impression que vous vous étiez déjà mise dans de beaux draps, avant d'arriver dans cette suite.

Tiens, il avait de l'humour...

— De tous les hôtels du groupe, c'est celui-ci que je préfère, dit-elle. Il a ouvert il y a vingt ans, malgré les protestations de mon père, qui a un contentieux avec l'Irlande. Mais ma tante et mon oncle sont tombés amoureux de Dublin. J'avais dix ans, à l'époque, et je rêvais de venir dans ce pays.

— Votre père s'y opposait ?

— Je n'ai jamais osé lui dire à quel point j'en avais envie.

Elle se tourna vers une commode dont elle ouvrit un des tiroirs.

— J'ai froid aux pieds...

Elle en sortit sans façon une paire de chaussettes de laine.

— Je suis arrivée en Irlande hier matin et je suis passée par l'hôtel avant de m'envoler pour la péninsule de Beara. Je reste toujours dans cette suite quand je séjourne en Irlande. C'est mignon, vous ne trouvez pas ?

— Tout à fait charmant, approuva-t-il, sans doute par pure courtoisie. Votre père est venu vous rendre visite à l'époque où vous avez travaillé ici ?

— Non, répondit-elle en se laissant tomber sur une chaise pour mettre ses chaussettes.

Il y avait quelque chose d'intime dans ce geste, songea-t-elle, tandis qu'elle enfilait la première, et d'un peu déplacé, en présence d'un homme qu'elle venait à peine de rencontrer. Mais avoir froid aux pieds était un cas de force majeure.

— Au cas où vous vous poseriez la question, on s'entend très bien, mon père et moi. On ne voit pas l'Irlande de la même façon, c'est tout.

— Lizzie…

L'intensité soudaine de son regard, combinée à la douceur de sa voix, la fit se redresser brusquement.

— Je parle trop, dit-elle. Les interrogatoires, avec vous, doivent être de véritables cauchemars ! Vous mettez en confiance avec votre voix enjôleuse et puis…

Elle s'interrompit brusquement. Michael Murphy, lui, n'avait sûrement pas été troublé par sa voix ou la façon dont son pull mettait en valeur ses larges épaules.

— Ne faites pas attention à ce que je raconte, reprit-elle. Je venais de m'endormir quand vous êtes arrivé et je ne me suis pas complètement réveillée. Je suis dans un de ces états étranges où on a encore un pied dans le sommeil.

— Votre combat de tout à l'heure a dû vous épuiser nerveusement. Ajoutez à ça le décalage horaire… Pourquoi avez-vous fait ce long voyage depuis Boston ?

— Je ne vous ai jamais dit que je venais de Boston !

Will eut de nouveau un sourire.

— Au risque de me répéter, j'ai une assistante très compétente…

— Est-ce que je dois en conclure que j'ai les services secrets britanniques sur le dos ?

— Non seulement vous ne manquez pas d'imagination, mais vous avez un certain penchant pour le drame.

— Je viens de vivre une année difficile. Ceci explique sans doute cela. Quant à Boston… C'est là que se trouve le siège de notre groupe familial. C'est aussi une ville où j'ai passé beaucoup de temps dans ma jeunesse.

Estimant qu'elle en avait assez dit comme cela, elle décida de changer de sujet.

— Et Keira Sullivan ? Comment va-t-elle ?

— Elle est sous la protection de la *Garda*.

— Tant mieux. J'imagine que vous ne seriez pas là si elle courait encore un danger. J'aurais aimé la rencontrer dans d'autres circonstances, vous savez. Ce qui s'est passé dans ce cromlech était…

Elle chercha le mot juste.

— C'était particulier…, dit-elle, faute de mieux.

— Où avez-vous appris à vous battre comme ça ?

Elle lui sourit d'un air entendu.

— J'ai lu le manuel du petit soldat du SAS. Vous savez, le chapitre sur l'autodéfense…

— Je vois que je ne suis pas le seul à avoir fait des recherches.

— Alors vous admettez être un officier du SAS ?

— C'est Simon qui vous a parlé de mes états de service ?

Elle préféra éluder.

— Je sais que Simon est votre ami et je suis de nature curieuse. Ce qui me vaut parfois des ennuis, ajouta-t-elle avec un petit rire. Comme me retrouver impliquée dans une bagarre au couteau dans les collines irlandaises. Et vous, que faisiez-vous là ?

— Je cherchais Keira, répondit-il, avant de revenir à ce qui l'intéressait. Qu'est-ce qui vous a attirée chez Norman Estabrook, Lizzie ? Son goût de l'aventure ? J'ai l'impression que vous avez vous-même un côté risque-tout.

— Ce qui m'a attirée chez lui ? Je ne sais pas au juste… Mais je n'ai jamais été attirée *par* lui, si c'est ce que vous voulez savoir. J'aimais bien voir Norman et ses amis de temps à autre, à l'occasion de week-ends prolongés, de vacances, ou quand il descendait dans l'un des hôtels du groupe. Comme je l'ai dit à vos confrères du FBI au moment de son arrestation, si j'avais su dans quoi il trempait, j'aurais mis un terme à cette amitié immédiatement.

— Mes confrères, hein ? fit-il dans un sourire. En tout cas, vous en avez fait un sacré bout de chemin pour rendre une simple visite de courtoisie à Simon…

Elle décida de revenir à son histoire de randonnée. Tant pis s'il ne croyait plus à sa couverture depuis longtemps.

— Le but de mon voyage était de découvrir la *Beara Way*. J'avais entendu parler de l'histoire de l'ange de pierre et je me suis dit que j'aurais peut-être la chance de tomber sur Simon et sa petite amie.

Will s'approcha tout près d'elle et caressa ses cheveux du bout des doigts.

— Vous vous battez bien, mais vous mentez mal.

— Ce soir, peut-être. Mais, d'ordinaire, je suis une menteuse émérite.

— Vous étiez inquiète à l'idée qu'Estabrook puisse être libéré et cette histoire de randonnée devait vous permettre de parler à Simon sans lui donner le sentiment que vous étiez venue en Irlande exprès pour ça.

— Vous faites erreur, cher monsieur… Ce n'est pas la possible libération de Norman qui a motivé mon voyage en Irlande. Je me suis simplement dit que je ferais d'une pierre deux coups, si je tombais sur Simon.

Elle passa la langue sur ses lèvres, à présent sensibles et gercées.

— L'idée d'une randonnée sur la *Beara Way* me trottait dans la tête depuis longtemps.

— Il paraît que c'est un beau parcours. Mais le moins qu'on puisse dire, c'est que vous n'en avez pas beaucoup profité !

— Entre la tempête et l'attaque à main armée, j'ai perdu une grande partie de ma motivation, figurez-vous.

— Je remarque également que vous avez choisi le village où réside Simon comme point de départ de votre randonnée. Vous marchez toujours seule ?

Lizzie se leva brusquement et alla ouvrir un placard. Elle s'était mise dans un drôle de pétrin avec cet Anglais.

— Appelez la réception si vous avez besoin de quoi que ce soit, dit-elle en se hissant sur la pointe des pieds pour atteindre l'étagère du haut. N'hésitez pas à prendre un bain, si le cœur vous en dit. Je vous conseille les sels à la lavande. C'est moi qui les ai choisis avec ma tante Henrietta. Je suis restée trente bonnes minutes dans l'eau, tout à l'heure. J'ai failli m'endormir et me noyer.

Mais alors qu'elle se tournait vers lui avec un sourire plein d'entrain, elle se rendit compte qu'elle en avait encore trop dit. Maintenant, il était certainement en train de l'imaginer nue dans son bain.

Oui, dans un drôle de pétrin.

Elle sortit un oreiller et une couette bien moelleuse du placard.

— Vous pouvez prendre la chambre, dit-elle. Je vais m'installer sur le canapé. Comme ça, je pourrai vous intercepter si vous essayez de vous faufiler au-dehors.

— Lizzie…

— Au cas où je me serais trompée sur votre compte, poursuivit-elle en s'affairant à installer le lit de fortune et sans prendre la peine de se tourner vers lui, vous avez pu constater par vous-même que je suis capable de me défendre. Je me moque bien que vous soyez membre du SAS, du MI6 ou juste un aristo anglais en mal de sensations.

Il arriva sans bruit dans son dos et posa les mains sur ses épaules.

— Au fond, vous êtes exactement ce dont vous avez l'air, dit-il en l'incitant doucement à se tourner vers lui.

Surprise par ce geste, elle le regarda un instant sans rien dire.

— Et peut-on savoir de quoi j'ai l'air ? demanda-t-elle finalement.

— D'une professionnelle du tourisme plus habituée à choisir des sels de bain pour ses hôtels qu'à se battre contre des tueurs à gages.

— Qui vous dit que je ne suis pas aussi à l'aise avec les sels de bain qu'avec les tueurs ?

— J'aurais dû vous suivre dès que vous avez quitté le pub. Je vous aurais épargné…

Il s'interrompit avec un petit geste de la main, comme pour chasser d'éventuels regrets.

— Lizzie, reprit-il, vous n'êtes pas une professionnelle. J'ignore ce qui vous motive réellement, mais sachez que vous n'êtes pas obligée d'affronter seule les obstacles qui ne vont pas manquer de se dresser sur votre route.

Ce type était doué… Sous les vêtements de luxe et les manières policées de l'aristocrate se cachait un véritable soldat d'élite, aguerri et sûr de lui.

Mais elle n'avait pas l'intention de révéler son secret. Une fois son rôle dans l'arrestation d'Estabrook dévoilé, elle pourrait dire adieu à la relative sécurité dont elle avait joui jusqu'à présent. A moins d'avoir entière confiance en celle ou celui à qui elle se confierait.

Ce qui n'était pas encore le cas avec Will Davenport.

— Ce qui me motive réellement pour le moment, répliqua-t-elle d'un ton badin, c'est la perspective de m'allonger sur ce canapé et de piquer un sérieux roupillon.

Les mains de Will glissèrent de ses épaules à sa taille, comme s'il voulait l'aider à se maintenir debout encore quelques instants.

— Vous faites tout pour détourner l'attention et éviter de me dire la vérité.

Sans blague !

— Je vous ai dit la vérité, répondit-elle d'une voix aussi ferme que possible.

— Une partie seulement…

— Je vous retourne le compliment.

Elle se rendit soudain compte qu'elle sentait encore la lavande et elle se demanda s'il l'avait remarqué.

— Vous êtes un homme séduisant, monsieur Davenport… Séduisant et par là même dangereux. Et ce pull si doux et si chaud que vous portez… Savez-vous qu'un homme séduisant avec un pull en cachemire devient presque irrésistible pour une femme à moitié endormie ?

Il posa doucement un baiser sur son front. Il était si proche d'elle, à présent, qu'elle sentait sa chaleur.

— Dans ce cas, je vais me comporter en gentleman et être fort pour deux…

A en juger par sa voix un peu rauque, cette résolution lui coûtait.

Lizzie sentit sa gorge se serrer. Elle eut la soudaine tentation de se laisser aller dans ses bras, de trouver protection auprès de lui et de lui demander de prendre soin d'elle.

Combien de temps encore allait-elle pouvoir supporter le poids de son secret ? Norman avait franchi le point de non-retour au cours de ces dernières vingt-quatre heures. Des gens avaient failli mourir. Une femme était portée disparue, très probablement enlevée. Le milliardaire lui-même était introuvable. Mais il avait encore confiance en elle et ça lui donnait une sérieuse carte à jouer. A l'heure qu'il était, elle était peut-être la seule personne qu'il écouterait. Et si elle confiait son secret maintenant, que ce soit à Simon ou au prince charmant qui se trouvait dans sa suite, elle risquait de perdre son unique atout pour sauver Abigaïl Browning.

Sans compter qu'elle risquait aussi de perdre la vie.

Will passa le pouce sur le haut de sa pommette.

— Tu as des cernes sombres sous tes jolis yeux, dit-il en passant d'une façon très intime au tutoiement. Tu es épuisée…

Son pouce glissa ensuite vers la commissure de ses lèvres, hésitant une fraction de seconde à s'aventurer sur sa bouche. Puis sa main retomba brusquement le long de son corps. A lui seul, ce geste exprimait l'effort qu'il faisait sur lui-même pour renoncer à aller plus loin.

— Bonne nuit, Lizzie…

— Qu'est-ce que tu es venu faire ici ? lui demanda-t-elle, le tutoyant à son tour.

Elle aussi avait la voix un peu rauque.

— Le chant des sirènes, répondit-il avec un clin d'œil. Ou plutôt d'une sirène, aussi belle que mystérieuse.

— Vous n'êtes qu'un beau parleur, lord Davenport ! Un très beau parleur…

— Dors bien, Lizzie.

Sur ces mots, il ramassa son sac de voyage et disparut

dans la chambre, refermant doucement la porte derrière lui.

La jeune femme laissa échapper un long soupir.

Un homme *très* séduisant que ce Will Davenport. Séduisant et dangereux.

Elle s'allongea sur le canapé sans prendre la peine de se déshabiller. L'instant d'après, elle s'enfonçait dans le sommeil, la couette remontée jusqu'au menton.

Elle avait abandonné son peignoir sur le sol de la salle de bains. Will le ramassa et l'accrocha derrière la porte, notant au passage que le tissu-éponge était encore humide.

Il s'efforça de chasser de son esprit les visions de bain et de toilette qui naissaient en lui. La nuit risquait d'être longue, s'il commençait à penser à la jeune femme endormie dans la pièce à côté.

— Trop tard, maugréa-t-il, tandis que l'image fantasmée du corps de Lizzie — menu mais non dénué de formes — se matérialisait sous son crâne.

Les effluves de lavande emplissaient la salle de bains, couvrant presque entièrement une discrète odeur de boue séchée. Il aperçut alors le sac à dos dans un coin de la pièce. Sa trouvaille lui fit aussitôt oublier ses visions érotiques. Autant il pouvait se montrer gentleman quand il s'agissait de ne pas profiter de la fatigue de Lizzie pour obtenir ses faveurs, autant fouiller son sac à dos ne lui posait aucun problème de conscience.

Genou fléchi sur le carrelage, il ouvrit la fermeture Eclair du compartiment principal et le trouva rempli de ce que n'importe quel randonneur un peu prévoyant emporterait avec lui pour une marche de plusieurs jours. Il ne manquait que les tendeurs qui avaient servi à attacher Michael

Murphy. Curieux d'ailleurs qu'elle ait tout de suite pensé à les utiliser, songea-t-il. Et il fallait voir la dextérité avec laquelle elle avait entravé les poignets de son assaillant ! C'était à se demander si elle ne les avait pas fourrés dans son sac en prévision des mauvaises rencontres qu'elle risquait de faire en Irlande. Il inspecta les autres compartiments du sac, mais ne trouva rien qui puisse contredire la version selon laquelle Lizzie s'était retrouvée par le plus grand des hasards entre Keira et un tueur à gages.

Son inspection terminée, il prit une douche avant de retourner dans la chambre. La pièce était petite et joliment décorée, avec des teintes neutres et reposantes. Pourtant, il n'arrivait pas à se détendre. Il resta un long moment immobile, le regard posé sur la porte close du salon.

Et s'il allait demander à Lizzie des précisions sur cet Anglais qu'elle avait décrit à Michael Murphy ? Cet Anglais qu'Eddie O'Shea avait peut-être vu dans son pub, une semaine plus tôt.

Si c'était Myles…

Le moment était parfaitement choisi pour essayer de lui tirer les vers du nez. A demi endormie, elle serait d'autant plus vulnérable à ses questions. Pourquoi avait-elle évoqué cet homme ? Que venait-il faire dans cette histoire ? Existait-il un lien entre Estabrook et celui que Will n'osait encore appeler Myles Fletcher ?

Il y avait d'autres choses dont il avait envie de parler avec la jeune femme, mais elles n'avaient rien à voir avec un milliardaire américain ou un ancien agent secret qui avait trahi sa patrie et ses camarades de combat.

Lorsqu'il s'était approché tout près d'elle, il n'avait pas seulement noté les cernes sombres qui soulignaient ses yeux et le léger tremblement de ses mains. Il avait aussi dû admettre l'effet qu'elle lui faisait. Une attirance trop brutale pour qu'il puisse la nier, ou même la minimiser.

Après tout, ce n'était peut-être pas une si mauvaise nouvelle, songea-t-il, tandis qu'un sourire se dessinait lentement sur ses lèvres.

Mais elle avait besoin de sommeil pour se remettre de l'épreuve qu'elle avait vécue dans ce cromlech, et lui-même avait tout intérêt à se reposer quelques heures pour chasser les fantômes du passé et se souvenir des véritables raisons de sa présence ici, dans la suite que Lizzie Rush occupait au premier étage de l'hôtel dublinois de sa famille. Le désir qu'il éprouvait pour elle ne faisait que compliquer les choses.

Il aurait très bien pu la porter jusqu'à cette chambre et lui faire l'amour.

Mais il ne l'avait pas fait.

Il pouvait encore entendre David Mears et Philip Billings le taquiner sur sa vie amoureuse :

— Tu es un loup solitaire, Will, disait David, un gros buveur, râblé et doté d'un humour décapant. Je plains la pauvre femme qui va s'enticher de toi.

Philip, coureur de jupons patenté qui venait de tomber amoureux d'une amie d'Arabella, y était aussi allé de son petit commentaire :

— C'est lui qui sera à plaindre quand il rencontrera l'âme sœur, parce que cette femme-là ne ressemblera pas du tout à ce qu'il imagine ! Elle te mettra la tête à l'envers, Will, et on sera là, Mears et moi, pour constater les dégâts et se foutre de toi !

Il se glissa sous la couette.

Elle ssentait la lavande.

Comme Lizzie.

15

Le long de la côte du Massachusetts,
le 26 août à 1 heure, heure avancée de l'Est

Abigaïl poussait quelques boules de billard pour se dégourdir les membres, quand Estabrook et Fletcher entrèrent dans la cabine. Elle s'était tout d'abord assoupie par intermittence sur le canapé, mais elle avait fini par mettre un terme à ces bouts de sommeil et ces réveils nerveux qui la fatiguaient plus qu'ils ne la reposaient. Mieux valait rester debout, prête à toute éventualité.

Estabrook était coiffé d'une casquette et vêtu d'un blaser de marin qui le rendait sans doute moins facilement identifiable à l'homme de la rue. Son visage apparaissait depuis des années dans les médias, chaque fois qu'il se lançait un nouveau défi. Et, depuis son arrestation, on ne voyait plus que lui. D'une manière générale, les gens n'avaient pas compris que cet homme qu'ils admiraient — cet homme intrépide qui s'était fait tout seul — puisse s'associer à des trafiquants de drogue. Après qu'il eut proféré des menaces contre Simon et son père, Abigaïl s'était fait un devoir de mémoriser son visage.

Et maintenant il était là, devant elle, en chair et en os.

Fletcher s'approcha d'elle et lui enleva calmement des mains la queue de billard.

— Vous avez raison de me la confisquer, dit-elle en la cédant sans faire d'histoires. Je joue tellement mal au billard que je pourrais déchirer le tapis.

L'Anglais posa l'objet suffisamment loin d'elle, sans faire le moindre commentaire.

Estabrook la dévisagea avec un sourire goguenard.

— Votre œil au beurre noir prend de belles proportions, inspectrice. C'est vraiment très seyant, vous savez.

Elle ne répondit pas.

— Vous avez dormi ?

Abigaïl se décida à répondre.

— Un peu.

— C'est la souffrance de votre père qui me cause une indicible joie, pas la vôtre, vous savez… Ça me peine, au contraire, de vous voir ainsi, effrayée et endolorie.

Abigaïl eut envie de lui sauter à la gorge et de la serrer jusqu'à ce qu'il se taise à jamais.

— Vous feriez mieux de me libérer et de dénoncer les poseurs de bombes avant que les choses n'aillent trop loin, lui dit-elle en s'efforçant au calme. Ce n'est pas vous qui avez fait le coup. Vous étiez dans le Montana…

Bien sûr, qu'il ait été ou non sur place ne changeait pas grand-chose à sa responsabilité. C'est lui qui avait commandité les attentats et l'enlèvement, et cette fois-ci les autorités ne lui proposeraient aucun accord quand elles remettraient la main sur lui.

Et ce n'était qu'une question de temps, songea la jeune femme. Estabrook ne s'était pas téléporté jusqu'au port de Boston. Il avait forcément laissé des traces en se déplaçant et les forces de l'ordre allaient les suivre et finir par la retrouver. En attendant, il s'agissait de rester en vie et d'essayer de déstabiliser son ravisseur. Le mieux serait de l'inquiéter suffisamment pour qu'il n'ose plus quitter son yacht.

Mais inquiéter un homme que le risque excitait n'allait pas être simple. Face au danger, la plupart des gens étaient inhibés, paralysés de peur. Pas Norman Estabrook. Drogué d'adrénaline, il réagissait justement à l'opposé.

— Soyez gentille de ne pas me prendre pour un imbécile, inspectrice Browning. Puis-je vous appeler Abigaïl ?

Il souriait, visiblement content de lui. Un chat avec une souris, songea-t-elle, avant d'accepter sa proposition avec un haussement d'épaules.

— Pourquoi pas…

— Asseyez-vous, je vous en prie.

Elle se dirigea vers le canapé d'angle, mais il l'interpella :

— Pas là…

Un sourire mauvais aux lèvres, il lui indiqua la chaise en métal où ses hommes l'avaient attachée un peu plus tôt.

— Là.

Elle mit un point d'honneur à soutenir son regard et à ne laisser paraître aucune émotion sur son visage.

— Comme ça vous chante.

Fletcher se tenait un peu en retrait, en observateur discret de la scène.

Abigaïl passa devant lui et se laissa tomber sur la chaise, étirant ses jambes qu'elle croisa au niveau des chevilles.

Durant les heures qu'elle avait passées seule, elle avait fait des exercices de yoga pour détendre ses membres engourdis et retrouver un peu de paix intérieure.

— Si vous vous rendez à la police, dit-elle, je dirai à mes collègues que vous n'êtes pas celui qui m'a frappée.

Il éclata de rire.

— Franchement, vous croyez que j'en ai quelque chose à faire ?

— Peut-être pas maintenant, mais vous changerez d'avis quand vous serez entre leurs mains, croyez-moi.

Il s'adossa à la table de billard, les mains agrippées au rebord de bois blanc.

— Votre père m'a envoyé Simon dans les pattes, avec pour mission de gagner ma confiance et mon amitié, et je dois dire qu'ils ont réussi… Mais le but ultime de cette opération était de me mettre sous les verrous, et le moins qu'on puisse dire, c'est que l'échec est cuisant ! Je suis là, libre de mes mouvements… Libre de me venger.

Abigaïl bâilla avec ostentation.

— Ça vous défrise que les fédéraux se soient servis de vous pour attraper de plus gros poissons, pas vrai ? Ça doit faire mal d'être considéré comme une sardine, quand on se prend pour un requin blanc ! Vous saviez exactement ce que vous faisiez quand vous avez commencé à travailler avec des trafiquants de drogue. Sauf qu'il ne vous est jamais venu à l'idée qu'ils pouvaient être beaucoup plus importants que vous aux yeux du FBI.

Estabrook se contenta de sourire, comme s'il devinait la peur d'Abigaïl et en tirait du plaisir et de la force.

Profites-en bien, songea-t-elle. La roue tournerait forcément à un moment ou à un autre. A elle de saisir sa chance quand elle se présenterait.

— Alors, qu'est-ce qui n'a pas fonctionné aujourd'hui ? demanda-t-elle d'un ton pragmatique. Vos gars ont foiré, c'est ça ? Je me trompe ou ils ne savaient même pas que mon père et Simon se trouvaient à Boston ?

— Je m'entoure toujours de grands professionnels, répondit-il d'une voix un peu moins sereine. Je fais confiance à leur expérience et je leur donne carte blanche pour prendre les meilleures décisions. Je travaille comme ça dans tous les domaines et on ne peut pas dire que ça m'ait trop mal réussi jusque-là. Ne pas savoir déléguer est un signe de faiblesse.

— Le pire, c'est que mon père et Simon étaient en route pour me rendre visite. Si vos sbires avaient été mieux renseignés, ils auraient pu faire d'une pierre trois coups. Il leur aurait suffi d'attendre quelques minutes…

Elle haussa les épaules et soupira avec une moue fataliste.

— Mais non. Ils ont déclenché la mise à feu de la bombe et m'ont enlevée.

Sans s'en rendre compte, Estabrook s'était mis à respirer bruyamment par le nez.

— J'aurais aimé être là pour voir la tête de Simon et celle de votre père devant ce chaos de feu, de fumée et de sang !

— J'imagine que vous parlez du sang de la brute à l'accent du sud Boston ? demanda-t-elle d'un ton faussement ingénu. Le sang qui a coulé sur le trottoir quand je l'ai griffé…

Fletcher demeurait impassible, mais elle vit à son expression qu'elle avait marqué un point contre Estabrook.

Le milliardaire se redressa, son chapeau de travers sur la tête.

— Vous vous croyez très maligne, inspectrice ? Mais rira bien qui rira le dernier !

— Je suis restée chez moi toute la matinée, poursuivit-elle comme si elle ne l'avait pas entendu, et Scoop est allé très tôt dans son potager. La récolte est si abondante qu'il ne sait plus quoi faire de ses légumes. J'imagine que vos hommes ont caché la bombe durant la nuit. Ou hier, peut-être ? Je suppose qu'ils ont pu faire ça n'importe quand…

Il y a eu deux explosions. Pour moi, la seconde était la bonbonne de gaz de mon barbecue. C'est ça, non ? Ça fait des semaines que je ne m'en suis pas servie…

— Tout ça n'a plus aucune importance, maintenant, coupa Estabrook.

— C'est vrai, mais il faut bien que je pense à autre chose qu'au témoignage que je vais livrer lors de votre imminent procès. Vos hommes auraient pu déclencher la mise à feu bien avant. Pourquoi ont-ils attendu ?

— Question de timing.

— Je vois. Vous vouliez que tout soit synchronisé avec votre libération.

— Pourquoi Simon et votre père devaient-ils vous rendre visite ?

— Pour parler de vous, répondit-elle froidement.

Estabrook vint se pencher tout près de son visage, ses yeux injectés de sang brillant de haine.

— Vous êtes bien la fille de votre père, dit-il. Même physiquement, c'est fou comme vous lui ressemblez. Je retrouve March dans la forme de votre bouche, de votre nez… Ça n'a pas dû être facile de grandir avec un type comme ça pour père. Vous lui en voulez pour la mort de votre mari ?

— Non.

— Christopher Browning était un agent spécial du FBI. Votre père ne dirigeait pas encore le Bureau, mais il y avait déjà beaucoup d'influence. Il vous a caché pas mal de choses, n'est-ce pas ?

— Tout le monde a des secrets. Vous, par exemple. Votre secret est une souffrance. Depuis l'enfance, vous avez le sentiment de ne pas être à la hauteur. Vous passez votre vie à vouloir jouer dans la cour des grands, mais, au fond, vous êtes resté un petit garçon effrayé et revanchard.

Elle déglutit, laissant passer une vague de nausée. La privation de liberté l'avait toujours angoissée. Alors sur un bateau…

— Oui, reprit-elle, vous êtes toujours ce petit garçon effrayé. Il n'y a rien de honteux à ça, vous savez. Arrêtez cette folie et laissez-moi partir avant que les choses n'aillent trop loin. Que quelqu'un perde la vie…

Mais elle voyait bien qu'il avait cessé de l'écouter. Il se redressa et s'empara d'une queue de billard, prenant soin d'en choisir une autre que celle qu'elle avait utilisée.

— Avant cet été, vous ignoriez que votre père était aussi un peu celui de Simon, reprit-il en se tournant vers elle avec un sourire entendu. Je me trompe, inspectrice ?

— Non, vous ne vous trompez pas.

— Le père de Simon et le vôtre étaient amis. Brendan Cahill travaillait pour la brigade des stupéfiants. Il a été assassiné lors d'une mission en Colombie alors que Simon n'avait que 14 ans.

— Je ne suis pas surprise de constater que le FBI et la brigade des stupéfiants n'ont plus de secrets pour vous, railla-t-elle.

Elle vit la main du milliardaire se crisper sur la queue de billard.

— Votre père a régulièrement vu Simon pendant vingt ans sans jamais vous en dire un mot. Toutes ces cachotteries, inspectrice ! Tous ces secrets d'un père pour sa fille !

— Je ne vois pas ce que je pourrais lui reprocher, rétorqua-t-elle. Il a voulu aider un garçon qui avait perdu son père à prendre un bon départ dans la vie. Je trouve ça plutôt admirable, même, si vous voulez le savoir. Surtout quand on voit ce que Simon est devenu : un type formidable doublé d'un excellent agent du FBI. Un grand nombre des criminels que vous fréquentiez vont se retrouver derrière les barreaux grâce à lui… Et aux renseignements que vous avez vous-même fournis au FBI, bien sûr.

Elle embrassa le décor cossu de la cabine d'un grand geste de la main.

— C'est pour ça que vous avez pris la tangente à bord de ce luxueux bateau ? Pour fuir vos amis des cartels de la drogue ? Vous avez décidé de faire le mort, en espérant qu'ils finiront par vous oublier ? Vous avez peur des représailles, c'est ça ?

Estabrook posa lentement la queue de billard sur le tapis.

— Vous avez tort de jouer avec mes nerfs. Ma patience a des limites, vous savez.

Le ton de sa voix, froid et distant, souleva le ventre d'Abigaïl. A cet instant, elle eut la certitude d'être face à un psychopathe, un homme qui naviguait aux frontières de la folie. Un homme qui avait longtemps rêvé de violence et qui passait maintenant à l'acte.

— Où va-t-on ? demanda-t-elle en s'efforçant de ne rien laisser paraître de son effroi. Avec toutes les propriétés que vous possédez, vous devez bien avoir une maison sur la côte de la Nouvelle-Angleterre. Ou celle d'un ami, peut-être ? C'est là qu'on se rend, ou bien on tourne en rond jusqu'à ce qu'on tombe en panne d'essence ?

Il ramassa la boule noire — la 8 —, et la tint au creux de sa main replète.

— Qu'est-ce qu'un ami, Abigaïl ?

Il émana soudain de lui une certaine tristesse, mais la jeune femme n'avait pas l'intention de se laisser attendrir par ce Narcisse s'apitoyant sur son sort.

Il reposa la boule sur le tapis bleu et se tourna vers Fletcher.

— Vous savez ce que j'attends de vous, lui dit-il, avant de quitter brusquement la cabine.

L'Anglais laissa passer quelques secondes, puis se rapprocha d'Abigaïl.

— Vous pouvez quitter cette chaise, si vous voulez, lui dit-il.

D'un mouvement de tête, il lui indiqua la table de billard.

— Allez-y, reprenez votre partie…

— Vous ne craignez pas que je vous lance une boule à la figure ?

— Non, fit-il avec un sourire qui la prit au dépourvu. Vous en êtes sûrement capable, mais vous ne tenterez rien.

— Je serais curieuse de savoir d'où vous vient cette certitude, monsieur Fletcher.

— Vous avez besoin de moi.

— Tiens donc. Et pourquoi ?

— Parce que je peux vous faire sortir d'ici vivante.

Il lui prit la main et l'aida à se mettre debout.

— Simon Cahill n'est pas le seul à avoir fourni des renseignements à votre père. Quelqu'un d'autre l'a fait. Quelqu'un qui faisait partie de son entourage proche.

— Ce n'est pas de mon ressort, dit-elle en ramassant la queue de billard abandonnée par le milliardaire pour aller l'échanger contre la sienne. Le FBI et la police sont deux entités bien distinctes. Mais je ne vous apprends rien…

— Estabrook veut connaître l'identité de cette personne, se contenta d'indiquer Fletcher.

— Qu'est-ce que ça change, maintenant ?

— Pour moi, c'est une question purement financière. Je serai encore mieux payé si je lui livre l'autre source.

Il rassembla les boules éparpillées sur le tapis dans le triangle de bois prévu à cet effet.

— Vous savez sûrement qui c'est, Abigaïl. En réfléchissant bien, vous allez trouver le nom de cette personne.

La jeune femme détourna la tête et s'empara de la boule blanche. Effectivement, un nom lui vint à l'esprit. Elle essaya de le chasser, mais c'était trop tard.

Lizzie Rush.

Belle, riche et brillante, l'héritière de l'empire hôtelier Rush avait le profil idéal pour faire partie de l'entourage de Norman Estabrook. Mais quelque chose la différenciait des autres amis du milliardaire : elle avait des raisons personnelles de s'intéresser à John March.

En fait, c'était d'abord à cause d'elle qu'Abigaïl avait appelé Simon et son père pour leur demander de venir chez elle, une heure environ avant que la bombe n'explose.

Fletcher retira le triangle, tandis qu'elle posait la boule blanche sur le tapis. Elle s'en voulait maintenant de ne pas avoir partagé ses doutes avec Owen. Elle visa la boule blanche avec l'extrémité de la queue. Son silence pouvait s'expliquer par le fait qu'elle n'en savait pas encore assez pour en parler. Elle s'était comportée en officier de police qui attendait de vérifier une information avant d'en faire état.

Son père devait être fou d'inquiétude à l'heure qu'il était. Malgré leurs malentendus, Abigaïl avait une très haute idée de lui. Elle le considérait comme quelqu'un d'exceptionnel. S'il avait tant de secrets pour elle comme pour les autres, c'était avant tout à cause de son sens du devoir et de l'honneur. Il avait ses propres secrets et ceux qu'on lui confiait parce qu'il était un homme de confiance. Un homme qui assumait les choix difficiles auxquels il devait souvent faire face.

Fletcher recula d'un pas.

Abigaïl propulsa la boule blanche contre les boules

colorées qui s'éparpillèrent sur le tapis. Trois d'entre elles — toutes de couleur unie — tombèrent au fond des poches réparties autour de la table. Coup de chance : elle avait tiré complètement au hasard.

— Vous aviez raison, commenta Fletcher avec un sourire ironique. Vous jouez vraiment mal !

Elle se retint de rire, se préparant à tenter un nouveau coup.

— Vous faites des rapprochements qui n'ont pas lieu d'être, à propos d'Estabrook… Je ne peux pas vous aider à identifier la personne que vous recherchez. Mon travail m'accapare suffisamment, sans que je me mette en plus à jouer les agents secrets, vous savez.

— Alors qui peut m'aider, selon vous ?

L'angoisse contracta son estomac.

Fiona.

Tandis qu'elle envoyait une boule rouge — la 3 — au fond d'une poche, elle s'efforça d'effacer la fille de Bob de son esprit, comme si Fletcher risquait sinon de la voir au travers de son front.

Mais elle ne put s'empêcher de repenser à la jeune fille, rencontrée la veille au soir au *Morrigan's* — le pub de l'hôtel Whitcomb —, en train de jouer de sa petite harpe celtique avec son groupe folklorique.

— *Donner des concerts ici n'est pas une bonne idée, Fiona.*

— *Pourquoi ?*

— *Trop compliqué à t'expliquer. Qui connais-tu, au Whitcomb ? Tu as rencontré les propriétaires ?*

— *J'ai un peu discuté avec deux ou trois personnes, mais ça n'est pas allé plus loin.*

Fiona avait rougi et Abigaïl avait alors remarqué un jeune membre de la famille Rush, mignon à croquer, qui se tenait dans l'embrasure de la porte. Elle s'était demandé si elle ne s'était pas inquiétée un peu vite. Après tout, Fiona n'était peut-être pas sur le point d'être happée par le passé tortueux de John March. Elle avait beau aimer son père de tout son cœur, elle savait qu'à bientôt soixante ans le parcours professionnel et privé du directeur du FBI était un dédale d'histoires plus complexes les unes que les autres. Malheur à celle ou celui qui se prenait les pieds dans cet écheveau !

Fiona connaissait tous les bars irlandais de Boston où l'on pouvait jouer de la musique, et le *Morrigan's* était sans nul doute l'un des plus prestigieux. Elle aurait probablement pu décrocher un contrat sans l'aide de personne, mais ça ne s'était pas passé comme ça. Elle l'avait décroché parce que son père était un ami proche d'Abigaïl, fiancée d'Owen Garrison. Et que la famille d'Owen, qui avait de nombreuses attaches à Boston, séjournait souvent au Whitcomb où ils logeaient également leurs amis.

Son père connaissait les Garrison depuis des lustres, mais ses relations avec cette honorable famille n'avaient rien à voir avec les craintes d'Abigaïl au sujet des concerts que Fiona donnait depuis des semaines au *Morrigan's*.

Ses craintes avaient en revanche tout à voir avec la femme à qui le pub devait son nom : Shauna Morrigan, la mère de Lizzie Rush.

Songer à tout cela sous le regard de Fletcher, c'était prendre un risque, se dit-elle. Mais impossible de toujours contrôler ses pensées.

Alors qu'elle se courbait sur la table de billard pour jouer un nouveau coup, elle sentit une douleur dans le bas de son dos où s'était accumulée toute la tension de ces dernières heures. Elle était aussi déshydratée, mais l'idée de boire lui donnait la nausée.

— Il va falloir élever la voix quand vous vous adressez à moi, dit-elle. Mes oreilles bourdonnent encore à cause de l'explosion de votre foutue bombe.

— Tant que ça ne vous empêche pas de parler…, répliqua l'Anglais.

Elle se concentra sur la boule qu'elle visait, mais il était trop tard.

Fletcher avait compris qu'elle lui cachait quelque chose.

— Amusez-vous bien, dit-il tranquillement, avant de quitter la pièce.

Elle entendit pourtant cette phrase anodine sonner comme une menace.

16

Dublin, République d'Irlande,
le 26 août à 7 h 23, heure d'été irlandaise

Quand Lizzie se réveilla, le soleil déjà haut s'infiltrait par les interstices des stores de bois, barrant la moquette de rayures dorées. Elle se leva, enfila un jean slim noir, un T-shirt sans manches de la même couleur et ses nouvelles sandales hors de prix. Une fois dans la salle de bains, elle se maquilla juste assez pour donner l'illusion qu'elle avait bien dormi.

S'efforçant de faire le moins de bruit possible, elle quitta sa suite et emprunta l'escalier pour rejoindre le lobby. Souriant au passage à la réceptionniste — une nouvelle recrue —, elle se dirigea vers le petit restaurant de l'hôtel. Après un rapide slalom entre les tables recouvertes de dentelle, elle s'installa contre le mur du fond. De là, elle avait une vue dégagée sur la salle et la porte qui ouvrait sur le lobby.

Elle commanda du café et des scones, discutant un moment avec la serveuse, une étudiante lithuanienne. L'espace d'un instant, elle se demanda si elle n'avait pas rêvé les événements qui s'étaient déroulés sur la péninsule de Beara. Tout cela lui semblait si lointain, si irréel, qu'elle n'aurait pas été surprise que son cousin Justin vienne lui dire bonjour et se comporte comme si elle arrivait tout juste de Boston. Son combat dans le cercle de pierres, la bombe, la disparition d'Abigaïl Browning, celle de Norman… L'Anglais aux cheveux blonds qui dormait dans sa suite…

Elle était tentée de tout mettre sur le compte du décalage horaire et d'un mauvais sommeil agité de cauchemars, puis d'aller faire un peu de shopping pour se changer les idées.

Mais alors qu'elle étalait de la confiture de framboises sur son scone, son beau visiteur nocturne fit son apparition dans le restaurant.

Il s'approcha de sa table.

— Ma sœur adore Dublin, dit-il en s'asseyant à côté d'elle sans attendre d'y avoir été invité. Il faudra que je lui demande si elle a déjà séjourné dans ton hôtel.

Ce n'était pas *son* hôtel, mais Lizzie ne releva pas.

— Ta sœur a un atelier de couture à Londres où elle dessine des robes de mariée et elle s'appelle Arabella. C'est un très joli prénom… Tu as aussi un frère aîné, Peter, qui exploite la ferme familiale, si toutefois on peut appeler « ferme » un domaine vieux d'au moins cinq cents ans, situé au nord de l'Angleterre…

Will hocha la tête, visiblement peu impressionné par cet exposé.

— Informations que tout le monde peut trouver sur internet, commenta-t-il simplement.

— Eh oui, répliqua-t-elle avec un sourire. Tu as une super-assistante et moi j'ai Google.

Elle avait en fait profité d'un séjour à Londres pour espionner un peu les Davenport avec les bonnes vieilles méthodes d'antan, mais elle préféra ne pas s'en vanter devant lui. Elle s'était intéressée à Will après avoir appris que Simon n'avait pas quitté le FBI comme il le prétendait et que les deux hommes étaient amis.

Quelques minutes plus tard, le thé que Will avait commandé arriva sur la table, accompagné d'un scone encore fumant. Pour quelqu'un qui n'avait dormi que quelques heures, il semblait remarquablement dispos, songea Lizzie.

Alors qu'il remplissait sa tasse, elle s'interrogea sur l'expression sérieuse qu'il affichait depuis son entrée dans la salle de restaurant.

La réponse vint presque aussitôt.

— Tu joues un jeu très dangereux, Lizzie. Il faut que tu arrêtes.

Elle détourna le regard et plongea sa cuillère dans le pot de confiture.

— Si tu avais voulu lancer le FBI ou les flics irlandais à mes trousses, dit-elle, je serais entre leurs mains depuis longtemps.

Tandis qu'il reposait la théière sur la table, la jeune femme remarqua une cicatrice d'une dizaine de centimètres sur sa main droite. Une bagarre au couteau qui n'avait pas aussi bien tourné que celle de la veille ?

— Tu n'es pas une professionnelle, mais tu n'as pas non plus appris à te battre en regardant *Karaté Kid* au cinéma, dit-il en levant la tasse à ses lèvres sans la quitter des yeux. Qui t'a enseigné ce que tu sais ?

— Je voyage souvent seule et j'ai pensé qu'il serait plus prudent de prendre des cours d'autodéfense. Mais comme je te l'ai dit cette nuit, j'ai aussi lu le manuel du SAS.

Elle se renversa sur sa chaise.

— Tu ne souris pas ?

— Je m'inquiète pour toi depuis mon réveil.

— C'est bien connu, les agents secrets ne dorment pas bien dans des lits trop confortables. J'aurais dû te laisser le canapé. J'y ai passé une excellente fin de nuit, cela dit. Sérieusement, Will, tu n'as aucune raison de t'inquiéter pour moi.

Elle badigeonna de confiture un morceau de scone et l'enfourna dans sa bouche avec un air ravi.

— Je vais bientôt revenir à une alimentation plus saine, dit-elle, attrapant une miette oubliée sur sa lèvre avec le bout de sa langue. Simon et toi êtes bons amis. Mais ce n'est pas pour ça que tu m'as suivie jusqu'ici.

— Tu as des amis, Lizzie ?

— A part Norman, tu veux dire ?

Toujours pas de sourire. Juste un hochement de tête, les yeux à demi fermés.

— Oui.

— En effet, j'ai des amis. Même si je les ai beaucoup négligés, ces derniers temps.

Elle se redressa sur sa chaise et l'observa, tandis qu'il reposait sa tasse sur la soucoupe, puis arrachait un morceau de son scone.

— Pas de beurre ? Pas de confiture ? Tu es un ascète, ma parole !

— Un ascète ? Pas vraiment... Mais je n'ai pas besoin de reprendre des forces, moi. C'est toi qui as livré un combat à mains nues contre un tueur armé d'un couteau.

— Un combat ? Dit comme ça, on dirait que...

Mais elle s'interrompit, incapable de maintenir ce ton faussement léger une seconde de plus.

— En fait, je n'ai pas si faim moi-même, dit-elle. D'autant que j'ai déjà pris un petit déjeuner irlandais hier soir, aux alentours de minuit. Ça fait combien de temps que tu connais Simon ?

Will but une gorgée de thé pour se donner le temps de répondre.

— On s'est rencontrés il y a deux ans.

— Je me souviens du jour où Norman a appris que Simon passait du temps avec toi à Londres. On peut dire que ça a éveillé sa curiosité. Tu savais qu'il était un agent infiltré ou toi aussi tu croyais qu'il avait quitté le FBI et qu'il en voulait à March ?

— Simon et moi n'avons jamais parlé de Norman Estabrook.

— Dois-je en conclure que le MI6 ne s'intéresse pas à lui ?

Pour la première fois depuis qu'il s'était assis face à elle, un petit sourire éclaira le visage de Will.

— Bien essayé, Lizzie. Que comptes-tu faire, aujourd'hui ? ajouta-t-il en reprenant son sérieux.

— Vaincre les effets du décalage horaire. En dehors de ça, je n'ai pas encore décidé.

Elle but une gorgée de café et reprit d'un ton plus grave, sans le regarder :

— J'ai vu ta réaction, hier soir, quand j'ai parlé d'un de tes compatriotes à Michael Murphy. Tu le connais, cet Anglais, n'est-ce pas ? Je pense que c'est à cause de lui que tu m'as suivie jusqu'à Dublin.

— Comme je te l'ai déjà dit, répondit-il en croquant un morceau de scone, tu joues un jeu très dangereux.

Mais Lizzie ne fit pas machine arrière.

— Qui est cet homme, Will ?

— Un fantôme.

— Un autre agent ?

Il soupira.

— Je n'ai jamais dit que…

— Ce type s'est pointé à Las Vegas quelques jours avant l'arrestation de Norman. D'où sort-il ? Du SAS ? Du MI6 ?

D'une unité secrète ? Ou bien c'est un gangster en cavale, peut-être ? Un mafieux ? Un mercenaire ?

— Cet homme est un tueur, Lizzie. Il s'est rendu la semaine dernière dans le pub d'Eddie O'Shea, quelques jours avant que Simon et Keira n'arrivent sur la péninsule.

Lizzie enregistra cette information avec une pensée pour Eddie et ses frères, dont la vie si paisible était une nouvelle fois bousculée. Mais les O'Shea semblaient avoir les ressources nécessaires pour faire face à toutes sortes de tempêtes.

— C'est lui qui a organisé l'attaque au couteau contre Keira, tu penses ?

— Quoi qu'il ait fait, Lizzie, tu dois rester éloignée de ce type. Tu n'es pas une femme faible, loin s'en faut, mais tu ne pourras rien contre lui. Si tu sais quoi que ce soit sur cet homme, il faut me le dire maintenant.

— Donne-moi au moins son nom.

Will la regarda un moment en silence, les reflets dorés de ses yeux noyés sous une lueur sombre.

— Il s'appelle Myles.

Quelque chose dans sa voix alerta la jeune femme. Une forme de douleur qui avait franchi les barrières du self-control d'un homme pourtant expert en la matière.

— C'était ton ami, c'est ça ?

— Je n'ai pas vu de mes propres yeux cet homme qu'Eddie et toi avez décrit. Je peux me tromper.

Des propos mesurés prononcés d'une voix calme. Will avait déjà retrouvé la maîtrise de soi.

— L'échange que j'ai eu avec lui n'a duré que quelques minutes. Il m'a rejointe au bar de l'hôtel et m'a demandé s'il me restait une des petites bouteilles d'eau que je trimballe partout quand je suis à Vegas. Il ponctuait ses phrases de

« ma belle », et il m'a dit de faire attention où je mettais les pieds. J'ai entendu ça comme une menace.

Un sourire se forma sur les lèvres de Will, un sourire voilé de tristesse.

— Ça ressemble assez à Myles. Est-ce qu'il avait déjà rencontré Estabrook quand vous vous êtes parlé ?

Elle acquiesça d'un signe de tête.

— Norman était en train de jouer au poker quand cet homme est arrivé. Personne à la table ne semblait le connaître. Je n'ai pas pu entendre ce qu'ils se sont dit, mais à en juger par la gravité de leurs expressions, ça avait l'air important. C'est aussi pour ça que je me souviens de lui.

— *Aussi ?* Il y a une autre raison ?

Elle ne chercha pas à éviter son regard scrutateur.

— J'essayais d'enregistrer tout ce que je voyais et entendais.

— Pourquoi, Lizzie ? Tu ne pouvais pas savoir qu'il était dans le collimateur du FBI. Tu étais au courant de ses activités illégales ?

— Joker…, dit-elle avec un sourire.

— Lizzie, fit-il en fronçant légèrement les sourcils, c'est sérieux… On n'est pas en train de parler des dernières tendances de l'automne !

Comme si elle était du genre à confondre Estabrook et Marc Jacobs !

— Excuse-moi, dit-il aussitôt. C'était une réflexion condescendante et misogyne.

— Ça m'apprendra à faire ma Paris Hilton avec toi.

— En dehors d'être l'héritière d'une lignée d'hôteliers, je ne vois aucun rapport entre toi et ce genre de filles.

— Parce qu'il n'y en a pas, confirma-t-elle. Will, si ce Myles aide Norman à mettre ses menaces à exécution, on peut craindre le pire pour Abigaïl Browning, n'est-ce pas ?

Il hocha gravement la tête.

— Oui… Et dire que tout le monde le croyait mort, y compris moi.

— Mais, en m'entendant le décrire, tu as réalisé qu'il était peut-être encore en vie. C'est pour ça que tu m'as laissée partir, bien sûr ! Tu ne voulais pas que la police irlandaise me garde pendant des heures. Tu voulais m'interroger toi-même. As-tu informé le FBI de la possibilité que ce Myles ait refait surface ?

Il ne répondit rien, mais l'expression de son visage la fit tressaillir.

— Je vois, maintenant… En fait, Simon, ce Myles et toi… vous étiez camarades de combat ?

— Tu as trop d'imagination, Lizzie. Parle-moi plutôt du genre de relation que tu entretenais avec Estabrook.

Changement de sujet, songea-t-elle, en se promettant de revenir plus tard à la charge.

— J'ai le sentiment de le comprendre.

— Vraiment ? Il t'a parlé de son désir de revanche ?

— Il se trouve que j'étais avec lui quand il s'est précipité sur le téléphone pour menacer Simon et John March. Avec Norman, il n'est pas toujours simple de faire la distinction entre ce qui tient de la provocation, voire du fantasme, et ce qu'il compte vraiment faire. Il a un côté théâtral, fanfaron, et en même temps c'est un homme intelligent et calculateur. J'avais vaguement espéré que ses avocats et la détention électronique lui redonneraient le sens des réalités. Mais, au fond, je n'y croyais pas vraiment. Pour Norman, cette vengeance est un nouveau défi, une nouvelle aventure extrême.

Will se renversa sur sa chaise.

— Lizzie…

Mais elle en avait assez dit comme ça.

— Tout à coup, lord Davenport, dit-elle avec un grand sourire, vous m'apparaissez comme le genre d'homme qui ne met jamais de beurre ou de confiture sur ses scones.

Elle aperçut Justin du coin de l'œil et lui fit un petit signe de la main.

— Tu as rencontré mon cousin Justin, hier soir. J'ai pour ainsi dire grandi avec lui et ses trois frères aînés. Mon père était constamment en voyage. Ça n'a pas changé, d'ailleurs.

— Et ta mère ?

— Elle est morte quand j'étais toute petite.

Elle se leva, abandonnant sa serviette à côté de son assiette.

— Notre vie est constamment soumise aux effets de vague. Jette une pierre dans un étang et observe les ondulations de l'eau ; impossible de deviner sur qui ou sur quoi elles vont avoir une incidence. Prends ton temps pour finir ton petit déjeuner. N'hésite pas à demander à Justin si tu as besoin de quoi que ce soit. A un de ces jours, Will, j'ai un avion à prendre…

— Sois prudente, Lizzie.

Elle le regarda avec un grand sourire.

— Je suis toujours prudente.

Il ne fit même pas mine de se lever.

— Je suppose que nous ne donnons pas le même sens à ce terme.

Elle sentit son regard qui la suivait, tandis qu'elle traversait la salle pour aller rejoindre son cousin.

— J'ai besoin de ton aide, lui dit-elle. Essaie de retarder Davenport. Il faut que je prenne un peu d'avance sur lui.

Joue-la fine, d'accord ? Il n'est pas tombé de la dernière pluie.

Justin se mit au garde-à-vous, visiblement prêt à donner le meilleur de lui-même.

— Et s'il a réservé sur le même vol que toi ?

— Pas de problème, répondit-elle en marchant vers le lobby. Il sera en première, et moi au fond de l'appareil en classe économique.

Soucieux de mener à bien sa mission, Justin, dont les yeux et le nez rappelaient franchement ceux de sa cousine, s'invita donc à la table de Will pour une manœuvre dilatoire : raconter des secrets de famille ou prétendus tels.

— Lizzie est une fille formidable, mais on se fait souvent du souci pour elle. Elle est incontrôlable. A en croire mes parents et mes frères aînés, elle a toujours été comme ça. On est quatre garçons. Je suis le plus jeune et Whit est le plus âgé. Il doit son prénom à notre grand-mère maternelle, qui était une Whitcomb. Il y a ensuite Harlan — comme le père de Lizzie —, qui s'appelle comme ça à la mémoire de notre grand-père Rush, dit Bon-Papa pour les intimes. C'est avec lui que l'histoire des *Rush Hotels* a commencé, quand il a réussi à convaincre ma grand-mère de transformer la maison familiale de Boston en hôtel.

— Il a eu du mal à la convaincre ?

— Au début, oui, mais à partir du jour où elle a découvert des rats et des cafards dans sa cuisine, les choses sont allées très vite. Certains prétendent que mon grand-père les aurait lui-même introduits pour forcer la décision, mais ce sont des mauvaises langues, bien sûr.

— Bien sûr, dit Will avec le plus grand sérieux. Il y a donc Whit, Harlan…

— Et Jeremiah…

— Où se situe Lizzie dans tout ça ?

— Entre Harlan et Jeremiah. Comme je vous l'ai dit, je suis le petit dernier.

Il sourit, laissant opérer son charme naturel.

— Le bébé, quoi.

— Je vois, dit encore Will en l'observant avec une curiosité amusée.

— Durant toute notre enfance, Lizzie était souvent avec nous et notre grand-mère Rush, mais il lui arrivait aussi de voyager avec son père. Vous savez qu'elle est aussi à l'aise à une table de poker que devant la carte des vins d'un grand restaurant ?

— Et elle sait jouer au bridge.

— Toute seule. Elle vous a dit que ça l'aide à se concentrer ? En ce qui me concerne, une pinte de Guinness fait beaucoup mieux l'affaire. Vous vous connaissez depuis longtemps, tous les deux ?

— Depuis hier.

— Où avez-vous fait connaissance ? Pas à Dublin, en tout cas, si j'en juge par l'état de ses chaussures de randonnée ! Vous avez visité des monuments mégalithiques et combattu des taureaux irlandais avec elle du côté de West Cork ?

Will se demanda si Justin avait déjà entendu parler de la tentative de meurtre sur Keira. Si c'était le cas, il mentait mieux que sa cousine.

— Nous nous sommes rencontrés par hasard dans un pub de la péninsule de Beara, dit-il.

Justin sembla brusquement à court de mots et jeta un regard vers la porte du restaurant, comme s'il espérait que Lizzie vienne mettre un terme à sa mission.

— Ma cousine est un électron libre, reprit-il. Mais c'est aussi une sacrée bosseuse. Elle a fait ses classes en travaillant dans chacun de nos hôtels, comme mes frères et moi. Elle est très compétente, vous savez. Mon père n'hésiterait pas à la mettre à la porte, si ce n'était pas le cas.

— Vraiment ? Je croyais pourtant qu'il y avait eu quelques frictions entre elle et lui, ces derniers temps.

— Plus ou moins, oui…

Il sembla soudain sincèrement agacé.

— Pour une raison mystérieuse, elle est devenue amie avec ce crétin de milliardaire… Norman Estabrook… J'aurais compris qu'elle passe quelques soirées avec ce type et sa clique, mais le fréquenter une année entière ! Quand je pense qu'il a été relâché… Je sais que je ne devrais pas dire ça, mais j'aurais été ravi qu'il passe le restant de ses jours derrière les barreaux.

— Où vit le père de Lizzie ? A Boston ?

— Sûrement pas. L'oncle Harlan déteste cette ville.

— Il déteste aussi l'Irlande, si j'ai bien compris.

Will lut un certain malaise sur le visage de Justin.

— C'est à cause de mauvais souvenirs, dit le jeune homme d'une voix douce.

— Relatifs à la mère de Lizzie ?

Justin se passionna brusquement pour un moulin à poivre, mais Will décida d'insister.

— Que lui est-il arrivé ?

— Elle est morte quand Lizzie était bébé. Un accident stupide. Ça s'est passé ici, à Dublin… Elle était venue rendre visite à sa famille.

— Elle était irlandaise ?

— Oui.

— Et Lizzie n'était pas avec elle, au moment de l'accident ?

Il fit non de la tête.

— Son mari non plus ?

Encore non, cette fois-ci avec une petite mimique gênée.

— Ça s'est passé huit ans avant ma naissance. Elle a trébuché sur un pavé dans le quartier de Temple Bar. Elle est tombée et sa tête a lourdement cogné le sol. Les médecins ont dit qu'elle était morte sur le coup.

Il s'éclaircit la voix et cessa de contempler le moulin à poivre comme si c'était la huitième merveille du monde.

— C'est bête, mais ça arrive, commenta-t-il en haussant les épaules.

Will hocha la tête. Cet accident stupide lui semblait surtout un accident étrange, voire suspect, mais il voyait bien que Justin n'avait pas envie de s'étendre sur le sujet.

— Alors où vit votre oncle, si ce n'est pas à Boston ?

— Pour les impôts, son adresse se trouve à Las Vegas. Mais l'oncle Harlan est un nomade. Il est au conseil d'administration du groupe familial, mais ça fait déjà un moment qu'il n'a plus aucun rôle actif dans la société. Il passe la plupart de son temps à visiter les casinos du monde entier.

— J'ai cru comprendre que Lizzie voyage beaucoup, elle aussi. Elle partage la passion de son père pour le jeu ?

— Non. Lizzie a le goût du risque, mais elle n'est pas du genre à jeter l'argent par les fenêtres. En ce moment, elle hésite à louer notre vieille maison de famille située dans le Maine. L'autre solution serait de la refaire à neuf. Aucun d'entre nous n'en voulait et Lizzie en est maintenant l'unique propriétaire. C'est vrai que l'endroit est beau, mais la baraque est dans un sale état.

Justin haussa de nouveau les épaules, réticent à l'idée d'en dire trop sur sa cousine. Mais c'était elle qui l'avait mis dans cette situation. Après tout, il ne faisait que suivre ses directives et alimenter la conversation pour retenir l'Anglais. Etait-ce sa faute si Lizzie était un sujet qui semblait beaucoup plaire à lord Davenport ?

Will sourit, imaginant Lizzie négociant les prix avec les différents corps de métier chargés de rénover sa maison. Elle finirait sûrement par obtenir ce qu'elle voulait. Il aimait bien penser à elle, mais il y avait des sujets plus pressants.

— Et vous, Justin, vous connaissez Norman Estabrook ?

— J'ai porté ses bagages, il m'a donné un gros pourboire et j'ai dit « Merci, monsieur ». En gros, ça s'est arrêté là.

— Il a séjourné ici l'année dernière en avril, c'est ça ?

— Mais vous savez tout, ma parole !

— Loin de là. Quelle impression Estabrook vous a-t-il faite ?

— A dire vrai, je ne lui ai pas vraiment prêté attention sur le moment. J'effectuais un stage pendant les vacances de printemps et mon principal souci était de ne pas faire tomber les bagages sur les pieds des clients. Je vous rassure, j'ai accompli quelques progrès depuis. Je ne sais plus trop ce qu'il était venu faire en Irlande… Une randonnée dans les îles Skellig, je crois, mais je n'en suis pas sûr. Par contre, je me souviens qu'il a débarqué avec un nombre impressionnant d'amis, de conseillers, d'assistants, de parasites et de je ne sais quoi encore. J'ai bien cru que je n'arriverais jamais au bout de toutes ces valises.

Il s'interrompit un instant, le temps de décocher son sourire charmeur.

— J'ai terminé sur les rotules.

— Vous diriez que votre cousine fait partie de son entourage ?

La question sembla agacer Justin.

— Lizzie ne sera jamais un de ces bouffons qui servent

la soupe à une célébrité ou à un milliardaire ! s'indigna-t-il, sur la défensive.

Will comprenait qu'il se montre protecteur. Il décida néanmoins d'insister, en espérant que le jeune homme ne se braquerait pas.

— Pourtant, elle était à Dublin en même temps que lui…

— Oui, mais elle n'était pas venue avec lui. D'ailleurs, ils ne se connaissaient pas, à l'époque. C'est à ce moment-là qu'ils se sont rencontrés.

Il ramassa une grosse miette du scone abandonné par Lizzie.

— Leur relation est toujours restée sur un plan purement amical. Et si vous comptez me demander si Lizzie a un petit ami, je vous répondrais que ce ne sont pas vos affaires.

Mais au ton de sa voix, Will en déduisit qu'elle n'avait personne dans sa vie. Au ton de sa voix et à l'attitude de la jeune femme, durant la nuit passée. Il s'étonna du plaisir que lui procura cette pensée.

— Vous souvenez-vous de quelqu'un en particulier parmi les gens qui accompagnaient Estabrook ?

— Non.

— Il est revenu à l'hôtel, après ce premier séjour ?

— Pas que je sache.

Justin baissa les yeux vers la miette de scone. Quand il les leva de nouveau vers Will, son regard avait quelque chose de plus adulte.

— Est-ce que Lizzie a des problèmes ?

— Je ne sais pas. J'espère que non.

La réponse n'avait pas de quoi rassurer Justin, dont le visage commençait à exprimer une certaine inquiétude.

— Vous savez, dit-il comme pour se rassurer, elle est beaucoup plus forte qu'elle n'en a l'air. Je ne connais pas un homme qui pourrait prendre le dessus sur elle. On s'y est essayés, mes frères et moi, mais à la fin on lui a tous servi de punching-ball. Lors du réveillon de l'année dernière, Jeremiah a terminé avec le nez en sang.

— Votre famille s'est réunie quelque part pour la nouvelle année ? Où ça ?

— A Vegas. Tous les Rush étaient là, même l'oncle Harlan.

— Votre hôtel est vraiment très agréable, dit Will en se levant. Et vous avez fait du bon boulot, Justin, ajouta-t-il, une lueur malicieuse au fond des yeux. Vous m'avez retenu un bon moment.

Justin se leva à son tour.

— Pourquoi voulez-vous savoir toutes ces choses sur Lizzie ?

— Justin, vous m'avez dit tout à l'heure que votre famille se fait du souci pour elle…

— Et alors, qu'est-ce que ça change ? Qu'on s'inquiète ou non, Lizzie n'en fait qu'à sa tête. Elle a le sens de la famille, mais au fond, c'est une solitaire.

Will était bien placé pour comprendre. Ses proches aussi étaient inquiets lorsqu'il partait en mission et qu'il ne donnait aucune nouvelle, parfois pendant de longs mois. Mais lui était un professionnel du renseignement, entraîné et expérimenté. De toute évidence, Lizzie était un amateur. Eclairée, mais amateur tout de même.

— Je ne lui veux aucun mal, dit-il doucement.

— Est-ce que vous allez l'aider ?

— Si je peux. Et si elle m'y autorise.

— Parfois, j'ai l'impression qu'elle aime vivre dangereusement.

— Peut-être fait-elle simplement son devoir de citoyenne, tout en essayant de préserver sa famille d'un contexte périlleux, dit Will, avant de jeter un coup d'œil à sa montre. Je crois que votre cousine doit être arrivée à l'aéroport, à l'heure qu'il est. J'ai été ravi de vous rencontrer, Justin. Si vous passez à Londres, n'hésitez pas à me faire signe.

Le plus jeune des frères Rush l'observa un moment, front plissé, avant de soupirer.

— Je ne travaille qu'en début d'après-midi, dit-il. Venez, je vais vous conduire à l'aéroport. Vous comptez suivre Lizzie jusqu'à Boston ?

— J'ai déjà une place dans un avion.

— Un avion privé ?

Will ne répondit pas.

— Ça, c'est la meilleure ! Vous traversez l'Atlantique en jet privé pendant que Lizzie est coincée en classe économique avec ses cartes à jouer pour seule distraction !

Justin éclata de rire.

— Ça lui apprendra à partir comme une voleuse, remarquez !

En chemin vers l'aéroport, Will en apprit un peu plus sur la jeune femme. Le nom inscrit sur son passeport était Elisabeth Brigid Rush, et le nom de jeune fille de sa mère était Morrigan. Shauna Morrigan.

— Dans la famille, on murmure que ma tante Shauna était une espionne. Jeremiah est convaincu qu'elle avait infiltré la mafia irlandaise de Boston.

— Avant qu'elle n'épouse votre oncle ?

— Oui. C'est du moins ce que pense mon frère. Mais allez savoir la vérité… Mon oncle Harlan est aussi l'objet de rumeurs.

Justin arrêta sa voiture devant le terminal réservé aux avions privés et se tourna vers Will avec un grand sourire.

— Cette fois-ci, j'en ai vraiment trop dit. Si ça se trouve, vous êtes vous-même un espion.

Dans le mille, songea Will en souriant à son tour à Justin. Décidément, il aimait bien ce garçon…

17

Boston, Massachusetts,
le 26 août à 8 heures, heure avancée de l'Est

Bob fut réveillé par la légère douleur dans les reins que lui avaient occasionnée les barres métalliques du canapé-lit de Keira, sensibles sous le fin matelas. Il avait passé la nuit dans l'appartement que sa nièce louait au dernier étage de la maison des Garrison. Le soleil matinal filtrait à travers les rideaux de dentelle que la jeune femme avait rapportés d'Irlande. Bob mit un bras devant ses yeux pour se protéger de la lumière et enfonça la tête dans l'oreiller. Ses pieds dépassaient du matelas et frôlaient la chaise où étaient déposés ses vêtements. Il aurait préféré ne pas aller se coucher. Si Yarborough n'avait pas lourdement insisté pour qu'il se repose, il serait encore au siège de la police à l'heure qu'il était. C'était tout juste si l'équipier d'Abigaïl n'avait pas dû le menacer avec son arme de service pour le convaincre d'aller dormir quelques heures.

Il essaya de trouver une position plus confortable, mais ne réussit qu'à s'enfoncer un peu plus les barres dans le dos. Tout le monde lui avait offert l'hospitalité : Theresa, Lucas Jones et Yarborough. Le maire en personne lui aurait proposé de dormir chez lui, si Bob le lui avait demandé.

Mais il avait préféré l'appartement inoccupé de sa nièce, avec ses dessins de fées irlandaises et ses recueils de poésies et de contes folkloriques.

Simon et John March avaient chacun un agent spécial du FBI affecté à leur protection rapprochée. Ils n'en étaient enchantés ni l'un ni l'autre et, tout comme Bob, n'avaient pas eu la moindre envie de dormir cette nuit-là.

Simon avait une folle envie de se lancer seul aux trousses d'Estabrook. Mais tout le monde s'accordait à dire que sa présence auprès des enquêteurs de police serait plus efficace qu'une traque en solitaire. Sans compter qu'il avait une cible géante accrochée dans le dos.

Il connaissait bien Estabrook, les gens qu'il fréquentait, sa façon de penser, les endroits dont il avait parlé et qui pouvaient aujourd'hui lui servir de cachette. C'est pourquoi il était bien placé pour savoir qu'il n'allait pas être simple de le retrouver. Un homme capable de cacher des millions de dollars pour des trafiquants de drogue était aussi capable de se cacher lui-même.

Quelqu'un l'aurait réveillé si on avait retrouvé l'avion privé d'Estabrook, songea Bob en s'asseyant sur son lit de fortune. Il consulta malgré tout sa messagerie vocale pour être certain que rien d'important n'était survenu durant son sommeil.

Rien, en effet…

Vêtu de son seul caleçon, il marcha jusqu'à la fenêtre et écarta les rideaux de dentelle. La vue des policiers qu'on lui avait assignés, assis dans leur voiture de patrouille, lui arracha une grimace agacée. De son point de vue, c'était inutile et ça faisait deux hommes en moins pour rechercher Abigaïl. Mais le préfet avait décidé qu'en tant que responsable de l'enquête il était en première ligne et devait être protégé.

Il prit une douche, empruntant le savon aux amandes de Keira. Dieu merci, son odeur n'était pas aussi féminine qu'il l'avait d'abord craint ! Une fois séché, il renifla pour la énième fois les quelques vêtements de rechange qu'il avait réussi à sauver de son appartement. Il ne lui sembla pas qu'ils sentaient trop la fumée, mais d'autres ne seraient peut-être pas du même avis. Tant pis, songea-t-il en s'habillant. L'heure n'était pas à la coquetterie.

Yarborough l'attendait en bas. Il se tenait — comme à son habitude — droit comme la justice, bien que les traits de son visage accusent de la fatigue et une certaine tension. Les deux commençaient visiblement à lui peser, mais il ne fallait pas compter sur lui pour le reconnaître. Ils avaient au moins ça en commun : l'un comme l'autre refusaient d'avouer la moindre faiblesse.

— Bonjour, Bob. Bien dormi ?

— Comme un bébé. Et toi ?

— Je me suis un peu reposé, merci.

Bob plissa les yeux en direction du jardin public, tout tacheté de lumière en ce matin d'été. Encore une journée qui s'annonçait très chaude.

— Vous avez retrouvé Abigaïl et vous n'avez pas voulu me réveiller, c'est ça ?

— Non. Désolé, Bob.

Ce type n'avait décidément aucun sens de l'humour…

— Que se passe-t-il, alors ? Que fais-tu là ?

Tom Yarborough se massa nerveusement la nuque.

— Fiona a refusé la protection de la police et a quitté le domicile de sa mère. Dans la mesure où elle est majeure, on ne peut rien lui imposer.

— Peut-être que la loi ne peut rien lui imposer, mais moi, si ! s'énerva Bob. Où est-elle ?

Yarborough resta muet.

— Tu n'en sais rien ou tu ne veux pas me le dire ? L'équipier d'Abigaïl fit une petite grimace embarrassée.

— L'ATF veut la faire surveiller.

— Ils veulent placer ma fille sous surveillance ?

— Oui.

— Pourquoi ça ?

— Ils pensent qu'elle a pu voir quelque chose d'important hier et qu'elle n'en a pas conscience.

— Grosse différence entre protection et surveillance, ironisa Bob d'un ton glacial. Personne ne décide pour moi quand ça touche à ma famille, c'est compris ? Ni les fédéraux, ni le pape, ni personne. Dis-moi où est Fiona, Tom.

— Je ne sais pas. A mon avis…

Il s'interrompit avec un geste de la main.

— Laisse tomber…

Bob le fusilla du regard.

— A ton avis, quoi ?

— Quand on l'a interrogée, j'ai eu le sentiment qu'elle ne disait pas tout.

— Qu'est-ce que ça signifie ? Tu crois qu'elle cache quelque chose ? Et on peut savoir quoi ?

— Je l'ignore, répondit Yarborough sans se démonter. Mais Lucas a eu la même impression.

Comme si le fait que Lucas ait été du même avis allait le protéger de la fureur de son supérieur.

— On a le sentiment qu'elle a quelque chose en tête, mais qu'elle se demande si ça a vraiment de l'importance pour l'enquête. Je ne sais pas si elle a peur de causer des problèmes à quelqu'un en parlant, ou si elle craint simplement de nous faire perdre notre temps.

Bob ne répondit pas tout de suite, laissant sa colère se calmer pour réfléchir aussi lucidement que possible à ce que venait de dire son collègue.

Yarborough se massa le visage et sa barbe naissante crissa sous ses doigts.

— Je ne suis pas en train de critiquer ta fille, Bob.

— Oui, c'est bon… De toute façon, tu n'as rien à craindre : je n'ai pas mon arme sur moi, dit-il en sortant son téléphone portable.

Il composa le numéro de Fiona, mais tomba sur le répondeur. Il laissa un message et décida de lui envoyer un SMS.

— Je déteste faire ça. Mes doigts sont trop gros pour ces foutues touches. Et puis l'écran est minuscule. Je n'arrive pas à voir ce que j'écris !

Il fit une mauvaise manœuvre et dut recommencer à zéro, non sans avoir lâché un juron bien senti.

— Fi est beaucoup plus rapide que moi, mais si tu voyais ma petite Jayne… Elle pianote là-dessus à une vitesse infernale. Tu sais que la directrice de son école demande aux élèves de laisser leur portable dans une caisse avant d'entrer en classe ? C'est dingue, non ? A onze ans, ils ont tous des portables ! Où leurs parents trouvent-ils le fric pour leur payer un téléphone et un abonnement ? Quand j'étais gosse, il n'y avait qu'un seul téléphone dans la maison. Ça a été un véritable événement dans la rue, quand un de nos voisins s'est fait installer un deuxième poste.

— Ça s'appelle le progrès, Bob.

— Ça s'appelle un moyen de tricher lors d'une interrogation écrite. Ils envoient des textos à leurs copains pour demander les réponses. A moins que ça n'existe plus, les interros écrites ?

Au prix de grands efforts, Bob réussit à taper « Appelle-moi » et à appuyer sur la bonne touche pour envoyer le message.

— Je vais aller faire un saut à l'hôpital. Dix contre

un que Fiona est au chevet de Scoop. Au fait, tu as des nouvelles récentes ?

— Il est vivant, répondit Yarborough, qui avait retrouvé sa froideur coutumière. Je vais t'y conduire.

Bob ne trouva aucune raison crédible pour décliner l'offre. Il fit un geste en direction des policiers en uniforme qui montaient la garde devant la maison.

— Dis-leur d'aller travailler.

— Bob…

— Laisse tomber, je vais le faire moi-même.

Yarborough leva la main pour l'arrêter et partit en direction de la voiture de patrouille. Il se pencha vers la vitre, dit quelques mots et revint vers Bob.

— Allons-y.

— Alors, lui demanda Bob, si quelqu'un surgit d'un bosquet une arme à la main et me tire dessus, tu vas faire écran de ton corps pour me protéger ?

— Je flingue le mec d'abord. Tu as peut-être un syndrome de stress post-traumatique, Bob. Toi aussi, tu es sous surveillance.

— Qu'est-ce que tu me chantes-là ? C'est normal d'avoir les yips juste après qu'une bombe vous a quasiment explosé en pleine poire !

Yarborough se tourna vers lui, un sourcil levé.

— Les yips ?

— Oui, tu sais, le syndrome du golfeur stressé. Convulsions, pertes d'équilibre et tout le tralala. Je te parle de ça pour alimenter la conversation, mais en réalité je suis en pleine forme. Comme je te l'ai dit, j'ai dormi comme un bébé.

— Bob ? Arrête, d'accord ? Je sais dans quel état tu te trouves.

Bob le regarda avec un grand sourire.

— Depuis que cette bombe a explosé, tu n'arrêtes pas

de m'appeler par mon prénom. Bob par-ci, Bob par-là... Avant, je n'y avais jamais droit. A croire qu'après tout un être humain se cache en toi.

Yarborough ne répondit rien, mais Bob vit travailler le muscle de sa mâchoire, tandis qu'il sortait les clés de sa voiture.

— Je ne peux pas m'empêcher de me demander où Abigaïl a passé la nuit, dit-il en déverrouillant les portières.

— Ça ne sert à rien d'y penser.

— Elle sait se défendre, mais...

Yarborough ouvrit la portière côté passager et s'effaça pour laisser passer Bob.

— Tu es mon rayon de soleil, Tom.

— C'est toujours une joie de satisfaire son chef.

Bob se sépara de lui lorsqu'ils arrivèrent à l'hôpital. Avec tous les collègues qui traînaient dans les parages, il n'aurait aucun mal à se faire conduire au siège de la police, si cela s'avérait nécessaire. Et puis il suffisait de voir la tête de Yarborough pour comprendre qu'il n'avait pas envie de faire le taxi toute la journée.

Bob ne s'était pas trompé. Il trouva Fiona en train de frissonner dans le couloir, face à la chambre de Scoop. Leur ami avait quitté les soins intensifs pour une chambre normale, un signe très positif. Ce n'était pas la climatisation qui faisait frissonner Fiona. Il faisait même un peu chaud dans l'hôpital.

Inutile d'être très perspicace pour comprendre qu'elle était à bout de nerfs.

Bob lui en voulait d'avoir refusé la protection policière, mais il oublia tous ses reproches lorsqu'il la vit. Elle semblait si perdue... Les agents en uniforme postés devant la porte l'observaient du coin de l'œil, tandis qu'elle rassemblait visiblement son courage pour entrer.

La famille de Scoop était là, ainsi que plusieurs de ses collègues de la police des polices. Bob n'avait plus envie de sermonner sa fille, mais elle devait accepter un garde du corps. Avoir plus de dix-huit ans ne la dispensait pas d'écouter les conseils de son père, surtout quand ils étaient frappés au coin du bon sens.

Elle se força à sourire en l'apercevant.

— J'ai déjà eu le trac avant un concert, mais c'était de la rigolade à côté de ce que je ressens maintenant, lui dit-elle, les bras croisés sur sa poitrine. Quand je pense qu'il a failli mourir pour me sauver la vie…

— Scoop ne voit sûrement pas les choses comme ça, Fiona…

— Je me fiche de la façon dont il voit les choses ! C'est ce qui s'est passé, un point c'est tout.

— Je sais, ma puce…

Un médecin en blouse blanche sortit à ce moment-là de la chambre.

— Vous pouvez entrer, si vous voulez, leur dit-il. Il est réveillé.

Fiona hocha la tête et le médecin poursuivit son chemin.

— Scoop doit sûrement avoir envie de te voir pour s'assurer que tu n'as rien, l'encouragea Bob en constatant que la jeune fille n'esquissait pas un geste.

Elle hocha de nouveau la tête en ravalant ses larmes.

— Il m'a sauvé la vie…

Bob avait parlé à son ex-femme, la veille au soir, et elle lui avait dit que Fiona ne cessait de répéter ces mots depuis qu'elle avait quitté les lieux du drame.

— Qui sait si tu ne lui as pas sauvé la vie, toi aussi, dit-il. Si tu n'étais pas venue nous rendre visite, il se serait peut-être trouvé avec Abigaïl sur sa terrasse, quand la bombe a explosé.

Il fit un signe de tête en direction de la porte.

— Vas-y, ma puce. Va lui dire quelques mots…

Elle inspira profondément et pénétra dans la petite chambre d'hôpital.

Par la porte entrouverte, Bob la vit marcher droit jusqu'au lit où Scoop se tenait de côté, bandé, perfusé, le visage et les bras couverts d'ecchymoses. Sa main était fermée sur un bouton-pressoir qui lui permettait de s'administrer lui-même une dose d'analgésique.

— Salut, Scoop…

Elle avait retrouvé une voix claire et assurée.

— Comment vas-tu ? Ne réponds pas si ça te fait mal.

— Pour être franc, je me suis déjà senti mieux. Et toi ?

La voix de Scoop était faible, et, de là où il se trouvait, Bob parvenait à peine à l'entendre.

— Juste quelques égratignures… Je vais bien. On va tous bien…

Bob savait que Tom Yarborough et Lucas Jones avaient certainement demandé à sa fille de ne parler à personne de la disparition d'Abigaïl. Il s'agissait bien sûr de préserver Scoop, mais aussi et surtout de conserver un contrôle maximum sur l'enquête.

— Je suis venue te dire que je pense à toi et… Et te remercier pour ce que tu as fait, ajouta-t-elle d'une voix soudain moins ferme.

— Tu n'as pas à me remercier, Fi. J'aurais dû repérer la bombe…

Il semblait lucide, même s'il fallait tendre l'oreille pour distinguer les mots que prononçait sa voix pâteuse.

— … avant qu'elle n'explose, reprit-il, après avoir appuyé une fois sur le bouton-pressoir. Tu es sous protection policière, j'espère ?

— Je n'en ai pas besoin.

— Fiona…

Bob sourit intérieurement. *Bien joué, Scoop !*

— Je ne veux pas avoir de garde du corps, dit-elle, sur la défensive. De toute façon, ce n'est pas moi qui étais visée par cette bombe.

— Et Abigaïl ?

Bob fit la grimace. Même drogué et luttant contre la douleur, Scoop pouvait déceler les non-dits et les mensonges par omission. Son métier était d'interroger des policiers suspects, autrement dit des hommes qui connaissaient toutes les ficelles du métier. Et l'inspecteur Wisdom était connu pour être un redoutable détecteur de mensonge.

Fiona renifla.

— Je ferais mieux de ne pas trop te fatiguer. Beaucoup de gens sont là pour te voir, Scoop. Je vais aller répéter avec mon ensemble dans la maison des Garrison. Je crois que ça me fera du bien.

— Tu as raison. Joue un air irlandais pour moi, s'il te plaît.

— OK. Je vais jouer quelque chose de gai et d'entraînant, d'accord ?

Mais Scoop ne répondit pas. Avec la dose d'analgésiques qu'il prenait, il flottait dans un état de semi-hébétude.

Fiona s'éloigna du lit et éclata en sanglots une fois hors de la chambre. Bob voulut la prendre dans ses bras, mais elle le repoussa. Les policiers de faction dans le couloir observaient la scène, ce qui sembla irriter la jeune fille. Elle fit demi-tour et les fusilla du regard. Bob crut qu'elle allait leur demander s'ils voulaient sa photo, mais elle s'éloigna rapidement.

Il ne chercha pas à la rattraper. Après tout, il préférait la voir furieuse qu'en larmes et secouée de frissons. Et puis elle ne serait pas seule chez les Garrison. Le personnel de la Fondation Dorothy s'était certainement remis au travail et il était prévu que des voitures de patrouille fassent de fréquents passages aux abords de l'élégante demeure.

Voyant que personne ne se décidait à entrer, il alla à son tour se poster devant le lit de Scoop.

— Tu es réveillé ? lui demanda-t-il.

— Non.

— Tu as une sale tronche, Scoop.

— Merci de me remonter le moral, vieux !

— C'est normal. Les amis sont faits pour ça. Tu morfles ?

— Pire que ça.

— Les médecins disent que tu vas t'en sortir.

Scoop passa la langue sur ses lèvres gercées.

— Il faut que je te parle d'un truc avant de retomber dans les vapes, Bob, articula-t-il de sa voix pâteuse. De cette femme…

— Tu es à l'article de la mort, emmailloté comme une momie, et tu trouves encore le moyen de me parler d'une de tes conquêtes ?

— Ce n'est pas ça, Bob. J'ai vu une femme dans notre rue. La petite trentaine, cheveux noirs, longs et lisses. Toute menue avec des yeux verts.

— D'accord, dit Bob, qui se demandait si son ami n'était pas déjà reparti au pays des songes.

Scoop avait de plus en plus de mal à soulever ses paupières gonflées par les solutions intraveineuses.

— La veille de l'explosion…, poursuivit-il en faisant

un effort visible sur lui-même, je l'ai surprise devant l'immeuble. Elle m'a dit qu'elle avait un point de côté.

— Son comportement t'a paru suspect ?

— Oui. Je me suis demandé…

Il passa de nouveau la langue sur ses lèvres. Ses mouvements devenaient de plus en plus lents et Bob voyait qu'il luttait pour rester lucide. Il avait manifestement besoin de repos.

— Je vais vérifier ça… Une jeune femme menue avec de longs cheveux noirs et des yeux verts ?

La description semblait correspondre à cette femme qui avait mis hors d'état de nuire le salopard chargé de poignarder Keira. Michael Murphy continuait à nier l'évidence, mais il était sur le point d'être inculpé de tentative de meurtre avec préméditation. Dans le contexte actuel et avec les antécédents de ce voyou bien connu des services de police, qui pouvait sérieusement croire qu'il n'avait pas eu l'intention de tuer Keira ? Pas Bob, en tout cas.

— Il y avait quelque chose qui tracassait Abigaïl, murmura Scoop d'une voix traînante. C'est en rapport avec son père… Demande-lui, Bob.

Bob n'aurait sans doute pas réussi à lui mentir au sujet d'Abigaïl, mais la question ne se posa pas. Scoop était hors-service.

Alors qu'il quittait l'hôpital, Bob appela Theresa.

— Fiona vient de rendre visite à Scoop. Tu savais qu'elle était là ?

— Je m'en doutais un peu. Elle s'est levée aux aurores pour aller dans son appartement. Elle qui aime tant traîner au lit, d'habitude… Si elle a du mal à se lever, un matin, colle-lui un flic sur le dos. Tu verras, c'est radical !

— Ce n'est pas une mauvaise idée, répondit Bob d'une voix préoccupée. Au moins, le taudis qu'elle loue se trouve dans la juridiction de la police de Boston. On peut garder un œil sur elle.

Il n'en fallait pas plus pour que Theresa s'emporte.

— Tu me fais des reproches, c'est ça ? Moi aussi, j'aurais préféré qu'elle reste chez moi ! Mais va essayer de la raisonner. Elle est aussi têtue que son père !

— Tu travailles, aujourd'hui ?

— Pourquoi est-ce que tu me demandes ça ?

— C'est juste une question, Theresa. Il te suffit de répondre par oui ou par non. Essaie, c'est très facile.

— Oui, dit-elle avec un soupir excédé.

Mais Bob était décidé à éviter l'habituelle dispute avec son ex-femme.

— S'il te reste des vacances, j'aimerais que tu les prennes. Trouve une belle plage et emmènes-y les filles pour quelques jours…

— Fiona refusera de venir. Elle a des concerts prévus avec son groupe, et des concerts rémunérés qui plus est. Sans compter que la rentrée approche. Elle…

— Tu peux la convaincre, coupa Bob.

— C'est toi qui peux la convaincre. Parce que tu es armé et que seule la menace d'un pistolet chargé pourra la faire partir en vacances avec moi. Elle a dix-neuf ans, Bob. Elle a le droit de gérer sa vie comme elle l'entend. Il est temps que tu l'acceptes et que tu respectes ses décisions.

— Je n'aime pas ses décisions, répondit-il d'une voix butée.

— Eh bien, c'est dommage, parce que ni toi ni moi ne pouvons plus contrôler sa vie. On peut sans doute influencer ses choix, mais pas les faire pour elle.

— Tu es allée voir un psy pour me sortir des trucs pareils ? Bon, bon… Arrêtons là… Emmène Maddie et Jayne à la plage et je me chargerai de Fi.

— Elle joue peut-être de la harpe irlandaise, Bob, mais au fond elle est exactement comme toi.

— En plus jolie, quand même, j'espère…

— Dieu merci !

— Ter ?

Il soupira.

— Je suis désolé…

Pour toute réponse, elle lui raccrocha au nez.

C'est le moment que choisit Yarborough pour surgir de nulle part et se planter devant lui.

Bob le fixa, en fronçant les sourcils.

— Qu'est-ce que tu fabriques ici ? Je croyais que tu faisais quelque chose d'utile.

— J'ai décidé que je préférais ne pas te laisser seul.

D'un signe de tête, il lui indiqua sa voiture, visible derrière les portes vitrées de l'hôpital.

— Viens, tu n'as qu'à me dire où tu veux aller.

— Sur la scène de crime.

— La…

— L'immeuble où se trouve mon appartement, Tom. Ou du moins ce qu'il en reste.

L'autre sembla hésiter, mal à l'aise, avant de hausser les épaules.

— Comme tu voudras. Allons-y.

— Abigaïl ne t'a jamais parlé d'une jeune femme menue avec des longs cheveux noirs ?

— Non, pourquoi ?

— Et toi, tu as vu quelqu'un qui correspond à cette description ?

— Je vois environ deux millions de femmes qui correspondent à cette description chaque fois que je prends le métro.

— Elle a des yeux verts.

Yarborough regarda Bob un moment comme s'il hésitait à lui passer la camisole de force, mais un sourire maladroit éclaira finalement son visage.

— Viens, je te conduis chez toi. Tu m'en diras plus en chemin.

Bob en déduisit qu'il devait avoir l'air vraiment mal en point. C'est vrai qu'il était malade d'inquiétude. Mais il ne fallait pas compter sur lui pour baisser les bras.

— Abigaïl est une femme forte, reprit Tom d'une voix qui se voulait rassurante. Elle va…

— Je vais simplement aller récupérer mon arme de service, l'interrompit Bob.

Cette décision sembla soulager Yarborough.

— Bonne idée, dit-il.

18

Le long de la côte de la Nouvelle-Angleterre,
le 26 août à midi, heure avancée de l'Est

Estabrook pénétra dans la cabine, immédiatement suivi de Fletcher. Le milliardaire semblait reposé. Il ne portait plus son étrange chapeau de feutre et Abigaïl se fit la réflexion que ses cheveux châtain clair en bataille n'avaient pas dû être coupés depuis un bon moment. Elle était assise sur le canapé d'angle et luttait toujours contre la nausée, mais jusqu'à présent elle avait réussi à ne pas vomir. Le bar était plein de bonnes choses à manger, mais rien ne lui disait. Il y manquait ce qu'elle désirait le plus : un simple morceau de pain.

— Je vous trouve bien pâle, lui dit Estabrook, après l'avoir dévisagée. Vous avez assez à manger ?

— Plus qu'assez.

— Et vous avez réussi à dormir ?

Elle acquiesça d'un hochement de tête. Elle s'était assoupie plus qu'elle n'avait dormi, avait fait les cent pas dans la petite pièce, exécuté quelques enchaînements de yoga, joué au billard, pris une douche… Bref, elle avait fait ce qu'elle avait pu pour garder les sens en alerte et le moral aussi bon que possible, attentive aux voix et aux bruits qu'elle percevait depuis l'intérieur de la cabine, essayant d'en tirer un maximum d'informations. Son mal de mer ne cessait d'empirer, mais d'une certaine manière il était la preuve qu'elle était encore vivante.

Oui, elle était encore de ce monde et elle n'était pas du tout prête à le quitter. Au contraire, son envie de profiter de la vie n'avait jamais été aussi forte.

— Est-ce que vous avez déjà rencontré Lizzie Rush ?

La question d'Estabrook la prit au dépourvu, mais elle répondit la vérité.

— Non, jamais.

— Vous avez entendu parler d'elle ?

— De sa famille, surtout. Les Rush possèdent l'hôtel Whitcomb à Boston.

— Elle était avec moi quand je me suis fait arrêter, comprenant que Simon Cahill m'avait trahi. Je n'ai plus de nouvelles d'elle depuis qu'elle a quitté mon ranch du Montana entre deux agents du FBI. J'imagine que votre père a essayé de la convaincre de me trahir, elle aussi…

Abigaïl se leva et marcha jusqu'à la table de billard. Avec la main, elle lança une boule bleue contre trois boules réunies en triangle à l'autre bout du tapis. La boule bleue vint tamponner une boule jaune qui rebondit contre la bande latérale, avant de s'arrêter au bord d'une poche.

— Je n'en ai pas la moindre idée, dit-elle, sans regarder l'un ou l'autre de ses ravisseurs. Mon père ne me parle jamais des affaires dont il a la charge.

— Si vous espérez m'énerver ou m'humilier en essayant de me faire croire que je ne suis qu'une affaire parmi tant d'autres pour votre père, vous allez être déçue, inspectrice. Je sais qu'il s'intéresse au contraire tout particulièrement à moi. Et plus encore maintenant que vous êtes entre mes mains, ajouta-t-il avec un sourire vénéneux.

Il se pencha légèrement sur le billard et ramassa la boule numéro 8.

— Lizzie Rush a perdu sa mère lorsqu'elle n'était encore qu'un bébé. Vous le saviez ?

— Non. J'ignore absolument tout de sa vie personnelle.

C'était un mensonge… Elle savait tout de même deux ou trois choses de la jeune femme.

Elle envoya valser la boule bleue d'une pichenette.

— Elle n'a que quelques années de moins que vous, mais sa vie a été bien différente de la vôtre. Pendant que vous aviez la chance de grandir entourée de vos deux parents, elle était ballottée entre plusieurs membres de sa famille. Son père voyageait sans arrêt pour le compte des Hôtels Rush. En son absence, elle séjournait le plus souvent à Boston, avec son oncle, sa tante et leurs quatre garçons, ou alors chez sa grand-mère dans le Maine. Voyez-vous, inspectrice, Lizzie a grandi sans sa mère pour lui lire des histoires le soir, lui faire des câlins et lui apprendre à devenir une femme.

— Vous semblez bien la connaître…

— Je connais bien des choses sur les gens que j'invite chez moi.

Mais Simon avait néanmoins réussi à le berner et ça, ça lui restait en travers de la gorge.

— Comment sa mère est-elle morte ? demanda Abigaïl, bien qu'elle connût déjà la réponse.

Ou du moins une partie de la réponse. Seul son père connaissait l'entière vérité sur cette affaire.

Elle n'avait pas oublié Fletcher, les bras croisés dans l'embrasure de la porte, une fois de plus dans le rôle de l'observateur discret. Son visage et son attitude exprimaient un mélange d'impatience et d'ennui.

Estabrook posa la boule noire sur le billard et la fit tourner sur elle-même à la manière d'une toupie.

— La mère de Lizzie était irlandaise. Shauna Morrigan Rush… Lizzie avait sept mois quand elle est décédée. Elle a fait une mauvaise chute, un de ces accidents absurdes qui arrivent de temps à autre. C'est en tout cas ce qui est inscrit sur le rapport de police. Mort accidentelle. Ainsi va la vie, inspectrice… Un faux pas sur une rue pavée de Dublin et voilà votre fillette orpheline.

Abigaïl s'agrippa discrètement au billard tandis qu'une nouvelle vague de nausée la submergeait.

— Pourquoi me parlez-vous de Lizzie Rush ? lui demanda-t-elle. Vous avez des projets qui la concernent ? Elle vous aide ?

— Chaque chose en son temps, éluda Estabrook, avant de se tourner vers la porte. A vous de jouer, Fletcher…

— D'accord, mais j'ai besoin d'être seul avec elle.

— Comme il vous plaira.

Et Estabrook quitta la pièce sans ajouter un mot.

Fletcher décroisa alors seulement les bras et marcha vers Abigaïl. Il posa le doigt sur son menton, faisant délicatement tourner le côté gauche de son visage vers la lumière.

— Ça commence à dégonfler un peu, on dirait…

— Oui, j'ai vu, répondit-elle, alors qu'il reculait d'un pas. Comment avez-vous rencontré Estabrook ?

— On a pris le thé ensemble à Buckingham Palace.

Elle le considéra d'un air intrigué.

— Je suppose que vous n'avez aucune raison d'inventer une chose pareille. Vous m'avez l'air d'avoir la tête sur les épaules, monsieur Fletcher. Alors peut-on savoir ce que vous faites dans cette galère ?

— Je gagne ma vie.

— Si c'est l'argent qui vous motive, je peux vous en procurer.

— Vous avez le mal de mer, fit-il en guise de réponse.

— Vous me trouvez verte ?

— Vert chartreuse, pour être précis.

— C'est une vilaine couleur, je vous l'accorde. J'espère qu'on ne se sent pas aussi mal quand on est enceinte.

Un sourire hésitant se forma sur ses lèvres.

— J'ai envie d'avoir des enfants, continua-t-elle. Et vous, vous en avez ?

— Non, dit-il, le regard soudain dépourvu d'expression.

Il y a là quelque chose à creuser, songea-t-elle. *Une douleur, une occasion ratée.*

— Laissez tomber Estabrook et retournez d'où vous venez. Je vous garantis une récompense si je rentre chez moi saine et sauve.

— Estabrook a une fortune estimée à plusieurs milliards de dollars. Combien pensez-vous que le FBI ou la police seraient prêts à débourser pour votre libération ? Il y a aussi votre fiancé, bien sûr. Sa famille a de l'argent. Mais comparés à Estabrook, les Garrison passeraient presque pour des nécessiteux. Désolé, ma belle…

— Le FBI peut vous offrir une nouvelle identité, une nouvelle vie. Avec votre métier, vous vous êtes sûrement fait beaucoup d'ennemis. C'est une occasion unique de remettre les compteurs à zéro.

— J'ai fait des choix et je les assume.

Penchée sur le billard, Abigaïl fit rouler une boule blanche et jaune de part et d'autre du tapis, sans qu'elle touche une seule des autres boules.

— Que veut Estabrook exactement ?

— Tuer les gens qui ont voulu le mettre à terre.

— Ce n'est pas aussi simple et je pense que vous le savez. Le FBI avait de bonnes raisons de s'en prendre à lui. Il s'est mis hors la loi. Mais, contrairement à vous, j'ai l'impression qu'il préfère se poser en victime que d'assumer ses choix.

Un peu de flatterie subtile ne pouvait pas nuire, songea-t-elle en se redressant.

— Il est obsédé par mon père, n'est-ce pas ? Il veut à tout prix se mesurer à lui.

— J'ai peur que ses motivations ne soient pas mon problème, inspectrice.

— Il cherche un adversaire à sa hauteur. Et comme il se voit plus grand qu'il n'est en réalité, il a décidé d'affronter un puissant parmi les puissants. Le directeur du FBI, en l'occurrence.

Fletcher se saisit d'une queue et balaya du regard les boules encore dispersées sur le billard.

— Quand on prend autant de risques que vous, reprit-elle, il est normal de vouloir être rémunéré en conséquence.

— N'essayez pas de vous mettre à ma place.

C'était sûrement un bon conseil, mais elle poursuivit néanmoins :

— Vous devriez m'écouter, monsieur Fletcher.

Il fléchit les genoux et observa la disposition des boules, les yeux à ras du tapis, concentré comme s'il disputait une finale internationale.

— Vous aimeriez bien me loger une balle dans la tête et me balancer par-dessus bord, n'est-ce pas, ma belle ? Je ne vous en veux pas, vous savez. C'est tout naturel dans votre situation.

— N'essayez pas de vous mettre à ma place, répliqua Abigaïl.

Fletcher était maintenant en position de tir, une boule bicolore dans sa ligne de mire. Un sourire se dessina sur ses lèvres, mais il ne fit aucun commentaire.

— J'ai entendu une embarcation faire plusieurs allers-retours. Vous avez enlevé quelqu'un d'autre ?

Il joua son coup, net et précis, puis regarda deux boules disparaître dans les poches.

La jeune femme attendit quelques instants, mais la réponse ne vint pas.

Elle essaya autrement :

— Lizzie Rush est à bord ? Ou peut-être qu'elle nous attend quelque part ? Dans le Maine ? Estabrook a dit que sa grand-mère y possédait une maison.

Fletcher contourna tranquillement le billard et s'arrêta à moins d'un mètre d'elle pour préparer un nouveau coup.

— Vous en savez plus sur elle que vous n'avez bien voulu le dire à Estabrook, fit-il.

— Pas beaucoup plus. Simon Cahill et Estabrook ont fait connaissance l'été dernier lors d'une soirée caritative au profit de Fast Rescue. Il se trouve que l'événement avait lieu à l'hôtel Whitcomb, qui appartient à la famille Rush, et que mon fiancé est le fondateur de Fast Rescue. Mais là encore je ne vous apprends rien.

Fletcher se coucha presque en travers du tapis.

— C'est bien que vous n'ayez pas menti cette fois-ci, ma belle, dit-il, avant de jouer un nouveau coup gagnant.

— Mentir ? Pourquoi mentirais-je ? Contrairement à vous, je n'ai rien à cacher. J'ai la conscience tranquille et je suis du côté de la loi. Si je faisais une chose aussi stupide que séquestrer un officier de police, alors là, oui, j'aurais des raisons de mentir.

Elle sentit la bile remonter le long de son œsophage et refoula de justesse une nouvelle envie de vomir.

— J'imagine que vous n'avez pas l'intention de me dire quel sort me réserve Estabrook.

— Non, mais tout est déjà prévu.

— Vous n'avez pas l'air très enthousiaste…

Voyant qu'il s'apprêtait à tenter un coup difficile, elle s'éloigna de la table pour lui laisser suffisamment d'espace.

— Tout ça ne vous plaît pas beaucoup, n'est-ce pas ? insista-t-elle. Vous, vous êtes un professionnel, tandis que Norman Estabrook n'est qu'un amateur. Un amateur brillant mais narcissique et imprévisible. Entre nous, il ne serait pas en train de péter les plombs ?

— Vous devriez peut-être aller vomir. Qu'on en finisse une bonne fois pour toutes.

Elle fit comme si elle ne l'avait pas entendu.

— Si c'était à vous de choisir la façon d'opérer, vous me logeriez une balle dans la tête et vous me jetteriez par-dessus bord, non ?

— Je suis là pour l'argent, je vous l'ai dit. Et faire ça ne me rapporterait pas un centime.

Il envoya une boule dans une des poches du milieu.

— Vous pouvez faire quelque chose pour moi, reprit-il, sans quitter des yeux les quelques boules restantes. Si vous acceptez, je vous aiderai le moment venu.

— Qu'est-ce que vous attendez de moi ?

Il se mit en position pour jouer un nouveau coup.

— Dites-moi ce que vous savez sur Will Davenport.

— C'est un de vos amis ?

— C'était…

Après avoir pesé le pour et le contre, Abigaïl décida qu'il n'y avait pas grand risque à dire la vérité.

— Je suis sûre que vous en savez plus que moi sur lui, commença-t-elle. Simon et lui étaient amis avant que Simon ne devienne volontaire pour Fast Rescue. Je ne l'ai jamais rencontré, mais jc sais qu'il est un riche aristocrate britannique qui a servi dans le SAS. J'ignore dans quelles circonstances il a fait la connaissance de Simon, mais mon petit doigt me dit que ce n'était pas lors d'une soirée mondaine.

— Votre petit doigt voit juste.

— Simon a travaillé dans des services de renseignements et de contre-terrorisme avant de s'infiltrer dans l'entourage d'Estabrook. Je me demande si l'une de ses missions n'était pas de mettre au jour et de démanteler les liens entre trafiquants de drogue et terroristes. Et vous, monsieur Fletcher ? Comment avez-vous connu Davenport ?

Il ne répondit pas.

— Je ne pense pas me tromper en affirmant que vous étiez vous aussi du côté de la loi…

Il fit glisser la queue entre ses doigts et les boules colorées s'entrechoquèrent avec un bruit sec, ricochant sur les bandes latérales avant de s'enfoncer comme par enchantement dans les poches du billard.

— Oui, reconnut-il, mais c'était un contre-emploi. La nature reprend toujours le dessus.

Il avait dit ça d'un ton cynique qui glaça le sang d'Abigaïl, mais elle s'efforça de ne rien laisser paraître de sa peur.

— En juin, Will Davenport a aidé la police de Boston à appréhender un tueur en série.

— Donc il se trouvait à Boston à ce moment-là ?

— Non, il est intervenu en Irlande. C'est là que le tueur a été arrêté.

— Will ne s'est donc pas rendu récemment à Boston ?

— Pas que je sache, en tout cas.

— Je vous crois. Et maintenant, ajouta-t-il en tournant lentement autour du billard, les yeux fixés sur les boules comme s'il réfléchissait à son prochain coup, parlez-moi un peu de Fiona O'Reilly.

Une nouvelle fois, il prit Abigaïl complètement au dépourvu. Ce qui était certainement intentionnel.

Surtout ne baisse pas ta garde, s'enjoignit-elle. *N'oublie pas que, sous ses airs courtois, cet homme est un professionnel sans pitié, froid et calculateur.*

Mais elle ne put empêcher les images de la veille, au *Morrigan's*, de revenir défiler sous son crâne et, avec elles, l'inquiétude qu'elle avait alors éprouvée pour Fiona. C'en était trop. La bile afflua de nouveau dans son œsophage et elle sentit que, cette fois-ci, elle ne pourrait rien faire. Fletcher le comprit et vint l'agripper par le bras pour la conduire jusqu'au cabinet de toilette, avant de lui mettre la tête au-dessus de la cuvette des W.C.

Elle vomit à plusieurs reprises jusqu'à ce qu'elle n'ait plus rien à rendre, même si les muscles de son œsophage continuaient à se contracter sans rien expulser.

Epuisée, les yeux larmoyants, les mains tremblantes, elle finit par se redresser péniblement au bout de quelques minutes et tituba jusqu'au lavabo où elle s'aspergea le visage d'eau fraîche. Lorsqu'elle ouvrit les yeux devant le miroir, elle vit le reflet d'une femme livide à la pommette gonflée et à l'œil violacé.

— Owen…, murmura-t-elle. Donne-moi de la force. Je t'aime tant…

Lorsqu'elle se retourna, elle vit Fletcher qui la regardait, appuyé contre le cadre de la porte.

— Je dois vous quitter maintenant, annonça-t-il, la voix neutre et le visage impassible. Mais on aura l'occasion de reprendre cette conversation plus tard. En attendant, essayez de dormir un peu.

Une fois seule dans la cabine, Abigaïl s'allongea sur la moquette qui recouvrait le sol, près de la table de billard.

Huit secondes d'inspiration par la bouche.

Huit secondes sans respirer.

Huit secondes d'expiration par le nez.

— Encore…, dit-elle, ignorant les larmes qui passaient sous ses paupières fermées et coulaient le long de ses tempes.

Huit secondes d'inspiration par la bouche.

Huit secondes sans respirer.

Huit secondes d'expiration par le nez.

19

Boston, Massachusetts,
le 26 août à 16 h 15, heure avancée de l'Est

Fiona O'Reilly ne se détendit qu'en apercevant Jeremiah Rush, en grande discussion avec une cliente, dans l'élégant lobby de l'hôtel Whitcomb. Cet hôtel était vraiment splendide, avec son mobilier ancien et ses cuivres étincelants... Quant à Jeremiah, songea-t-elle en posant un instant sa harpe irlandaise dans sa housse sur le sol, il était tout simplement magnifique !

Elle avait répété pendant des heures avec son groupe dans la maison des Garrison, mais ça n'avait pas suffi à évacuer sa tension nerveuse. Owen ne se trouvait pas à *Beacon Street*, mais le personnel de la fondation avait repris le travail dans des conditions normales, si on exceptait toutefois de fréquentes et rassurantes apparitions de policiers.

Tom Yarborough était aussi venu la voir dans la grande salle de réception pour lui demander si elle se souvenait d'autre chose. Elle avait répondu par la négative et s'était aussitôt remise à jouer. A présent, elle se demandait si elle n'avait pas eu tort... Elle aurait peut-être mieux fait de lui dire ce qui lui trottait dans la tête depuis la veille. Mais si elle se trompait ? Après tout, des *centaines* de gens étaient passés dans *Beacon Street.* Des centaines de gens qui pouvaient tous s'être introduits dans l'allée pour piéger la voiture d'Owen. L'homme qu'elle avait vu…

Elle souleva la housse de sa harpe par ses larges anses et la suspendit à son épaule. Avoir eu le courage de rendre visite à Scoop la remplissait d'une certaine fierté. Le voir sur son lit, si vulnérable, avait été pire que ce qu'elle avait craint. Mais elle avait réussi à ne pas pleurer devant lui. Malgré son envie de faire demi-tour et de fuir à toutes jambes, elle avait trouvé la force d'entrer dans sa chambre et de lui dire quelques mots.

Elle avait eu peur de voir Scoop, mais pas de se passer de protection policière. C'était même tout le contraire. La perspective de se retrouver avec un ou plusieurs gardes du corps sur le dos — même si c'étaient des policiers — l'angoissait plus qu'autre chose. Elle était une adulte, désormais, et personne ne pouvait prendre ce genre de décision à sa place. Il y avait quelque chose d'enivrant à se sentir enfin maître de ses choix et de son destin.

Jeremiah l'aperçut à son tour et vint à sa rencontre.

— Désolée, dit-elle, je suis venue un peu plus tôt, aujourd'hui. J'espère que ce n'est pas un problème.

— Bien sûr que non, voyons.

Il la dévisagea un instant, l'air inquiet.

— J'ai entendu parler du feu qui a ravagé l'immeuble où vit ton père. Tu n'y étais pas, j'espère ?

— Si. Mais j'ai eu beaucoup de chance et je m'en suis sortie indemne. C'était vraiment effrayant, tu sais. Du coup, je n'ai presque pas fermé l'œil de la nuit. Mais j'ai quand même réussi à répéter avec l'ensemble pendant une bonne partie de la journée. En ce moment, on travaille sur le concerto pour flûte et harpe de Mozart.

Elle voulut lui offrir son plus beau sourire, mais ne réussit à produire qu'une grimace épuisée.

— Bien sûr, j'y ai glissé quelques airs irlandais…

Jeremiah fronça les sourcils, croisant les bras sur son costume beige parfaitement repassé. Il travaillait comme réceptionniste, en ce moment, mais il semblait n'avoir aucun problème à exécuter des tâches plus subalternes. La semaine dernière, Fiona l'avait même vu passer l'aspirateur. On ne pouvait pas lui reprocher de se servir de son nom pour en faire le moins possible.

— Ça a dû être terrible, ma pauvre Fiona. Tu sembles encore toute retournée… J'ai vu aux infos qu'il y avait eu un blessé grave, un inspecteur de…

— Scoop, oui… Son vrai nom, c'est Cyrus Wisdom. On a eu très peur pour lui. Dieu merci, il va beaucoup mieux, maintenant. Mais je suis désolée, Jeremiah, une enquête est en cours et je n'ai pas le droit de parler de ce qui s'est passé.

C'était la réponse que Lucas Jones lui avait demandé de fournir si on lui posait des questions sur l'explosion. Et il lui avait formellement interdit d'évoquer la disparition d'Abigaïl Browning.

Elle essaya une nouvelle fois de sourire. Ce fut à peine plus réussi que sa tentative précédente.

— Je suis venue ici pour oublier tout ça pendant un moment.

— Si tu as besoin de quoi que ce soit, sache que nous sommes là pour toi, Fiona.

— Merci, dit-elle, avant de changer de sujet. Je me suis dit que je pourrais commencer à planifier notre séjour en Irlande.

— Tu sais que mon frère est là-bas, en ce moment ? dit Jeremiah en allant se replacer derrière le bureau de réception.

Il est chasseur dans notre hôtel de Dublin. Et le pire, c'est qu'il adore ça. Il paraît qu'il est comme un coq en pâte à ce poste. Si notre père l'y autorisait, je crois qu'il y resterait toute sa vie. Maman, elle, n'y trouverait rien à redire. Pour elle, tout ce qui compte c'est qu'on soit heureux.

Fiona songea à sa propre mère. Le matin même, elle avait déclaré que tout ce qui comptait pour elle, c'était que ses filles soient en sécurité. *Heureuses* n'aurait pas été mal non plus, songea-t-elle avec une brusque envie de pleurer.

Jeremiah ouvrit un tiroir dont il sortit une pile de brochures et un guide touristique sur l'Irlande.

— J'ai réuni un peu de documentation pour toi. Tu y trouveras aussi le dépliant de notre hôtel de Dublin.

— On y sert le thé, le soir de Noël ?

— Ça va sans dire, répondit-il, affectant un air indigné.

Il contourna le bureau et tendit la pile de brochures et le guide à la jeune fille.

— Tu es sûre que ça va ? lui demanda-t-il. Tu as l'air…

— Ça va, je t'assure…

Mais elle essuya furtivement une larme qui perlait au coin de son œil.

— Ton frère qui est à Dublin… il est mignon ?

— C'est ce qu'il s'imagine. Et quand il porte son uniforme de groom, il se croit carrément irrésistible.

Fiona se mit à rire, mais d'autres larmes en profitèrent pour couler. Elle remercia Jeremiah et descendit les marches qui menaient au *Morrigan's*.

Le pub était au niveau de la rue, avec de larges fenêtres qui donnaient directement sur *Charles Street*. Arrivée au fond de la salle, la jeune fille aperçut à travers la vitre un enfant au visage barbouillé, confortablement installé dans une poussette à l'arrêt sur le trottoir. Il lui fit un petit signe, auquel elle répondit d'une grimace. Le bambin éclata de rire, ce qui lui remonta aussitôt le moral.

Elle retira ensuite sa harpe de la housse en Nylon et la posa sur la modeste scène dressée contre une des fenêtres. Son groupe avait déjà donné plusieurs concerts ici, mais elle n'en avait jamais parlé à son père de crainte qu'il ne s'y oppose. Scoop était au courant depuis longtemps et Abigaïl depuis la veille au soir. Mais ils n'avaient pas vendu la mèche, bien qu'elle ne leur ait donné aucune consigne de silence. Et maintenant, on aurait dit qu'elle faisait grand secret de ces concerts, alors qu'en vérité elle n'avait simplement pas trouvé le bon moment pour en toucher un mot à son père.

Elle s'assit et commanda un Coca-Cola zéro. Elle ne savait pas encore qui l'accompagnerait sur scène ce soir, mais cela n'avait pas d'importance. Tous ses amis musiciens pouvaient jouer de plusieurs instruments et ils parvenaient toujours à composer un ensemble cohérent avec les membres disponibles. D'ailleurs, la clientèle du *Morrigan's* semblait apprécier leurs prestations.

Elle ouvrit une des brochures au hasard et tomba sur la photo d'un paysage qui lui fit penser aux aquarelles de sa cousine Keira. Elle savait qu'il s'était passé quelque chose de grave en Irlande au moment même où la bombe explosait chez son père, mais personne n'avait voulu lui en dire plus, si ce n'est que Keira était saine et sauve.

Elle soupira. Elle était tellement impatiente d'aller passer Noël en Irlande... D'autant que sa cousine lui avait promis de l'emmener faire la tournée des pubs qui proposaient des concerts.

— Tu pourras te joindre aux musiciens irlandais, lui avait-elle dit. Et on essaiera de persuader ton père et Simon de pousser la chansonnette. Par contre, si ma mère ou moi voulons nous emparer du micro, tu dois me promettre de nous en empêcher !

Eileen Sullivan était revenue à Boston enceinte de Keira après avoir suivi un programme d'été à l'université de Dublin. Apparemment, elle avait eu une liaison passionnée, aussi folle que mystérieuse, dans la même hutte de pierre où sa fille avait trouvé, trente ans plus tard, une ancienne statuette celtique représentant un ange. La statuette avait disparu, mais Fiona était certaine que sa cousine l'avait vraiment vue. Quant à Keira, elle ignorait où se trouvait maintenant l'ange de pierre, mais elle affirmait qu'il était là où il devait être.

Alors qu'elle terminait son Coca, un homme qu'elle ne connaissait pas marcha vers la scène et désigna sa harpe d'un petit mouvement de tête.

— On dirait la harpe d'un ange, fit-il avec un accent anglais.

La jeune fille ne put réprimer un frisson. Etrange coïncidence… Elle qui était justement en train de songer à l'ange de pierre de Keira…

— Il y a plusieurs sortes de harpes, dit-elle, sur la défensive.

— Et vous savez jouer de chaque modèle, mademoiselle O'Reilly ?

Une angoisse sourde s'empara d'elle. Elle se sentit oppressée et sa bouche devint brusquement sèche. Mais elle resta sur sa chaise, s'efforçant de ne rien laisser paraître.

L'homme s'assit face à elle.

— Ne t'inquiète pas, ma belle. Je viens en ami.

— Ecoutez, monsieur, je ne vous connais pas et je vous préviens qu'au moindre geste déplacé je hurle !

La menace sembla amuser l'inconnu.

— Bonne idée, ma belle, fit-il avec un grand sourire. Hurle comme un putois. Au fait, la répétition chez les Garrison s'est bien passée ?

— Comment…

— Belle journée pour faire une promenade, tu ne trouves pas ?

Fiona crut qu'elle allait s'évanouir de frayeur. Pour se calmer, elle posa les yeux sur une grande affiche qui ornait un des murs du pub. Douze photos des portes géorgiennes de Dublin, assemblées sur un même poster. De magnifiques portes colorées qu'elle s'était promis de prendre en photo à Noël.

— Buvez un coup, vous êtes toute pâle, dit l'Anglais.

— Ce n'est pas de l'alcool. Je n'ai pas encore l'âge légal. Dans l'Etat du Massachusetts, il faut avoir au moins vingt et un ans pour en commander.

Il y avait quelque chose de rassurant, finalement, à parler de tout et de rien. Et puis le pub n'était pas désert, songea-t-elle en comptant six clients attablés dans la salle et une femme assise sur un des tabourets du bar. Sans compter Jeremiah qui se trouvait là-haut, derrière le bureau de réception. Un peu rassérénée, elle reporta son attention sur l'homme qui s'était invité à sa table.

— Vous m'avez suivie ?

— Oui, ma belle. Je peux te suivre où et quand je veux. Tu ne t'apercevras jamais de ma présence.

Il se renversa sur sa chaise.

— Quand est-ce que tu as vu Simon Cahill pour la dernière fois ?

— Qu'est-ce que vous lui voulez ?

— C'est un vieil ami.

— Je ne vous crois pas. Avez-vous quelque chose à voir avec la bombe qui a explosé chez mon père ?

Les yeux de l'Anglais se plissèrent légèrement tandis qu'il se penchait sur la table, rapprochant son visage de celui de Fiona.

— Je t'ai posé une question et j'attends la réponse.

Elle aurait voulu être forte et l'envoyer au diable, mais elle était terrifiée.

— Je l'ai vu hier.

— Où ?

— Devant l'immeuble de mon père.

Elle détestait sa voix, tremblante et mal placée.

— C'était après que les pompiers eurent éteint l'incendie, reprit-elle après s'être raclé la gorge. Je ne l'ai pas croisé depuis.

Les yeux gris de l'inconnu semblaient lire en elle comme dans un livre ouvert.

— C'est bien de dire la vérité. C'est intelligent. Et John March ?

— Je l'ai simplement aperçu hier. Je ne lui ai pas parlé.

— Et ton amie Lizzie Rush ?

Il s'interrompit, l'observant de son regard acéré.

— Quand l'as-tu vue pour la dernière fois ?

— Lizzie Rush n'est pas… Je la connais à peine.

— Quand, ma belle ?

Elle n'avait plus envie de répondre à ses questions.

— Je peux demander à quelqu'un d'autre, si tu préfères. A son cousin, par exemple. Celui qui joue au réceptionniste, là-haut…

— Non ! s'écria-t-elle. Laissez Jeremiah en dehors de ça ! C'était il y a quelques jours. Je ne me souviens pas de la date exacte.

— Ici ?

— Oui, ici.

Elle inspira une grande goulée d'air, à bout de souffle comme si elle avait oublié de respirer depuis que l'inconnu s'était assis en face d'elle.

— J'ignore où elle se trouve maintenant. Il m'arrive de donner des concerts ici avec mon ensemble folklorique, mais je ne connais pas vraiment la famille Rush, vous savez.

— Alors comme ça, tu aimes jouer de la musique irlandaise ? C'est une belle occupation, jeune fille, mais j'en ai une autre pour toi, aujourd'hui...

Il se tourna vers la fenêtre et indiqua la rue d'un mouvement de tête.

— Je veux que tu retournes chez Garrison. N'appelle personne en chemin. Ne parle à personne. C'est bien compris ?

Fiona hocha la tête, le cœur cognant dans sa poitrine.

— Juste avant d'arriver chez eux, sur le même trottoir que la maison, il y a une petite rue qui mène à une impasse. Tu vois où c'est ?

Elle hocha de nouveau la tête.

— Parfait. Je veux que tu t'arrêtes juste devant l'impasse, mais sans y pénétrer, d'accord ? Là, tu appelles ton flic de père et tu lui dis de venir te rejoindre. Tu feras ça pour moi ?

— Oui.

Face à un agresseur potentiel, il fallait se battre pour s'échapper. Voilà ce que son père lui avait enseigné. Une réaction trop tardive pouvait être fatale. Il lui avait aussi dit de ne pas se laisser emmener d'un endroit à un autre.

— Ce genre de petit voyage a toutes les chances d'être le dernier, Fi. Si tu te trouves un jour dans cette situation, ne laisse pas la peur te paralyser. Laisse-la te guider. Ecoute ce qu'elle te dit.

L'Anglais tendit le bras au-dessus de la table et posa un

doigt sous le menton de Fiona, pour l'obliger à le regarder dans les yeux.

— Un homme va mourir si on ne lui vient pas en aide. Tu es la seule qui puisse faire quelque chose pour lui.

— De qui parlez-vous ? Qui va mourir ?

Il ignora la question.

— Quand tu parleras avec ton père, dis-lui qu'Abigaïl Browning est vivante et en bonne santé. Ça aussi, tu le feras pour moi, ma belle ?

— Abigaïl ? Où…

Il tapota sèchement son menton du doigt pour l'interrompre.

— Ne commence pas à poser des questions. Contente-toi de m'écouter et de faire ce que je dis. Dis à ton père que ses collègues et lui ont affaire à forte partie. Un ennemi ingénieux qui ne reculera devant rien pour arriver à ses fins.

— Vous ?

— Je ne suis l'ennemi de personne.

Il se redressa sur sa chaise.

— Ni l'ami de personne, ajouta-t-il d'une voix dure. Tu vas te souvenir de ce que je viens de dire ?

— Oui… Oui, je vais m'en souvenir.

— A la bonne heure ! Surtout n'essaie pas de me suivre ou de me faire suivre par quelqu'un d'autre.

Il se tourna de nouveau vers les grandes fenêtres.

— Lizzie Rush a quitté l'Irlande et elle ne va pas tarder à arriver. Si elle est là à temps, elle peut venir avec toi.

— Comment savez-vous qu'elle…

Il lui fit un clin d'œil.

— Tu n'imagines pas tout ce que je sais.

Il recula sa chaise, prêt à se lever.

— Maintenant, tu connais mon visage, mais ne t'en fais

pas pour ça. Je n'ai pas l'intention de te faire du mal. Au fait, t'ai-je dit que ta musique irlandaise m'a bien plu ? Tu te rends compte, ça a même réussi à toucher un Londonien comme moi.

— Pourquoi séquestrer Abigaïl ? Que lui voulez-vous ?

— Moi, je ne lui veux rien du tout. En fait, je suis même son seul espoir. Bon, il faut que j'y aille, maintenant. Ah, une dernière chose qui a son importance : si tu ne fais pas exactement ce que je t'ai dit, l'inspectrice Browning sera morte avant la tombée de la nuit. Pour qu'elle vive, il te suffit de garder ton calme et de suivre mes instructions à la lettre.

Il se leva tranquillement, main tendue vers elle pour l'inciter à faire de même.

— Tu vas te mettre debout à 3. Compte avec moi, ça va t'aider. 1, 2, 3.

Elle se leva sans son aide. Devait-elle crier ? le frapper ? faire un esclandre ? Mais la vie d'Abigaïl ne tenait qu'à un fil et un homme était peut-être vraiment en danger. Non, elle ne pouvait prendre un tel risque.

Elle planta ses yeux dans ceux de l'Anglais.

— Mes sœurs sont sous la protection de la police, l'avertit-elle.

L'inconnu lui sourit.

— Toi aussi, ma belle, tu y auras bientôt droit. N'oublie pas : l'impasse, ton père, Abigaïl.

Fiona retint sa respiration en le regardant remonter l'escalier vers le lobby.

A travers la fenêtre du pub, elle le vit bientôt s'éloigner dans *Charles Street.*

Alors qu'elle le suivait des yeux, un taxi se rangea devant l'hôtel.

Une femme menue aux cheveux noirs en sortit.

Lizzie Rush.

20

Boston, Massachusetts,
le 26 août à 17 h 35, heure avancée de l'Est

Lizzie se dirigea vers le lobby du *Whitcomb*, en essayant de se défaire de ce malaise physique qu'elle ressentait toujours au terme d'un long vol au-dessus de l'Atlantique. Cette fin d'après-midi au nord-est des Etats-Unis correspondait à une fin de soirée en Irlande, et son horloge interne semblait hésiter entre les deux pays. De combien de temps disposait-elle avant que Will Davenport ne débarque à son tour ? Pas de beaucoup, à en croire le SMS de Justin qui s'était affiché sur son portable après l'atterrissage.

« Lord en route vers Boston.
Dans ton sillage. »

Passer la nuit dans la même suite qu'un agent secret britannique était une chose, l'avoir à ses trousses en était une autre. Mais à Boston, elle avait un avantage sur lui. Contrairement à lui, elle connaissait la ville par cœur et y avait de la famille. Elle avait joué seule au bridge sur la petite tablette de l'avion pendant une bonne partie du voyage, tournant et retournant dans sa tête les choix qui s'offraient désormais à elle.

Elle avait aussi pensé au bel aristocrate.

Quel était son rôle exact dans cette histoire ?

Allait-il lui causer des ennuis ?

— *Tout le monde* représente un danger potentiel, se dit-elle, citant machinalement son père alors qu'elle pénétrait dans le lobby familier de l'hôtel.

Sam Whitcomb, corsaire au temps de la guerre d'indépendance des Etats-Unis, la toisa durement depuis son portrait à l'huile accroché au-dessus de la cheminée. Henrietta songeait sérieusement à le remplacer par une aquarelle de Keira Sullivan, mais certains membres de la famille craignaient que leur ancêtre au tempérament belliqueux ne se froisse d'être ainsi évincé. De là à ce qu'il ourdisse quelque vengeance depuis l'au-delà…

Lizzie sourit à son cousin Jeremiah qui contourna le bureau de réception pour venir l'embrasser.

— J'ai écourté mon séjour en Irlande, lui dit-elle.

— Je sais, Justin m'a appelé, répondit Jeremiah, avant de la considérer d'un air préoccupé. C'est l'état de guerre, ici. Je n'ai jamais vu autant de flics dans les rues de Boston.

— J'ai vu ça par la vitre du taxi… Tu sais quelque chose ?

— Rien ! Fiona O'Reilly est ici, mais elle n'a pas le droit de parler de ce qui s'est passé tant que l'enquête est en cours. Quant à la presse, elle n'a pas l'air de savoir grand-chose. Apparemment, les autorités ne donnent aucune info sur l'incendie qui a ravagé l'immeuble du père de Fiona et sur ce qui s'est passé chez Garrison. Il y a aussi l'histoire de ton ami Norman Estabrook. Tu sais qu'il a été libéré et qu'il s'est volatilisé dans la nature ?

— Oui, mais je n'ai aucune nouvelle de lui, moi non plus.

— Le FBI ne t'a pas contactée ?

Elle fit non de la tête. Inutile de lui dire qu'elle avait eu John March en personne au bout du fil.

— Je n'ai plus parlé à Norman depuis son arrestation.

Jeremiah ne sembla pas rassuré pour autant.

— Mais tu es revenue à Boston parce que Simon Cahill et John March sont en ville… Je me trompe, Lizzie ?

Il la considéra de nouveau d'un air préoccupé, mais elle crut déceler cette fois-ci une pointe de reproche au fond de son regard.

— Lizzie…

De ses quatre cousins, Jeremiah était celui qui en savait le plus sur l'histoire de sa mère et sur l'enquête que March avait menée après sa mort. Mais la jeune femme préféra botter en touche.

— Je ne suis pas impliquée dans les démêlés judiciaires de Norman, Jeremiah. Crois-moi, je regrette de l'avoir fréquenté aussi longtemps. Si j'avais su…

— Je ne te fais aucun reproche, Lizzie. J'imagine que la plupart de ses amis ont dû tomber des nues comme toi. Qu'est-ce que tu comptes faire, maintenant ?

— Aller chercher ma voiture et mettre le cap sur le Maine.

Une décision qu'elle avait prise dans l'avion. Là-bas, elle avait l'intention de réfléchir à la meilleure façon d'aider les autorités à mettre la main sur le milliardaire. John March semblait décidé à lui laisser les coudées franches, mais si Scoop Wisdom avait donné sa description à ses collègues, la police de Boston était peut-être déjà à sa recherche. Mieux valait reprendre le cours normal de sa vie, comme si elle n'avait rien à cacher. Elle s'était rendue en Irlande pour marcher le long de la *Beara Way* et rendre au passage une petite visite de courtoisie à Simon, quand elle s'était retrouvée impliquée à son corps défendant dans une effrayante bagarre au couteau. Après un tel traumatisme, quoi de plus naturel que de mettre un terme à ses vacances pour aller se réfugier au calme, chez soi ?

Que Norman Estabrook la considère ou non comme une alliée — après tout, elle avait aussi des raisons d'en vouloir à John March —, il s'attendrait à coup sûr à la trouver dans sa maison du Maine.

— Fiona !

Jeremiah avait le regard fixé par-dessus l'épaule de sa cousine.

Lizzie se retourna et vit Fiona O'Reilly monter d'un pas mal assuré les dernières marches de l'escalier menant au pub. Arrivée au niveau du lobby, elle hésita, livide et la respiration courte. Elle posa de grands yeux apeurés sur Lizzie, avant de se ruer sans un mot vers la porte à tambour qui ouvrait sur la rue.

— Je me demande ce qui lui prend, dit Jeremiah. Il a dû se passer quelque chose…

— Elle était seule ?

— Un homme l'a rejointe en bas. C'est la première fois que je le voyais. Il est parti juste avant que tu n'arrives.

— A quoi ressemblait-il ?

— Cheveux châtain clair, courts, bien musclé… Le genre à qui on n'a pas envie de chercher des noises.

Lizzie ressentit le même frisson glacé que la veille, lorsqu'elle avait interrogé Michael Murphy.

— Il était anglais ?

— Je ne l'ai pas entendu parler. Tu ne penses pas que c'était lord Davenport, quand même ?

— Non. Will Davenport est blond. Alerte la sécurité de l'hôtel. Moi, je vais rattraper Fiona.

Son cousin se mordit la lèvre.

— Tu ne penses pas qu'on devrait plutôt prévenir la police ? Le père de Fiona...

— Tu as raison, coupa-t-elle. Appelle Bob O'Reilly et raconte-lui ce qui vient de se passer avec sa fille.

Elle posa la main sur son bras.

— Ne m'en veux pas, mais je n'ai pas le temps de te donner des explications. Il faut absolument que je rattrape Fiona. Si d'aventure elle revenait ici, débrouille-toi pour la retenir.

— C'est moi qui devrais essayer de la rattraper...

Elle réussit à composer un sourire.

— D'une part tu es au travail, et d'autre part c'est à moi que papa a appris les ficelles du métier.

Mais son sourire quitta vite ses lèvres.

— Si l'homme qui a rejoint Fiona remet les pieds ici, garde tes distances avec lui. Il est extrêmement dangereux, Jeremiah...

— Qui c'est ?

— Sans doute un agent secret britannique. Mais ce n'est qu'une supposition.

Son cousin leva les yeux au ciel.

— Tu vois des espions partout, Lizzie ! Si je t'écoutais, je me méfierais même de mon labrador.

— Et tu ferais bien...

L'humour avait permis de faire un peu retomber la tension, juste assez pour donner un regain d'énergie à la jeune femme.

Regrettant ses vilaines chaussures de randonnée, elle s'élança dans *Charles Street*. Quelques secondes plus tard, elle se frayait un chemin à travers un groupe d'étudiants arrêtés au croisement de *Beacon Street*. Alors que les jeunes saluaient son passage en force en la traitant de plusieurs noms d'oiseaux, Lizzie repéra Fiona, visiblement en proie à une peur panique, qui courait en direction de la maison des Garrison.

Maudissant ses sandales hors de prix, tout à fait inappropriées en la circonstance, elle s'élança à sa suite sur le trottoir irrégulier.

— Fiona ! cria-t-elle, alors qu'elle gagnait du terrain. Attends-moi !

Sans ralentir l'allure, Fiona jeta un bref regard par-dessus son épaule.

— Désolée, je suis pressée.

Lizzie arriva à sa hauteur.

— Pourquoi ? Jeremiah m'a dit qu'un homme était venu te parler à l'hôtel…

— Tu l'as vu, toi aussi ? Il croit que nous sommes amies, toi et moi. Je lui ai dit qu'on se connaissait à peine et c'est la vérité.

Les foulées de Fiona se firent un peu moins longues.

— Lizzie, il m'a dit de ne surtout pas le suivre. Dis-moi que tu n'as pas essayé… Tu n'as pas envoyé Jeremiah…

Elle avait les traits déformés par la peur.

— Personne ne l'a suivi, Fiona.

— Il savait que tu allais arriver. Il m'a dit qu'un homme était en danger de mort et que je devais aller devant l'impasse près de la maison des Garrison et que… et que…

Si elle continuait comme cela, elle n'allait pas tarder à faire de l'hyperventilation, se dit Lizzie en regardant la jeune fille avaler des grandes goulées d'air.

— Et qu'ensuite je devais appeler mon père, termina-t-elle.

— Il t'a menacée ?

— Il m'a fait comprendre que le sort d'Abigaïl dépendait de moi. Ils vont la tuer si je ne suis pas ses instructions à la lettre. Et cet homme dont il a parlé… Celui qui est en danger de mort… Si c'était quelqu'un que je connais ? Un collègue de papa, ou peut-être un des musiciens de mon ensemble ? On répète dans la maison des Garrison et…

— Ça ne sert à rien d'imaginer le pire, Fiona. Essayons plutôt de réfléchir calmement à ce qu'on doit faire.

Les efforts de Lizzie pour contenir la panique de Fiona semblèrent payer. Elle cessa de courir comme un cheval piqué par une guêpe et tourna vers Lizzie un visage un peu moins affolé.

— D'accord, dit-elle. Réfléchissons ensemble.

A bout de souffle, elle bifurqua vers une petite rue et s'arrêta quelques secondes plus tard devant une impasse qui séparait deux élégantes maisons en brique et leurs grands jardins.

— Je pense que c'est là, dit-elle, la main droite crispée sur son téléphone portable. Il m'a dit d'appeler mon père et de ne pas avancer dans l'impasse.

Lizzie jeta un œil dans l'étroite ruelle.

— Mais il n'a pas dit que moi, je n'avais pas le droit d'y aller.

— Non…, répondit Fiona d'une voix hésitante, en composant le numéro de son père.

— Je ne te perds pas de vue. Je n'ai pas l'intention de te laisser seule.

— Ne t'inquiète pas pour moi. Ça va aller.

Lizzie fit quelques pas dans l'impasse avant de s'immobiliser, l'oreille tendue. Fiona avait parlé d'un homme en danger de mort et elle s'attendait à entendre des appels à l'aide ou les gémissements d'un blessé. Mais le silence régnait dans le sombre passage. Elle jeta un regard par-dessus son épaule. Fiona, le portable collé à l'oreille, semblait tenir le coup.

Elle décida de faire quelques pas supplémentaires pour

s'approcher d'une voiture garée devant les grilles de l'une des propriétés. Elle commença à faire le tour du véhicule, enjambant un tas de pots de fleurs vides, abandonnés sur le trottoir. Les bruits de la circulation avaient presque entièrement disparu, étouffés par les imposantes maisons en brique.

On entendait les mouches voler. Beaucoup de mouches, songea-t-elle en se figeant brusquement. Une main sur le capot de la voiture, frais dans l'ombre qui baignait l'impasse, elle se pencha en avant. Un homme était étendu par terre, les pieds sous la voiture et la tête contre les barreaux du portail.

Inutile de se pencher sur le corps pour comprendre que ce type était mort.

Du coin de l'œil, elle vit Fiona qui marchait vers elle.

— Reste où tu es, Fiona ! Ce n'est pas joli à voir.

Mais Fiona plaqua la main sur ses lèvres et continua à avancer. La bouche ainsi couverte, ses yeux bleus dilatés par l'effroi semblaient dévorer son visage. Consciente d'être désormais sur ce qu'il fallait bien appeler une scène de crime, Lizzie s'approcha du corps inanimé. Elle avait beau être persuadée qu'il s'agissait d'un cadavre, il fallait malgré tout s'assurer qu'il ne respirait plus.

Non, elle ne s'était pas trompée. A première vue, il avait reçu une balle dans la tempe gauche. Bien en chair, il avait environ quarante-cinq ans. Il portait un pantalon kaki et un polo noir dont l'une des manches était déchirée au niveau de l'avant-bras, comme s'il avait été mordu ou peut-être griffé.

Fiona étouffa un cri dans sa paume.

— Est-ce qu'il est…

— Oui… Il est mort…

La jeune fille laissa tomber la main qui couvrait sa

bouche. Elle ne tremblait plus, mais son teint était livide tandis qu'elle fixait le corps sans vie de ses grands yeux bleus.

Le cœur de Lizzie fit un bond dans sa poitrine.

— Tu le connais ?

— Non. Enfin, je ne lui ai jamais parlé... Je ne sais même pas comment il s'appelle... C'est juste que...

Elle inspira profondément et balança la main en direction de *Beacon Street*.

— Je l'ai vu dans la rue au moment où j'arrivais devant la maison des Garrison, hier matin. Il venait en sens inverse, sans doute du jardin public.

— Il était seul ?

Elle hocha la tête.

— Il s'est arrêté à ma hauteur et il m'a dit bonjour.

Elle plissa le front et ferma les yeux un instant, comme si elle puisait au fond de sa mémoire pour y glaner d'autres détails.

— Il portait une large besace en bandoulière. Je me souviens m'être dit qu'elle semblait peser des tonnes. J'aurais dû...

— Tu n'avais aucun moyen d'imaginer ce qu'elle contenait, l'interrompit Lizzie. Hier matin, tu étais dans un tout autre état d'esprit. A mille lieues de songer à ce genre de choses.

— Une bombe, dit Fiona. Voilà ce qu'il devait y avoir dans cette besace. J'aurais dû arrêter ce type. Je sentais bien qu'il y avait quelque chose de louche chez lui et pourtant je n'ai rien fait ! Si Owen n'avait pas été prévenu au dernier moment, il aurait été... La bombe aurait explosé !

Elle se figea.

— Je n'étais pas censée parler de ça. Les collègues de

mon père m'ont fait promettre de ne donner aucun détail sur ce qui s'est passé.

— Ne t'en fais pas, la rassura Lizzie en posant la main sur son bras. Tu ne m'apprends rien.

— L'homme… L'Anglais… Il…

Fiona s'interrompit et tourna les talons. Trébuchant, manquant d'un rien de s'étendre de tout son long dans l'impasse ombragée, elle se mit à courir en direction de la rue. Lizzie s'élança derrière elle, mais dut ralentir l'allure après quelques foulées. Fiona venait d'être interceptée par… Will Davenport. Il la tenait, le bras passé autour de sa taille, tandis que la jeune fille éclatait en sanglots, le visage enfoui dans ses mains.

— Tout va bien, lui dit Will d'une voix ferme mais rassurante. Vous êtes en sécurité avec moi.

Il retira son bras et elle fit deux pas en arrière.

— L'homme qui…

Cette fois-ci, elle faisait de l'hyperventilation.

— Il avait un accent anglais. Oui, je crois qu'il était anglais. Il a dit que j'étais…

Elle avala un peu d'air avec un bruit caverneux.

— Mon père va arriver d'une minute à l'autre.

Lizzie arriva à leur hauteur.

— Il s'appelle Will Davenport, expliqua-t-elle à Fiona pour la rassurer. C'est un ami de Simon Cahill.

Will adressa un sourire à la jeune fille.

— Désolé de vous avoir fait peur.

— Il y a un cadavre dans l'impasse, dit Lizzie en se tournant vers lui.

Des sirènes de police se firent entendre au loin. Bob O'Reilly et ses hommes n'allaient pas tarder à arriver.

— Ton compatriote…, lança-t-elle. Celui que j'ai vu

à Las Vegas et qu'Eddie O'Shea a vu dans son pub. Il a abordé Fiona et lui a dit de venir ici.

Elle s'interrompit pour le regarder droit dans les yeux.

— Tu y es pour quelque chose ?

— Non, Lizzie.

Le long voyage et le décalage horaire ne semblaient pas l'avoir fatigué, mais son visage exprimait une certaine distance qu'elle ne lui reconnut pas.

— Je t'ai dit ce matin que je croyais Myles mort depuis longtemps.

— Alors tu ne m'as pas menti ?

— Non, je ne t'ai pas menti.

— Qui est cet homme, Will ?

— Il vient lui-même de te donner la réponse.

Il y avait quelque chose dans son regard qui impressionna Lizzie. Quelque chose de dur.

— Myles Fletcher est un tueur.

Fiona, qui ne perdait pas une miette de leur échange, poussa un petit cri, tandis que Lizzie se tournait vers l'impasse.

— Tu vas essayer de lui mettre la main dessus ?

A ces mots, Fiona agrippa le poignet de Will et se mit à hurler :

— Non ! Vous ne pouvez pas faire ça ! Il a dit que… Il a dit qu'il ne fallait pas le suivre ou tenter quoi que ce soit pour… Abigaïl va le payer de sa vie, si vous faites ça ! Il a dit qu'il était son seul espoir !

Elle était manifestement au bord de la crise de nerfs.

— Je vous en supplie ! ajouta-t-elle en éclatant en sanglots.

— Très bien, dans ce cas, dit-il en détachant doucement la main qui enserrait son poignet. Je ne vais pas me lancer à sa poursuite.

Lizzie se sentit soudain accablée de fatigue. Entre le décalage horaire, la peur, les heures passées cloîtrée dans un avion avec son jeu de cartes et ses pensées pour seuls compagnons, elle se sentait à bout de forces.

Elle se tourna vers Will, toujours aussi calme dans la tourmente.

— Maintenant que ce Myles Fletcher est ressuscité d'entre les morts, j'imagine que tes amis du MI6 et du SAS vont vouloir savoir ce qu'il manigance. Sans parler de toi, bien sûr.

Will ignora sa remarque et s'adressa à Fiona.

— Il y a combien de temps que vous avez vu cet homme ?

— C'est tout récent. Dix minutes, un quart d'heure… Je vous en prie, vous ne devez pas…

— Je vous ai dit que je ne chercherai pas à le rattraper. On va rester ici ensemble et attendre l'arrivée de votre père, d'accord ?

— Il n'arrêtait pas de m'appeler « ma belle », murmura Fiona.

Will ferma brièvement les yeux, mais Lizzie eut le temps de lire dans son regard quelque chose qui ressemblait à du chagrin. Bien que touchée par sa souffrance et sa gentillesse à l'égard de Fiona, elle n'avait pas l'intention de faire de vieux os sur la scène de crime.

— Je n'ai été témoin de rien, dit-elle, justifiant par avance sa défection.

Elle lança un dernier regard en direction de l'impasse, espérant vaguement voir le mort se relever et annoncer que tout cela n'était qu'une mauvaise blague. Mais, au fond d'elle, elle savait pertinemment que ça n'arriverait pas. Le trou que cet homme avait dans la tempe n'était pas l'œuvre d'un maquilleur spécialisé dans les effets spéciaux.

— Tout le monde va perdre son temps si je reste ici pour m'expliquer avec la police.

Will ne répondit pas tout de suite et la jeune femme attendit en silence qu'il daigne prononcer une parole.

Au bout d'un moment, il pointa le doigt sur elle.

— Toi, tu travailles pour John March…

Elle laissa courir le revers de sa main le long de la mâchoire de Will. Sous ses doigts délicats, la sensation râpeuse de sa barbe naissante lui rappela qu'il n'était pas un prince charmant sorti d'un conte de fées, mais un être de chair et de sang.

— Retrouve-moi plus tard, lui dit-elle d'une voix rauque avant de se tourner vers Fiona. Je dois partir… Mais sois tranquille, tu es en sécurité avec Will…

Le son des sirènes se rapprochait. Si elle voulait prendre la poudre d'escampette, c'était maintenant ou jamais.

Alors elle détala.

Will la suivit des yeux sans esquisser un geste pour la retenir.

La jeune femme coupa à travers *Chestnut Street*, une jolie rue résidentielle, fleurie et bordée de maisons traditionnelles, avant d'atteindre *Charles Street* et de disparaître derrière les murs du Whitcomb, le souffle court et les larmes aux yeux. Elle passa devant son cousin sans un mot d'explication et descendit la demi-douzaine de marches qui menaient à la porte de derrière.

Mais Jeremiah la rattrapa. Avec des frères aînés comme Whit et Harlan, il avait appris à garder son sang-froid en toutes circonstances.

— Qu'est-ce qui t'arrive, Lizzie ?

Après une courte hésitation, elle décida de lui expliquer ce qui se passait. Au moins dans les grandes lignes. Elle lui devait bien cela.

— Fiona et moi venons de découvrir le cadavre d'un homme tué par balle dans une impasse toute proche de la maison des Garrison. C'est l'Anglais qui l'a abordée tout à l'heure dans l'hôtel qui lui a indiqué où le trouver.

— Dis-moi juste ce que je peux faire pour t'aider, dit Jeremiah, lucide et pragmatique comme à son habitude.

— La police ne va pas tarder à pointer son nez dans l'hôtel. Il faut que je m'en aille, Jeremiah. Je ne veux pas avoir à leur donner des explications.

Elle se passa la main dans les cheveux. Il s'agissait de prendre les bonnes décisions.

— Tu crois que tu pourrais me trouver une voiture ? Je ne peux pas prendre la mienne, ni la tienne d'ailleurs. Les flics n'auraient aucun mal…

— Prends celle de Martha. Martha Prescott… La nouvelle assistante de maman.

Il partit en courant vers le bureau de réception et revint quinze secondes plus tard — quinze interminables secondes — avec un trousseau de clés.

— Une Honda grise garée dans *Mount Vernon Street*. Tu ne peux la manquer, c'est une vraie poubelle à l'intérieur. Avec un peu de chance, tu arriveras à faire un peu de place pour poser tes fesses sur le siège du conducteur.

Il parvint à sourire, malgré l'inquiétude qui se lisait sur son visage.

— Martha est une vraie souillon.

Lizzie commença à le remercier, mais il la poussa dans la ruelle qui longeait l'arrière de l'hôtel. Les Rush avaient sans doute beaucoup de défauts, mais on pouvait toujours compter sur eux en cas de problème.

Au pas de course, elle slaloma entre les voitures garées et une benne à ordures, avant de déboucher dans *Mount Vernon Street*. Elle ne mit que quelques secondes pour trouver la Honda, à mi-chemin entre le bas de la rue et *Louisburg Square*. Jeremiah n'avait pas menti : en dehors du siège conducteur, seulement couvert d'un plan de la ville et d'un paquet de bonbons à la menthe, le reste de l'habitacle était une véritable porcherie. Ou une caverne d'Ali Baba si on voulait voir les choses du bon côté. Entre les échantillons de tissu, les cannettes vides, les CD, les livres, les magazines, le courrier encore fermé et les prospectus divers, il ne restait pas un centimètre carré de libre. Martha Prescott était peut-être une souillon, mais, d'après ce qu'elle avait entendu dire, une souillon extrêmement créative et compétente. Il fallait d'ailleurs qu'elle le soit, pour avoir gagné la confiance d'une femme aussi exigeante qu'Henrietta Rush.

Le réservoir était plein et Lizzie ne s'attarda pas dans le quartier.

Alors qu'elle se mêlait aux voitures qui avançaient pare-chocs contre pare-chocs dans *Storrow Drive*, la mélodie de son portable résonna dans sa poche.

Elle sortit l'appareil et jeta un œil à l'écran. Quand elle vit que c'était son père, elle faillit ne pas décrocher.

— Ne me distrais pas, dit-elle finalement d'une voix aussi enjouée que possible. Je suis dans les bouchons.

— A Dublin ?

— Non, à Boston.

Son père soupira ostensiblement.

— Je viens justement de recevoir un coup de fil d'un flic de Boston. Un certain Yarborough. Il m'a menacé de venir me rendre visite à Las Vegas. Si tu me disais ce qui se passe, Lizzie ?

— C'est compliqué, papa…

— Et alors ? Je suis en train de jouer au Solitaire sur mon ordinateur. L'Horloge. Tu as déjà joué à l'Horloge ?

J'ai téléchargé ça et ça fait deux heures que j'y joue. Je crois que je n'ai jamais rien vu d'aussi ennuyeux de toute ma vie, Lizzie. J'ai les yeux qui pleurent à force de fixer ce maudit écran. Bref, tout ça pour dire que je n'ai rien de mieux à faire que de t'écouter. Raconte-moi tout, du début à la fin.

— Mon histoire n'a pas de fin, lui répondit-elle. Du moins pas encore.

— D'accord, dis-moi où tu en es maintenant.

— Les deux Anglais. Will Davenport et l'autre dont je t'ai parlé. Tu sais, celui que j'ai vu à Las Vegas en juin… Eh bien, je crois qu'ils sont du même monde que toi.

— Peut-on savoir de quel monde tu parles ?

— Papa, tu sais très bien ce que je veux dire… Ecoute, je crois connaître le nom de celui que j'ai vu à Vegas. Il s'appelle Myles Fletcher.

— Myles Fletcher ? Je vais voir ce que je peux faire.

Lizzie hésita avant d'ajouter :

— John March est ici. A Boston.

Son père soupira de nouveau.

— Tu l'as rencontré ?

— Non. J'essaie de quitter la ville avant que la police ne me mette le grappin dessus.

Elle se déporta sur la file de gauche pour prendre l'embranchement vers l'I-93, direction Nord.

— Papa, je viens juste de découvrir le cadavre d'un homme.

— Bon sang, Lizzie…

— Je pense qu'il a posé au moins une des deux bombes qui ont visé des policiers et leur entourage, hier.

Hier seulement ? Il s'était passé tant de choses depuis qu'elle avait mangé ce crumble à la mûre dans le pub d'Eddie O'Shea !

— La fille de John March a disparu. Elle a sans doute été enlevée.

Elle dut freiner de nouveau pour ne pas tamponner la voiture qui la précédait.

— Je crois que je peux aider à la retrouver.

— Lizzie… Oh, Lizzie…

— Norman est complètement obsédé par John March. Je ne m'en suis rendu compte que quelques jours avant son arrestation.

— Lizzie…

— March a enquêté sur la mort de maman.

Sa voix se mit à trembler et elle dut ravaler ses larmes.

— Je ne voulais pas t'en parler. Je sais combien tout ça est douloureux pour…

Son père lui coupa la parole.

— Estabrook sait que March a enquêté sur la mort de Shauna ?

— Il ne me l'a jamais dit aussi clairement, mais je suis sûre qu'il est au courant.

Elle s'engagea sur l'I-93, appuyant franchement sur l'accélérateur maintenant que la route était droite et un peu plus dégagée.

— Quand j'y repense, ça explique sans doute qu'il ait menacé Simon et March devant moi, le jour de son arrestation. Il doit croire que je déteste March, moi aussi.

— C'est aussi ce que va croire la police. Une fois qu'ils auront assemblé les morceaux du puzzle, ils vont s'imaginer que tu partages l'obsession d'Estabrook.

— C'est pour ça que je vais me mettre au vert.

Silence.

— Papa ?

— Ce n'est pas pour ça, Lizzie.

Elle imagina son père avec un verre de scotch, son beau visage penché sur l'écran de l'ordinateur. Il ne buvait jamais de whiskey.

— Tu y es jusqu'au cou, Lizzie. Et ça fait un moment que ça dure, pas vrai ?

Elle ne répondit pas.

Encore un soupir.

— Je saute dans le premier avion pour Boston. Je vais aller jouer les intermédiaires avec les fédéraux. Je resterai au Whitcomb aussi longtemps que tu auras besoin de moi.

— Tu détestes Boston !

— Je déteste encore plus Dublin.

Lizzie ne put s'empêcher de sourire.

— Merci, papa.

Mais il n'en avait pas fini avec elle. Visiblement, il prenait l'affaire très au sérieux.

— Tu penses qu'Estabrook va essayer de te retrouver ?

— Si je connaissais ses intentions ou bien l'endroit où il se cache, j'en aurais déjà informé le FBI.

— Tu es un amateur, Lizzie.

— Norman aussi. Il va se servir d'Abigaïl pour obtenir ce qu'il veut et, ensuite, il se débarrassera d'elle.

— Je pourrais appeler l'inspecteur Yarborough pour qu'il t'intercepte.

— Tu pourrais, mais tu ne le feras pas.

— Non, je ne le ferai pas.

Harlan Rush resta silencieux quelques secondes.

— J'ai une photo de ma mère qui joue à se déguiser dans la salle de réception du Whitcomb, dit-il finalement. Elle doit avoir cinq ou six ans et elle porte une robe de soirée Belle Epoque qu'elle avait dénichée dans le grenier de l'hôtel. Elle est debout sur une chaise, pouffant devant un miroir. Imagine ta grand-mère en train de pouffer.

— Papa…

— Elle a fait de son mieux pour t'élever, Lizzie. On a tous fait de notre mieux.

— Tu n'as rien à te reprocher. Tu t'en es bien sorti et bonne-maman aussi. J'ai de très bons souvenirs de mon enfance, tu sais.

Elle s'aperçut qu'elle déviait légèrement de sa file et essaya de se concentrer davantage sur sa conduite.

— Si tu ne changes pas d'avis à la dernière minute et que tu viens vraiment à Boston, je dois te prévenir que Jeremiah n'est plus le gamin tout fou que tu as connu. Il travaille à la réception de l'hôtel, en ce moment, et il prend sa tâche très au sérieux. Il ne tolère aucun écart de conduite de la part des clients. Tu as intérêt à te tenir à carreau, si tu ne veux pas qu'il te jette dehors !

Son père éclata de rire.

— Dans ce cas, je ferais bien de prévoir un hébergement de repli.

Lizzie éclata en sanglots dès qu'elle eut raccroché, mais ce fut pourtant d'une main ferme qu'elle composa le numéro de John March cinq minutes plus tard.

Il répondit tout de suite.

— Je m'appelle Lizzie, dit-elle, et sa voix se brisa un peu tandis qu'elle dévoilait enfin son identité. Lizzie Rush. Mais je suppose que je ne vous apprends plus rien, à l'heure qu'il est.

— Vous m'avez bien eu. Je pensais avoir affaire à une professionnelle.

— J'étais sur votre liste de suspects ?

— Même pas.

Il y eut un bref silence, que John March fut le premier à rompre.

— Ecoutez, Lizzie, j'aimerais que vous veniez nous aider à retrouver Norman et ma fille. Venez maintenant. Ce sera mieux pour tout le monde.

— J'étais avec Norman le jour où il a appelé Simon pour proférer ses menaces de mort. Je savais qu'il ne plaisantait pas. Je savais qu'il était en train de basculer dans la violence.

Le soleil de cette fin d'après-midi tapait dur sur l'autoroute de plus en plus encombrée.

— J'aurais dû trouver un moyen de le faire renoncer à cette folie. Mais je n'ai rien fait et maintenant votre fille est entre ses mains.

— Lizzie, vous travaillez pour une chaîne d'hôtels de luxe. Ce n'est pas votre boulot de…

— Si ma tante ou mon oncle vous entendait parler de nos hôtels comme d'une chaîne, vous auriez de sérieux ennuis, monsieur March.

— Arrêtez votre cinéma, Lizzie ! Faites demi-tour et venez me rejoindre quelque part.

Elle roulait vite, sur la file de droite.

— Ma mère était également une de vos informatrices, n'est-ce pas ? Lui avez-vous aussi demandé de vous rejoindre quelque part ?

— Vous émettez des hypothèses erronées à partir d'informations fausses ou incomplètes.

Elle le sentit inquiet et déconcerté par sa remarque.

— Vous avez fait du bon travail, Lizzie. Et rien ne vous y obligeait. Vous avez pris de gros risques et vos renseignements nous ont aidés à arrêter des gros bonnets de la drogue. Il est temps pour vous de passer la main.

— Norman court toujours.

— Vous n'y êtes pour rien. Passez la main, Lizzie.

— Il y a trente ans, vous avez laissé ma mère courir à sa mort… Et vous le regrettez aujourd'hui.

— Je le regrettais déjà à l'époque.

— L'avez-vous prévenue du danger qui la menaçait ? A-t-elle ignoré vos mises en garde ? Ou est-ce vous qui avez ignoré…

Elle inspira profondément. Sa main libre était agrippée au volant de la Honda, les jointures toutes blanches.

— Laissez tomber, dit-elle.

— Vous devez cesser d'intervenir dans cette affaire. Vous prenez des risques inconsidérés. Quand tout ça sera terminé, je vous promets de boire un verre avec vous et de répondre à toutes les questions que vous vous posez à propos de votre mère.

Il s'interrompit un instant, puis ajouta :

— Toutes les questions auxquelles je suis en mesure de répondre, bien sûr.

Lizzie savait ce qu'elle avait à faire. Elle avait pris des décisions dans l'avion qui la ramenait de Dublin, avant que Fiona n'entre dans la danse, avant que Myles Fletcher ne se rappelle à son bon souvenir, avant qu'elle ne découvre un corps sans vie dans une impasse ombragée du quartier de Beacon Hill.

Avant que Will ne surgisse une fois de plus de nulle part.

Ses yeux étaient secs à présent.

— J'aimerais beaucoup boire un verre avec vous et parler de ma mère, dit-elle. Mais en attendant, monsieur March, les règles restent les mêmes. Norman n'a aucun moyen de savoir que j'ai renseigné le FBI à son sujet. Pour lui, je suis toujours dans son camp. S'il découvre que je l'ai trahi, il ne se contentera pas de me tuer, vous savez. Il tuera aussi votre fille.

— Ce combat n'est pas le vôtre, Lizzie.

— Il l'est devenu. Faites en sorte que vos hommes et la police me fichent la paix.

— Laissez-moi vous aider. Pas moi, directeur du FBI, mais moi, père d'Abigaïl.

Son angoisse perceptible fit monter de nouvelles larmes aux yeux de Lizzie.

— Vous savez que ça ne marchera pas, lui répondit-elle. Et puis je n'ai pas l'intention de me lancer dans je ne sais quelle folie. Je vais continuer à faire ce que je fais depuis bientôt un an.

— J'avais votre âge quand votre mère est morte. Avec le recul, je me rends compte à quel point j'étais jeune. A quel point votre mère était jeune. Votre père, aussi…

— Alors elle n'a pas trébuché sur un pavé ?

— J'ai commis des erreurs. Ne devenez pas l'une d'entre elles.

— Il y a une chose que vous pouvez faire pour moi. Si Norman découvre ce que j'ai fait et qu'il s'en prend à ma famille…

— Nous assurerons leur protection, Lizzie. Vous avez ma parole.

— Ce ne sera pas nécessaire pour mon père, mais je suppose que vous le savez.

March ne répondit pas.

— Il est déjà assez furieux comme ça, en ce moment. S'il voit en plus une nuée d'agents du FBI lui coller aux basques…

Elle ne termina pas sa phrase.

— Contrairement à ce qu'il prétend, mon père n'est pas à la retraite. Il fait juste semblant. C'est lui qui m'a enseigné tout ce que je sais. Mon apprentissage a débuté à un âge où la plupart des fillettes commencent à jouer à la poupée. Voilà... Maintenant, vous savez pourquoi vous m'avez pris pour une professionnelle.

— Nous pouvons assurer votre protection.

— J'espère que vous retrouverez votre fille saine et sauve, monsieur March. Je l'espère de tout mon cœur.

— Merci, dit-il d'une voix étranglée. Lizzie...

Mais elle raccrocha. Elle baissa sa vitre et jeta son portable par la fenêtre. Ça l'embêtait de s'en séparer, mais entre le FBI, la police de Boston et les espions de tout poil qui essayaient de lui mettre la main dessus, elle préférait ne prendre aucun risque.

21

Boston, Massachusetts,
le 26 août à 18 h 2, heure avancée de l'Est

Désormais, Will Davenport n'avait plus aucun doute : Myles Fletcher était bien vivant. Non seulement il vivait, mais il était là, à Boston. Peut-être même rôdait-il à cet instant dans les parages, observant la police qui arrivait sur la scène de crime.

Il avait demandé à Fiona de lui répéter tout ce que Myles lui avait dit.

— C'est très important, avait-il insisté. J'ai bien connu cet homme autrefois et mon aide pourrait être déterminante pour arriver à le coincer…

La jeune fille avait donc fait ce qu'il lui demandait. Elle était plus calme, à présent et se frottait doucement le haut des bras, qu'elle gardait croisés sur sa poitrine depuis le départ de Lizzie.

— C'est ce Myles Fletcher qui a tué cet homme, à votre avis ? lui demanda-t-elle, alors que les voitures de police descendaient *Beacon Street* dans des hurlements de sirènes.

— Votre père et ses hommes détermineront qui est

l'assassin. Ce qui importe maintenant, c'est de vous assurer que vous m'avez dit tout ce que vous savez.

Elle fixa le bout de ses chaussures, comme si elle n'avait jamais rien vu de plus passionnant dans sa vie, sans répondre.

Mais l'enjeu était trop important pour que Will relâche la pression.

— Je sais que ce n'est pas facile pour vous, Fiona. Entre l'explosion d'hier et votre rencontre avec Myles, vous venez de vivre coup sur coup deux grandes frayeurs. Mais dans une affaire comme celle-ci, chaque détail compte.

— Il était parfaitement calme quand il est venu m'aborder au *Morrigan's*, se décida-t-elle alors à dire sans relever la tête. Quand je pense qu'il venait tout juste de tuer un homme ! S'il est capable de commettre un meurtre avec un tel sang-froid, je n'ose pas imaginer ce qu'il va faire à Abigaïl.

— Nous n'avons pas encore la preuve que c'est lui l'assassin.

Mais sa voix manquait de conviction et Fiona dut le sentir.

Dans le taxi qui l'avait conduit de l'aéroport au Whitcomb, il avait appelé Simon et Josie pour savoir s'il y avait du nouveau, notamment en ce qui concernait Abigaïl Browning. Malheureusement, ses deux interlocuteurs lui avaient donné la même réponse négative : aucune trace de la jeune policière. Quant à Norman Estabrook, on n'arrivait toujours pas à localiser son avion. A quoi bon rassurer Fiona sur le sort de son amie, dans ce cas ? se demanda-t-il. Son père était l'un des inspecteurs les plus expérimentés de la brigade criminelle de Boston et elle comprendrait tout de suite qu'il la berçait d'illusions.

— Un bon enquêteur préférera toujours réunir le plus

d'informations possible, reprit-il, revenant à la charge. Il pensera à juste titre être le mieux placé pour faire le tri entre ce qui a de l'importance et ce qui n'en a pas. Ce que je veux dire, Fiona, c'est que, même si vous n'êtes pas certaine que ça vaille la peine d'en parler, il ne faut rien garder pour vous.

— Je sais, dit-elle sans agressivité, avant de lever les yeux vers lui.

Elle avait beau être encore très secouée par les récents événements, Will n'en décelait pas moins en elle cette force intérieure qu'il avait aussi décelée chez sa cousine Keira.

— Est-ce qu'il y a quelque chose que vous ne m'avez pas encore dit, Fiona ?

— Abigaïl… Elle a fait un saut au pub du Whitcomb avant-hier soir. J'y jouais avec mon ensemble folklorique et elle est arrivée alors que le concert touchait à sa fin. J'ai tout de suite vu qu'elle était nerveuse. Elle m'a prise à part après qu'on eut rangé les instruments et elle m'a dit que ce n'était pas une bonne idée de jouer ici.

— Au Whitcomb ?

Fiona hocha la tête.

— Pourquoi ?

— Elle m'a simplement dit qu'elle m'expliquerait plus tard, mais qu'en attendant je ferais bien de…

Elle déglutit, combattant un trop-plein d'émotions.

— De lui faire confiance.

— Que lui avez-vous répondu ?

— Rien. Ça m'a agacée, mais j'ai préféré laisser tomber. J'ai cru qu'elle ne voulait pas que je joue là parce que le *Morrigan's* est un bar et que je n'ai pas encore l'âge légal pour boire de l'alcool, ou quelque chose comme ça. Les policiers ont tendance à être plus stricts avec leur famille pour donner le bon exemple, et j'ai pensé qu'elle faisait du zèle en tant qu'amie et collègue de mon père.

Elle baissa de nouveau les yeux vers ses chaussures.

— Du coup, je ne lui ai pas dit bonjour, hier, avant que la bombe n'explose. Je lui en voulais et j'ai fait exprès de l'éviter. Je me suis comportée comme une idiote et maintenant…

— Et maintenant, vous vous sentez coupable, termina doucement Will.

Des larmes se mirent à couler sur les joues de la jeune fille. Au même moment, deux voitures de police freinèrent brutalement devant l'impasse, aussitôt imitées par une voiture banalisée. Un homme d'une cinquantaine d'années en sortit et marcha droit sur Fiona.

— Papa…, murmura-t-elle, en essuyant ses larmes des deux mains.

Un homme plus jeune, raide comme un piquet et le visage grave, descendit à son tour du véhicule banalisé. Il alla rejoindre les policiers en uniforme et s'enfonça avec eux dans l'impasse.

Bob O'Reilly arriva enfin à hauteur de sa fille. Le front mouillé de sueur et soufflant par le nez, il avait l'air d'un taureau de combat déboulant dans l'arène.

— Je croyais que tu étais tranquillement en train de jouer de ta foutue harpe chez Garrison et je te retrouve dans une impasse avec un macchabée ! Bon sang, Fi !

Il soupira, la considérant pourtant avec une grande tendresse. Ses yeux bleus — du même bleu que ceux de sa fille et de Keira — exprimaient un mélange d'inquiétude et d'amour.

— Tu vas bien ?

Elle hocha la tête, essuyant ses dernières larmes.

Bob O'Reilly se tourna vers Will.

— Lord Davenport, je présume ?

— Pour vous servir, inspecteur. Navré de vous rencontrer en pareilles circonstances…

— Ouais… Moi aussi. Simon est en route. Il ne devrait pas tarder.

Considérant les présentations faites, il reporta son attention sur sa fille.

— Raconte-moi ce qui s'est passé.

Fiona répéta le récit de sa rencontre avec l'Anglais.

Will tendait l'oreille, mais les quelques détails qu'elle ajouta ne lui apprirent rien de vraiment nouveau. Surtout, ils n'ébranlèrent pas sa conviction : l'homme qui avait envoyé cette jeune musicienne de dix-neuf ans dans une impasse où gisait le corps d'un homme qu'il avait sans doute tué lui-même ne pouvait être que Myles Fletcher. Peut-être était-il le seul espoir d'Abigaïl, comme il l'avait affirmé à Fiona, mais cela ne voulait pas nécessairement dire qu'il était son allié.

Il s'efforça de considérer une à une les questions qui se pressaient dans sa tête. Pourquoi Myles s'était-il mis au service de Norman Estabrook ? Cet homme, qui avait été autrefois son ami, était-il devenu un mercenaire sans foi ni loi ? Un assassin ? Mais était-il vraiment au service d'Estabrook ?

Au fond, n'avait-il pas toujours œuvré pour son propre compte ?

Quand Fiona termina son récit, Bob O'Reilly avait retrouvé l'attitude calme et déterminée de l'inspecteur chevronné qu'il était.

— Où est Lizzie Rush, maintenant ?

— Elle est partie, répondit Fiona en jetant un bref coup d'œil à Will. Elle est restée supercalme et rassurante, tu sais, reprit-elle en regardant de nouveau son père. Elle a même essayé de m'empêcher de voir le… le type qui est mort.

— Vous êtes amies, toutes les deux ?

— Non, pas vraiment… On ne peut pas dire que je la connaisse bien, tu sais…

Bob plissa légèrement les yeux et Fiona rentra instinctivement la tête dans les épaules.

— Que faisais-tu au Whitcomb ?

— Mon ensemble y a donné quelques concerts. Je ne t'en ai pas parlé parce que…

Elle se redressa et une lueur plus hardie vint obscurcir le bleu si particulier de ses yeux.

— … parce que je savais que tu serais contre.

— En effet, je suis contre, répondit-il avec sa franchise coutumière.

Puis, d'un brusque mouvement de tête, il lui indiqua la Ford banalisée.

— Va te reposer dans la voiture. Profite de l'air conditionné.

— Papa…

— Vas-y, ma puce…

Du pouce, il essuya une dernière larme qui s'était attardée sur sa joue.

— Et ne t'inquiète pas. Je suis là, maintenant.

— Cet homme… Celui qui a été tué…

— On va trouver son identité et ce qui lui est arrivé. Vas-y, maintenant.

Il réussit à se composer un sourire.

— Je te mets au défi de trouver de la musique folklorique irlandaise à la radio.

Will regarda la jeune fille s'éloigner à contrecœur vers la voiture de son père, qui la suivait aussi des yeux avec un air soucieux. Puis Bob sortit de sa poche un paquet de chewing-gums, dont il tapota le fond pour en faire sortir une tablette. Il retira l'emballage argenté, le froissa d'une main et le mit dans sa poche avec le paquet, tandis que, de l'autre main, il enfournait la tablette dans sa bouche.

Un rituel, songea Will, tandis que Bob le dévisageait maintenant, en mastiquant bruyamment.

— L'Anglais qui a abordé ma fille... vous le connaissez ?

— Je ne l'ai pas vu, inspecteur O'Reilly.

— Je ne vous ai pas demandé si vous l'avez vu, mais si vous le connaissez.

Will préféra garder le silence. Il ne pouvait pas expliquer son histoire avec Myles Fletcher à ce policier américain. D'un autre côté, il ne voulait rien faire qui puisse entraver l'enquête sur le meurtre de l'impasse et ses éventuels liens avec la disparition d'Abigaïl Browning.

— Ecoutez, monsieur Davenport... Après trente ans dans la police, je sais presque toujours quand quelqu'un me raconte des salades ou me cache une partie de la vérité. Il n'y a que mes filles qui puissent se payer ma tête sans que je m'en rende compte. Dois-je reposer ma question ?

— Inutile. La description de votre fille m'a fait penser à quelqu'un que j'ai bien connu il y a plusieurs années, voilà tout.

— Mais à présent que cet ami a vraisemblablement brûlé la cervelle d'un type, vous vous dites qu'après tout la description de ma fille ne vous évoque plus personne, c'est ça ? Son nom, s'il vous plaît...

Will se tourna vers la voiture banalisée dans laquelle Fiona s'était assise, seule sur la banquette arrière.

— Myles Fletcher.

— Qui est-ce ?

— Je vous l'ai déjà dit...

— Vous ne m'avez rien dit du tout ! Il a un métier, ce Fletcher ? Une nationalité ? C'est un aristocrate anglais qui passe son temps à pêcher dans les rivières écossaises, lui aussi ? Il connaît Simon Cahill ? Alors, vous allez vous décider à me répondre ?

Will le regarda mastiquer furieusement, en songeant à Lizzie, au cadavre qu'elle avait découvert dans cette impasse, à l'homme qui avait vraisemblablement exécuté cet inconnu. Un homme dont il aurait dû s'occuper deux ans plus tôt. Voilà ce qui arrivait, quand on ne faisait pas correctement le ménage derrière soi.

Mais il était du genre à apprendre de ses erreurs et il savait ce qu'il lui restait à faire.

— Mon assistante, Josie Goodwin, pourra vous aider, dit-il.

Il parlait d'un ton neutre, professionnel.

— Simon sait comment la joindre. Ses réponses seront plus complètes et précises que les miennes.

— Votre assistante est à Londres ?

— D'ordinaire, oui. Mais en ce moment, elle est en Irlande. Avec votre nièce.

— Ben voyons ! Et c'est ce Fletcher qui a demandé à Murphy de découper Keira en rondelles ?

— Je l'ignore.

— Vous, on peut dire que vous êtes un puits d'informations ! Est-ce qu'il connaît Abigaïl Browning, John March ou Simon Cahill ?

— Inspecteur…

— Il connaît Norman Estabrook ?

— Je pense que vous feriez mieux de poser ces questions au directeur du FBI.

— Très bien, c'est ce que je vais faire.

Will nota qu'il était devenu moins agressif. Il décelait

à présent une certaine prudence derrière son ton froid et soupçonneux, comme si O'Reilly craignait d'aller trop loin et de se retrouver les mains liées.

— Que savez-vous de la femme aux cheveux noirs qui s'est portée au secours de ma nièce, hier ?

La réponse ne vint pas. Will se contenta de le regarder en silence, surpris que les autorités de Boston n'aient pas encore identifié la jeune femme.

— J'ai parlé à Eddie O'Shea, poursuivit Bob. Il m'en a fait une description assez précise. Américaine, menue, vive, cheveux noirs, yeux verts. Elle sait se battre, en tout cas suffisamment pour prendre le dessus sur un tueur armé d'un couteau. La police irlandaise cherche à savoir qui elle est et où elle se trouve.

— Permettez-moi de répéter ce que…

— Oui, oui, je sais ! Il faut que je pose ces questions à John March, à votre assistante, au pape, mais surtout pas à vous !

Il pointa son doigt boudiné sur lui.

— Eddie m'a appris que vous étiez là-bas, vous aussi, et que vous avez laissé partir cette femme.

— N'oubliez pas qu'elle a sauvé la vie de votre nièce, inspecteur.

— Avec l'aide d'un gros chien noir et d'une bande de fées, je sais… et je l'en remercie, d'ailleurs.

Fiona sortit de la voiture à ce moment-là et s'adossa à la portière, mais ça n'empêcha pas son père de poursuivre :

— Je suis allé rendre visite à Scoop Wisdom, mon ami et collègue blessé par la bombe qui a explosé chez moi hier. Il est dans un sale état, mais il a réussi à me décrire une femme au comportement suspect qu'il a aperçue devant notre immeuble, la veille de l'explosion. Menue, cheveux noirs, yeux verts… Malgré tous les analgésiques qu'il est contraint de prendre pour supporter la douleur, il se souvient parfaitement d'elle. Qui est cette femme, monsieur Davenport ?

Will le regarda de nouveau sans ciller.

— Je me vois dans l'obligation de vous orienter une nouvelle fois vers John March.

Fiona rejoignit son père avant qu'il ne puisse répondre.

— Papa…

Elle était calme, mais pâle à faire peur.

— Papa, je…

— Quoi, ma puce ?

— La femme dont vous parlez…

Bob poussa un grognement exaspéré.

— Ça va ! J'ai compris ! Il s'agit de Lizzie Rush, c'est ça ? Cette jeune femme qui t'a aidée…

— Sa famille possède le Whitcomb.

— Fiona, pourquoi est-ce que…

— Je te l'ai dit, on a donné des concerts dans son hôtel durant l'été. Les Rush sont des gens bien.

— Des gens bien, hein ? lança-t-il en la toisant. Et tu crois que tu les connais suffisamment pour affirmer une chose pareille ?

La jeune fille semblait sur le point de fondre de nouveau en larmes.

— J'ai rencontré Lizzie il y a seulement quelques semaines. Son cousin Jeremiah m'a aidée à préparer notre Noël en Irlande. Les Rush ont d'autres hôtels, dont un à Dublin et… Papa, je sais que Lizzie n'est pas l'auteur des attentats. C'est complètement impossible !

— Et en dehors de votre intérêt commun pour l'Irlande, de quoi avez-vous parlé, toutes les deux ?

— Je lui ai tout raconté. Je lui ai parlé de Keira et

Simon, de toi et de tante Eileen, du tueur en série qui a voulu s'en prendre à Keira, en juin, des livres qu'elle illustre, de l'histoire de l'ange de pierre… Je lui ai aussi dit que Keira et Simon faisaient une croisière à bord d'un bateau que Simon avait emprunté à l'un de ses bons amis, un lord Anglais, et … J'en ai beaucoup trop dit, n'est-ce pas ? Oh, papa… Je suis désolée !

Bob avait l'air de ne pas savoir s'il devait rire, pleurer, ou se cogner le front contre le premier mur qui croiserait son chemin.

— Calme-toi, Fi, dit-il finalement.

Il dépiauta une nouvelle tablette de chewing-gum, respectant toujours le même rituel, puis ajouta d'un ton moins nerveux :

— Lizzie Rush aurait pu trouver ces informations toute seule, tu sais.

— J'ai l'impression d'être une vraie commère, quand j'y pense. Pourquoi a-t-il fallu que je lui raconte tout ça ?

— N'importe qui aurait envie de se confier à quelqu'un comme Lizzie, dit doucement Will, alors que de nouvelles voitures de patrouille arrivaient sur place.

Des policiers déroulaient un ruban jaune fluo, afin de délimiter le périmètre de la scène de crime. Des curieux s'approchaient. Il était temps pour Will de partir.

— Je peux retrouver Abigaïl Browning, inspecteur, mais pas si vos hommes s'intéressent à moi de trop près.

Il suffisait de voir Bob O'Reilly pour comprendre à quel point il était stressé. Mais il n'en perdait pas le nord pour autant.

— Et ce Fletcher ?

— Je peux également le retrouver.

— Simon a un passé commun avec ce type, lui aussi ?

— Non, il ne le connaît pas. Vous savez que si je ne pars pas maintenant, je vais perdre du temps et de l'énergie avec vos collègues. Du temps et de l'énergie que je préférerais consacrer à retrouver la jeune inspectrice disparue.

Bob mâcha un instant son chewing-gum en silence.

— Alors au revoir, lâcha-t-il finalement.

Plus petit que le *Rush Hotel* de Dublin, le *Whitcomb* avait également une décoration plus traditionnelle. Mais il était tout aussi chic que son cousin irlandais et proposait à ses clients le même accueil hautement personnalisé. Un homme qui ressemblait à s'y méprendre à Justin Rush pénétra dans le lobby par une porte dérobée. Will se dit que ce ne pouvait être que Jeremiah, l'avant-dernier des quatre frères Rush.

— Lord Davenport ? lui demanda le jeune homme, lorsqu'il parvint à sa hauteur.

Will acquiesça d'un infime hochement de tête et Jeremiah lui indiqua une porte toute proche.

— Par ici, s'il vous plaît. Descendez l'escalier et poussez la porte vitrée.

— Merci.

Il suivit les instructions et se retrouva sur la chaussée défoncée d'une ruelle. Il y avait là quelques voitures garées, une grande benne à ordures et Simon Cahill. Contrairement à ses collègues du FBI qui avaient commencé à investir le quartier de Beacon Hill au moment où Will en partait, Simon avait préféré le jean et le polo au traditionnel costume sombre.

— Content de te voir, lui dit Will. Est-ce que Lizzie…

— Elle était déjà partie quand je suis arrivé ici. L'équipier d'Abigaïl m'a joint au téléphone. Il s'appelle Tom Yarborough et tu vas le rencontrer. C'est lui qui te contactera.

— Tom Yarborough ? C'est l'inspecteur qui accompagnait Bob O'Reilly, tout à l'heure ?

— Oui. Il m'a dit que tu avais laissé partir Lizzie.

— C'est vrai.

— Yarborough veut la mettre en garde à vue, ainsi que toi, moi et Harlan Rush, le père de Lizzie.

— C'est la pression qui lui monte au cerveau ?

— Je ne pense pas. D'après ce que j'ai compris, le Yarborough est plutôt un animal à sang-froid.

Will esquissa un sourire, mais quand Simon reprit la parole, son expression était plus professionnelle qu'amicale.

— Myles Fletcher est vivant, alors ?

— Il semblerait bien… C'est probablement lui qui a éliminé l'homme retrouvé dans l'impasse et fait en sorte que Fiona O'Reilly et Lizzie le découvrent. Depuis que je sais qu'il a refait surface au service d'Estabrook, j'essaie de comprendre ce que ces deux-là fichent ensemble.

— Il a peut-être appris que nous étions amis, toi et moi, et que je travaillais pour Estabrook. Il a attendu qu'une occasion se présente…

— Une occasion de quoi ? De gagner du fric ? De reprendre du service ? De se venger de nous ? De moi pour avoir compromis ses relations avec ses amis afghans, et de toi pour m'avoir sauvé la vie ?

— L'attrait de l'argent et celui de l'action me semblent un motif plausible, dit Simon. Mais pas la vengeance. Le Myles Fletcher dont tu m'as parlé est trop pragmatique pour être revanchard.

Will sentit monter vers lui des odeurs d'asphalte, de gaz d'échappement et d'ordures, portées par la chaleur moite de l'après-midi. Le *Whitcomb* avait beau être un hôtel d'une propreté irréprochable, la ruelle qui longeait sa façade arrière était à l'image de bon nombre de petites artères de Boston : sombre et puante en été.

Il ferma les yeux, voyageant dans le temps. Il revit Philip et David, ses compagnons d'armes, se battre pour leur survie. Pour la sienne aussi. Pour la survie d'un homme qui ne méritait pas leur confiance, songea-t-il amèrement.

Et pourtant… Aujourd'hui encore, il ne parvenait pas à comprendre la trahison de Myles. Ils avaient combattu côte à côte, s'étaient entraînés ensemble, avaient ri autour d'un verre des dizaines de fois, avant ou après une mission, parfois même pendant. Combien d'ennemis avaient-ils traqués, tous les deux ? Combien d'embuscades déjouées, de caches d'armes découvertes ? Il voyait encore Myles demander un appui aérien rapproché alors qu'ils…

— Will ?

La voix de Simon le ramena au présent et il rouvrit les yeux.

— Tu as raison, dit-il. Myles est trop professionnel pour prendre de tels risques afin d'assouvir un simple désir de vengeance. Il est devenu un mercenaire qui tue pour de l'argent, je ne vois pas d'autre explication.

Simon marcha vers l'entrée secondaire de l'hôtel. Plantés dans des pots en terre cuite, des géraniums aux couleurs éclatantes ornaient chacune des marches menant à la porte.

— La Lizzie Rush que je connais est une belle jeune femme, élégante et vive d'esprit… Mais je ne la vois pas du tout maîtriser un tueur à gages armé d'un couteau !

Il se tourna brusquement vers Will, un sourire dans les yeux.

— Tu en pinces pour elle, pas vrai ?

Will éluda la question par une autre question.

— Toi qui as eu l'occasion de l'observer souvent avec Estabrook, quelle était la nature de leur relation ?

— Purement amicale, je t'assure, répondit malicieusement Simon. Elle ne s'occupait pas de ses défis les plus risqués, mais il lui est arrivé de l'aider à organiser des expéditions auxquelles tout le monde pouvait participer. Une randonnée dans le Grand Canyon, une excursion en mer pour aller observer les baleines, un circuit en kayak sur la côte du Maine, ce genre de choses…

— Et pendant tout ce temps, l'air de rien, elle réunissait des informations sur Estabrook et les envoyait à John March ?

Simon se pencha pour déplacer un pot de géraniums posé un peu trop près du bord.

— Je savais qu'une source anonyme renseignait le FBI. Une source de tout premier plan. Mais je n'aurais jamais imaginé que ça pouvait être Lizzie… Oui…, ajouta-t-il en secouant la tête, l'air pensif, si c'est bien elle, elle m'a eu en beauté !

Will fixa les géraniums en se demandant pourquoi sa vie était devenue si compliquée. Il revit sa mère, dans le parc de la propriété qu'il avait achetée en Ecosse, à proximité du village où elle était née. Elle s'était retrouvée mariée à son père sans jamais l'avoir désiré. Sûrement avait-elle imaginé une autre vie que celle qu'elle avait vécue avec lui… Et Lizzie ? A quoi pouvait-elle bien penser, lorsqu'elle n'était encore qu'une fillette qui jouait dans cette ruelle étroite ? Elle n'avait certainement jamais imaginé qu'elle trouverait un jour, à quelques rues d'ici, le cadavre d'un homme exécuté d'une balle dans la tête.

— Le père de Lizzie est un agent du renseignement. Il lui a appris les ficelles du métier. Elle savait comment faire pour ne pas éveiller les soupçons d'Estabrook. Ou les tiens, ajouta-t-il avec un petit sourire. Quand l'as-tu rencontrée pour la première fois ?

— L'été dernier. Ici même, au *Whitcomb*. C'est d'ailleurs à cette occasion que Norman m'a proposé de travailler pour lui. J'étais à Boston pour une soirée de bienfaisance au profit de Fast Rescue et il séjournait à l'hôtel. Lizzie et lui étaient déjà amis, à cette époque.

Will donna un petit coup de pied dans un morceau d'asphalte qui se détachait de la chaussée.

— Comme elle l'a démontré ces deux derniers jours, c'est une jeune femme intrépide et pleine de ressource. Tu sais si elle connaît personnellement March ?

Simon sembla soudain mal à l'aise.

— Ma question n'a rien à voir avec mes relations avec ton patron, le rassura-t-il. J'essaie seulement d'établir les faits. Quand as-tu pris conscience que March disposait d'une autre source que toi ?

— L'été dernier également. Quand j'ai commencé à poser des questions, John m'a fait comprendre que ce n'était pas mon problème. J'ai pensé qu'il craignait que je mette notre informateur en danger en m'intéressant à lui de trop près. Pour moi, on avait affaire à un professionnel et il me semble que John pensait la même chose. Ce dont je suis certain, c'est que ni lui ni moi n'avons imaginé un instant que Lizzie pouvait être notre homme, si j'ose dire.

— Se peut-il qu'elle travaille d'une manière ou d'une autre pour un service de renseignements ? La CIA, par exemple ?

Simon soupira.

— Je crois qu'elle est exactement ce qu'elle a l'air d'être.

— Alors elle joue avec le feu. Mais c'est peut-être elle qui parviendra à nous mener jusqu'à la fille de March.

— Je prendrais la place d'Abigaïl si je le pouvais, dit Simon.

Le sentiment de culpabilité perçait dans ces mots comme dans l'expression de son regard.

— Son père aussi, poursuivit-il. Abigaïl a été prise entre deux feux. Elle n'a rien à voir avec tout ça.

— Pourquoi Estabrook a-t-il décidé de l'enlever, alors qu'il a préféré tenter de faire assassiner Keira ?

Simon haussa les épaules avec une moue incertaine.

— Tout ce que je sais, c'est qu'il veut nous faire souffrir. Il faut qu'on lui mette la main dessus, Will. Son avion ne s'est quand même pas évaporé dans la nature ! Owen Garrison va le retrouver.

Il arracha une feuille de géranium desséchée, puis leva les yeux vers Will, un sourire triste sur les lèvres.

— Scoop Wisdom est un jardinier très méticuleux, tu sais. Et je crois que sa maniaquerie commence à déteindre sur moi.

— Simon… Je suis désolé de tout ce qui est arrivé. Mais tu dois comprendre que tu n'es pas responsable des actions de Norman Estabrook.

— Et si on avait tout faux, Will ? Si Fletcher était à la solde des cartels de la drogue et non à celle de Norman ?

— Quel que soit celui qui le paie, Myles travaille toujours pour son compte, *in fine*. Et ça ne me dit rien qui vaille…

Simon broya la feuille morte dans sa main.

— A en croire Yarborough, le cadavre découvert par Lizzie et Fiona a une profonde griffure sur un bras. Je ne sais pas si tu es au courant, mais on a trouvé du sang devant l'immeuble d'Abigaïl. On pense qu'elle a blessé un de ses ravisseurs en se débattant. Si c'est lui que Fletcher a tué…

— Fiona a vu cet homme traîner hier devant la maison des Garrison. Elle aurait fini par en parler à la police et Myles n'est pas du genre à prendre des risques inutiles. Il a peut-être voulu régler un problème, tout en nous conduisant sur une fausse piste.

— Je veux bien croire qu'il ait fait d'une pierre deux coups, Will, mais ça ne nous dit pas quelles sont ses motivations profondes.

— Plus j'y pense, plus je doute que Myles se soit mis au service d'une vengeance sanglante, même si Estabrook lui a fait un pont d'or. S'il exécute les basses besognes d'un milliardaire atrabilaire, c'est très probablement pour une raison plus personnelle.

Will regrettait d'être arrivé trop tard pour s'offrir un tête-à-tête avec Myles, mais ce n'était sûrement pas un hasard. Son ancien ami savait que Lizzie avait quitté Dublin dans la matinée, ainsi que l'heure de son atterrissage à Boston. Et il devait aussi savoir quand lui-même ferait son apparition au *Whitcomb.* Myles n'avait jamais été homme à laisser les choses au hasard.

Chassant la fatigue qui commençait à ralentir le rythme de sa pensée, il fit un véritable effort pour poursuivre.

— Simon, il ne faut surtout pas qu'Estabrook découvre que Lizzie est une taupe du FBI.

— Je sais. S'il l'apprend, elle va se retrouver en tête de sa liste noire, avec John et moi.

Une image de la jeune femme, attablée devant son café et ses scones, dans le restaurant du *Rush Hotel* de Dublin, s'imposa à lui. L'intensité de ses yeux vert pâle, le dessin de sa bouche… Au cœur de la nuit irlandaise, il était allé jeter un coup œil dans le salon de la suite alors qu'elle dormait déjà, à moitié cachée sous la couette.

— Will ? Tu es toujours avec moi ?

— Il faut que je parte, Simon. Tu sais que j'ai toute confiance en toi et en Josie. Pour les autres, je jugerai sur pièces.

Simon lui adressa un bref sourire.

— Tu as toujours rêvé d'une femme qui puisse te mettre une trempe !

La porte de derrière s'ouvrit à ce moment-là, et Jeremiah Rush bondit dans la ruelle comme un diablotin hors de sa boîte.

— Deux inspecteurs de police viennent d'arriver à l'hôtel. Ils sont là pour interroger le personnel et quiconque aurait vu l'Anglais qui a fichu une trouille bleue à Fiona. J'ai pensé que ça vous intéresserait de le savoir. Mon père a été prévenu et il sera bientôt là. L'idée qu'un tueur soit venu se pavaner dans son hôtel de luxe n'a pas eu l'air de l'enchanter.

— Merci de nous avoir avertis, lui dit Simon. Vous savez où est passée votre cousine ?

— Lizzie ? demanda Jeremiah, brusquement mal à l'aise.

— Oui, Lizzie, répondit tranquillement Simon en le regardant droit dans les yeux. Qui d'autre ?

— Mes frères et moi, on la considère comme notre sœur, dit le jeune homme, éludant la question. Son père est un type super, mais il passait sa vie à voyager quand elle était petite…

Il passa la main dans ses cheveux blond vénitien — marque de fabrique des frères Rush, apparemment — et éclata de rire, s'efforçant de faire diversion.

— On a toujours été persuadés que le père de Lizzie est un agent secret !

Will esquissa un sourire.

— C'est ce que Justin m'a dit ce matin à Dublin.

— Qu'est-ce qui me dit que je peux vous faire confiance ? leur demanda-t-il finalement en les regardant l'un après l'autre.

— Nous ne voulons aucun mal à votre cousine, lui assura Will.

— Vous peut-être pas, mais les gens que vous fréquentez…

— Ce sont les mêmes que ceux que fréquente Lizzie, fit remarquer Simon d'une voix moins conciliante.

Une lueur féroce alluma alors le regard de Jeremiah ; lueur que Will avait déjà vue dans les yeux de sa cousine.

— Tout ce que je souhaite, c'est que Norman Estabrook finisse ses jours en prison !

Simon resta impassible devant l'émotion du jeune homme.

— Votre famille a des moyens et un vaste réseau d'amis à travers le monde. Etes-vous aussi en train de rechercher Estabrook ? Et le père de Lizzie ? Il n'a pas l'intention de se porter au secours de sa fille ?

— L'oncle Harlan ? Je n'en sais rien du tout. La vérité, c'est qu'on cherche tous à aider Lizzie, chacun dans la mesure de ses moyens…

Il ne cachait ni sa colère ni son inquiétude.

— Au début, on ne trouvait rien à redire à sa relation avec Estabrook. Pour nous, elle s'était liée d'amitié avec un riche excentrique et elle profitait un peu de la vie, voilà tout. Je me souviens du jour où Estabrook a organisé une soirée pour le réveillon dans notre hôtel de Las Vegas. Lizzie ne voulait pas que je vienne, mais notre famille fêtait aussi le réveillon là-bas et je me suis invité à la soirée.

— Je m'en souviens, dit Simon.

Jeremiah le fixa d'un regard dur.

— J'aurais dû faire tomber ce porc du balcon, ce soir-là ! L'oncle Harlan m'aurait aidé à maquiller ça en accident.

Simon et Will échangèrent un regard, incapables l'un comme l'autre de dire si Jeremiah Rush parlait sérieusement. Les Rush n'étaient décidément pas une famille comme les autres et il ne fallait sous-estimer aucun de ses membres.

Will n'avait pas envie de croiser les enquêteurs qui venaient d'investir l'hôtel. Ils risquaient de ne pas être aussi compréhensifs que Bob s'il leur expliquait qu'il avait mieux à faire que de répondre à leurs questions. N'allaient-ils pas considérer que le jugement de leur chef était altéré par le caractère personnel de l'enquête dont il avait la charge ? Même flanqué d'un agent du FBI comme Simon, Will n'était pas à l'abri d'une garde à vue, ou au moins d'une nuit d'explications au poste.

Il se tourna de nouveau vers Jeremiah.

— Justin m'a dit que Lizzie avait l'intention de rénover une maison de famille dans le Maine. C'est là qu'elle est partie se réfugier ?

Jeremiah hésita, visiblement angoissé à l'idée de nuire involontairement à sa cousine.

— Lizzie et nous sommes dans le même camp, lui dit doucement Simon.

— Peut-être bien, répliqua Jeremiah, toujours sur la défensive. Mais ça ne veut pas dire qu'elle ne va pas me tordre le cou quand elle apprendra que je vous ai dit où la trouver. Elle m'a déjà filé une dérouillée une fois, et je n'ai pas envie qu'elle remette ça, ajouta-t-il d'une voix plus décontractée.

Will crut même déceler l'ébauche d'un sourire sur ses lèvres.

— Bon, reprit-il avec soupir. Je n'en suis pas sûr à cent pour cent, mais je crois bien qu'en effet elle est partie dans le Maine. Elle a sa maison, là-bas. C'est grand comme un placard à balais, mais elle adore y aller.

Il plongea la main dans la poche de son pantalon et en sortit un trousseau de clés.

— Tenez, dit-il à Will. Prenez ma voiture.

Il pointa le doigt en direction d'une rue qui partait à gauche au bout de la ruelle.

— Elle est garée là-bas. C'est une Saab gris clair.

L'air impénétrable, Simon regarda Will remercier le jeune homme avant de lui prendre les clés.

Jeremiah s'efforçait de donner le change, mais les deux amis voyaient à quel point il était anxieux, effrayé même.

— Depuis que Lizzie est en âge de marcher, son père l'a entraînée comme un soldat d'élite. A nous aussi, il a appris quelques trucs, mais on n'a eu droit qu'aux miettes. Il faut dire qu'on n'a jamais été aussi doués qu'elle. A en croire l'oncle Harlan, elle avait des dispositions naturelles. Oui…, dit-il avec une moue admirative, Lizzie est une vraie guerrière sous ses airs délicats. Mais elle connaît ses limites. Enfin, je crois… Pourvu qu'elle ne se mette pas en danger dans le Maine… J'espère que ce salopard d'Estabrook ne s'imagine pas qu'elle va souscrire à son appétit de vengeance sanguinaire à cause de ce qui est arrivé à sa mère ! Et j'espère surtout que vous ne comptez pas seulement sur elle pour le retrouver.

Simon arracha une autre feuille de géranium, aussi sèche que la précédente, et la réduisit en miettes entre le pouce et l'index.

— Qu'est-ce qui est arrivé à sa mère ? demanda-t-il d'un ton nonchalant.

De toute évidence, Jeremiah était sur le point de tomber dans un puits sans fond ; un puits dont les parois étaient tapissées d'innombrables couches d'histoire familiale, avec ses secrets, ses non-dits, ses femmes et ses hommes d'influence.

Will revit Lizzie dans ce pub irlandais, interrogeant entre deux gorgées de brandy l'homme qui avait voulu tuer Keira Sullivan. Elle était issue de ce monde complexe dont son cousin ne souhaitait plus parler. Elle savait naviguer dans ses méandres où d'autres se perdraient sûrement, tout comme lui savait naviguer dans les méandres de son propre univers.

— D'après ce que j'ai compris, ma tante Shauna était une femme intrépide, dotée d'un sens aigu de la justice…

Il s'interrompit un court instant, plantant son regard dans celui de Simon.

— … exactement comme Lizzie.

Simon ne cilla pas. De ses yeux verts, il étudiait attentivement le jeune homme. Des yeux verts comme les collines de la terre où se trouvait la femme qu'il aimait, protégée par les gardiens de la paix d'Irlande, l'*An Garda Síochána*.

— Jeremiah, soyez gentil d'accompagner Will jusqu'à votre voiture et de lui indiquer comment se rendre chez Lizzie, dans le Maine. Je me charge de ces messieurs de la police.

Puis il se tourna vers Will.

— On se tient au courant…

Sur ces mots, il grimpa les marches et disparut dans l'hôtel.

Jeremiah fit ce que Simon lui avait demandé et, dix minutes plus tard, Will se retrouva au volant d'une berline suédoise, progressant tant bien que mal dans les embouteillages de Boston en direction du nord.

En route vers le Maine et — du moins l'espérait-il — vers Lizzie.

22

Boston, Massachusetts,
le 26 août à 19 h 15, heure avancée de l'Est

Le visage creusé par la fatigue, Fiona semblait néanmoins soulagée d'être de nouveau dans son élément. Bob la regarda s'installer avec son ensemble sur la scène du *Morrigan's*, le pub de l'hôtel de charme des Rush. Pour autant qu'il pouvait en juger, « hôtel de charme » signifiait petit mais néanmoins hors de prix. Il avait fait semblant de s'inquiéter, demandant à sa fille si les hôtels de charme avaient un rapport avec les photos de charme, mais Fiona n'était pas encore prête à rire. En revanche, elle était prête à jouer de la musique. A partir du jour où elle avait escaladé le banc du piano familial, à deux ans et demi, frappant une heure durant le clavier de ses petits doigts, la musique était devenue pour elle une passion et un moyen de s'évader.

Bob s'était résolu à quitter l'impasse, après avoir laissé toutes les instructions nécessaires. Il avait besoin d'être dans le pub, à siroter un jus de fruits, attablé à l'endroit même où un tueur avait abordé sa fille.

Lucas Jones et Tom Yarborough avaient posé d'innombrables questions à Fiona, avant d'aller voir son père pour lui livrer leur sentiment.

— J'aurais dû lui demander quand elle avait vu Abigaïl pour la dernière fois, avait dit Lucas, qui s'en voulait de cet oubli.

— Elle aurait dû nous dire elle-même qu'elle avait vu Abigaïl la veille de sa disparition, avait lâché Yarborough avec sa froideur coutumière.

Voilà qui résumait assez bien les différences entre les deux inspecteurs. Pour couronner le tout, Yarborough se demandait si son supérieur ne gardait pas des choses pour lui, et il n'avait pas hésité à exprimer ses doutes à haute voix.

Le pire, c'est que c'était le cas. Bob n'avait pas rapporté à ses collègues le quart des propos échangés avec Will Davenport. Bien qu'il fût plutôt du genre à faire les choses dans les règles, par nature comme par principe, Bob avait appris avec l'âge à écouter son instinct. Ce qui l'amenait parfois à commettre, par souci d'efficacité, quelques entorses au code de bonne conduite entre collègues. Et puis à situation exceptionnelle attitude exceptionnelle. Et, pour le moment, la situation se résumait à deux mots : brouillard et chaos. Une bombe avait explosé, blessant grièvement un policier, une autre avait été désamorcée juste à temps, une inspectrice de police avait disparu, probablement enlevée, la fiancée d'un agent du FBI avait été victime d'une tentative de meurtre et on venait de retrouver le cadavre d'un inconnu dans une impasse qui jouxtait la maison des Garrison. Avec tout ça, pas la moindre piste, pas la moindre trace d'Abigaïl, pas un mot de ses ravisseurs. Rien qui permettait d'espérer une issue heureuse à ce qui avait tout l'air d'être un enlèvement.

Il fallait qu'il cesse de penser à sa jeune collègue ; qu'il cesse de la revoir dans le jardinet de l'immeuble en compagnie d'Owen, en train de taquiner Scoop à propos de son potager et de son bac à compost. Sept années durant, Abigaïl avait mis sa vie privée entre parenthèses pour se concentrer sur son travail et retrouver l'assassin de son mari. Et puis, l'été dernier, elle était tombée amoureuse d'Owen. Bien sûr, il leur fallait résoudre quelques problèmes pour éclaircir leur horizon commun — lieu d'habitation, familles respectives, désir d'enfant, ambition et carrières —, mais ils s'aimaient profondément et formaient un couple magnifique.

Et voilà que le ciel venait de leur tomber sur la tête.

Bob ne voulait même pas songer à ce qui se serait passé si Owen n'avait pas inspecté sa voiture.

Les musiciens qui formaient le groupe folklorique de Fiona étaient tous aussi jeunes qu'elle. Ils avaient été profondément choqués par les derniers événements, mais ils étaient déterminés à jouer, à montrer à la jeune fille qu'ils étaient là pour elle.

— Dites donc, les jeunes, vous pouvez nous interpréter *Johnny, I hardly knew you* ? cria Bob à leur intention. Je la chantais tout le temps, quand j'étais gamin.

— D'accord, mais viens chanter avec nous, papa ! lui répondit Fiona.

Elle avait repris un peu de couleurs, ne serait-ce qu'à cause des efforts fournis pour installer le matériel sur la scène.

Bob déclina l'invitation d'un discret geste de la main. Fiona s'était mis en tête de le faire chanter avec son groupe, depuis qu'elle avait découvert qu'il avait une belle voix. Lui voulait bien concéder qu'il avait « une voix décente ». Contrairement à ce qu'elle s'était imaginé, il n'avait jamais cherché à le lui cacher. Simplement, le goût de chanter lui était passé avec les années. Pourtant, après l'avoir écoutée interpréter quelqucs morceaux avec ses amis, il se leva et alla se joindre à eux.

La clientèle huppée du pub sembla apprécier la prestation de cet Irlando-Américain, sans doute autant conquise par sa voix que par ses cheveux roux.

Fiona profita d'une pause pour remercier et féliciter son père. Mais Bob O'Reilly n'avait jamais su que faire d'un compliment.

— Je te mets sous protection policière, répondit-il d'un ton bourru.

Elle hocha la tête avec une mimique qui n'avait rien de soumis ou de résigné. Elle était d'accord, tout simplement.

Soulagé, Bob ouvrit l'une des brochures qu'elle avait abandonnées sur la table, lorsqu'elle avait brusquement quitté le pub pour suivre les directives de Fletcher. Pourvu que les choses soient rentrées dans l'ordre en décembre..., songea-t-il. C'était à croire qu'ils attiraient les ennuis, ces derniers temps. Il jeta un regard à sa fille. Déjà dix-neuf ans... Theresa avait eu raison de lui rappeler qu'on ne pouvait plus décider pour elle. Il savait qu'il avait tort, mais c'était plus fort que lui : il voyait toujours Fiona comme une enfant. Même Eileen, sa sœur, lui avait dit qu'il devait laisser ses filles grandir. Comme s'il pouvait les en empêcher...

La brochure qu'il tenait entre les mains vantait les mérites d'un autre hôtel de la famille Rush.

— Ma grand-mère faisait des tourtes sucrées pour Noël, tu sais, des *mince-pies*... Elles fondaient dans la bouche.

Il sourit à sa fille, sans doute son premier vrai sourire depuis que la bombe avait explosé sur la terrasse d'Abigaïl.

— Peut-être qu'ils en serviront en Irlande.

— Le *Rush Hotel* de Dublin propose un thé pour le soir de Noël, dit-elle, les yeux brillants. Je suis certaine qu'ils en auront !

Génial !, songea Bob. Mais ça avait l'air de faire tellement plaisir à sa fille.

— Brown Thomas est seulement à quelques minutes de marche de l'hôtel, ajouta Fiona.

— Brown Thomas ? C'est qui celui-là ?

Elle leva les yeux au ciel.

— C'est un grand magasin chic qui se trouve dans *Grafon Street.*

— Tu connais le plan de Dublin par cœur ?

Le rose des joues de la jeune fille vira au rouge.

— On ne vit qu'une fois, papa.

Bob la regarda, admiratif.

Fiona avait mordu la poussière, mais elle se relevait déjà. Pourtant, il savait qu'un voyage, même très attendu, ne pourrait effacer à lui seul les épreuves qu'elle venait d'endurer. D'autant qu'elle risquait de vivre d'autres moments difficiles dans les jours à venir. Abigaïl se trouvait toujours aux mains de ses ravisseurs… Quant à Scoop, il était dans un sale état, mais Dieu merci il allait s'en sortir. Keira était sous protection policière en Irlande ; idem pour la femme de March à Washington D.C. et sa propre famille, ici même, à Boston.

En attendant, Estabrook courait toujours, sans que personne ait la moindre idée de l'endroit où il se trouvait.

— Vous avez pu identifier l'homme qui…

Fiona perdit d'un seul coup les couleurs qui avaient commencé à revenir sur ses joues.

— Le cadavre de l'impasse ? Pas encore, ma puce. Mais ça ne devrait pas tarder.

— J'ai vu la griffure sur son bras, papa. C'est l'un des types qui ont kidnappé Abigaïl, pas vrai ?

Elle fit une grimace. On aurait dit une enfant prise en flagrant délit, la main dans la boîte à bonbons.

— Désolée, dit-elle. Lucas et l'inspecteur Yarborough m'ont demandé de ne pas parler de ça dans un lieu public.

— Ça ne fait rien.

— Et si cet Anglais avait abandonné Abigaïl quelque part ? Elle est peut-être attachée et…

— Il a sûrement des complices qui sont restés avec elle.

— Je te demande pardon de ne pas t'avoir dit que je l'avais vue ici, la veille de l'explosion.

— Abigaïl non plus ne m'a pas dit qu'elle t'avait vue. Tu sais, Fi, je ne sais pas ce qui l'inquiétait, mais ce n'était sûrement pas quelque chose de grave. Rien qui puisse conduire quelqu'un à placer une bombe sur sa terrasse.

Mais si elle était venue exprès au *Morrigan's* pour demander à Fiona de cesser d'y jouer, pour quelle raison l'avait-elle fait ?

Bob se posait à peu près un million de questions, dont bon nombre concernaient de près ou de loin une certaine Lizzie Rush. Scoop l'avait vue traîner devant leur immeuble la veille de l'attentat, quelques heures avant qu'Abigaïl ne vienne mettre Fiona en garde au *Whitcomb.* Le lendemain, cette même Lizzie Rush appelait d'Irlande au côté de Keira pour prévenir qu'une bombe était sur le point d'exploser.

— Si l'homme de l'impasse a participé au kidnapping d'Abigaïl, dit pensivement Fiona en se laissant tomber sur une chaise, pourquoi l'Anglais l'a-t-il tué ? A priori, ils sont dans le même camp, non ?

— On peut rester assis là des heures à imaginer toutes sortes de scénarios, tu sais. Une querelle qui aura mal tourné. Ou alors l'Anglais aura trouvé que son complice prenait trop de risques et mettait l'organisation en danger. Ça peut aussi être une histoire de gros sous. Si ces gars sont des mercenaires à la solde d'Estabrook, ils doivent être grassement payés. L'Anglais a peut-être eu envie de tout garder pour lui.

— Et peut-être que ce n'est pas lui qui l'a tué, tant que tu y es.

— Ce que j'essaie de te dire, c'est qu'il y a ce qu'on croit et la réalité. Parfois les deux se rejoignent, parfois non. A ce stade de l'enquête, je préfère considérer qu'on ignore la vérité. C'est pour ça qu'on vérifie tout.

— Will, l'ami de Simon, doit…

— Tu connais *Whiskey in the Jar*? coupa-t-il. C'est une bonne chanson.

Fiona fit une mimique consternée, droit sortie du catalogue d'expressions de sa mère.

— Evidemment que je la connais ! Enfin, papa… Tu m'as entendue la jouer des centaines de fois !

— Mais je ne l'ai jamais chantée avec toi.

Bien qu'habile, la technique de diversion ne fonctionna pas longtemps. Fiona revint bientôt à la charge.

— Cet Anglais, Fletcher… Il a pu tuer l'homme de l'impasse en état de légitime défense ?

Bob poussa un long soupir.

— Comme je te l'ai dit, on peut tout imaginer, y compris un cas de légitime défense. Mais quoi qu'il se soit passé dans cette impasse, sache que ce ne sont pas tes affaires.

— Ce n'est pas ce qu'a l'air de penser Yarborough. Parfois, quand il me pose des questions, j'ai l'impression d'être sur sa liste de suspects.

— Ne fais pas attention, il est comme ça avec tout le monde. Je veux que tu essaies d'oublier ces horreurs, Fi, et que tu reprennes le cours normal de ta vie.

Fiona hésita, puis décida de passer à un autre sujet.

— Tu as des nouvelles de Keira ?

— Je ne lui ai parlé que quelques minutes, juste avant

que tu m'appelles de l'impasse. Crois-moi, elle n'est pas plus ravie que toi d'être sous protection policière. Mais, sous ses airs lunatiques, Keira est une fille qui a les pieds sur terre. Elle sait que c'est nécessaire. Et puis ça rassure Simon et ça lui permet de se concentrer sur ce qu'il a à faire.

— Scoop…, murmura-t-elle. C'était dur de le voir, ce matin.

— Tu as été courageuse de partir seule à l'hôpital pour lui rendre visite. Son état s'améliore d'heure en heure, tu sais. Il va s'en sortir.

Il s'efforça de parler d'une voix plus douce, mais rien ne le rendait plus mal à l'aise qu'une discussion à cœur ouvert avec sa fille. Ou avec n'importe qui d'autre, d'ailleurs.

— Scoop est un type bien, Fi… Et même plus que ça. Mais il est trop vieux pour toi. Dans quelques années, la différence d'âge sera peut-être moins frappante, mais pour le moment tu ferais mieux de t'intéresser aux garçons de ton âge. Ces jeunes crétins, par exemple, dit-il en indiquant les deux autres musiciens qui regagnaient la scène. Celui qui joue de la mandoline n'est pas mal, qu'en dis-tu ?

— Papa, qu'est-ce que tu vas imaginer ? Scoop est un ami, rien de plus.

— Ah oui ? Et le joueur de mandoline ?

— Un ami aussi. De toute façon, ce n'est pas pour moi que Scoop en pince.

— Ah non ? Et pour qui alors ?

— Il a un faible pour Keira.

— Qu'est-ce que tu vas chercher ? Va donc jouer de la musique au lieu de dire des bêtises.

La jeune fille alla rejoindre ses amis sur la petite scène et ramassa sa harpe. A eux trois, ils disposaient d'une demi-douzaine d'instruments qu'ils pouvaient utiliser selon le morceau choisi. Et tous savaient chanter.

Bob monta l'escalier qui menait au lobby et se dirigea vers le bureau de réception derrière lequel trônait Jeremiah. Après l'avoir interrogé, Tom Yarborough et Lucas Jones l'avaient décrit comme un garçon « intelligent, malin et à l'esprit inventif ». Trop inventif selon Yarborough, qui était convaincu que le jeune homme en savait plus long qu'il ne voulait le dire. En fait, Jeremiah avait bien menti, non pas directement, mais par omission. Les inspecteurs avaient eu le sentiment qu'il éludait certaines questions, répondant un peu à côté, délayant pour faire diversion, affectant de ne pas comprendre où ils voulaient en venir. Yarborough n'avait sûrement pas dit son dernier mot avec lui, songea Bob, avant de se présenter au jeune homme.

— Parlez-moi un peu d'Abigaïl Browning, lui demanda-t-il.

Jeremiah ramassa quelques enveloppes, les réunissant entre ses mains pour en faire une pile bien nette.

— Elle est venue à l'hôtel la semaine dernière et je l'ai revue avant-hier soir.

— Seule chaque fois ?

— Oui, si mes souvenirs sont bons.

— Le pub proposait une soirée irlandaise ?

— On ne joue que de la musique irlandaise au *Morrigan's*. Mais la première fois qu'elle est venue, c'était un après-midi. Elle est venue prendre le thé.

— Prendre le thé ou boire un thé ?

Voyant Jeremiah hésiter un instant, Bob crut devoir préciser sa question.

— Théière en argent, cake aux fruits et petits gâteaux, ou juste un sachet dans une tasse ?

— Entre les deux.

— Et votre cousine ?

— Quoi, ma cousine ?

Voilà qu'il jouait l'imbécile, comme avec Lucas et Yarborough.

— Lizzie, précisa-t-il en s'efforçant de ne pas hausser le ton. Celle qui a trouvé un cadavre dans une impasse, tout à l'heure. Vous voyez de qui je parle, monsieur Rush ?

L'autre conserva tout son aplomb.

— Lizzie passe pas mal de temps ici. Elle travaille pour notre société dont le siège se trouve précisément à Boston.

— D'accord… Et elle est venue souvent, depuis le mois de juin ?

— De temps à autre. Pas tellement en juin. Par contre, elle a passé beaucoup de temps avec nous en août. Elle était là pour mettre au point de nouveaux circuits touristiques destinés à notre clientèle. Elle dirige les services de conciergerie de tous nos hôtels, vous savez. Mais elle ne passe pas non plus sa vie au *Whitcomb* quand elle est là.

— Que fait-elle alors, quand elle n'est pas à l'hôtel ? Elle espionne Abigaïl Browning ?

Jeremiah accusa le coup et déplaça la pile d'enveloppes sur un coin du bureau pour se donner une contenance.

— Comment pouvez-vous dire une chose pareille, inspecteur ? demanda-t-il d'une voix indignée.

Bob lui lança un regard qui semblait dire : « Tu es peut-être bon comédien, mais sache que je ne suis pas dupe. »

— Revenons à Abigaïl, d'accord ? Si vous dites l'avoir vue, c'est que vous l'avez reconnue. Vous la connaissez depuis longtemps ?

— Les Garrison séjournent parfois ici. Ils réservent des chambres aux périodes où se tiennent les soirées de bienfaisance organisées au profit de la Fondation Dorothy et de Fast Rescue. C'est pour ça que j'ai souvent croisé Abigaïl. Et puis c'est quand même la fille de John March, ajouta-t-il avec l'expression de quelqu'un qui est en train de commettre une gaffe.

Expression qui ne pouvait échapper au radar de l'inspecteur O'Reilly.

— Parce que vous connaissez aussi le directeur du FBI ? demanda-t-il en se penchant, les avant-bras posés sur le plateau de bois du bureau de réception.

— « Connaître » est un bien grand mot, inspecteur.

Si tous les membres de cette famille étaient comme ce garçon, songea Bob avec un accès d'impatience, Yarborough allait s'arracher les cheveux.

— Mais vous l'avez déjà rencontré ?

— Il vient au *Whitcomb* une fois par an. C'est une tradition pour lui.

— Ah bon ? Il s'est marié ici et il y revient chaque année avec sa femme pour leur dîner d'anniversaire, c'est ça ?

— Non.

A voir sa tête, le jeune homme s'en voulait d'en avoir trop dit.

— Il vient juste boire un verre au *Morrigan's*.

— Seul ?

— Oui, toujours seul.

— Et à la même date ?

— A la fin août, donc à peu près à cette période de l'année.

— Tiens donc !... Et ça fait longtemps que ça dure ?

Jeremiah promena un regard affairé sur le bureau.

— Je ferais bien de me remettre au travail, dit-il. Je dois m'occuper de nos clients, sans compter les journalistes qui n'arrêtent pas d'appeler...

Hélas pour lui, il n'y avait pas le moindre client en vue. Quant aux journalistes qui n'arrêtaient pas d'appeler, le téléphone n'avait pas sonné une seule fois depuis que Bob était monté le rejoindre.

— Alors, ça fait longtemps que ça dure ?

— Je n'aurais pas dû vous parler de ça.

— Trop tard.

— La vie privée de John March n'a rien à voir avec l'affaire sur laquelle vous enquêtez, inspecteur.

— Ça, c'est à moi d'en juger, jeune homme. Alors, depuis combien de temps ?

— Au moins trente ans. Avant ma naissance, en tout cas.

Trente ans plus tôt, March était un jeune inspecteur de police, et lui-même un garçon de vingt ans qui s'apprêtait à marcher dans les pas de son père, policier à Boston.

— Que vient-il commémorer depuis trois décennies ?

— Franchement, je n'en sais rien. Les Rush n'ont jamais été du genre à questionner leurs clients. La discrétion fait partie de la politique de l'hôtel, monsieur O'Reilly. Le luxe, c'est aussi un certain savoir-vivre.

La leçon ne sembla pas impressionner Bob, qui vit là une nouvelle technique de diversion.

— Ça n'aurait pas quelque chose à voir avec Lizzie ou son père ? demanda-t-il, imperturbable.

Jeremiah se passionna soudain pour une petite tache sèche qu'il venait de repérer sur le bois.

— Vous avez bien une idée sur la question, insista Bob tandis que son interlocuteur, l'air absorbé, se mettait à gratter le point sombre avec son ongle.

— Entre ce qu'on imagine et la réalité, il y a parfois un monde, dit finalement Jeremiah sans relever la tête.

— Ça vous arrive de répondre directement à une question ?

Jeremiah redressa le visage, un sourire factice accroché aux lèvres.

— Fiona est impatiente de passer Noël en Irlande, dit-il. Mon père a l'intention de lui offrir quelque chose, ainsi qu'à ceux qui l'accompagneront, bien sûr… Ça dépendra de ce qu'elle a envie de faire à Dublin.

— Du shopping, aller écouter de la musique dans les pubs et prendre le thé dans un endroit chic le soir de Noël, répondit Bob d'une voix monocorde. Elle a parlé de l'Irlande avec votre cousine Lizzie ?

— Possible. Je n'en sais rien.

— Quand j'étais jeune, le pub que vous avez en bas était un bar huppé où se retrouvaient tous les cols blancs de la ville. Quand votre famille a-t-elle décidé de le transformer en pub irlandais et de l'appeler le *Morrigan's* ?

Jeremiah balaya le lobby des yeux, comme s'il cherchait un prétexte pour mettre un terme à l'entretien. Après avoir erré quelques secondes sans rien trouver où se fixer, son regard revint se poser sur Bob.

— Le bar a été transformé à la mort de ma tante Shauna, la mère de Lizzie. Son nom de famille était Morrigan.

— Que lui est-il arrivé ?

Cette fois-ci, le jeune homme répondit sans hésiter. Au point où il en était…

— Elle a trébuché sur un pavé dans une rue de Dublin. Une mauvaise chute qui lui a été fatale.

— Dublin, hein ?

— C'était un accident, s'empressa d'ajouter Jeremiah.

Avant que Bob ne puisse finir de lui tirer les vers du nez, John March entra dans le lobby de l'hôtel, entouré d'une nuée d'agents du FBI.

La mâchoire serrée, Bob garda un œil sur le jeune homme.

— Vous avez une pièce tranquille où je pourrais aller m'entretenir avec M. March ?

— Bien sûr. Dites-moi, inspecteur, les policiers qui protègent Fiona…

— Vont rester là tant qu'elle y sera, oui… A la vitesse où les choses dégénèrent, une présence policière ne pourra qu'être bien perçue par votre clientèle. Ça ne causera pas de tort à l'hôtel.

— Nous voulons tous que Fiona et ses amis soient en sécurité.

Ces paroles semblaient tout à fait sincères, songea Bob, tandis que Jeremiah lui indiquait un escalier tout en courbes qui montait vers un étage en mezzanine.

— La *Frost Room* est libre. Le nom est indiqué sur la porte, vous ne pouvez pas vous tromper. Restez-y aussi longtemps que vous le souhaitez.

— Frost ? Encore quelqu'un de la famille ?

— Non. Cette salle doit son nom à Robert Frost, le poète. Ma mère apprécie tout particulièrement son œuvre.

Pendant que March se tenait en retrait, parfaitement silencieux, Bob proposa que ses agents investissent les étages à la recherche de bombes, de micros espions, de mercenaires tapis dans les couloirs ou de Dieu sait quoi encore. Il descendit au pub et expliqua à Fiona et aux policiers chargés de sa protection où on pouvait le trouver.

Ce qu'il ne leur dit pas, c'est qu'il allait essayer de faire parler un vieil ami habitué à se taire.

Il remonta dans le lobby et entraîna John jusque dans la salle lambrissée où trônait en bonne place le portrait d'un homme élégant. Sans doute ce Robert Frost, songea Bob. Il lui sembla qu'une bonne partie du mobilier de cette pièce avait appartenu à l'ancien bar. Malgré le bois sombre des murs et des meubles, malgré les peintures à l'huile et leurs cadres dorés, malgré les statuettes de bronze et d'étain, l'atmosphère de la pièce n'avait rien d'étouffant. Mais il n'était pas là pour juger la décoration.

Il se tourna vers John, qui se tenait dans un angle, à côté d'une armure parfaitement astiquée.

— Tu as déjà rêvé d'être un chevalier qui défend la veuve et l'orphelin ?

March secoua la tête.

— Je n'ai jamais pensé avoir l'étoffe d'un héros.

— Moi non plus, dit Bob avant de lâcher un soupir. Tu n'as pas joué franc-jeu avec moi, John.

— Je t'ai dit ce que je savais.

— Non… Tu ne dis jamais tout ce que tu sais. Si tu achetais des carottes et des poireaux au marché et que je te demandais ce que tu as rapporté dans ton panier, tu me répondrais des carottes. Par principe. En fait, tu m'as dit ce qui te semblait pertinent. Mais tu n'as pas posé beaucoup de questions sur Will Davenport. Pourtant, tu le connais. J'en mettrais ma main au feu.

— Je sais que Simon et lui sont amis, répondit March. Mais je ne l'ai jamais rencontré.

Une réponse prudente.

— C'est un lord. Le fils d'un aristocrate britannique. Un marquis, ou quelque chose comme ça.

Un sourire flotta un instant sur les lèvres de March, si ténu que Bob se demanda s'il ne l'avait pas imaginé. Mais il ne pouvait ignorer la douleur qui assombrissait encore un peu plus les yeux de son vieil ami.

— Bob, si je peux faire quoi que ce soit qui nous aide à retrouver Abigaïl, si tu penses à quelque chose que tu voudrais que je te dise, demande-le-moi et je te répondrai tout de suite.

— On a tous les deux les nerfs à vif… Tu crois que Davenport peut retrouver ta fille ?

— Il fera son possible pour nous aider. Par amitié pour Simon.

— Mais il ne le fera pas pour toi.

March avait retrouvé son masque impassible de directeur du FBI.

— Non. Je crois qu'il me soupçonne de lui avoir caché des informations qui lui auraient permis de sauver deux de ses hommes.

— Et toi, tu penses quoi de lui ?

— Je pense que c'est lui qui a fait des erreurs.

— Et l'autre Anglais ?

— Fletcher ? C'était la première fois que j'entendais ce nom-là.

Bob secoua la tête avec une moue de reproche.

— Tu vois, tu recommences. Tu me réponds que tu n'avais jamais entendu son nom, mais moi je lis en filigrane que tu as ton idée sur la question.

— Ce ne sont pas mes suppositions qui vont t'aider à y voir plus clair, Bob.

March abandonna l'armure et marcha vers une bibliothèque murale garnie d'ouvrages. Son complet était de bonne facture et semblait sortir de chez le teinturier, mais l'homme qui le remplissait rétrécissait à vue d'œil. On aurait cru qu'il allait disparaître dans les plis impeccables de son costume.

— Il y a des jours où je me dis que j'aurais aimé être un poète, dit March en tournant le dos aux livres. Pas toi ?

— Non. Ça me plaît d'être flic et de faire parler les muets, quitte à être un peu brusque. A ce propos, qu'est-ce que tu sais sur Lizzie Rush ?

— J'ai placé toute la famille Rush sous protection.

Une réponse indirecte, mais qui en disait long. Assez en tout cas pour que Bob commence à mieux cerner le rôle joué par la jeune femme dans cette histoire.

— Depuis combien de temps informe-t-elle le FBI ?

— Elle est restée anonyme jusqu'à aujourd'hui, répondit March.

— Elle est restée anonyme parce que tu l'as bien voulu, rétorqua Bob. Alors, depuis combien de temps ?

— Un an.

Bob émit un long sifflement.

— Une source du FBI qui reste anonyme pendant toute une année ?

— Elle connaît la musique, tu sais. Et elle était résolue à ne pas dévoiler son identité. Elle a inventé une histoire... Elle m'a persuadé que je mettrais sa vie en danger en cherchant à savoir qui elle était. Sa collaboration était spontanée, mais elle s'est avérée cruciale.

— Collaboration régulière ?

— Intermittente. J'ai cru avoir affaire à un pro.

— Mais pas à quelqu'un de chez toi.

— Je pense que je n'en saurais toujours pas plus sur elle, si elle ne s'était pas portée au secours de Keira et ne t'avait pas ensuite prévenu qu'une bombe allait exploser chez toi.

— Abigaïl s'est intéressée de près au réseau bostonien d'Estabrook après avoir appris qu'il avait proféré des menaces de mort contre Simon et toi.

Et elle avait reçu un sacré coup sur la tête en comprenant le type de relation qu'entretenaient son père et Simon depuis vingt ans. Mais pas question de mettre les pieds sur ce terrain glissant. Ce n'était pas le moment, et ça ne le serait sans doute jamais.

— Lizzie Rush n'est pas dans l'hôtel.

— J'ignore où elle est partie. Elle m'a appelé après qu'elle et ta fille ont découvert…

— Tu lui as demandé où elle se rendait et ce qu'elle comptait faire ? l'interrompit Bob avant de soupirer, certain de la réponse de son interlocuteur. Vous autres, au FBI, vous me filez la migraine ! Je vais retrouver ta fille, John. Je veux comprendre pourquoi le type qui gît maintenant dans cette impasse avec un trou dans la tête l'a enlevée au lieu de laisser la bombe s'occuper de son cas. Si tes relations avec la famille Rush ont quoi que ce soit à voir avec ce merdier, il faut que tu me le dises.

— Tiens-moi au courant, se contenta de répondre March.

Bob le dévisagea un instant en silence.

— Rentre à Washington D.C. et ne te mêle pas de mon enquête, dit-il finalement.

— Va te reposer, Bob. Où as-tu dormi la nuit dernière ?

— Dans l'appartement de Keira.

— Tu sais comment elle va ?

— Bien sûr. Une petite fée irlandaise est entrée par la fenêtre, hier soir, et elle m'a donné de ses nouvelles.

March resta de marbre et Bob pointa le doigt vers lui.

— Tu caches trop de choses.

— Les secrets font partie du boulot.

— Certains, oui. Mais pas tous.

Bob posa un baiser sur le front de sa fille et quitta le *Whitcomb* au moment où Theresa y entrait. Elle ne daigna même pas le regarder, mais cette attitude ne lui fit ni chaud ni froid. Elle allait ramener leurs trois filles dans sa maison de Lexington où elles resteraient, sous la protection de la police, jusqu'à ce que l'horizon s'éclaircisse. Sa famille était désormais en sécurité, et le reste — y compris la colère de son ex-femme — n'avait pas d'importance. Qu'elle lui fasse tous les reproches qu'elle voulait, si ça pouvait l'aider à supporter le stress de la situation.

Enfournant un chewing-gum dans sa bouche, il mit le cap sur l'hôpital.

Scoop avait toujours la main crispée sur la poire qui lui permettait de s'auto-injecter de la morphine, mais il semblait plus éveillé que la dernière fois.

— La jeune femme aux cheveux noirs que tu as vue devant chez nous s'appelle Lizzie Rush, l'informa-t-il. Est-ce qu'Abigaïl a déjà mentionné ce nom devant toi ?

— Non, répondit Scoop après quelques secondes de réflexion.

— Fiona t'a dit qu'elle donnait des concerts avec son groupe au pub de l'hôtel ?

— Oui. Je comptais d'ailleurs aller y faire un tour.

— Pourquoi étais-je le seul à ne pas être au courant ? Je sais que je suis rarement disponible, mais je ne suis pas non plus un père indigne ! s'exclama Bob. J'aime bien savoir ce que font mes gamines…

Il se massa le visage.

— J'ai le droit de venir applaudir Fiona, non ? de lui montrer que je m'intéresse à ce qu'elle fait.

Scoop plissa ses yeux gonflés.

— Tu es sûr que ça va, vieux ?

— Oui, sûr. Il faut simplement que je change deux ou trois trucs dans ma vie. Ma façon d'aborder les choses, par exemple. Enfin, bref, dit-il avec un sourire un peu gêné, il ne manquerait plus que ce soit toi qui te fasses du souci pour moi. Ce qui compte pour le moment, c'est que tu quittes cet hôpital au plus vite pour revenir parmi nous.

Mais même dans son état, Scoop avait trop d'empathie pour ne regarder que son nombril.

— Fiona n'a pas essayé de t'exclure de sa vie, Bob. C'est juste que ça la rend parfois un peu nerveuse d'avoir des membres de sa famille parmi les spectateurs.

— Scoop, oublie ce que j'ai dit, d'accord ? Tout va bien, je t'assure. Abigaïl t'a-t-elle dit quoi que ce soit au sujet de Fiona, du pub de l'hôtel Whitcomb ou de la famille Rush ?

— Pas un mot. Elle est au courant que ta fille joue là-bas ? Fiona me confie des choses qu'elle ne raconte ni à toi ni à Abigaïl, tu sais.

— Sans blague !, dit Bob avec une pointe d'amertume dans la voix. Et en ce qui concerne Abigaïl, la réponse est oui. Elle est au courant.

— Je ne sais pas ce qu'Abigaïl trafiquait avant que cette foutue bombe n'explose, mais j'ai le sentiment qu'elle était sur un coup. Elle nous a caché quelque chose…

Bob poussa un petit grognement.

— Bon sang, dit Scoop, je sens bien que tu me caches quelque chose, toi aussi.

Il changea de position au prix d'un grand effort.

— Fais-moi sortir d'ici.

— Les médecins te laisseront partir dès que tu pourras marcher sans répandre du sang sur ton passage. En attendant…

Mais Scoop ne l'entendait plus. Bob resta un moment assis à son chevet, à le regarder dormir. D'ordinaire, il échangeait des idées et des points de vue avec les deux policiers, mais aujourd'hui il n'avait ni l'un ni l'autre pour le stimuler et faire avancer son enquête.

Sentant qu'il s'apitoyait sur son sort, il quitta l'hôpital pour le quartier de Roxbury, où se trouvaient les bureaux de la brigade criminelle. Là, il se ressaisit et se remit au boulot. Avec ses hommes, il fit le point sur les diverses investigations en cours : Abigaïl, la bombe qui avait explosé et celle désamorcée par Owen, le cadavre découvert dans l'impasse…

Sa garde rapprochée était maintenant réunie dans une salle de conférences au milieu des ordinateurs, cartes géographiques, tableaux reprenant la chronologie des faits et autres graphiques colorés.

Personne ne lui adressait la parole. Il devait encore avoir une tête à faire peur.

Il prit Tom Yarborough à part, à côté d'une table encombrée de tasses sales et d'une Thermos à demi pleine de café éventé.

— Ne commence pas à me prendre la tête, lui ordonna-t-il d'entrée de jeu. Pour une fois, contente-toi de m'écouter. J'ai besoin que tu mettes le nez dans le réseau d'amis qu'Estabrook a dans notre ville.

— La famille Rush, tu veux dire ?

Bob soupira. Ce type avait toujours une longueur d'avance.

— Tu as déjà commencé à creuser dans cette direction ?

— J'ai juste mis un doigt de pied dans l'eau, histoire de prendre la température. Je me demande ce que notre base de données nous sortirait si on y entrait le nom du père de Lizzie. Harlan Rush est un joueur invétéré qui passe une partie de l'année autour des tables de poker de Las Vegas. Mais une partie seulement…

— Tu penses que le FBI va piquer sa crise si on s'intéresse de trop près à lui ?

— Je pense plutôt à trois autres lettres.

La CIA.

— Génial ! grommela Bob.

Comme s'il n'y avait pas déjà suffisamment de types de Washington qui marchaient sur ses plates-bandes.

— Tu penses qu'on aurait droit à une descente de barbouzes en costard ?

— Franchement, je n'en sais trop rien. Mais Harlan Rush est le genre de gars qu'on n'a pas envie de prendre à rebrousse-poil. Cet homme est un joueur, Bob. Et il n'est pas encore hors-jeu.

Les chiens ne faisant pas des chats, Lizzie était manifestement la digne fille de son père.

— Tu lui as déjà parlé ?

Yarborough acquiesça d'un signe de tête.

— Tu as fait du bon boulot, Tom.

— Peut-être, mais je ne suis pas certain que ça nous rapproche d'Abigaïl.

23

Près de Kennebunkport, Maine,
le 26 août à 20 h 19, heure avancée de l'Est

Lizzie posa le pied sur la galerie couverte entourant sa petite maison avec une joie presque enfantine. Sa demeure était construite sur les rochers, près de l'embouchure de la rivière Kennebec. La marée était en train de descendre, mais on voyait encore des bateaux de plaisance et de pêche qui rentraient au port. Elle poussa la porte, dont l'unique pièce faisait à la fois office de salon, de chambre et de cuisine américaine. Seuls la salle de bains et les W.C. avaient droit à une véritable cloison. Elle ouvrit grand les fenêtres, laissant la brise du soir s'engouffrer à travers les grilles antimoustiques, puis ressortit sous la véranda pour écouter, les yeux clos, le son des bateaux et de l'océan au crépuscule.

La grande bâtisse construite par son grand-père se trouvait à moins de deux cents mètres de là, un peu plus haut sur les rochers. Une bâtisse qui lui appartenait maintenant.

La jeune femme avait demandé à un ami architecte de lui faire des propositions pour une rénovation. Mais au lieu d'un projet, ce dernier lui avait envoyé une boîte d'allumettes. Lizzie adorait le Maine, contrairement à son père qui refusait d'y mettre les pieds. Tout comme il évitait Dublin, et, dans une moindre mesure, Boston.

— L'eau est trop froide, là-bas, disait-il.

Mais elle savait bien qu'il craignait plus les souvenirs que la fraîcheur de l'océan.

Elle avait dix ans quand elle avait commencé à fantasmer que son père était un espion, quinze quand elle avait compris qu'il en était vraiment un. Il éludait ses questions sur le sujet tout en continuant à lui enseigner à se battre, à repérer une filature, à semer des poursuivants, à se constituer une boîte aux lettres secrète pour échanger des informations en toute discrétion… Bref, toutes les ficelles du métier. Mais plus encore qu'un enseignement technique, il lui avait transmis une façon d'être. Une façon de penser et de réagir qui était l'apanage des initiés.

Il avait fallu qu'elle séjourne en Irlande pour se convaincre définitivement que sa mère n'avait pas trébuché sur un pavé, comme le prétendait la version officielle. Les véritables circonstances de sa mort expliquaient que son père lui ait appris à planter ses doigts dans la gorge d'un homme.

— Le savoir et la technique ne sont pas tout, lui avait-il dit un jour. Si tu te trouves engagée dans une lutte à mort, oublie les règles et laisse parler ton instinct. Il s'agit d'en sortir vivant. A n'importe quel prix.

Lorsqu'elle rouvrit les yeux, Lizzie vit un cormoran plonger dans l'eau calme. Sa grand-mère, connue pour son horreur du gaspillage, avait passé beaucoup de temps dans le Maine au cours des dernières années de sa vie. Elle n'avait jamais voulu faire rénover la maison, sans doute par souci d'économie.

— Elle est très bien comme ça, disait-elle. Délabrée à mon image.

Seule la vue n'avait pas changé, belle comme étaient

beaux les souvenirs que ces lieux évoquaient pour la vieille dame.

— Vois-tu, ma petite Lizzie… lorsque je suis ici, les souvenirs me réchauffent comme la plus douillette des couvertures.

Mais Edna Whitcomb n'était pas du genre à verser dans la sentimentalité et elle avait aussitôt ajouté :

— Rasez cette maison quand je ne serai plus de ce monde. C'est l'emplacement qui a de la valeur.

Lizzie avait souri.

— C'est un endroit magique.

— Toi, lui avait dit sa grand-mère, tu as l'âme romantique de ta mère.

— Dis, bonne-maman… tu crois réellement qu'elle a trébuché sur un pavé ?

C'était une question qu'elle avait déjà posée, mais sa grand-mère avait attendu d'être au crépuscule de sa vie pour y répondre.

— Je lui demanderai quand je la retrouverai au paradis, mais je n'ai jamais cru à cette fable. Non, Lizzie, je ne pense pas que ta mère ait fait une mauvaise chute sur les pavés de Dublin.

Elle s'était interrompue un instant avant de reprendre d'une voix qui avait retrouvé un peu de son tonus :

— En revanche, quoi qu'il lui soit arrivé, je suis certaine que justice lui a été rendue. Si quelqu'un lui a fait du mal, tu peux être sûre que ton père lui a rendu la monnaie de sa pièce.

— Comment était-elle ?

— Tu lui ressembles beaucoup. Et pas que physiquement.

Le bruit d'une voiture arracha Lizzie à ses pensées. Marchant sur la pointe des pieds le long de la galerie couverte, elle contourna la maison jusqu'à ce qu'elle puisse apercevoir l'allée de gravier où venait de s'immobiliser la Saab grise de Jeremiah.

Jeremiah qui allait avoir de ses nouvelles ! pensa-t-elle, en regardant Will Davenport ouvrir la portière et plisser les yeux vers les derniers rougeoiements du coucher de soleil. Elle attendit un moment, mais personne d'autre ne sortit du véhicule.

Il était venu seul.

Elle resta sur la galerie, écoutant les pas réguliers de son beau visiteur gravir les quelques marches, puis venir dans sa direction. Quand il apparut dans son champ de vision, elle posa les deux mains sur le dossier d'un fauteuil de bois emprunté à l'autre maison.

— Déjà là ? demanda-t-elle avec un petit sourire.

— Surprise ?

— Non. Pas du tout.

Elle avait dit cela par défi, mais elle se rendit compte que c'était la vérité.

Il continua à marcher vers elle et elle prit le temps de le dévisager.

— Au fond, malgré tes vêtements chic, tu as une vraie tête de baroudeur, lui dit-elle. Je t'imagine très bien en train d'escalader une montagne escarpée, avec un gros sac à dos et un pistolet d'assaut.

Will lui sourit, s'approchant encore un peu plus.

— Je vois que ton imagination est toujours aussi fertile.

— Quoi ? Le SAS et le MI6 ne fournissent pas le sac à dos ni le pistolet ?

Elle fronça les sourcils.

— Jeremiah t'a dit où tu pouvais me trouver ? Mes cousins ne savent pas tenir leur langue, on dirait.

— Tu sais qu'ils ne cherchent qu'à t'aider. Ces garçons t'adorent, Lizzie.

Elle allait répondre par une plaisanterie, mais elle nota pour la première fois des signes de fatigue sur le visage de Will. La tension des derniers jours était visible dans ses yeux, à présent fixés sur l'Atlantique.

— Cette maison appartient à ta famille ?

Sa voix grave couvrait le cri lointain des mouettes.

— Non, elle est à moi. Mon arrière-grand-père du côté Rush était pêcheur ici. Son fils s'est bien débrouillé dans la vie et s'est marié avec une fille de bonne famille de Boston. Une Whitcomb. Mais le Maine lui manquait et il est revenu y construire une belle maison qui surplombe l'océan. Elle m'appartient aussi, maintenant. Elle était dans un tel état de délabrement à la mort de ma grand-mère que personne dans la famille n'en a voulu.

Will se retourna et s'appuya contre la balustrade, dos à l'océan. La brise du soir jouait dans ses cheveux blonds. Dans la lumière, ses yeux attentifs prenaient une teinte bleu-vert que la jeune femme n'avait jamais vue auparavant.

— Peut-être ont-ils préféré que cette maison te revienne, dit-il.

Elle abandonna le fauteuil de bois et vint s'accouder à la balustrade, juste à côté de lui. Mais, contrairement à lui, elle se tourna vers l'eau.

— Je n'avais jamais envisagé cette possibilité. Ma famille est…

Elle haussa les épaules avec un petit soupir.

— J'ai de la chance de les avoir, tu sais. Ils comptent tous beaucoup pour moi.

Son regard se posa sur un langoustier à la peinture écaillée qui rentrait au port sans se presser.

— J'aurais dû grandir ici, reprit-elle. Mais ma mère est

morte brutalement et mon père a dû revoir ses… Enfin bref, les choses ne se sont pas passées comme prévu.

— Les choses se passent rarement comme prévu.

Elle lui jeta un regard en biais.

— Tu en sais beaucoup sur moi.

Encore ce sourire esquissé.

— Pas assez à mon goût.

La lueur de désir qu'elle décela dans son regard la prit au dépourvu, la décontenança et lui procura un indéniable plaisir.

— J'ai lu l'histoire de ta famille dans ce guide qui recense tous les aristocrates anglais, je ne sais plus comment ça s'appelle…

— *Burke's Peerage and Gentry ?*

— Oui, ça doit être ça. Ils ont un site internet très bien fait.

— Qu'est-ce que tu crois ? L'aristocratie britannique sait vivre avec son temps. Alors comme ça, tu étais à Londres en juillet ?

— Je vois que ton assistante a bien travaillé.

— C'est une femme qui ne m'a jamais déçu. Je lui ai parlé au téléphone juste avant d'arriver ici.

— J'imagine que le FBI va aussi vouloir lui parler.

— Je leur ai fourni le numéro où ils peuvent la joindre.

— Tu étais soi-disant en train de pêcher en Ecosse quand j'étais à Londres. J'ai fait attention à rester hors de portée des radars espions qui pullulent dans cette ville. J'ai discuté avec des gens dans un bar d'hôtel où tu retrouves souvent Simon et je suis passée devant la vitrine de l'atelier-boutique de ta sœur. Bien sûr, je n'ai pas cherché à la rencontrer.

Elle se redressa, abandonnant la balustrade pour se tourner vers lui.

— J'étais juste une hôtelière en vacances à Londres.

— Je ne me suis pas rendu compte que tu te renseignais sur moi.

— C'était le but. J'ai gardé juste assez de distance pour ne pas me faire repérer.

— Je n'aime pas quand tu gardes tes distances, dit-il en la regardant droit dans les yeux.

Elle ne cilla pas.

— Tu devrais peut-être repartir à Boston et faire équipe avec Simon et ses collègues du FBI. Unir vos forces pour retrouver Myles Fletcher.

— C'est Abigaïl Browning qu'il faut d'abord retrouver. Myles ne vient qu'en second dans l'ordre des priorités.

— Will… Cette maison est mon refuge. Je n'ai jamais…

Elle s'interrompit, un sourire embarrassé sur les lèvres.

— J'ai déjà invité mes cousins à manger des guédilles de homard, mais d'ordinaire je viens seule ici.

— Message reçu, Lizzie. Tu as besoin de ton intimité et je fais figure d'envahisseur, ici.

— Envahisseur ? Là, tu y vas un peu fort. Une fois, j'ai eu des fourmis dans la maison… Là, on pouvait parler d'une invasion.

Il tendit le bras vers son visage et posa doucement le doigt sur la commissure de ses lèvres.

— Pauvres fourmis, dit-il. Avec un adversaire comme toi, elles n'avaient pas une chance de s'en sortir.

Son doigt dessinait maintenant le contour de sa bouche.

— Ça va ?

— Mais oui, ça va…

Elle essaya d'ignorer les battements frénétiques de son cœur. Ce qu'ils signifiaient. Elle n'était pas encore prête à admettre qu'elle avait perdu toute objectivité avec cet homme. Qu'il lui plaisait. Qu'elle le désirait.

— Pourquoi ça n'irait pas ? Je ne suis pas étendue dans une impasse avec un trou dans la tempe. Ni en convalescence sur un lit d'hôpital après avoir été lardée de débris métalliques. Ni séquestrée…

Mais elle s'interrompit et ferma les yeux, brusquement assaillie d'images angoissantes d'Abigaïl Browning. Il ne fallait pas imaginer ce que Norman était peut-être en train de lui infliger, songea-t-elle en s'efforçant de repousser ces visions.

— Je ne veux pas qu'il lui fasse du mal, murmura-t-elle.

Will lui releva doucement le visage et attendit qu'elle croise son regard.

— On va la retrouver, Lizzie.

Puis il se baissa vers elle et l'embrassa doucement sur la bouche.

— Ça fait un moment que j'ai envie de faire ça, dit-il d'une voix moins décontractée qu'il ne l'aurait sans doute souhaité.

— On a le temps de cogiter pendant ces longs vols au-dessus de l'Atlantique, répondit-elle avec un sourire.

— J'ai eu envie de t'embrasser dès que j'ai vu ton visage éclairé par les flammes de la cheminée, dans le pub d'Eddie O'Shea. Et quand je t'ai vue mettre une raclée à Michael Murphy…

Il s'interrompit pour poser un nouveau baiser sur sa bouche.

— … j'ai su que ce n'était qu'une question de temps avant que je connaisse le goût de tes lèvres.

— Un peu présomptueux, non ?

Leurs bouches s'unirent de nouveau, mais leur baiser cette fois-ci n'avait plus rien de doux ou d'hésitant. Ils s'embrassèrent voracement, comme s'ils avaient attendu ça toute leur vie. Elle était épuisée, tant physiquement qu'émotionnellement, et elle n'avait plus envie de rien que de se réfugier dans les bras de Will, de sentir encore et encore sa bouche sur la sienne.

— T'embrasser est bien meilleur que je ne l'avais imaginé, dit-il.

— J'espère que tu avais imaginé quelque chose d'agréable !

Il éclata de rire.

— J'avais imaginé quelque chose de merveilleux. Mais même le meilleur baiser du monde ne saurait satisfaire le désir que j'ai de toi.

Il recula d'un pas pour mieux la regarder.

— Je te veux tout entière, Lizzie.

— Will…

— Ça aussi, ce n'est qu'une question de temps. Ce n'est pas aussi ton avis ?

Elle l'espérait de tout son cœur. De tout son corps. Mais elle se contenta de dire d'un ton léger :

— Vous êtes définitivement un homme présomptueux, lord Davenport !

— Ça va avec le titre de noblesse. Vous ne le saviez pas, belle roturière ?

Elle le regarda, le sourire aux lèvres, découvrant avec étonnement cet aspect de sa personnalité.

Il se tourna vers l'océan tandis qu'elle essayait en vain de se défaire de la sensation délicieuse des baisers qu'ils venaient d'échanger. Au fond, que savait-elle de cet homme et des raisons de sa présence ici ?

— Avec les montées d'adrénaline de ces dernières vingt-quatre heures, il ne faut sans doute pas s'étonner d'être attirés l'un par l'autre, dit-elle d'un ton faussement détaché. Nos sens doivent être un peu déréglés.

— Tu m'as plu avant que l'adrénaline ne vienne dérégler mes pauvres sens, répondit-il sans cacher son amusement.

Elle avait chaud, maintenant. Une chaleur douillette, confortable, qui lui venait de l'intérieur. Elle se pencha sur la balustrade et regarda les premières lumières illuminer les maisons et les auberges en contrebas. La vue splendide ajoutait à la magie du moment.

— Estabrook connaît cet endroit ? demanda Will, revenant à la réalité.

— Oui.

— Et tu crois qu'il va venir ici ?

— Ce que je crois, c'est qu'il sait que *moi*, je vais venir ici.

— Lizzie, tu ne peux plus gérer seule le cas Estabrook. Ça devient beaucoup trop dangereux.

Elle se tourna brusquement vers lui.

— Et si je te disais que c'est à cause de moi qu'il a enlevé Abigaïl, tu continuerais à me demander de me mettre en retrait ?

— Oui, répondit-il sans hésiter. Tu n'es pas une criminelle et tu n'es pas membre des forces de l'ordre. En d'autres termes, ton rôle dans cette affaire devrait être celui d'un simple témoin.

— John March t'a demandé de garder un œil sur moi ?

Le visage de Will s'assombrit un peu.

— Je ne travaille pas pour le FBI.

— Alors c'est la reine qui t'envoie ? Ou ton ami du 10, *Downing Street* ?

Mais elle n'attendit pas sa réponse.

— Tu veux mettre la main sur Myles Fletcher.

— Je suis là parce que je veux t'aider, Lizzie.

Elle se rendit soudain compte qu'avec la nuit qui tombait l'air était devenu frais, presque froid. Les étés dans le Maine étaient toujours trop courts et celui-ci touchait déjà à sa fin.

— Merci, dit-elle.

Il resta silencieux.

— J'ai fait du kayak ici avec Norman, l'été dernier. Si seulement j'avais…

— C'est trop facile de verser dans les regrets. Et puis ça ne sert à rien.

— Peut-être qu'un cartel de la drogue a embauché ton ami Fletcher pour éliminer Norman ; saboter son avion, le manipuler, le faire sortir du bois et lui mettre une balle dans la tête. Est-ce que je sais, moi ? Peut-être que Norman n'est pas derrière les attentats à la bombe, l'enlèvement d'Abigaïl Browning et la tentative de meurtre sur Keira Sullivan. Et si c'était le cas, on n'aurait vraiment aucune idée de qui séquestre la fille de March.

Elle observa des mouettes perchées sur les rochers recouverts de bernicles. Elle secoua la tête, comme pour se débarrasser de ses derniers doutes.

— Non, c'est Norman qui est derrière tout ça.

— Au fil du temps, tu t'es habituée à tout garder pour toi. A ne faire confiance à personne.

Il l'entoura de ses bras et attendit qu'elle le regarde dans les yeux.

— Mais tu n'es pas seule, Lizzie.

— Tu as raison, dit-elle avec un sourire mi-figue mi-raisin. Avec le FBI, la police de Boston et le MI6 sur le dos, on peut dire que j'ai de la compagnie !

Elle posa un rapide baiser sur les lèvres de Will.

— Viens, je peux au moins te faire à dîner, dit-elle en allant ouvrir la porte d'entrée.

Will la suivit dans la maisonnette. Il semblait aussi à l'aise ici qu'il l'était sans doute à Londres, en Ecosse, ou dans n'importe quel endroit où le conduisaient les hasards de la vie.

Il s'approcha d'un mur couvert de photographies. De cadre en cadre, on y découvrait la famille Rush au grand complet.

— Qu'est-ce qui t'a donné envie de renseigner le FBI sur les activités illégales d'Estabrook ? Ses autres amis semblaient ignorer qu'il fricotait avec les trafiquants de drogue. Comment l'as-tu appris ?

— La curiosité, répondit-elle. Tout simplement… Oui, je sais, c'est un vilain défaut, ajouta-t-elle, quand elle vit un sourire se dessiner lentement sur ses lèvres.

Elle ouvrit le réfrigérateur et fit la grimace devant le peu de denrées qu'il renfermait.

— Pour une fois, j'ai agi de manière responsable et j'ai presque tout jeté avant de quitter la maison, la dernière fois que je suis venue ici. Je n'ai même pas de myrtilles sauvages à t'offrir.

— Tu es venue il y a longtemps ?

— Non… Quinze jours environ. Mon travail ne requiert pas une présence quotidienne derrière un bureau. J'ai fait quelques recherches pour mon propre compte — mon voyage à Londres, par exemple —, mais j'ai pensé qu'il valait mieux faire profil bas jusqu'à ce que Norman soit jugé et condamné. Quand j'ai compris qu'il était sur le point de conclure un accord avec les autorités fédérales…

Elle ouvrit un placard et jeta un regard par-dessus son épaule en soupirant.

— J'ai du gruau irlandais, deux boîtes de haricots rouges, et du Tabasco vert. Désolée, mais la cuisine n'est pas vraiment mon fort.

Il pointa le doigt en direction de la plus grande des photographies encadrées et tourna la tête vers elle.

— C'est ton père ?

— Tu as un truc pour repérer les confrères espions ? demanda-t-elle en refermant le placard pour tenter sa chance avec celui d'à côté. Des épices et des boîtes de Maïzena ne vont pas nous avancer à grand-chose, qu'en dis-tu ? J'aimerais qu'on m'explique comment on peut se retrouver avec deux boîtes de fécule de maïs dans son placard !

— Ce sont des choses qui arrivent, répondit Will avec un sourire, abandonnant le mur de photos pour aller s'asseoir sur un tabouret de bar.

Lizzie referma le second placard.

— Pendant plusieurs mois, j'ai eu du mal à distinguer les bons des méchants dans l'entourage de Norman, et il m'arrivait même de me dire que j'étais complètement à côté de la plaque, en pensant qu'il était impliqué dans des activités illégales. Mais en ne rompant jamais la communication, March m'a fait comprendre que j'étais dans le vrai. Je n'ai pas pris de risques inconsidérés, tu sais. J'ai rencontré une demi-douzaine de trafiquants, du moins ceux que j'ai pu identifier comme tels… Des types sexy et macho qui aiment le luxe, l'aventure et la violence. Non seulement ces hommes ne reculent devant rien pour obtenir ce qu'ils veulent, mais ils prennent du plaisir à faire souffrir leurs victimes.

— Où les as-tu rencontrés pour la première fois ?

— Dans un complexe hôtelier, au Costa Rica. Je les ai pris en photo et j'ai envoyé les images au FBI.

— Tu veux dire à John March.

— Oui.

Elle le regarda avec un sourire fatigué. Bien qu'il fût déjà au courant, admettre sa collaboration avec March lui procura un grand soulagement. D'un seul coup, elle se sentit plus légère, délestée d'un fardeau qui lui pesait depuis des mois.

— Des raisons personnelles m'ont poussée à contacter March directement, reprit-elle. Mais on ne s'est jamais rencontrés. Je l'ai déjà vu en chair et en os, mais de loin seulement.

C'était la vérité, même si elle avait délibérément laissé certains éléments dans l'ombre.

— Je connais un peu les mécanismes financiers, poursuivit-elle, mais je suis loin d'être au niveau de Norman. J'ai récolté des informations disparates, des éléments qui me semblaient suspects et j'ai laissé John March et ses hommes faire le tri, puis assembler le grand puzzle.

— C'est toi qui as mis March sur la piste d'Estabrook ?

Elle secoua négativement la tête, abandonnant ses efforts pour réunir de quoi faire un dîner pour deux.

— Je me suis longtemps posé la question, mais je sais aujourd'hui que la réponse est non. Le FBI avait déjà Norman dans le collimateur. C'est Simon qui a pris les plus gros risques et qui a recueilli les informations les plus compromettantes. Mon rôle a plutôt été de montrer à March dans quelle direction creuser.

— Estabrook avait toute confiance en Simon et en toi.

— Les rapports que Simon et moi entretenions avec Norman n'étaient pas de même nature, mais tu as raison sur le fond. Il ne se méfiait pas de nous.

Elle s'adossa au plan de travail et se massa la nuque.

— Tu dois comprendre que Norman a une idée très particulière de la confiance et de l'amitié. En réalité, c'est lui qui impose ses conditions. Quand on pénètre l'univers de cet homme, il faut accepter l'idée qu'il en soit le soleil et qu'on ne sera jamais qu'une petite planète qui gravite autour. Pour ma part, j'avais conscience d'être une planète vraiment minuscule, mais qu'il aimait avoir dans son système. Ni trop près ni trop loin, la position idéale pour observer sans attirer l'attention.

— La planète Lizzie Rush, dit Will avec un sourire. Menue, élégante, séduisante et plus brillante qu'une étoile.

Elle salua d'une courbette, sa main dessinant dans l'air de gracieuses arabesques.

— J'accepte le compliment avec gratitude, dit-elle en se redressant. Il me touche d'autant plus que tu m'as vue couverte de boue et de crottes de moutons.

— Une vision inoubliable !

Le rire de Lizzie ne dura qu'un instant.

— Le père de Norman était agent de police, dit-elle en retrouvant une certaine gravité. C'était un flic de base, mais d'après mes renseignements, Norman a toujours nourri un complexe d'infériorité à son égard. Ce qui est curieux, parce que, dans le même temps, il avait honte que son père soit resté au bas de l'échelle hiérarchique.

— Affronter John March et la puissance de feu du FBI est pour lui une manière de se sentir important. Pourquoi es-tu restée aussi longtemps dans son entourage ? C'est beaucoup, une année…

— J'avais le sentiment de ne plus pouvoir revenir en

arrière. Après avoir compris dans quoi il trempait, je ne me voyais pas reprendre le cours de ma vie comme si de rien n'était. D'autant que, dans ma position, je pouvais me rendre utilc. Bien sûr, je ne passais pas autant de temps que Simon avec lui. Mais j'ai pu donner des noms, photographier des visages, noter les dates de réunions suspectes et décrire ou identifier ceux qui y participaient… Ce genre de choses… Parfois, je glanais une phrase au vol et je la transmettais à March. Après, c'était à lui de retrouver son contexte et de voir si elle pouvait éclairer telle ou telle information qu'il avait recueillie par ailleurs. Mais je ne voulais pas qu'il sache que j'étais sa source anonyme. S'il m'était arrivé quelque chose, je sais qu'il s'en serait voulu.

— Tu ne t'es jamais doutée qu'avec Simon tu avais un allié dans la place ? Tu n'as jamais cherché à sympathiser avec lui pour le sonder ?

— Je ne pouvais prendre aucun risque. Quand j'ai décidé de renseigner John March, j'ai aussi décidé de ne faire confiance à personne dans l'entourage de Norman.

Le regard de Will se fit plus acéré, et elle sentit une bouffée de chaleur monter en elle. Elle avait l'impression qu'il pouvait lire en elle comme dans un livre ouvert, qu'aucun de ses secrets — aucune de ses angoisses — n'échappaient à son radar.

— Tu ne me dis pas tout, Lizzie…

Evitant de croiser son regard, elle s'éloigna du plan de travail et vint s'asseoir à côté de lui, sur l'autre tabouret de bar.

— Comment va Josie, la parfaite assistante ? lui demanda-t-elle en affectant un ton détaché. J'imagine qu'elle travaille pour le MI6, elle aussi. Elle a dû te fournir un dossier complet sur moi.

— Elle a fait du bon travail, c'est vrai, mais il y a encore des zones d'ombre, répondit-il le plus tranquillement du monde, sans chercher à nier qu'il s'était renseigné sur elle.

— Laisse-moi l'aider... Est-ce qu'elle a consigné dans son rapport que j'adore le parfum de la lavande ?

Un vent froid s'engouffra par l'une des fenêtres ouvertes. Lizzie frissonna et se frotta doucement les bras pour se réchauffer, tandis que Will restait parfaitement immobile, une expression indéchiffrable sur le visage.

— C'est vrai ? Tu aimes cette odeur ?

— Je n'ai jamais su pourquoi jusqu'au jour où je me suis rendue en Irlande pour la première fois. J'étais encore adolescente et je me promenais seule dans Dublin — mon père me laissait beaucoup de liberté. Je suis entrée dans un magasin de dentelles et, là, j'ai trouvé plusieurs sachets de lavande sur une étagère. J'en ai pris un, je l'ai senti machinalement, et je me suis soudain mise à rire et à pleurer en même temps. Tu imagines la scène ! La vendeuse et les quelques clients présents me regardaient avec des yeux ronds. J'étais bouleversée et j'ai fini par comprendre que c'était à cause de ma mère, qui adorait la lavande et en mettait partout dans la maison quand j'étais toute petite.

— Tu as dû beaucoup souffrir de son absence.

— Tu sais, j'étais vraiment toute petite, quand elle est morte. J'ai grandi sans elle. C'était ça, mon enfance... Je n'ai rien connu d'autre. Pas de véritables souvenirs... Bien sûr, quand je regardais les autres filles avec leurs mamans...

Elle sauta brusquement du tabouret.

— J'adore ma famille, cela dit. Mon père est un mystère pour moi et encore plus pour les autres. Ma tante et mon oncle sont profondément gentils. Ce sont de gros bosseurs, qui se consacrent corps et âme à nos hôtels, mais qui n'ont jamais négligé leurs enfants. Ni moi, d'ailleurs, parce que j'ai souvent vécu avec eux. Mais tout ça doit figurer dans le rapport de Josie, non ?

— En partie. Mais c'est différent de l'entendre de ta bouche.

Un sourire impénétrable éclaira un instant son visage.

— Josie est une femme organisée, méthodique et opiniâtre. Contrairement à moi !

— Au fond, je ne sais pas grand-chose de toi, Will. Des propriétés à Londres, en Ecosse, un titre de noblesse…

— Lizzie…

Elle était allée trop loin et si cet homme l'embrassait de nouveau, là, maintenant, elle ne répondait plus de rien.

— Je peux jeter un coup d'œil dans le congélateur ou alors il y a les auberges du port, dit-elle. A toi de voir.

Il quitta à son tour le tabouret et se dressa de toute sa hauteur à quelques centimètres d'elle. D'un geste délicat, il repoussa une mèche de cheveux noirs derrière l'oreille de la jeune femme.

— J'ai l'impression qu'on est faits l'un pour l'autre…

Mais la tristesse qui voilait son regard contredisait son sourire.

Ils optèrent finalement pour le port et ses auberges, et choisirent de s'installer en terrasse. Une serveuse vint aussitôt leur présenter le menu et passer un coup de chiffon humide sur les damiers blanc et rouge de la nappe en toile cirée. Des touristes attablés autour d'eux jetèrent des coups d'œil plus ou moins discrets en direction de Will, comme s'ils se demandaient s'ils n'avaient pas une personnalité pour voisin de table.

Lizzie sourit intérieurement devant la curiosité que suscitaient l'allure et l'élégance de son compagnon.

— Oublie le cholestérol et les calories, lui conseilla-t-elle, et commande une chaudrée de palourdes, des guédilles de homard et une tarte chaude aux myrtilles sauvages accompagnée d'une boule de glace à la vanille.

— Il n'y a pas de salades ? demanda-t-il, sans même regarder le menu.

— Bien sûr que si. Personne ne t'en voudra si tu commandes une salade…

Il sourit et fit un signe à la serveuse.

Lizzie résista aussi à son envie de guédilles et ils commandèrent des chaudrées de palourdes et des salades.

Elle ne put s'empêcher de bâiller, la fatigue et le manque de sommeil n'ayant cessé de s'accumuler ces deux derniers jours, mais elle se sentait divinement bien ici, avec Will et le port en toile de fond. Elle n'avait aucune envie d'écourter la soirée, même pour s'octroyer un repos bien mérité.

— Comment êtes-vous devenus amis, Simon et toi ?

— Il m'a sauvé la vie il y a deux ans.

— Rien que ça ! fit-elle avec un petit sourire. C'est à cause de Myles Fletcher que tu as failli mourir ?

Will se renversa sur sa chaise et tapota du bout du doigt un des carreaux blancs de la nappe.

— Tu es un peu trop perspicace à mon goût.

— Va te plaindre à mon père. C'est lui qui m'a appris à garder les yeux et les oreilles ouverts.

— L'occasion se présentera peut-être, qui sait ? répondit-il, une lueur malicieuse au fond des yeux.

— Raconte-moi, s'il te plaît…

— J'étais à la tête d'un commando de quatre hommes dans une zone reculée du territoire afghan. J'avais confiance en Myles, qui faisait partie de notre équipe, mais il nous a trahis. Jusqu'à hier, j'avais toutes les raisons de croire que ses amis terroristes l'avaient exécuté une fois obtenu ce qu'ils voulaient de lui.

— Tes hommes…

Lizzie pressentait le drame.

— Que leur est-il arrivé ?

— Morts… Tous les deux…

— Comment s'appelaient-ils ?

— David Mears et Philip Billings. Des types extraordinaires. Les meilleurs hommes que j'aie jamais eus.

La jeune femme avait vaguement conscience de ce qui l'entourait — une voiture qui roulait lentement dans la petite rue qui longeait le restaurant, l'odeur des coquilles Saint-Jacques sur le plateau d'un serveur —, mais son esprit était avec des hommes qu'elle n'avait jamais vus, dans un pays où elle n'avait jamais mis les pieds.

— Je suis désolée, Will.

— J'aurais dû mourir à leur place.

Elle savait que ce n'était pas uniquement une formule. Il pensait profondément ce qu'il venait de dire.

— Les gens te sont loyaux : Josie Goodwin, tes camarades de combat…

— Mais pas Myles. David et Philip sont morts à cause de mon manque de discernement à propos de cet homme. Même Josie a pâti de mon aveuglement. J'ai quasiment mis Myles dans son lit, dit-il en secouant la tête, comme s'il n'en revenait toujours pas de s'être fait berner aussi facilement par son ancien ami.

— Et maintenant tu refuses de faire confiance comme tu refuses qu'on ait confiance en toi. Comme ça, aucun risque d'être déçu ou de décevoir !

Elle se pencha par-dessus la table. A présent, il n'existait plus rien pour elle que l'homme qui lui faisait face. Un homme comme toujours maître de lui-même, mais dont elle percevait désormais les failles, les blessures mal refermées.

— Lizzie…

— Le scénario que tu as imaginé pour Fletcher a du plomb dans l'aile, Will. Pour faire la paix avec cette histoire, tu as besoin de savoir ce qu'il a fait durant ces deux dernières années et tu as besoin de comprendre ce qui s'est réellement passé en Afghanistan… Je me trompe ?

— Je n'aime pas rester sans comprendre ce qui se joue autour de moi, répondit-il avec un faible sourire.

Un couple assis non loin d'eux se mit à rire bruyamment, sans doute des touristes qui profitaient de la fin de l'été. Malgré le sweat-shirt qu'elle avait enfilé avant de quitter la maison, Lizzie avait encore un peu froid.

— John March a joué un rôle dans ce qui s'est passé en Afghanistan ? lui demanda-t-elle.

Will hésita quelques secondes.

— Après tout ce que je t'ai déjà dit, je suppose que ça ne changera pas grand-chose si…

Il soupira et détourna le regard avant de poursuivre :

— J'étais coincé dans une grotte ensevelie par les bombes, voué à une mort certaine… C'est Simon qui est venu me sortir de là. Je pense qu'il était en mission pour March, mais je ne lui ai jamais posé la question. David et Philip étaient déjà morts et Myles avait été capturé. Du moins, c'est ce que je croyais… Simon est apparu de nulle part, muni d'une corde et d'une hache. Mais tu as déjà vu l'animal…

— Bâti comme un taureau… Tu penses que March savait que Fletcher était vivant ?

— C'est très probable.

Cette fois-ci, Lizzie crut déceler de l'amertume dans la voix de Will.

— Fletcher te tuera s'il en a l'occasion, n'est-ce pas ?

— Il tentera de le faire, en tout cas.

— Parce que tu sais qu'il est en vie ?

— Parce que je sais ce qu'il a fait. Le scénario que j'ai imaginé a peut-être du plomb dans l'aile, comme tu dis, mais pas sur l'essentiel. Il demeure toujours qu'il nous a trahis.

Les yeux de Will se posèrent sur la boutique d'un fleuriste, de l'autre côté de la rue étroite, puis sur une belle auberge au toit gris.

— D'une certaine manière, j'espère qu'il souhaite m'éliminer en tant que témoin de sa trahison. Si je n'étais plus là pour lui rappeler sa faute, il pourrait prétendre n'être pour rien dans la mort de David et Philip et retrouver une forme d'innocence.

— Ça prouverait au moins que sa trahison lui pèse, fit remarquer Lizzie. Ou du moins qu'il lui reste un semblant de sens moral. Ça voudrait aussi dire qu'il sait que tu n'auras de cesse que tu ne l'aies traqué et que tu ne lui aies demandé des comptes.

Elle tendit le bras à travers la table et saisit brièvement sa main.

— Vous êtes aussi beau qu'insaisissable, lord Davenport, et je crois que je suis en train de tomber amoureuse de vous. Non, ajouta-t-elle, avant qu'il ne puisse répondre, l'adrénaline et le décalage horaire n'ont rien à voir là-dedans.

— L'avenir nous le dira.

— Ta famille serait-elle horrifiée de te voir choisir une roturière ?

— Ravie, au contraire. Ma vie sentimentale — ou plutôt mon absence de vie sentimentale — est devenue pour eux un véritable sujet d'inquiétude.

Leurs chaudrées de palourdes, épaisses et fumantes,

arrivèrent dans de larges bols, accompagnées d'un paquet de crackers.

Lizzie déchira le sien avec les dents et le vida entièrement dans sa soupe.

— Mon cousin Whit est le roi de la chaudrée de palourdes, dit-elle. Personne ne lui arrive à la cheville, dans la famille. Tes petits camarades du MI6 et du SAS essaient de mettre la main sur Fletcher, eux aussi ? La Chambre des lords ? Le Premier Ministre ? J'ai entendu dire que vous étiez copains comme cochons.

Will réussit à prendre un air à la fois exaspéré et amusé.

La jeune femme haussa les épaules, sa cuillère fumante devant la bouche.

— J'essaie juste de dédramatiser, dit-elle, avant de souffler sur la soupe. Est-ce que Fletcher est aussi obsédé par toi que toi par lui ?

Sans le quitter des yeux, elle avala prudemment sa première cuillerée.

— Tu crois que Norman a des liens avec les hommes que tu as combattus en Afghanistan ?

Will goûta le plat du bout des lèvres, toujours aussi calme sous le feu roulant des questions.

— Tout est possible, dit-il enfin.

— L'effet de vague, Will ! L'effet de vague… As-tu essayé de retrouver Fletcher après que Simon t'a sorti de cette grotte ?

— Jour et nuit pendant des semaines.

— Je suppose qu'il n'avait pas envie de s'expliquer. Il est vraiment aussi dangereux que tu le dis ?

— Si Myles avait supervisé les opérations criminelles d'hier à Boston et en Irlande, le résultat aurait été bien différent.

— Tu veux dire qu'il ne commet pas d'erreurs ? Du moins pas ce genre d'erreurs ?

— On ne peut rien te cacher. Tu as manifestement un sixième sens pour…

— Percer les espions à jour ?

Cette fois-ci, l'humour de la jeune femme arracha à Will un sourire qui n'avait rien de forcé.

— Mange ta soupe au lieu de dire des bêtises !

Après le dîner, ils marchèrent jusqu'à la grande maison que le grand-père de Lizzie avait fait construire sur les rochers, face à l'océan. Par moments, Lizzie était bien décidée à la rénover, à la mémoire de la mère qu'elle n'avait jamais connue ; à d'autres, elle songeait qu'il valait mieux la raser et en construire une neuve ; une maison sans mémoire, résolument tournée vers l'avenir.

Sa tante Henrietta lui avait demandé si elle avait des vues sur Norman Estabrook et n'avait pas caché son soulagement quand elle avait répondu par la négative. A cette époque, Henrietta ignorait tout des mauvaises fréquentations du milliardaire, mais l'homme ne lui avait jamais fait bonne impression.

— C'est un égocentrique, Lizzie. Ça ne marcherait pas entre vous. Un mariage doit au minimum être un partenariat. Bien sûr, tu préférerais trouver l'âme sœur, mais la vie ne fait pas toujours un tel cadeau. Pour dénicher la perle rare, il faut ouvrir beaucoup d'huîtres et sans doute même embrasser quelques crapauds…

Plus encore que sa grand-mère Edna, Henrietta était pour Lizzie une figure maternelle. Mais toutes les deux avaient en commun d'être restées fidèles à elles-mêmes. Les horaires de bureau contraignants et le train-train quotidien ne faisaient pas partie de la vie d'Henrietta Rush, femme d'affaires créative et avisée qui trouvait pourtant encore le moyen d'être une épouse et une mère dévouée. Fille du responsable de la maintenance du *Whitcomb Hôtel*, elle avait rencontré Bradley Rush le jour où elle lui avait remis en main propre une longue liste des problèmes que son père avait décelés dans l'hôtel. Un mois plus tard, le couple emménageait dans une maison pleine de courants d'air située au nord de Boston. Ils y vivaient encore aujourd'hui.

Lizzie considérait cette belle résidence victorienne comme l'un de ses nombreux chez-soi. Son père avait conservé un appartement à Boston jusqu'à ce qu'elle obtienne son diplôme d'études secondaires. Lorsqu'il devait s'absenter pendant plusieurs semaines et ne pouvait l'emmener avec lui, il la confiait presque toujours à son frère Bradley et à son épouse.

Une fois Lizzie admise à l'université et partie vivre au campus, Harlan avait quitté définitivement Boston pour Las Vegas.

— C'est ici que j'aurais dû grandir, dit-elle à Will qui se tenait tout près d'elle dans l'obscurité.

Elle se tut un instant, laissant le bruit des vagues qui se fracassaient contre les rochers emplir le silence de la nuit.

— Et puis ma mère est morte… J'ai cru comprendre que mon père avait eu l'intention d'abandonner la CIA à cette époque, si c'est bien pour ces trois lettres-là qu'il travaille, mais la disparition de sa femme a remis beaucoup de choses en cause.

— Tu penses que le décès de ta mère est lié à son métier ?

— Ce que je crois, c'est qu'il me manque un certain

nombre d'éléments pour comprendre sa vie et sa mort. Moi non plus, je n'aime pas les zones d'ombre.

Will resta proche d'elle durant le court trajet qui les ramena à la petite maison. La marée remontait déjà, apportant avec elle une brise de mer fraîche et les odeurs iodées de l'océan.

Will allait encore dormir près d'elle ce soir, songea Lizzie en poussant la porte d'entrée. D'ailleurs, elle ne songeait qu'à cela.

— Mon organisme est encore suffisamment réglé sur l'heure irlandaise pour que je tombe de sommeil, dit-elle.

— Terrasser un tueur à gages un jour et découvrir un homme exécuté d'une balle dans la tête le lendemain aurait de quoi épuiser n'importe qui !

— Je n'ai pas réfléchi, tu sais. Quand j'ai vu ce type avec son couteau, mon cerveau s'est mis en mode survie et les réflexes ont pris le dessus. Je n'ai pas eu le temps d'avoir peur.

— Tu te bats vraiment bien, Lizzie. Tu m'as impressionné.

D'un mouvement de tête, il indiqua le modeste espace qui s'ouvrait devant eux.

— Tu t'entraînes ici ?

— Parfois. Le mois dernier, j'ai failli exploser une fenêtre avec un coup de pied crocheté.

Il la regarda comme s'il voulait percer toutes ses défenses et atteindre son âme.

Ce qu'il fallait éviter à tout prix, se dit la jeune femme. Quelle que soit l'attirance qu'elle éprouvait pour cet homme, elle devait faire preuve de vigilance. Et se laisser aller aux sentiments et au désir que Will Davenport faisait naître en elle n'était certainement pas le meilleur moyen de rester sur ses gardes. Mais quand il prit sa main dans la sienne, elle oublia jusqu'à la signification du mot *prudence*, et vint se blottir contre lui.

Il l'entoura de ses bras.

Elle leva la tête pour croiser son regard.

— Quand tu es entré dans le pub d'Eddie O'Shea…, commença-t-elle.

Mais elle n'était pas sûre de pouvoir expliquer ce qu'elle avait ressenti à ce moment-là.

— Il y a quelque chose de si particulier dans ce village… C'était comme s'il était écrit que tu devais pousser la porte de ce pub et me trouver là, assise au coin du feu, à lire des contes folkloriques irlandais. Quand j'étais à Londres, je pensais que lord Davenport n'était qu'un espion parmi d'autres. Bien sûr, je ne t'avais vu qu'en photo.

Will fit mine de s'offusquer.

— Quoi ? Je ne suis pas photogénique ?

— Si, mais c'est autre chose quand on te rencontre en personne. Ce que je m'étais interdit de faire.

Il sourit.

— Toujours garder la bonne distance.

— Oui, c'était trop dangereux de m'approcher de toi.

Elle posa les mains sur ses bras, fermes sous la douce texture de son pull en cachemire.

— Maintenant, je sais pourquoi, murmura-t-elle.

— J'ai peur que tu ne te fasses des idées sur moi, Lizzie. Je ne suis pas si…

— Sexy ?

Il l'embrassa, un baiser à la fois tendre et impatient qui la bouleversa. Elle s'accrocha à lui pour ne pas tomber sous la poussée de ce corps exalté, tout entier tendu vers elle. Le souffle frais de la brise s'invita par les fenêtres ouvertes, caressant sa peau déjà si sensible, et elle referma les bras autour de lui.

— J'enfreins toutes les règles de prudence avec toi, chuchota-t-il à son oreille.

— Tu as peur de quitter ton existence de solitude et de discipline ?

— Mon père a eu une vie sentimentale agitée et j'ai appris très tôt à me méfier de l'amour et de ses complications.

— Amour et complications. On dirait un titre de film anglais. Pour toi, l'un ne va pas sans l'autre, si ?

Pour toute réponse, il l'embrassa encore. Pour la première fois, elle parvint à s'abandonner entièrement au baiser et au tourbillon de sensations — le bruit des vagues et des mouettes, le vent frais sur sa peau, la bouche de Will sur sa bouche, la danse de leurs langues, la chaleur du désir — qui la soulevait de terre, lui faisait perdre le sens de la gravité et la transportait en pensée jusqu'à son lit, où elle se voyait déjà lui faire l'amour jusqu'au petit matin.

Mais la conscience sonna bientôt l'alarme et elle sut que ça n'arriverait pas. Pas ce soir, en tout cas.

Will rompit leur baiser — ou l'avait-elle rompu la première ? — et ils se tournèrent ensemble vers la porte restée ouverte sur l'océan.

— Abigaïl Browning a besoin de notre aide, dit Lizzie. Le reste peut attendre.

Will pivota légèrement pour lui faire face. Le désir n'avait pas tout à fait quitté son regard, mais le sérieux et le professionnalisme reprenaient déjà le dessus.

— Pas de *notre* aide, Lizzie. Tu es déjà allée trop loin dans cette affaire.

— Et toi ? Je te rappelle que tu es citoyen britannique et que les colonies anglaises ont quitté le Maine depuis plusieurs siècles. Le travail illégal est sévèrement puni, dans mon pays.

— Lizzie…

Elle aussi reprit son sérieux.

— Ecoute, je comprends ce que tu veux dire, mais pour le moment je suis là et je suis en sécurité. Bien sûr, j'aimerais que le FBI et la police retrouvent Abigaïl et mettent Norman sous les verrous dès ce soir. J'adorerais me réveiller demain matin avec la température de l'eau pour seule angoisse et quelques crabes irascibles pour seuls ennemis.

— Moi aussi, j'aimerais ça, mais je crains que la nuit n'efface pas les dangers qui nous guettent. J'ignore la forme exacte qu'ils vont prendre, mais je sais que ce n'est pas à toi de les affronter. Il est temps de passer le relais aux professionnels, Lizzie. De nous laisser nous charger de Myles et d'Estabrook.

Elle caressa sa joue mal rasée du revers de la main.

— Je sais que tu as un travail à faire et je ne vais pas te gêner. Tu vois, le problème, c'est que je suis vraiment en train de tomber amoureuse de toi. Non seulement tu es grand, blond et beau, mais tu peux traverser un pâturage irlandais sans salir tes chaussures !

Will lui prit la main et la porta à sa bouche. Mais il y avait moins de douceur dans ses gestes.

— C'est quelque chose, les Rush…, dit-il en posant un baiser sur sa paume. Dans ta famille, j'ai l'impression qu'on ne fait jamais les choses à moitié.

Et c'était un homme qui combattait des terroristes qui disait cela !

Il l'embrassa de nouveau, sur le front cette fois-ci, puis recula pour mieux l'observer.

— De la randonnée sur la *Beara Way*, hein ?

Il secoua légèrement la tête et un petit sourire incrédule éclaira son visage.

— Va te coucher, Lizzie.

— Et toi ? Qu'est-ce que tu comptes faire ?

— J'ai besoin de réfléchir. Ne t'inquiète pas, je n'ai pas l'intention de m'en aller. Ni d'abuser d'une femme qui dort debout, ajouta-t-il avec un sourire.

— Dommage, murmura-t-elle.

Le masque d'impassibilité que Will affectionnait se lézarda l'espace d'un instant. Décidément, cette femme n'avait pas froid aux yeux.

— Rien ne presse, répondit-il. On a toute la vie devant nous.

— J'espère, dit-elle. Tu n'es pas fatigué ?

— J'ai dormi pendant le vol. Je n'avais pas de cartes à jouer pour me distraire et j'ai pu m'allonger dans l'avion. Il faut dire aussi que j'étais le seul passager.

Elle fit mine de s'indigner.

— Quand je pense que j'ai voyagé en classe économique avec un gamin qui me donnait des coups de pied dans le dos, pendant que toi, tu te pavanais dans un jet privé !

Il rit doucement.

— La prochaine fois, tu y réfléchiras à deux fois avant de me fausser compagnie.

24

Boston, Massachusetts,
le 26 août à 22 heures, heure avancée de l'Est

Fiona avait laissé sa harpe classique, bien plus grande que celle dont elle se servait pour les concerts avec son groupe folklorique, dans la salle de réception de la maison des Garrison. Le bel instrument restait la plupart du temps dans l'angle de la pièce de réception, juste sous la jardinière de Noël dessinée par Keira. Bob pinça une corde. Sa fille lui avait montré comment faire, mais il n'obtint qu'un bruit désagréable, à mille lieues des sonorités cristallines que Fiona parvenait à produire. Il était venu à pied du *Whitcomb*. Dans une heure, il devait être au siège de la police pour une réunion avec le FBI. Ils travaillaient main dans la main et faisaient des progrès, mais ils n'avaient toujours pas localisé Abigail et ses ravisseurs.

Yarborough apparut dans l'embrasure de la porte.

— Inspecteur ?

Bob réprima une furieuse envie de l'envoyer promener.

— Oui ? Quoi de neuf ? demanda-t-il en se décidant à tourner le dos à la harpe.

La fatigue rendait sa voix un peu pâteuse, lui-même s'en rendait compte.

Le policier, d'humeur morose toute la journée, semblait presque guilleret.

— On a identifié le cadavre de l'impasse. C'est un voyou de Boston sud du nom de Walter Bassette. Lucas est parti fouiller son appartement.

Bassette. Bob aimait avoir un nom. Quelque chose de tangible.

— Beau travail, Yarborough.

— Ce n'est pas moi qui ai obtenu l'info. Je ne suis que le messager.

Rendre à César ce qui appartenait à César. Tom Yarborough avait les dents qui rayaient le parquet, mais il avait aussi le sens de l'équité.

— Nous sommes en train de vérifier si Bassette a récemment séjourné en Irlande, s'il a passé des appels téléphoniques vers ou depuis ce pays, ou s'il a rencontré un ressortissant irlandais sur le sol américain. Franchement, Bob, ça fait plaisir d'avoir enfin une piste !

Il haussa les épaules, gêné d'avoir fait preuve d'un peu d'enthousiasme.

— Enfin…, ça aide en tout cas.

— Les engins explosifs étaient artisanaux, dit Bob, mais il a bien fallu que ces salauds se procurent le C-4 quelque part et qu'ils trouvent quelqu'un pour assembler les bombes.

Il se tourna vers le dessin de Keira.

— Et il a bien fallu que quelqu'un recrute Murphy, le tueur à gages qui a voulu tuer ma nièce. Si c'est Bassette…

Il s'interrompit avec un soupir et abandonna la jardinière de Noël pour regarder de nouveau Yarborough.

— Qui séquestre Abigaïl à l'heure qu'il est ? Et qu'est-ce que Bassette fichait dans cette impasse ?

L'autre se frotta l'aile du nez sans rien dire et Bob comprit qu'il attendait que lui-même trouve la réponse.

— Bassette savait qu'il avait été repéré par Fiona. Il était venu la supprimer !

Son estomac se souleva à cette pensée.

— Inutile de te faire du mal en pensant à ça maintenant, lui dit aussitôt Yarborough. Bassette ne touchera plus jamais à un cheveu de ta fille. Elle est sous notre protection au cas où quelqu'un s'aviserait de reprendre le flambeau. Fiona a peut-être échappé au pire, mais elle est en sécurité, Bob.

Yarborough fit quelques pas dans la salle de réception, s'immobilisant sous le lustre en cristal.

— Abigaïl a passé pas mal de temps ici, cet été. J'ai l'impression qu'elle essaie de voir si Owen et elle pourraient habiter cette maison après leur mariage. Rendre à ces lieux leur fonction première, tu vois. Elle venait fréquemment faire de la paperasse pendant qu'Owen travaillait dans les bureaux du premier étage. Et comme tu le sais, Fiona répète souvent ici avec ses amis.

— Tom ?

Yarborough rougit légèrement.

— Je ne sais pas... Je me demande juste si quelque chose ne m'a pas échappé.

— Je vais vérifier ça.

Il voyait l'inquiétude affleurer sous l'arrogance de son jeune collègue, mais ce n'était pas le genre de choses dont il aimait parler. Bob préférait garder ses émotions pour lui et il savait que Yarborough le rejoignait sur ce terrain-là.

— Bon, j'y retourne... A tout à l'heure pour la réunion au siège, Bob.

— Tu penses à te reposer ?

— J'y songerai quand je serai un papy, moi aussi, répondit l'équipier d'Abigaïl avec un bref sourire. Nous autres, les jeunes, on peut passer quelques nuits blanches sans bâiller toutes les cinq minutes.

— Va te faire foutre !

— Tu veux que je te conduise au bureau ? Je peux t'attendre si tu…

— Non, je vais me débrouiller. Vas-y.

Après le départ de Yarborough, Bob se mit à arpenter la salle de long en large, ses pas résonnant sur le parquet de la grande pièce déserte. Le bureau d'Abigaïl avait été entièrement vidé, la mémoire de son ordinateur épluchée, sa voiture désossée, les ruines de son appartement passées au peigne fin. Quant à la maison des Garrison, une équipe de démineurs y avait recherché d'éventuelles bombes, mais elle n'avait pas été fouillée à proprement parler.

Il grimpa l'escalier jusqu'au premier étage qui abritait les bureaux de la Fondation Dorothy. Cet organisme s'occupait principalement de la conservation et de la sauvegarde des jardins et des océans, les deux passions de la sœur d'Owen. La perte d'un enfant était l'un des pires malheurs qui pouvaient arriver à un être humain. Bob songea brièvement à ses filles. Madeleine avait quatorze ans, elle aussi. L'âge auquel Dorothy Garrison avait trouvé la mort…

Il se mit à chercher des documents qu'aurait pu laisser Abigaïl et finit par découvrir, rangé dans le tiroir d'une bibliothèque murale, un ordinateur portable avec une étiquette adhésive à son nom.

Yarborough n'était pas un type sympathique, mais il avait du flair. Bob retourna dans l'escalier et grimpa jusqu'au dernier étage où se trouvait l'appartement de Keira. Abigaïl et sa nièce commençaient tout juste à se connaître et à s'apprécier. Simon avait récemment offert une aquarelle de Keira à Abigaïl, un cadeau de mariage avant l'heure, qu'elle avait adoré. Owen avait peut-être moins de goût pour les ambiances bucoliques et fériques que peignait la jeune illustratrice, mais il aurait accroché un jambon au milieu de son salon si Abigaïl avait trouvé cela joli. Tout ce qui comptait pour lui, c'était qu'elle soit heureuse.

Et maintenant, on ignorait même si elle était encore en vie…

Il s'efforça de chasser ses idées noires avant qu'elles ne deviennent trop envahissantes, et remarqua que la porte de l'appartement était entrouverte.

Il agrippa son arme de service. La porte s'ouvrit davantage, laissant apparaître Simon, pistolet au poing lui aussi.

— Salut, Bob…

— J'ai failli te tirer dessus ! s'écria Bob en lâchant la crosse de son arme. Sauf que tu aurais eu dix fois le temps de me régler mon compte, ajouta-t-il avec un soupir. Que veux-tu, je m'encroûte… Trop de temps passé derrière mon foutu bureau. Il faut dire aussi qu'en ce moment la tête est plus sollicitée que les jambes. Tu es seul ?

— Je crois.

Ce qui signifiait qu'il avait faussé compagnie à l'agent chargé de sa protection.

— Je parie que tes collègues du FBI ne vont pas être ravis de ta petite escapade, lui dit Bob en entrant dans l'appartement. Ne reste pas trop près de la fenêtre. N'oublie pas que tu as une grosse cible accrochée dans le dos.

— J'allais partir.

— Où en est Owen avec l'avion d'Estabrook ?

Simon remit le Glock dans son holster.

— Ses hommes et lui ont étendu la zone de recherche. Il ne lâchera pas le morceau avant d'avoir trouvé.

Il fit un mouvement de tête en direction de l'ordinateur portable calé sous le bras de Bob.

— C'est quoi ?

— Je l'ai trouvé dans les bureaux de la Fondation. Il appartient à Abigaïl. Il ne contient sans doute que des recherches sur des robes de mariée, mais…

— Jetons-y un œil, proposa Simon en refermant derrière eux.

Ils firent un peu de place sur la table basse encombrée d'ouvrages sur les fées et le folklore irlandais pour y poser l'ordinateur. Bob s'était pris d'amitié pour Simon. Sa nièce avait beau avoir la bougeotte, elle n'aurait pas trop de mal à prolonger son séjour dans la péninsule de Beara sous la protection de la police irlandaise. Non, ce qui allait lui poser un problème, c'était de passer tout ce temps sans Simon.

Les compétences en informatique de Bob étaient sérieusement limitées, mais même un enfant aurait pu trouver le fichier *Rush Hotels* qui trônait bien en vue sur le bureau de l'ordinateur. Un double-clic et la liste des fichiers téléchargés et des liens réunis par Abigaïl apparut sur l'écran, le tout complété par un document Word qui contenait des notes personnelles. Un des liens était celui du site internet *www.rush-hotels.com* où l'on pouvait s'informer en détail sur les quinze hôtels du groupe.

Simon fronça les sourcils.

— On dirait qu'Abigaïl s'intéressait à Lizzie Rush…

Bob ouvrait fichier après fichier, aucun d'entre eux n'étant protégé par un mot de passe. Il tomba sur un vieil article du *Boston Globe* qui relatait la mort de la mère de Lizzie, une Irlandaise du nom de Shauna Morrigan Rush, victime d'un accident fatal à Dublin alors que sa fille n'était encore qu'un bébé.

Simon se pencha pour lire par-dessus l'épaule de Bob.

— John March a travaillé sur l'affaire, dit-il. Il s'est même rendu à Dublin pour s'entretenir avec les enquêteurs irlandais. Regarde… Le journal cite une phrase où John dit que la mort de Shauna Morrigan est une véritable tragédie.

— D'accord, cette femme était mariée avec un riche bostonien, mais tu m'accorderas que ce n'est pas banal de voir un flic américain se déplacer à Dublin pour un simple accident, qui de plus concernait une citoyenne irlandaise.

Bob double-cliqua sur un autre fichier et émit un long sifflement. C'était un autre article du *Boston Globe*.

— Simon, regarde un peu ça !

Concentré, Simon prit le temps de lire entièrement le second article. Le journaliste évoquait la mort des parents et du frère de Shauna Morrigan Rush, victimes d'un terrible accident de la route, alors qu'ils se rendaient à la morgue pour identifier le corps de leur fille et sœur. La voiture avait manqué un virage et s'était écrasée au bas d'une falaise. D'après l'article, le désarroi du père était sans doute à l'origine de la perte de contrôle du véhicule.

— Une autre « tragédie », murmura Simon.

— Viens avec moi au siège de la police, proposa Bob. On va disséquer tous ces fichiers.

— Non, vas-y seul.

Bob comprit ce que Simon avait en tête.

— Ce n'est pas une bonne idée.

— Quoi ? Je n'ai pas dit ce que j'ai l'intention de faire.

— Simon… Tu vas te faire tuer si tu la joues solo !

Mais il était sans doute inutile d'essayer de le dissuader et Bob redescendit l'escalier jusqu'au rez-de-chaussée. Quelques minutes plus tard, il sortait dans la nuit estivale. Il leva les yeux vers le ciel sombre et revit Abigaïl l'été dernier, déchirant le journal intime qu'elle avait tenu pendant sept longues années après l'assassinat de son mari, puis allant brûler dans le barbecue les morceaux de papier noircis de son écriture serrée.

Ce même barbecue qui, un an plus tard, avait servi à dissimuler une bombe.

Au siège de la police, il évita tout le monde et monta directement dans son bureau. Là, il tapa « Shauna Morrigan Rush » dans l'ordinateur central. La jeune femme était morte en août, deux mois après que le corps martyrisé de Deirdre McCarthy fut finalement venu s'échouer sur une plage de Boston. A cette époque, la ville était la proie de bandes organisées qui se disputaient le marché de la drogue, semant la terreur dans l'agglomération sud. Le remarquable travail de March pour mettre un terme à ces violences avait largement contribué à le catapulter au poste où il se trouvait désormais.

En quoi une Irlandaise mariée à un riche membre de la famille Rush avait-elle pu jouer un rôle dans l'ascension professionnelle de March ?

Bob songea à ce que lui avait appris Jeremiah… John qui venait boire un verre en tête à tête avec lui-même au pub du *Whitcomb*, année après année et toujours au mois d'août, et ce depuis trente ans…

Il se rendit compte que quelqu'un l'observait par la porte entrouverte. Quand on parlait du loup…

— Alors, John, dit Bob en se tournant vers le directeur du FBI, il est peut-être temps de me dire tout ce que tu sais sur Shauna Morrigan Rush et sur l'intérêt que sa fille te porte.

*
* *

Simon toucha les crayons de couleur de Keira, ses brosses et ses pinceaux, la dentelle irlandaise qui ornait ses fenêtres… L'espace d'un instant, il se sentit plus proche de la femme qu'il aimait, mais la sonnerie de son portable brisa presque aussitôt le charme.

C'était Owen, qui appelait du Montana.

— Ça y est, on a retrouvé son avion, lui annonça-t-il. Il ne s'est pas écrasé, comme tu t'en doutes. Il s'est posé en toute sécurité sur la piste d'atterrissage privée d'un ranch isolé. La propriété appartient à un financier qui travaille pour lui.

— Où es-tu ?

— Sur la piste d'atterrissage en question. Il n'y a pas un chat, ici. On dirait bien que quelqu'un l'attendait en voiture pour le conduire ailleurs. A moins qu'il ne soit monté dans un autre avion, bien sûr. Le FBI est en route. Ils vont prendre la relève.

La voix d'Owen était professionnelle, mais Simon l'entendit inspirer profondément.

— Estabrook bénéficie de complicités, Simon. Tout était en place depuis longtemps. Le moment venu, il n'a eu qu'à donner le signal de départ.

— C'est sa façon d'agir. Même quand il lace ses chaussures le matin, ça fait partie d'un plan.

— Il peut être n'importe où, à l'heure qu'il est. Il a les moyens financiers, le réseau de complices et apparemment la volonté.

Ce n'était pas de l'épuisement que Simon percevait dans la voix de son ami, mais une angoisse et une colère difficilement contenues.

— C'est John et moi que Norman veut. Abigaïl n'est pour lui qu'un moyen de faire pression sur nous.

— Regarde Keira… Il a essayé de la tuer pour te faire

souffrir. Qui te dit qu'il ne réserve pas le même sort à Abigaïl ?

— Owen…

— Quelque chose semblait la tracasser depuis une quinzaine de jours. Je pensais que c'était l'affaire du tueur en série qui lui trottait encore en tête, mais j'ai beaucoup voyagé ces derniers temps. Quelque chose a dû m'échapper…

Il s'interrompit quelques secondes et Simon respecta son besoin de silence.

— Ça ne peut plus continuer comme ça, Simon. Ces incessants voyages, ces séparations… Je vais y mettre un terme.

— Je sais. Les bureaux de Fast Rescue seront bientôt installés à Boston et ça va déjà changer beaucoup de choses. Et puis Abigaïl et toi allez trouver des solutions quand elle reviendra. Vous allez prendre perpète pour le meilleur et pour le pire, tous les deux. Surtout pour le meilleur.

Simon se demanda qui il essayait de rassurer.

— On ne baissera pas les bras tant qu'on ne l'aura pas retrouvée, Owen.

Simon quitta la maison des Garrison après avoir raccroché. La chaleur s'était évaporée avec la nuit tombée, cédant la place à une agréable tiédeur. La vitre d'une voiture banalisée s'abaissa avec un bruit feutré qui mit Simon en alerte. Mais il rengaina son Glock en apercevant Lucas Jones qui lui faisait signe d'approcher.

Il hésita, puis marcha jusqu'à la Buick bordeaux.

— Il y a deux semaines, Walter Bassette atterrissait à l'aéroport de Shannon, en Irlande, l'informa Lucas. Grimpe dans la voiture… Je sais ce que tu as en tête, mais, dans la situation actuelle, faire bande à part n'est pas la meilleure solution. Tu seras plus utile en travaillant à nos côtés.

— Très bien, dit Simon après un moment. Mais si la situation change, je fous le camp.

— Si la situation change, je te cède les clés de ma voiture. J'ai même pris soin de faire le plein avant de venir ici, ajouta Lucas avec un sourire.

Ils étaient tous réunis dans la grande salle, quand le téléphone portable de John March se mit à sonner, à 4 h 57 du matin exactement.

Simon regarda le directeur du FBI suivre les instructions de Norman Estabrook, son correspondant, et mettre l'appel sur haut-parleur.

— Vous ne la retrouverez jamais, March !

Norman parlait d'un ton suffisant, mais avec un soupçon de nervosité dans la voix, comme s'il avait conscience de parler à des femmes et des hommes qu'il n'égalerait jamais sur le terrain où il avait choisi de les combattre.

— Du moins, pas tant que je l'aurai décidé, ajouta-t-il.

— Qu'attendez-vous de nous ? lui demanda March d'une voix parfaitement maîtrisée.

— Fermez-la et écoutez ! Voilà ce que j'attends de vous. Ecoutez votre fille. Allez-y, inspectrice, dites bonjour à votre papa.

Après un bref silence, une autre voix se fit entendre dans l'appareil.

— Abigaïl Browning à l'appareil…

— *Papa !* cria Norman derrière elle. Dites : « Bonjour, papa ».

Debout face à John March, de l'autre côté de la grande table ovale, Simon avait une envie folle de plonger dans ce téléphone et d'étrangler Estabrook. Et à voir la tête de ceux qui l'entouraient, il n'était pas le seul dans ce cas.

— Bonjour, papa, reprit Abigaïl d'une voix monocorde. Comment…

Ils entendirent le bruit d'une violente gifle, puis la jeune femme qui respirait à travers ses dents.

— Salaud, murmura-t-elle.

Norman la frappa de nouveau.

Il régnait une tension extrême dans la salle de réunion. March serra les poings.

— C'est bon, dit-il. Je crois qu'on a compris. Dites-nous ce que vous voulez, Estabrook.

Le milliardaire éclata de rire.

— Ce que je veux ? Que vous souffriez, March ! Que vous souffriez encore et encore. Que vous souffriez jusqu'à votre mort !

Il frappa Abigaïl pour la troisième fois. Le coup, donné avec le poing à en juger par la sonorité mate qu'ils perçurent dans le téléphone, arracha un cri de douleur à sa prisonnière.

— Supplie-le ! ordonna Estabrook. Supplie ton petit papa de venir te sauver !

En bout de table, Tom Yarborough ouvrit un couteau de poche et se cura les ongles ; les muscles de ses mâchoires se contractaient nerveusement.

A côté de lui, Lucas Jones avait les larmes aux yeux.

Bob mâchait un chewing-gum à la cadence d'un marteau-piqueur.

Personne ne pipait mot.

Abigaïl fit ce que son bourreau exigeait, suppliant son père entre deux sanglots.

John March approcha la bouche du téléphone.

— Je vais venir te chercher, ma chérie. Je ne te laisserai

pas tomber. Estabrook, on va faire un échange : vous la laissez partir et je me livre à vous.

— Aïe…, fit Estabrook. J'ai mal à la main. Je n'avais jamais frappé quelqu'un aussi fort. Quel pied !

Les yeux de John March restaient rivés sur son téléphone portable.

— Dites-nous ce que vous voulez, insista-t-il en réussissant à conserver une voix presque normale.

— Je vous veux, March, ainsi que Simon Cahill.

Un peu moins survolté, il avait retrouvé la suffisance qu'il affichait au début de l'appel.

— Je vous veux tous les deux et je veux aussi l'autre mouchard. Je sais que Simon n'était pas votre seul informateur. Qui d'autre m'a trahi ?

— Je n'en ai pas la moindre idée. J'ai en effet reçu des informations d'une seconde source, mais la personne qui me les a envoyées a tenu à rester anonyme.

— Mensonges, mensonges, mensonges… Vous en proférez tellement au cours d'une journée que c'est devenu chez vous un réflexe. Je crois qu'il est temps de raccrocher, monsieur le directeur du FBI.

— Comment puis-je vous joindre ?

— Vous voulez peut-être que je vous dise où je suis, tant que vous y êtes ? C'est moi qui vous appellerai.

March jeta un regard à Simon qui hocha brièvement la tête avant de s'approcher du téléphone.

— Salut, Norman, dit-il dans l'appareil. Ça fait un bail… On devrait parler, toi et moi. Seul à seul.

Estabrook répondit d'un ricanement plein de mépris.

— Je veux que ton patron vive, Simon. Qu'il vive dans une souffrance constante, quotidienne ; qu'il pense au mal que je lui fais à chaque seconde de son existence. Mais toi, c'est différent. Tu es un homme mort, Simon. Mort !

Il raccrocha sur ces mots.

On entendait voler les mouches dans la salle de réunion.

March fut le premier à briser l'épais silence.

— Abigaïl est vivante et c'est la bonne nouvelle du jour, dit-il. On va disséquer l'enregistrement de la conversation.

— Elle a exagéré les pleurs et les cris de douleur, intervint Lucas Jones. Estabrook a dû lui faire mal, bien sûr, mais il y avait une part de comédie dans sa réaction. Elle voulait qu'il la croie soumise et apeurée afin de le freiner dans son besoin de pouvoir et de domination. Frustré, poussé dans ses derniers retranchements, Estabrook n'a pas de limites. En lui donnant ce qu'il désirait, elle a évité qu'il n'aille trop loin pour prouver sa force.

Yarborough referma son couteau. La lame se replia dans le manche avec un claquement sec.

— J'ai entendu une mouette derrière eux. Quelqu'un d'autre l'a entendue ? Je sais que ce n'est pas grand-chose… Ces foutus oiseaux sont partout.

Personne ne fit de commentaire.

Simon sortit dans le couloir, suivi par John March.

— Lizzie Rush est votre source anonyme, John. Vous connaissiez sa mère. Allez-vous enfin m'expliquer ce qui se passe ? Lizzie croit que vous avez couvert le meurtre de sa mère par ambition personnelle. C'est ce qui s'est passé ?

— C'est ce que tu as fait, John ? demanda Bob à son tour en venant les rejoindre.

March se tourna vers lui.

— Non, ce n'est pas ce que j'ai fait.

Bob haussa les épaules, mal à l'aise.

— Désolé, vieux. Il fallait que je pose la…

— Je sais, coupa March.

Malgré l'angoisse qui se lisait sur ses traits, il parlait d'une voix calme, maîtrisée.

— J'ignore ce que Lizzie Rush pense vraiment de moi, poursuivit-il, mais j'ai le sentiment qu'elle me fait confiance. Et nous devons lui faire confiance, nous aussi.

— Lui faire confiance et la protéger, ajouta Simon.

March hocha la tête avec un sourire ennuyé.

— Encore faudrait-il qu'elle nous laisse assurer sa sécurité.

— Elle se prend pour l'une des nôtres.

— Si j'en crois Will, elle a les compétences et l'instinct d'une pro.

— Mais elle ne l'est pas pour autant, répliqua Bob en les regardant alternativement. Si Estabrook apprend ce qu'elle a fait, je ne donne pas cher de sa peau.

Il n'y avait plus rien à ajouter. Simon se souvint qu'il avait les clés de la voiture de Lucas Jones dans la poche. Sans un mot, il s'éloigna dans le couloir. Quelques minutes plus tard, il démarrait la Buick.

Personne n'avait cherché à le retenir.

25

Près de Kennebunkport, Maine,
le 27 août à 5 h 51, heure avancée de l'Est

Abigaïl entendit des mouettes crier au-dehors. Elle s'effondra sur le linoléum craquelé du sous-sol où elle était désormais retenue. Elle avait un affreux mal de tête et sentait le sang qui coulait de sa lèvre et gouttait de son menton. Estabrook se prenait pour un caïd, mais il n'était qu'un amateur. Ce minable ne savait même pas comment donner un bon coup de poing !

Elle appuya la tête contre le mur, écoutant d'autres mouettes rire, en s'efforçant de ne pas se laisser aller à la peur ou au désespoir. Elle devait absolument rester combative, prête à saisir la moindre opportunité pour sortir de là.

Owen…

Deux hommes de main d'Estabrook étaient venus la chercher dans sa cabine et l'avaient conduite sous la menace d'une arme jusqu'à une embarcation semi-rigide. Le Zodiac avait foncé à toute allure, fendant la brume froide et la mer agitée. Sans bandeau sur les yeux, elle avait pu profiter d'une aube magnifique qui peignait l'horizon de rose, de violet et de rouge. A l'ouest, un brouillard bas stagnait au-dessus des moutons d'écume.

Elle avait navigué quelques fois le long de la côte du Maine avec Owen et elle avait tout de suite reconnu les somptueuses maisons de vacances et les auberges de Kennebunkport, un village de pêcheurs situé au sud de l'Etat. Quelques semaines plus tôt, Owen et elle avaient même amarré leur bateau dans le port. Après une balade main dans la main dans les jolies rues du village, ils avaient mangé des guédilles de homard en regardant descendre la marée.

Mais alors qu'elle s'abandonnait un instant au réconfort que lui procurait ce souvenir, les brutes l'avaient poussée sans ménagement sur le plancher du bateau. Deux minutes plus tard, elle vomissait. Ce n'était pas la peur ou la douleur. Juste le mal de mer.

Penser à Owen lui donnait du courage, même si elle sentait des larmes brûlantes envahir ses yeux. Son visage était gonflé et ensanglanté et elle était déshydratée. Elle n'avait plus d'énergie, sauf peut-être celle du désespoir. Bien qu'elle fût à bout, les sbires d'Estabrook avaient cru bon de la menacer de tuer à peu près tous les êtres qui lui étaient chers, si elle tentait quoi que ce soit pour s'échapper. Abigaïl les avait trouvés agités, nerveux, comme s'ils avaient conscience de travailler pour quelqu'un qui n'avait pas la même notion du risque qu'eux ; quelqu'un qui allait peut-être les mener au désastre.

Ils avaient attaché le Zodiac à un vieux ponton de bois, dans une crique difficile à repérer de la mer comme de la terre, puis l'avaient escortée, toujours sous la menace de leurs pistolets, le long d'un chemin abrupt. Quelques minutes plus tard, le sentier avait débouché sur une maison à l'air abandonné, construite au sommet d'un escarpement rocheux qui dominait l'océan.

La jeune femme avait été contrainte de descendre un

escalier poussiéreux, puis ses geôliers avaient ouvert une porte et l'avaient projetée sur le linoléum du sous-sol où elle se trouvait à présent. C'était une ancienne salle de jeux, avec un canapé très fatigué, une table de bridge pliante et quelques chaises en plastique. De hautes étagères croulaient sous les jeux de société, les livres de poche et les bandes dessinées, tandis que des affiches de Hulk, Batman et autres super-héros couvraient les quatre murs. *Un ancien repaire d'enfants*, songea-t-elle en observant les lieux, immobile par terre. Cette maison devait être celle que la famille Rush possédait dans le Maine, une maison qui appartenait désormais à Lizzie. La propriétaire des lieux était-elle là ?

Abigaïl résista à l'envie d'échafauder des hypothèses, préférant poursuivre l'examen de sa nouvelle prison.

La pièce était éclairée par deux œils-de-bœuf, bien trop étroits pour espérer s'y faufiler. Pour s'échapper, il lui faudrait trouver un moyen de rejoindre le couloir du sous-sol. Elle avait eu le temps d'y apercevoir une porte qui semblait donner sur l'extérieur.

Elle ferma les yeux, s'efforçant d'endiguer une vague de nausée et de douleur. Elle se rappela ce que Bob lui avait dit, alors qu'ils s'entraînaient au combat dans le gymnase de la police.

— Tu verras, un jour tu seras contente d'avoir appris à encaisser les coups.

Contente n'était pas le terme qui lui serait naturellement venu en tête pour décrire son état d'esprit du moment, mais elle était soulagée de voir que les heures de formation et d'entraînement l'aidaient effectivement à mieux supporter cette épreuve.

Quand elle avait parlé à son père au téléphone, elle avait pu compter sur son apprentissage et son expérience de policière pour maîtriser ses émotions et en rajouter un peu. En donnant satisfaction au milliardaire et à son besoin de domination, elle avait évité que les choses n'aillent trop loin. Elle n'avait aucune honte d'avoir crié et pleuré. Et tant pis si son père n'était pas le seul à l'avoir écoutée. Tant qu'elle était au clair avec elle-même, peu lui importait ce qu'Estabrook ou ses collègues de la police pouvaient penser.

D'ailleurs, son père — et quiconque autour de lui avait entendu ses cris et ses sanglots — avait forcément compris sa stratégie. Elle lui faisait confiance, comme elle faisait confiance à Bob, à Lucas et même à Yarborough.

Au moins savaient-ils désormais qu'elle était en vie et qui était responsable de son enlèvement.

Estabrook pénétra à ce moment-là dans le sous-sol, suivi de Fletcher. L'Anglais était resté en retrait, impassible, pendant qu'Estabrook la frappait. Mais elle doutait qu'il ait apprécié ce déchaînement de violence, ne fût-ce que parce qu'il était inutile aux yeux d'un professionnel comme lui. Et elle était certaine qu'il avait jugé puéril et risqué de contacter le directeur du FBI sur son portable.

Fletcher s'était arrêté à la porte, l'épaule nonchalamment appuyée contre le cadre et le regard impénétrable. Le milliardaire passa devant elle en se massant la main dont il s'était servi pour la frapper. Malgré le peu de lumière, elle vit que ses jointures étaient rouges et enflées.

Il se mit à faire les cent pas devant elle. C'était la première fois depuis le début de sa captivité qu'elle le voyait aussi nerveux.

— Vous pouvez arrêter de tourner en rond, Estabrook, dit Fletcher en bâillant. Bassette ne reviendra pas.

Estabrook s'arrêta net et se retourna.

— Ah non ? Et comment pouvez-vous en être aussi sûr ?

— Parce que je l'ai tué. Son incompétence nous mettait en danger.

— Non mais vous vous prenez pour qui, Fletcher ? éructa Estabrook.

— Désolé, mon vieux. Je n'ai pas eu le temps de demander votre permission.

Soufflant par le nez, Estabrook écarta les doigts de sa main contusionnée, avant de serrer le poing et de le rouvrir plusieurs fois de suite.

— Et Fiona O'Reilly ? demanda-t-il d'une voix un peu plus calme.

Fletcher haussa les épaules.

— Elle ne pose plus de problème, maintenant que j'ai supprimé Bassette.

— La police va savoir…

— Ils auraient découvert son identité de toute façon, l'interrompit Fletcher. Ils avaient un échantillon de son sang. Et avec son casier judiciaire, sa sale gueule n'aurait pas tardé à apparaître sur l'ordinateur des flics. Croyez-moi, il fallait l'éliminer. Et puis, maintenant, vos deux autres hommes ont compris ce qu'ils risquent s'ils font des erreurs.

Toujours appuyé contre le cadre de la porte, Fletcher parlait d'une voix égale.

— Je vous ai sorti du Montana et j'ai réussi à garder les autorités à distance jusqu'à présent, mais je ne peux pas faire de miracle, poursuivit-il. Vous vous êtes attaqué à forte partie, et vous avez des gens très compétents et très motivés à vos trousses.

Ces derniers mots rendirent le sourire à Estabrook.

— Tant mieux, fit-il avec une moue satisfaite.

Les yeux gris de l'Anglais se plissèrent légèrement.

— Votre soif de vengeance va vous perdre. Arrêtez les frais tant qu'il est encore temps et laissez tout ça derrière vous. Je vous aiderai à fuir le pays, si vous souhaitez recommencer votre vie ailleurs.

— Je ne suis pas homme à fuir le combat !

— Simon Cahill et John March ne sont pas les premiers imbéciles venus. Ils sont trop forts pour vous.

Estabrook fit un pas en direction de l'Anglais, une expression mauvaise sur le visage.

— Personne n'est trop fort pour moi.

Fletcher le regarda comme s'il avait affaire à un adolescent colérique.

— Si vous y tenez tant que ça, vous pouvez les harceler depuis l'étranger, dit-il d'une voix toujours aussi détachée. Mais en tant que professionnel, je vous conseille vivement de partir d'ici au plus vite. Laissez-moi vous aider.

— Je n'ai pas besoin de votre aide, répliqua Estabrook, avant de se baisser, les fesses sur les talons, pour observer Abigaïl.

Elle s'était assise dos au mur, les jambes allongées devant elle.

— J'aurais dû vous frapper plus fort, lui dit-il.

Plusieurs répliques cinglantes virent aussitôt à l'esprit de la jeune femme. Fréquenter Bob O'Reilly depuis huit ans lui avait appris le sens de la repartie, mais elle parvint à se maîtriser. Surtout ne pas laisser l'orgueil prendre le dessus sur la raison, sous peine d'en subir les conséquences. Et elles pouvaient être terribles.

— Pourtant, vous ne m'avez pas ratée, répondit-elle, choisissant ses mots avec prudence.

Estabrook se redressa avant de tendre une nouvelle fois ses doigts.

— Ça fait mal aussi de frapper quelqu'un…, reprit-elle

en indiquant la main enflée d'un signe de tête. On n'imagine pas à quel point les os sont durs. Une fois, mon ami Scoop a failli se casser la main dans une bagarre.

Il ignora son commentaire.

— Votre nouvelle amie, Keira Sullivan, a dû trouver un trèfle à quatre feuilles près du cottage qu'elle loue en Irlande. Elle a vraiment une chance insolente, vous ne trouvez pas ? Elle a échappé à un tueur en série au mois de juin et voilà qu'avant-hier soir elle échappe une nouvelle fois à un… un crétin, de toute évidence.

— Un crétin choisi par Bassette, intervint Fletcher depuis la porte.

— Je vois…, dit Abigaïl.

Le goût métallique du sang lui emplissait la bouche.

— Votre Bassette a recruté un incapable, c'est ça ?

— Keira n'aura pas toujours de la chance, croyez-moi, dit Estabrook, parfaitement calme à présent. Mais on verra ça en temps voulu. Je suis un homme patient. Je ne suis pas devenu un financier à succès en confondant vitesse et précipitation. D'une certaine manière, ce n'est pas plus mal que cette opération ait échoué. Simon se trouvait déjà à Boston.

— Pourquoi dites-vous ça ? L'incompétent chargé de tuer Keira devait aussi supprimer Simon ?

— Non.

Abigaïl le trouvait répugnant avec son sourire goguenard et satisfait. Et cette façon qu'il avait de la regarder…

— Vous vouliez que Simon découvre son corps, n'est-ce pas ? Qu'il tombe sur le cadavre de la femme qu'il aime ?

— Il aurait su tout de suite que c'était mon cadeau de remerciement pour ses bons et déloyaux services, répondit Estabrook avec un sourire.

— Espèce de malade…, murmura-t-elle entre ses dents.

Ça lui avait échappé. Mais, heureusement pour elle, il n'en prit pas ombrage, trop occupé à savourer le souvenir du coup de fil passé une heure plus tôt à John March.

— Simon était avec votre père quand je l'ai appelé. Ils souffrent en ce moment même. Tous les deux. Ça me procure un grand plaisir de savoir ça. Un plaisir suffisant pour le moment.

— Vous devriez écouter Fletcher et me laisser partir. Il sait ce qu'il dit…

Elle sentit brusquement ses forces l'abandonner. Un terrible coup de fatigue, physique et psychologique, qui n'échappa pas au milliardaire. Elle focalisa son attention sur une craquelure du linoléum pour ne pas sombrer, consciente qu'Estabrook l'observait, ravi de la voir aussi éprouvée.

Il fit mine de s'intéresser à une affiche de Spiderman, déchirée sur les bords et légèrement jaunie par le temps.

— Dites-moi, inspectrice, pourquoi votre père a-t-il quitté la police, après le meurtre de la jeune Deirdre McCarthy ?

L'obsession d'Estabrook pour son père était assez déroutante, mais elle avait fini par comprendre ce qui la motivait. Ce qui poussait cet homme à prendre le risque de perdre sa liberté et ses millions n'était pas une simple envie de vengeance. Il y avait une dimension pathologique dans son obstination et son jusqu'au-boutisme et elle pensait que ça n'avait pas non plus échappé à Fletcher. Son père représentait un nouveau défi pour Estabrook, plus dangereux que tous ceux qu'il avait relevés jusqu'à ce jour. Une nouvelle façon de braver la mort et de se sentir vivre, doublée d'un prétexte pour s'adonner enfin à son désir le plus troublant et le plus secret : son désir de violence.

— A ma connaissance, sa décision de quitter la police n'avait rien à voir avec Deirdre McCarthy, répondit-elle d'un ton pragmatique.

— Votre père n'aimait pas le sang. Côtoyer la violence la plus crue, la plus sordide, lui faisait horreur.

Il s'approcha d'une autre affiche de super-héros et jeta un coup d'œil vers sa prisonnière.

— Il n'aimait pas voir cette souffrance d'aussi près. Il voulait à tout prix prendre de la distance et il y est parvenu. Maintenant, il regarde tout ça de loin… Du haut de son large bureau, au dernier étage du siège du FBI.

— Vous avez de l'imagination, mais la réalité est plus banale… Il s'agissait tout bonnement d'ambition professionnelle.

Elle avait dit cela de la voix assurée de quelqu'un qui sait de quoi il parle, mais en vérité elle ignorait pourquoi son père avait voulu quitter la police trente ans plus tôt. Elle n'en avait jamais parlé avec lui.

— Il avait étudié le droit et obtenu son diplôme, poursuivit-elle, et c'est tout naturellement qu'il s'est tourné vers le FBI. Il n'y a vraiment rien de mystérieux là-dedans. Mon père est un homme comme les autres. Un homme qui ne fait que son travail.

— Un homme qui ne fait que son travail, tiens donc ! Et après que le père de Simon a été exécuté, a-t-il agi comme un homme qui ne fait que son travail ?

Abigaïl ne répondit pas. Estabrook s'était maintenant planté face au poster de Batman. C'était le surnom que Bob donnait parfois à Owen, le taquinant au sujet de la Batmobile qu'il le soupçonnait de cacher à Austin, dans les sous-sols de Fast Rescue. Elle essaya de ne pas penser à eux, à la façon dont ils vivaient son enlèvement, à leur réaction s'ils avaient entendu ses cris de douleur et de peur dans le téléphone de son père.

Bob n'avait sûrement pas ouvert la bouche, sauf pour y enfourner des tablettes de chewing-gum. Quant à Owen, il avait sans doute refoulé du mieux possible son angoisse pour se concentrer sur ce qu'il pouvait faire, même s'il n'avait aucun statut officiel pour participer aux recherches.

Estabrook tourna le dos à l'affiche pour se camper devant elle. La fatigue et le stress de ces dernières quarante-huit heures n'avaient pas marqué les traits quelconques de son visage.

— A-t-il agi comme un homme qui ne fait que son travail, quand Shauna Morrigan a été assassinée, deux mois après que Deirdre McCarthy a été enlevée et torturée à mort ?

L'estomac d'Abigaïl se souleva.

— Je ne sais pas…

— J'aurais dû dire Shauna Morrigan *Rush*, puisque cette Irlandaise était la mère de Lizzie Rush.

Abigaïl s'efforça de prendre un air déconcerté.

— Les Rush possèdent et gèrent plusieurs hôtels… Je n'ai jamais rencontré Lizzie, mais je ne vois pas ce qu'elle vient faire là-dedans.

Elle passa le petit doigt sur sa lèvre enflée, fendue et couverte de sang coagulé.

— Il me semble qu'elle a elle-même un poste important au sein du groupe, reprit-elle en continuant à jouer l'innocente. Pourquoi me parlez-vous d'elle ?

— Lizzie adore le Maine. Nous sommes ici dans une vieille maison de famille construite par son grand-père, si je ne m'abuse. Les Rush prennent grand soin de leurs clients, mais eux-mêmes semblent apprécier la simplicité, qu'en dites-vous ? Ce n'est pas le grand luxe, ici…

Un sourire se dessina sur ses lèvres minces.

— Lizzie est dans les parages, dit-il. Et si elle n'est pas là, elle ne tardera pas à pointer le bout de son nez. Avec l'espoir de m'y trouver, ajouta-t-il, tandis que son sourire se transformait en une étrange grimace.

— Pourquoi ? demanda Abigaïl.

— Même si elle n'ose pas se l'avouer, elle sait que je peux l'aider à faire la paix avec des questions qui la hantent. Je suis un homme d'action, inspectrice, et elle a compris que seul un homme comme moi peut lui permettre d'affronter les doutes et la colère qui la dévorent depuis si longtemps. Une colère de moins en moins refoulée et qui, grâce à moi, pourra bientôt s'exprimer pleinement.

— Vous voulez faire d'elle votre complice ?

Estabrook éclata de rire.

— Dites plutôt la servante du diable, puisque c'est ce que vous pensez ! Je sais que vous n'avez pas oublié vos récentes leçons sur le sujet.

Son regard devint dur, menaçant, avec une lueur si étrange qu'Abigaïl se demanda si Norman Estabrook n'était pas complètement fou.

— Il n'y a qu'un Lucifer. Un seul diable. Mais nombreux sont les suppôts de Satan.

Une fois ces mots prononcés d'une voix glaciale, il se tourna brusquement vers Fletcher.

— Occupez-vous d'elle. Ensuite, trouvez Lizzie et amenez-la-moi. Elle possède une maisonnette un peu plus bas sur les rochers, à deux ou trois cents mètres d'ici. Je sais qu'elle aime y venir seule. Après tout ce qui vient de se passer…

Il inspira profondément, puis souffla sèchement par le nez.

— … je suis certain qu'elle est venue s'y réfugier.

Fletcher quitta la porte et fit quelques pas vers son employeur.

— Vous devriez m'écouter, mon vieux. Le plaisir de la vengeance ne dure qu'un temps, contrairement à une peine de prison à perpétuité… Réfléchissez bien. Quand vous en aurez terminé avec les représailles contre March et Cahill, que va-t-il vous rester ? Même si les forces de l'ordre ne parviennent pas à vous attraper, vous allez vous retrouver le bec dans l'eau. Vos avoirs vont être gelés, vos comptes bancaires bloqués, vous ne pourrez plus investir un centime en Bourse…

— Vous ne comprenez pas, Fletcher. Le marché de la violence va devenir mon nouveau domaine d'activité. C'est une nouvelle existence qui s'offre à moi. Une nouvelle façon de vivre.

Estabrook se dirigea vers la sortie. Abigaïl crut qu'il allait quitter la pièce, mais il se retourna au dernier moment.

— Vous avait fait des progrès concernant l'autre source de March ? demanda-t-il à Fletcher. Je veux connaître le nom de ce traître !

L'Anglais haussa les épaules.

— Qu'est-ce que ça change, maintenant ? Parce que vous n'avez pas pu vous empêcher d'appeler March ce soir, il sait que vous détenez sa fille. Vous ne pourrez plus leur faire croire que vos anciens associés des cartels de la drogue sont responsables du rapt. C'était pourtant une carte intéressante à jouer.

— Rien ne dit que je n'ai pas été contraint de jouer les ravisseurs et de la frapper sous la menace d'un trafiquant furieux d'avoir été balancé.

Fletcher fit une moue dubitative.

— De toute façon, vous n'avez jamais voulu faire diversion. Au contraire, vous avez toujours tenu à ce que March sache que vous êtes derrière l'enlèvement de sa fille. Qu'il sache qu'elle est entre vos mains, complètement à votre merci. Et ça, mon vieux, ajouta Fletcher en s'approchant d'Abigaïl, c'est ce qui risque de vous valoir de longues années derrière les barreaux, voire une balle dans la tête.

A la manière d'un animal blessé, Estabrook passa la langue sur ses jointures enflées.

— Vous saviez que mon arrestation était imminente lorsque vous êtes venu à Las Vegas me proposer votre aide, n'est-ce pas, Fletcher ? Vous saviez que Simon était une taupe et vous ne m'avez rien dit.

L'autre lui jeta un regard par-dessus son épaule.

— Exact. Je ne vous ai rien dit. Mais qu'est-ce que ça aurait changé pour vous ? Il était trop tard pour vous sortir des griffes du FBI. Leur dossier était déjà bouclé. Ils vous tenaient, mon vieux.

— Vous avez senti qu'il y avait de l'argent à gagner en vous mettant à mon service…

— Personne ne vous a obligé à accepter mon offre. Mais vous avez compris que nous avions des intérêts communs.

— Je suis heureux de constater que vous ne l'avez pas oublié, dit Estabrook d'une voix tranchante.

Le milliardaire parti, Fletcher tendit à Abigaïl un petit foulard noir.

— Faites donc un brin de toilette, inspectrice.

Elle se tamponna la bouche avec le bandana humide, puis l'appliqua ensuite sur le reste de son visage ensanglanté. Ce faisant, son regard vagabonda dans la pièce avant de se poser sur des traits au crayon tracés sur le mur, à différentes hauteurs. Sous chaque trait était inscrit un prénom.

Whit. Harlan. Lizzie. Jeremiah. Justin.

Ils avaient joué à se mesurer, notant leur taille à même le mur.

— Je veux avoir des enfants, murmura-t-elle. Et vous, Fletcher ?

Il lui tendit la main sans répondre.

Elle la saisit et il l'aida à se mettre debout. Des cris de mouettes lui parvenaient du dehors et elle s'imagina avec Owen à Mount Desert Island, plus haut sur la côte du Maine, marchant sur les rochers avec un ventre rond. Un immense chagrin la submergea. Et si elle quittait ce monde avant d'avoir eu des enfants ? Et si Owen…

— Vous allez bientôt retrouver votre fiancé, lui dit Fletcher, comme s'il avait lu dans ses pensées. Il est dans le Montana, en train de rechercher l'avion d'Estabrook. Ce garçon n'est pas du genre à rester les deux pieds dans le même sabot en attendant que les problèmes se résolvent d'eux-mêmes, on dirait.

Il lui fit un petit clin d'œil.

— Il serait fier de vous.

— Vous êtes déjà tombé amoureux ? lui demanda-t-elle.

Elle était déshydratée et aurait donné cher pour un verre d'eau, mais, à cet instant précis, elle avait surtout soif d'humanité.

— Moi ? répondit-il avec un sourire sexy. Je tombe amoureux de toutes les jolies femmes que je croise !

Mais avant qu'il ne lui tourne le dos, elle vit une douleur dans son regard. Et elle était certaine de ne pas l'avoir imaginée. Elle ne savait pas qui était cet homme et quel jeu il jouait, mais elle savait désormais qu'il avait ses propres secrets et ses propres regrets.

Et qu'il était plus seul sur cette terre qu'elle ne l'était elle-même dans ce sous-sol poussiéreux.

26

Près de Kennebunkport, Maine,
le 27 août à 6 h 25, heure avancée de l'Est

Will se tenait debout sous la véranda, le regard perdu dans la grisaille du petit matin. Un voile brouillardeux, épais et humide, le privait de la vue sur l'océan. Il avait passé la plus grande partie de la nuit éveillé, à écouter les mouettes et les bateaux par les fenêtres ouvertes. Sans parler des petits cris incessants d'une femelle écureuil qui cherchait sans doute à attirer un mâle. Une atmosphère dépaysante qu'il aurait sans doute appréciée à sa juste valeur s'il s'était trouvé dans le lit de Lizzie plutôt que sur le canapé.

Désir et frustration ne faisaient pas bon ménage avec le sommeil. L'inquiétude non plus et il commençait à craindre sérieusement pour la vie d'Abigaïl Browning.

Lizzie était réveillée, elle aussi. Elle s'était glissée hors de la maison pendant qu'il prenait une douche, signe qu'elle avait sans doute dormi aussi peu et aussi mal que lui, au moins en partie pour les mêmes raisons. Elle se trouvait maintenant au pied d'un arbre, un pin noueux à force d'avoir été exposé au sel et aux vents maritimes.

Il voyait bien qu'elle n'aimait pas plus que lui se sentir inutile. Sauf qu'elle n'avait pas sa place dans le jeu dangereux qui se jouait entre Estabrook et les forces de l'ordre. Que venait faire là-dedans une femme qui dirigeait les services de conciergerie de quelques hôtels de charme ? Pourtant, il aurait été malhonnête de la réduire à son métier. Non seulement elle avait des aptitudes hors du commun pour une non-professionnelle, mais elle avait consenti des sacrifices dans sa vie privée et pris des risques énormes pour aider les autorités à coincer un criminel qui se croyait au-dessus des lois.

Josie Goodwin lui avait envoyé un SMS d'Irlande, lui demandant de la joindre dès que possible. Il composa donc son numéro en regardant Lizzie ramasser un caillou et le lancer dans le brouillard.

— Nos amis de la *Garda* ne sont pas très chauds pour que je vous appelle, lui dit la jeune femme après l'avoir rapidement salué. Mais comme vous pouvez le constater, j'ai décidé de n'en faire qu'à ma tête.

— Où êtes-vous ?

— Dans la ferme d'Aidan O'Shea. L'endroit est paradisiaque. Deux moutons viennent tout juste de se frayer un passage à travers des massifs de roses pour venir me saluer. Enfin, bref… J'ai pris le thé avec Keira, ce matin. Les policiers qui assurent sa protection ont d'abord voulu me refouler, mais j'ai réussi à les convaincre de me laisser entrer.

Will ne put s'empêcher de sourire.

— Ça ne m'étonne pas de vous, Josie. Qu'avez-vous appris de neuf ?

— Que Keira peut aussi dessiner des trucs effrayants et que Michael Murphy avait des complices. Il s'est mis à table. Il a conduit la *Garda* jusqu'à une maison isolée située près des anciennes mines de cuivre. Ses deux comparses et lui devaient normalement y séquestrer Simon, après sa découverte du cadavre de Keira dans le cercle de pierres.

— Et ils l'auraient gardé là jusqu'à ce qu'Estabrook vienne s'occuper de lui, j'imagine.

— Vous imaginez bien. Il avait prévu d'assister aux séances de torture, avant d'achever Simon de ses propres mains.

Charmant programme !, songea Will, le regard toujours perdu dans le brouillard. Il entendit le cri isolé d'une mouette, invisible derrière le mur vaporeux. Lizzie s'était déplacée de l'autre côté du tronc.

— Je veux mettre la main sur ce salopard, Josie…

— Moi aussi. Et on est quelques-uns ici à attendre avec impatience qu'il se fasse coffrer. Keira, les policiers qui la protègent et moi, on s'entend comme larrons en foire, vous savez. Mais écoutez un peu ce que j'ai découvert… Avant sa mort, Shauna Morrigan Rush a renseigné les Américains au sujet d'un agent du FBI qui travaillait pour la mafia irlandaise de Boston…

Voyant que Will ne réagissait pas, elle ajouta :

— Je suis en train de parler de la mère de Lizzie, Will.

— De la mère de Lizzie qui a trouvé la mort en trébuchant sur un pavé…

— Et dont les parents et le frère ont eux-mêmes péri dans un terrible accident de voiture, alors qu'ils se précipitaient à Dublin après avoir appris son décès. La police de Boston a aussitôt envoyé un de ses inspecteurs en Irlande pour enquêter sur la mort de la jeune femme.

La main de Will se crispa sur le petit téléphone.

— John March…

— Tout juste, confirma Josie. Peu de temps après qu'il fut rentré de Dublin, il a donné à ses supérieurs le nom de l'agent du FBI à la solde de la mafia irlandaise. mafia qui était bien sûr derrière l'assassinat de Mme Morrigan Rush et de sa famille. L'enquête irlandaise a pourtant conclu à la mort accidentelle de Shauna et des trois membres de sa famille.

— De toute évidence, March ne leur a pas dit tout ce qu'il savait.

— Lui arrive-t-il jamais de dire tout ce qu'il sait ?

La question n'appelait pas de réponse et Will tourna son regard vers Lizzie. Ses cheveux encore décoiffés se confondaient avec les sombres rochers qui cascadaient vers l'océan. L'espace d'un instant, il s'imagina au soleil couchant, pataugeant main dans la main avec elle dans les cuvettes de marée. Vision sans nul doute utopique que Josie se chargea de chasser en reprenant la parole.

— Will ? Vous êtes là ?

Il perçut un soupçon d'inquiétude dans la voix de son assistante. Elle n'était pas habituée à pareils silences de sa part. Pour elle, son patron était trop discipliné pour se perdre dans des rêveries lorsqu'il était en mission. Peut-être avait-elle deviné qu'il s'agissait de rêveries romantiques, les plus dangereuses parce qu'elles annonçaient généralement le début de complications sentimentales incompatibles avec ses activités professionnelles.

Mais était-il vraiment en mission ?

— March attire le malheur, dit-il.

— Personne ne traverse la vie sans croiser le malheur, répondit-elle, plus philosophe qu'à son habitude. Mais avec son parcours professionnel, John March le côtoie forcément plus souvent que le commun des mortels, Je vous accorde que cet homme est complexe, Will, mais je le crois honnête. Il a dû faire des choix difficiles et il garde beaucoup de choses pour lui. Mais les secrets vont de pair avec son métier et ça fait un moment qu'il navigue dans les eaux troubles du renseignement.

— A votre avis, Josie, on fera quoi dans trente ans, vous et moi ?

Le grand éclat de rire de son assistante porta un coup presque fatal à son humeur sombre. Il eut même l'impression que le brouillard se déchirait un peu.

— Je passerai ma journée à manger des pâtisseries et à prendre le thé avec d'autres vieilles dames édentées, et je radoterai à propos des jours glorieux où j'étais au service d'un bel aristocrate, dit-elle. Et quand je finirai par leur avouer le genre de travail que je faisais auprès de mon beau lord, elles n'en croiront pas un mot et penseront que je suis complètement toquée !

Satisfaite d'avoir réussi à faire rire Will, Josie retrouva son sérieux.

— Si Shauna Morrigan Rush a été tuée parce qu'elle renseignait March, alors votre Lizzie a quelque raison de le détester…

Votre Lizzie… Décidément, rien n'échappait à cette femme !

— Estabrook doit être au courant de cette histoire, dit-il. Peut-être est-ce précisément à cause du passé de Lizzie qu'il a souhaité se lier d'amitié avec elle. Au départ, il a simplement pu être touché par ce drame et quand son obsession pour John March s'est développée…

— Il s'est peut-être dit que Lizzie serait une précieuse alliée dans sa lutte à mort contre le directeur du FBI. Ou alors il a vu en elle une sorte de trophée à exhiber pour justifier sa haine. La pauvre orpheline victime de l'ambition d'un homme aujourd'hui parmi les plus influents de la planète, ou quelque chose comme ça. Norman Estabrook est vraiment un type tordu, Will. Je ne suis pas sûre d'avoir le bon décodeur pour décrypter sa façon de penser.

— Lizzie semble l'avoir, elle. En tout cas, elle croit savoir ce qu'il a en tête ces jours-ci. C'est pour ça qu'elle est venue dans le Maine. Elle pense qu'Estabrook va l'y rejoindre.

— D'après les informations que j'ai pu recueillir auprès de mes amis irlandais, Shauna Morrigan était un agent très doué.

Will se raidit brusquement. Deux hommes venaient d'émerger du brouillard. Ils marchaient le long du sentier côtier et semblaient se diriger vers Lizzie.

— Josie, il faut que je raccroche.

Maintenant, le doute n'était plus permis. C'était bien à Lizzie qu'ils en voulaient.

— Estabrook est là ? Ou Myles ?

Mais Will avait déjà raccroché.

Deux secondes plus tard, il vit l'un des hommes se pencher vers la jeune femme et lui toucher le bras.

Will plissa les yeux, perçant du regard la grisaille et ses filaments de brouillard crémeux. L'allure de cet homme, cette façon de se mouvoir… Pas de doute, c'était bien lui…

Lizzie se tourna vers la maison et lui fit un petit signe de la main.

— Je reviens tout de suite ! cria-t-elle.

Will la regarda s'éloigner entre les deux hommes, dont l'un n'était autre que Myles Fletcher, il en était certain maintenant.

Ils disparurent bientôt dans le brouillard.

Il se précipita vers l'escalier de la véranda, prêt à s'élancer derrière eux. Mais il se retrouva nez à nez avec Simon qui se tenait sur la plus haute marche, lui bloquant le passage.

— Attends, lui dit ce dernier. Réfléchis…

— Simon, c'est Myles ! Je ne peux pas le laisser…

— Ne t'inquiète pas pour Lizzie. Toi et moi, on est là pour s'assurer que rien ne lui arrivera.

— Tu es un agent du FBI. Tu as des contraintes pour intervenir. Des procédures à suivre.

— Ecoute-moi, Will. Norman ignore que Lizzie est l'autre source de March. John lui-même ne le sait que depuis hier. Je suis certain qu'il n'imagine pas un instant qu'elle puisse être le traître qu'il recherche.

Il posa le pied sur le plancher de bois de la véranda, rendu brillant par l'humidité du matin.

— Ça fait des mois qu'elle espionne Estabrook, et il n'y a vu que du feu, reprit-il. Pourquoi veux-tu que ça change aujourd'hui ?

— Parce que Myles est là, dit Will d'une voix sombre. Ce type est un vrai détecteur de mensonge.

Simon vint le rejoindre contre la rambarde et tous deux regardèrent en direction de l'océan encore masqué par les nappes de brouillard.

— Norman a appelé March, hier soir. Abigaïl a dû parler à son père sous la contrainte.

Il se tourna vers Will.

— Ça a été un moment difficile.

Will ne demanda pas plus de détails. Il comprenait ce que son ami voulait dire.

— Je suis désolé pour John March. Ça a dû être terrible pour lui.

Il se pencha en avant, les bras sur la rambarde. Un écureuil roux escaladait l'arbre où Lizzie était encore adossée quelques minutes plus tôt. Avait-elle vu les deux hommes marcher vers elle sur le sentier ? Aurait-elle eu le temps de l'appeler à l'aide ou de courir jusqu'à la maison si elle l'avait voulu ?

— Je sais comment fonctionne Myles. Sa façon de penser et de procéder.

— Et tu veux le coincer ?

— Simon, il faut que tu me fasses confiance. Si on n'opère pas à ma façon, Lizzie et Abigaïl Browning ont toutes les chances d'y rester.

— Tu crois que le dialogue est possible avec Fletcher ?

— Je ne peux pas te répondre avec certitude, mais de toute façon la question n'est pas là pour le moment. Qu'il joue dans notre camp ou dans le camp adverse — ou plus probablement dans son propre camp — ne change rien à ce qu'on doit faire maintenant.

— Très bien, dit Simon avec un sourire grave. Heureusement que je suis venu avec l'artillerie lourde.

— Simon… Tu n'es pas obligé de faire ça, tu sais.

— Lizzie est armée ?

Will revit la jeune femme assise au pied de l'arbre, son corps menu couvert d'un jean et d'un sweat-shirt. Pourquoi n'avait-il pas disparu avec elle dans le brouillard du Maine dès le lever du jour, laissant les Américains se débrouiller avec la violence d'Estabrook et de Myles Fletcher ?

Le front de Simon se plissa.

— Will…

— Non, elle n'est pas armée. Mais elle a son intelligence, sa débrouillardise, ses pieds et ses poings. Son père a fait du bon boulot avec elle. Quand je pense qu'elle a réussi à te berner pendant des mois, sans compter John March et un brillant financier reconverti en crapule de la pire espèce…

Il se tourna vers les rochers et l'océan qui apparaissait enfin derrière le voile brumeux, devenu fin et transparent comme un drap usé. Quelque part dans les branches du pin, l'écureuil se mit à pousser des cris aigus. Etait-ce la femelle de cette nuit qui cherchait toujours un compagnon ? Une mouette se posa sur un large rocher, fixant la maison de ses petits yeux noirs. Ils semblaient contenir toutes les réponses, connaître tous les secrets du littoral.

— Lizzie avait deviné qu'Estabrook viendrait ici.

— Peut-être l'espérait-elle, fit remarquer Simon en ouvrant la porte de la petite maison. Je vais prévenir le SWAT. Qu'ils se mettent en route au cas où on aurait besoin de renfort.

— Qu'ils ne fassent pas un geste avant qu'on le leur dise.

— Ne t'inquiète pas, je vais donner des ordres en ce sens. Nos policiers d'élite interviendront juste à temps pour nous sauver les fesses… ou pour mettre nos corps dans des sacs mortuaires.

27

Boston, Massachusetts,
le 27 août à 7 h 2, heure avancée de l'Est

Bob et John March étaient assis face à face devant une des fenêtres du *Morrigan's*. Il était encore tôt et le pub était fermé, mais Jeremiah Rush, qui semblait travailler vingt-quatre heures sur vingt-quatre, avait autorisé ces deux clients un peu particuliers à descendre. March était seul. Il avait faussé compagnie aux agents qui assuraient sa protection, à moins qu'il n'ait menacé de les renvoyer, ou leur ait dit d'aller voir ailleurs s'il y était, ou encore ait fait mine de leur tirer dessus… Bob n'en savait rien. Mais quelle que soit la manière dont il s'y était pris, le résultat était là : il était seul.

Tout comme Lucas Jones et Tom Yarborough, Bob et John avaient passé une nuit blanche. Simon avait disparu. Entendre Abigaïl se faire frapper sauvagement à l'autre bout du fil avait mis les nerfs de tout le monde à rude épreuve. Il en subsistait un mélange de colère, d'angoisse et de détermination.

— Il est trop tôt pour s'en jeter un, dit Bob. Mais tu devrais au moins boire une tasse de café…

— J'avais juste envie d'être seul quelques minutes. Ici où…

March se racla la gorge, laissant sa phrase en suspens.

— Nous ne sommes jamais seuls, John. Les fantômes de nos souvenirs nous accompagnent partout.

Il y avait une telle angoisse dans les yeux de March que Bob détourna pudiquement le regard.

— Lizzie Rush… Abigaïl…

Il laissa échapper un long soupir et indiqua le pub désert d'un mouvement de tête.

— Tout a commencé ici, il y a trente ans.

Bob se demanda si c'était bien le moment de se replonger dans le passé.

— On a un peu avancé au cours des dernières heures, dit-il, s'efforçant de ramener son vieil ami au présent. Ce n'est pas grand-chose, mais au moins on ne fait pas du sur-place.

— Tu n'aurais pas dû venir ici, Bob, lui dit March en se levant brusquement. Et maintenant, ne cherche pas à me suivre, ajouta-t-il, avant de s'éloigner vers l'escalier.

Bob en resta interloqué. March n'avait jamais été quelqu'un de facile à cerner, et moins encore depuis qu'il dirigeait le FBI, mais là, Bob était vraiment dans le brouillard. Il se leva à son tour, résistant à l'envie de rester assis sur cette chaise en attendant l'ouverture du pub, et d'y passer la journée en tête à tête avec une bouteille de whiskey.

Tant qu'il n'enfreignait pas les lois fédérales, March n'avait pas d'ordres à lui donner, songea-t-il en grimpant quatre à quatre les marches de l'escalier qui menait au lobby. Lizzie avait de bonnes raisons d'en vouloir au directeur du FBI, voire de le détester. Bien sûr, son ressentiment — si c'était bien ce qu'elle éprouvait — ne reposait que sur des informations partielles et des suppositions. Seul March connaissait toute la vérité sur la mort de Shauna Morrigan. Mais la jeune femme avait un motif de le haïr, ce qui faisait d'elle une alliée potentielle d'Estabrook.

Sauf que personne ne croyait vraiment qu'elle puisse être complice d'attentats à la bombe, de tentative de meurtre, d'enlèvement et de séquestration.

Jeremiah Rush était debout derrière le bureau de réception, en train de donner des conseils à un couple qui partait visiter la ville. Sans quitter ses clients des yeux, il fit un discret signe de tête en direction de la porte arrière de l'hôtel.

Deux minutes plus tard, Bob débouchait dans une petite ruelle, un des nombreux recoins de ce quartier qu'il n'en finissait pas de découvrir.

March regardait une BMW bleu marine, rutilante.

— Tu as l'intention de la voler, John ?

— Je veux prendre la place d'Abigaïl, répondit l'autre, évitant son regard. Qu'Estabrook me torture, si c'est vraiment ce qu'il cherche, plutôt que de s'en prendre à ma fille ! Abigaïl n'a rien à voir là-dedans.

C'était précisément ce que faisait Norman Estabrook, songea Bob. Il torturait March... en s'en prenant à sa fille. Mais il garda cette réflexion pour lui.

— Viens, dit-il en manquant de renverser un pot de géraniums posé sur la dernière marche du petit escalier. Ne me mets pas dans le pétrin, d'accord ? Si je perds le directeur du FBI en plein Boston, je peux dire adieu à ma pension de retraite !

Les épaules de March s'affaissèrent brutalement, mais il se redressa presque aussitôt. Même après deux nuits sans dormir, même après avoir entendu sa fille séquestrée hurler sous les coups, il n'avait pas une mèche de travers. Son teint frais, sa coupe de cheveux impeccable et son beau costume pouvaient peut-être faire illusion auprès de certains, mais Bob ne voyait en ce moment qu'un homme ravagé par l'angoisse.

March souffla longuement en direction du ciel chargé de nuages.

— J'ai déjà eu du mal à me débarrasser de mes gorilles, grommela-t-il, et voilà maintenant que c'est toi qui me colles aux basques ?

Il se décida enfin à croiser le regard de son interlocuteur.

— Vas-y, donne-moi les dernières nouvelles...

Bob se sentit soulagé de voir March reprendre le dessus. Un trop-plein d'émotions n'avait jamais aidé une enquête à avancer dans le bon sens, bien au contraire.

— Bassette, le cadavre de l'impasse, était un gars d'ici. Jusque-là, rien de nouveau. Mais on sait maintenant qu'il a fait appel à deux truands de Chicago, ville où Estabrook a longtemps vécu et où il a toujours des attaches. C'est certainement l'un d'eux qui s'est faufilé dans notre jardin pour planquer la bombe sur la terrasse d'Abigaïl. Un immeuble rempli de policiers et ce type y est entré comme dans un moulin ! Mais on ne peut jamais se protéger totalement contre ce genre d'agression. Même s'il n'avait pas réussi à pénétrer chez nous, il aurait très bien pu lancer sa bombe par-dessus la barrière. Fiona et Scoop n'y auraient sans doute pas survécu.

— Bob...

— Tu n'as pas besoin d'Estabrook pour te torturer, John. Tu fais ça très bien tout seul. Je sais ce que c'est ; moi aussi je m'en suis voulu d'avoir laissé Fiona avec Scoop qui pissait le sang sur elle. De n'avoir pas su la protéger du spectacle de ce cadavre dans l'impasse.

Il se pencha et remit en place le pot de géraniums qu'il

avait bousculé. Il ignorait pourquoi ça lui avait soudain paru si important qu'il soit parfaitement aligné avec les autres pots.

— Ça n'avance à rien de se faire des reproches, John.

— Je suis désolé pour Fiona. C'est une fille bien qui ne…

— De quoi es-tu désolé ? Qu'est-ce que tu lui as fait, pour ressentir le besoin de t'excuser ?

Alors que le directeur du FBI esquissait enfin un sourire, Bob se revit soudain dans une rue de Boston sud, March devant lui, beau jeune homme de dix ans son aîné qui avait déjà intégré le département de police de Boston. A cette époque, il n'était encore qu'un gamin qui ne supportait pas l'idée que sa voisine et amie, Deirdre McCarthy, puisse ne jamais revenir. Tous les soirs depuis sa disparition, il priait pour qu'on la retrouve saine et sauve. Mais s'il y avait quelqu'un là-haut, *Il* n'avait pas entendu ses prières. Et maintenant, trente ans plus tard, le souvenir de cet été violent et caniculaire lui revenait en pleine figure, le ramenant à une époque qu'il essayait vainement d'oublier depuis trois décennies.

A son tour, il se sentit près de s'écrouler. Mais il se ressaisit une fois de plus, déterminé à exploiter chaque minute de cette journée pour retrouver Abigaïl et arrêter ses ravisseurs.

Quant à March, il donnait l'impression d'être à la merci d'un coup de vent.

— Tu sais qu'Abigaïl veut vraiment se marier ? lui dit-il en sortant une tablette de chewing-gum de sa poche. Elle en a assez d'attendre. Ce coup-ci, elle veut officialiser les choses avec son beau gosse fortuné. Je suis déjà sur la liste des invités. Pourvu que la cérémonie n'ait pas lieu à l'autre bout du monde…

— Owen est un type bien, répondit March, réprimant son émotion.

Bob mit le chewing-gum dans sa bouche.

— Il vient d'un autre milieu que nous, mais on ne peut pas retenir ça contre lui.

Il mâcha un instant en silence, avant de reprendre :

— Et puis il y a ma nièce. Avec Simon, ça sent aussi le mariage, si tu veux mon avis. Keira a déjà réussi à me convaincre de l'accompagner en Irlande pour Noël et…

Il s'interrompit, troublé par les larmes qui emplissaient maintenant les yeux sombres de John March.

— Tu es en paix avec ton passé, Bob ?

— Non, et je ne le serai jamais, répondit-il avec un sourire triste.

— Je n'arrête pas d'entendre les cris d'Abigaïl.

— Je sais. Ça a fait mal à tout le monde et j'ai conscience que c'est encore plus dur pour toi. Mais elle est vivante, John, et c'est le principal. Et puis Lucas a raison : Abigaïl en a sûrement rajouté pour donner satisfaction à ce salaud et faire en sorte qu'il se calme.

Il fouilla dans sa poche à la recherche d'une tablette neuve.

— Parce que je suis un bon ami, John, je vais te dire quelque chose : ta femme a prévu de t'emmener en cure thermale.

— En cure thermale ? Qu'est-ce que tu me chantes ?

Bob dépiauta la nouvelle tablette et la fourra dans sa bouche.

— Elle en a parlé à Abigaïl la dernière fois qu'elle est venue la voir. Je me trouvais sur ma terrasse et elles, dans le jardin. Je les ai entendues en discuter. Je te vois très bien en peignoir blanc, une infusion à la main, attendant ton tour pour la douche au jet…

— C'est bon, j'en ai assez entendu comme ça !

March soupira une nouvelle fois en direction du ciel.

— On commence à se faire vieux, tous les deux.

— Et alors ? On est encore aptes au service, non ? On sait encore ce qu'on fait.

— Sait-on jamais ce qu'on…

— Tu me donnes la migraine, John ! Dans dix minutes montre en main, on va avoir cet emmerdeur de Yarborough sur le râble. Tu sais très bien qu'il déteste nous perdre de vue.

March réussit à se composer un faible sourire.

— C'est mon poste qu'il vise ou le tien ?

— Il peut prendre le mien, fit Bob. Je le lui cède de bon cœur ! Je crois que je vais refaire ma vie en Irlande, comme chanteur de pub.

Bob voyait maintenant ce que March et lui devaient faire. Peut-être March l'avait-il déjà vu et laissait-il son cadet en venir à la même conclusion que lui. Ou peut-être Bob prenait-il cette fois-ci la direction des opérations. Peu importait.

— Allons chercher Lizzie Rush et lord Davenport, son nouvel ami anglais. Juste toi et moi.

La porte arrière de l'hôtel s'ouvrit et un homme aux cheveux blond vénitien vêtu d'un pantalon kaki tout fripé descendit le petit escalier. Sans nul doute un autre membre de la tribu Rush, songea Bob, tandis que l'homme, quinquagénaire, les observait comme s'il savait parfaitement à qui il avait affaire.

— Lizzie est bien la fille de sa mère !

Il avait le visage bronzé, buriné comme par une vie au grand air. Sous son ton calme, Bob perçut une intensité qui lui fit comprendre que cet homme craignait aussi pour la vie d'un être cher.

— J'ai pris le vol de nuit depuis Las Vegas. Bon Dieu, ce que je déteste l'avion ! Vous comptez m'expliquer la situation dans les grandes lignes ou faut-il que j'enlève l'inspecteur-chef de la brigade criminelle de Boston et le directeur du FBI ?

Le pire, c'était qu'Harlan Rush en était sans doute capable, songea Bob en froissant l'emballage du chewing-gum dans sa main.

Il se tourna vers March.

— John ?

March répondit sans hésiter.

— On y va.

Harlan Rush fit tinter un trousseau de clés au bout de ses doigts.

— Mon neveu m'a dit qu'on pouvait emprunter la voiture de son père. C'est celle qui se trouve juste là, dit-il en indiquant la BMW bleu marine. Ça tombe bien, non ? Finalement, vous n'aurez pas besoin de la voler.

— Permis de port d'arme ? lui demanda Bob.

Le père de Lizzie passa devant lui, ouvrant à distance les portières de la grosse cylindrée.

— J'ai l'autorisation de me trimbaler avec un missile de croisière et de le faire avaler sans moutarde ni mayonnaise à Estabrook…

— C'est une idée…, murmura Bob en allant s'asseoir sur le cuir crème de la banquette arrière.

Harlan Rush se mit au volant, tandis que l'homme qui, trente ans plus tôt, avait enquêté sur la mort de sa femme s'installait à côté de lui.

— Le temps qu'on arrive dans le Maine, Abigaïl aura peut-être été libérée, dit Bob, alors que Rush démarrait la voiture de son frère. Mais ne vous en faites pas, on ne fera pas le voyage pour rien. Je vous promets de vous inviter à manger des palourdes au bord de l'eau.

Aucune réaction des deux hommes à l'avant.

— Bon, dit-il en soupirant. Allons-y…

28

Près de Kennebunkport, Maine,
le 27 août à 7 h 45, heure avancée de l'Est

— J'adore les cormorans, dit Lizzie en trottinant sur le sentier côtier creusé dans la roche. Je ne me lasse pas de les observer…

Les deux hommes qui l'accompagnaient ne firent aucun commentaire. Myles Fletcher se trouvait à sa hauteur, l'étroitesse du chemin l'obligeant parfois à empiéter sur les rochers. L'autre homme ouvrait la marche en silence. Tous deux étaient armés de pistolets calibre 9mm, celui de Myles Fletcher glissé dans la ceinture de son pantalon, tandis que son acolyte le serrait dans son poing.

Quant à Lizzie, elle était sortie de la maison les mains vides. Elle n'avait même pas un couteau de cuisine pour se défendre. Elle avait bien fait mine de saisir une grosse pierre, mais Fletcher l'en avait dissuadée d'une pression de la main sur l'épaule.

Elle se tourna vers l'océan, dont l'eau grise se confondait avec le brouillard.

— C'est un point de vue magnifique, vous ne trouvez pas ? Dommage qu'on ne distingue pas grand-chose, ce matin. Quand j'étais petite, je me baladais souvent avec ma grand-mère sur ce sentier.

Elle essayait de retrouver le ton enjoué qu'elle adoptait d'ordinaire avec Norman, d'apparaître comme une jeune héritière insouciante, nullement inquiète d'être escortée par deux hommes armés jusqu'à son ami milliardaire. Pas du tout le genre de femme capable de jouer les espionnes.

— Elle m'a dit un jour que si elle pouvait choisir sa mort, ce serait ici même, sur ce sentier, en train de regarder un cormoran plonger dans l'eau pour attraper sa pitance.

— Et son vœu a été exaucé ? demanda Fletcher en marchant sur la racine d'un épicéa.

— Non, malheureusement. Elle est morte dans un lit d'hôpital.

Fletcher regagna le sentier d'un petit bond agile. Il progressait d'un pas tranquille, décontracté, mais Lizzie voyait bien que tous ses sens étaient en alerte.

— Elle vous manque, j'imagine.

— Beaucoup. Mais c'est la vie, si j'ose dire. Vous n'aimeriez pas manquer à quelqu'un lorsque vous serez mort ?

— Non, ma belle. Entre nous, ça m'est bien égal ce que les gens penseront de moi quand je ne serai plus là.

Il avait dû voir Will sous la véranda et Simon qui arrivait, songea-t-elle. Il devait maintenant savoir qu'il avait à ses trousses un agent du FBI et un autre du MI6. Mais avant toute chose, elle comptait bien découvrir l'endroit où Abigaïl Browning était détenue, et tenter par tous les moyens de la libérer. Son père l'avait mise en garde contre les dangers de l'indécision.

— Fais preuve d'audace. Sois déterminée, résolue. N'hésite pas à agir, surtout si des vies sont en jeu.

Encore fallait-il que Norman ait emmené Abigaïl avec lui et qu'elle soit toujours vivante.

L'homme qui ouvrait la marche avait accéléré le pas.

Elle leva les yeux vers Fletcher.

— Il y a un monde entre ici et Las Vegas, pas vrai ?

Il la regarda du coin de l'œil.

— Ça, on peut le dire, oui.

— Qu'êtes-vous venu faire à Las Vegas, le jour où nous nous sommes rencontrés ? Vous étiez là pour lui offrir vos services, c'est ça ? Vous saviez qu'il était sur le point de se faire arrêter ?

— Ne ralentissez pas l'allure, mademoiselle Rush.

— Norman a débarqué ou il nous attend sur l'eau ? Il est venu ici l'été dernier avec un yacht qu'il avait loué. Un bateau somptueux. Il m'a invitée à bord pour un dîner mémorable. Ça m'a changée de mon kayak, croyez-moi.

Elle trébucha sur une pierre, mais parvint à se rétablir avant que l'Anglais ne lui saisisse le bras.

— Combien Norman vous a-t-il payé, pour organiser le chaos de ces deux derniers jours ?

— Comme vous le savez, ma belle, il n'est pas exactement dans le besoin.

Une repartie cinglante vint à l'esprit de Lizzie, mais elle parvint à la garder pour elle.

— Norman savait que je viendrais ici et c'est ce que j'ai fait, dit-elle. On devrait se dépêcher.

Puis elle se tourna vers sa maisonnette avec un signe de tête.

— Si j'ai bien compris, vous connaissez Will depuis longtemps ?

Une lueur malicieuse fit briller les yeux gris de Fletcher.

— C'est pour ça que j'ai pris soin de rester hors de sa ligne de mire.

— Will n'est pas armé.

Fletcher éclata de rire.

— Ce bon lord Davenport a plus d'un tour dans son sac !

Le sentier se mit à serpenter le long d'une côte abrupte et elle vit des mouettes agglutinées sur les rochers en contrebas. Leurs cris familiers et le bruit rassurant des vagues l'aidaient à contrôler sa respiration. Si elle se mettait à paniquer et à faire de l'hyperventilation, Norman et ses hommes la perceraient tout de suite à jour. Elle avait parcouru ce sentier des centaines de fois depuis son enfance. Sa grand-mère lui ouvrait toujours les yeux sur ce qui l'entourait : un scarabée, une fleur sauvage, une plante comestible, des édifices qu'on distinguait au loin sur la côte… Parfois même un phoque, un dauphin ou une baleine. Edna Whitcomb Rush n'était pas une femme démonstrative — ni câlins ni baisers de sa part —, mais ces promenades lui donnaient l'occasion d'exprimer, à sa manière, l'affection qu'elle portait à sa petite-fille.

— Estabrook va nous demander de rester ici pour retarder le FBI et tous ceux qui risquent de venir leur prêter main-forte, dit Fletcher à son acolyte. Ça te pose un problème ?

L'autre s'arrêta de marcher et se retourna en haussant les épaules.

— Je n'ai pas l'intention d'attendre qu'ils nous envoient les commandos d'élite, mais je n'ai pas non plus l'habitude de bâcler le travail. On va faire ce qu'on a à faire.

Il pointa le canon de son arme sur Lizzie.

— On devrait supprimer celle-là et l'inspectrice Browning et puis mettre les voiles. Elles ne vont faire que nous retarder.

Lizzie prit garde à conserver un visage impassible, mais

à présent elle avait sa réponse : Abigaïl était vivante et elle se trouvait ici.

Fletcher semblait parfaitement indifférent à leur sort.

— Tu penses qu'Estabrook a un plan pour foutre le camp d'ici ? Un plan dont on ne ferait pas partie, toi et moi ?

— Il me file le fric avant de partir. Point final. Après ça, il fait ce qu'il veut, ce n'est plus mon problème.

— Très bien, dit Fletcher sans manifester la moindre émotion. Je voulais juste m'assurer qu'on était sur la même longueur d'onde.

Son complice reprit sa marche, accentuant son avance. Lizzie et Fletcher bifurquèrent bientôt vers le jardin embroussaillé de la maison construite par le premier Harlan Rush. Lizzie était encore petite à la mort de son grand-père, mais elle conservait un vague souvenir de balades en canot, son bon-papa lui racontant des histoires tandis qu'il ramait le long du rivage.

Cet Harlan Rush-là avait une véritable passion pour la mer.

— Tu peux tout lui prendre, disait Edna. Tant qu'il pourra venir regarder l'océan, Harlan sera heureux de son sort.

Elle avait toujours paru étonnée que leur fils aîné — qui portait le même prénom que son père — ait fini par préférer la sécheresse du désert de Las Vegas aux paysages maritimes du Maine. Pourtant, elle connaissait les raisons de ce choix, songea Lizzie.

Elle jeta un regard oblique à Fletcher.

— Will avait confiance en vous…

L'ancien officier du SAS continua à regarder droit devant lui.

— Will croit à l'honneur, au devoir et à la patrie, répondit-il.

— Et pas vous ?

Il resta muet, tandis qu'ils fendaient les herbes hautes et humides qui avaient poussé sur le sol sablonneux, puis passaient devant un épais massif de roses du Japon envahi de mûres sauvages.

— Je sais ce que je fais et pourquoi je le fais, reprit Lizzie, quand elle comprit qu'il ne répondrait pas. Et vous, monsieur Fletcher, pouvez-vous en dire autant ?

Il avait pris un peu d'avance et s'arrêta pour lui permettre de le rattraper.

— Ecoutez, ma belle..., dit-il quand elle parvint à sa hauteur.

Il passa un bras autour de ses épaules et approcha son visage, l'air amusé et sûr de lui.

— ... ça me ferait plaisir de papoter avec vous, mais pas maintenant, d'accord ?

— Pourquoi avez-vous supprimé cet homme à Boston ?

Il la regarda dans les yeux, juste assez pour la rendre mal à l'aise.

— C'était nécessaire.

— Il était sur le point de tuer Fiona O'Reilly, c'est ça ?

Fletcher laissa son bras autour des épaules de Lizzie, tandis qu'ils traversaient la pelouse jusqu'à un petit escalier de pierre.

— Vous êtes du genre tenace, on dirait.

Il n'y avait plus une trace d'humour sur son visage ou dans sa voix.

— Peu importe quels intérêts je sers. Le fait est que je n'avais pas le choix.

— Ce type avait été recruté directement par Norman qui lui a donné des instructions sans vous consulter ?

— Estabrook est un homme très indépendant. Mais je ne vous apprends rien…

— Vous avez fichu une peur bleue à Fiona !

— D'accord, la demoiselle a sans doute passé un mauvais moment. Mais au bout du compte, ça l'a amenée à accepter une protection policière.

Il retira son bras des épaules de Lizzie.

— Comment trouvez-vous Will Davenport ?

— Je le trouve beau. Quelle femme pourrait résister à ses yeux ?

Elle s'élança sur les marches avant lui, mais il la rattrapa presque aussitôt.

— Il pourrait bien être mon prince charmant, ajouta-t-elle, un brin provocante, en se tournant vers lui.

De nouveau une lueur malicieuse, presque amicale, alluma le regard de Fletcher.

— Ne vous en faites pas, ma belle. Il saura vous retrouver.

Un sourire énigmatique se dessina alors sur ses lèvres.

— Vous savez, j'ai le sentiment que Will vous a cherchée toute sa vie.

Lizzie sentit s'accélérer les battements de son cœur.

— Vous êtes…

— Si vous voulez sortir d'ici vivante et sauver Abigaïl Browning, vous devrez faire exactement ce que je vous dis.

Il la regarda dans les yeux, mais conserva la même attitude détachée que lorsqu'il lui avait parlé pour la première fois, au bar du *Rush Hotel* de Las Vegas.

— Vous avez compris ce que je viens de dire ?

— Vous voulez que je vous fasse confiance ? demanda-t-elle dans un souffle.

— Je me moque bien que vous me fassiez confiance ou non. Ce que je veux, c'est que vous suiviez mes directives.

Lizzie hésita, imaginant cet homme et Will en mission secrète dans un pays lointain. Maintenant, elle comprenait mieux pourquoi Will lui avait fait confiance et à quel point la trahison de son ami avait dû l'ébranler. Le choquer, le dégoûter et finalement le rendre furieux. Et pourtant, alors qu'elle regardait des lambeaux de brouillard flotter au-dessus de l'eau, elle eut envie de mettre sa vie entre les mains de Myles Fletcher.

— Je ferai ce que vous dites. Mais si je vous ai mal jugé et que vous n'êtes pas…

— Les menaces sont inutiles. Si vous m'avez mal jugé, Abigaïl et vous ne serez plus là pour me le faire payer.

Il lui sourit avec un petit clin d'œil.

— Vous êtes douée, ma belle. Mais vous n'êtes pas encore à mon niveau.

— Comment savez-vous que je suis douée ?

Les yeux gris de Fletcher se plissèrent légèrement.

— Vous n'êtes pas la fille de n'importe qui. Harlan Rush a une sacrée réputation dans les milieux du renseignement.

Une sensation glacée parcourut l'échine de la jeune femme.

— Depuis combien de temps savez-vous que…

Elle s'interrompit et s'arrêta pour le regarder.

— Alors, quand vous êtes venu me rejoindre au bar de l'hôtel, à Las Vegas, vous avez essayé de me mettre en garde ?

— Et vous avez fait la sourde oreille.

Mais il n'était pas du genre à s'attarder sur le passé.

C'était un homme d'action. Un homme qui vivait d'abord dans l'instant.

— Estabrook tient absolument à découvrir l'identité de l'autre source de John March, lui dit-il. Je l'ai mis sur une fausse piste, un type qui gère une partie de son empire financier. Pour le moment, il ne se doute de rien. Je dirais même qu'il est complètement sous votre charme.

— Ce n'est pas moi qui l'intéresse, murmura Lizzie comme pour elle-même. C'est l'histoire de ma mère.

— Quoi qu'il arrive, vous ne devez pas partir avec lui. Ni vous ni l'inspectrice Browning. Est-ce clair ?

Lizzie acquiesça d'un signe de tête.

— Où se trouve Abigaïl ?

— Dans une pièce du sous-sol.

— Mettez-moi avec elle. Mes cousins et moi, on était capables de sortir de n'importe quelle pièce de cette maison, ajouta-t-elle avec un bref sourire.

— Vous vous faisiez souvent enfermer, quand vous étiez petite ? Dois-je en déduire que vous étiez une enfant indisciplinée ?

— On a du caractère, dans la famille.

— C'est ce que j'ai cru comprendre, dit Myles Fletcher, les yeux mi-clos. Mais, caractère ou pas, vous vous laisserez guider par moi. Compris ?

— Norman a un plan de secours. Il en a toujours un. Je peux découvrir ce qu'il mijote.

— Sortez plutôt Abigaïl Browning de là et cachez-vous pendant que je fais mon travail.

— Laissez Will et Simon vous donner un coup de main…

— C'est parti, ma belle, dit-il en ouvrant la porte de la maison.

Sur ces mots, il l'agrippa par le bras et l'entraîna à l'intérieur.

— Estabrook ! Préparez-vous à partir ! On doit quitter les lieux tout de suite. Simon Cahill et Will Davenport sont là.

Jouant le jeu à fond, Fletcher maintenait une prise ferme, douloureuse, sur le bras de Lizzie.

— J'ai la propriétaire des lieux avec moi, ajouta-t-il en pénétrant plus avant dans l'entrée.

Norman apparut dans l'embrasure de la porte, frottant son pouce contre les jointures meurtries de sa main droite.

— Parfait, dit-il d'un air satisfait, sans même jeter un coup d'œil à la jeune femme. On poursuit les opérations.

Fletcher secoua la tête.

— Il faut partir, je vous dis. Simon a dû appeler en renfort une unité d'élite de la police ou du FBI.

— Alors on va juste s'occuper de Simon et de Davenport avant que le SWAT ou Dieu sait qui n'ait le temps d'arriver ici. Je les veux tous les deux. L'agent spécial Cahill et son ami l'aristo anglais.

— Ces hommes savent ce qu'ils font, Estabrook. Ils ne vont pas se laisser repérer comme ça.

Fletcher parlait d'un ton professionnel, avec une pointe de déférence destinée à satisfaire le besoin d'autorité d'Estabrook.

— Mon conseil est de laisser ici Mlle Rush et l'inspectrice Browning et de déguerpir tant qu'il en est encore temps.

— Moi aussi, je sais ce que je fais, répliqua le milliardaire avec humeur.

Il s'intéressa brusquement à Lizzie, comme s'il venait seulement de découvrir sa présence.

— Ça me fait plaisir de te voir, Lizzie. Je savais que tu viendrais ici. Cette maison…

D'un large geste du bras, il embrassa l'ensemble de la propriété.

— Ici, tout parle de ce qu'aurait pu être ta vie, si ta mère n'était pas morte par la faute de John March.

— Où est sa fille, Norman ?

Elle se tortilla pour se dégager de l'emprise de Fletcher qui finit par ouvrir la main, la laissant libre de ses mouvements.

— Je ne peux pas m'empêcher de lui en vouloir, tu sais. Sa fille a eu la vie que je n'ai pas eue. Un père *et* une mère.

— Elle est entre nos mains, désormais. Tu tiens ta revanche, Lizzie.

Elle lut quelque chose comme du dégoût, peut-être même de la haine, dans le regard de Fletcher. Mais une fraction de seconde plus tard, il avait déjà retrouvé son air détaché.

— Je veux la voir, dit-elle.

— Je vais conduire Mlle Rush au sous-sol, dit Fletcher. Elle pourra discuter de March avec l'inspectrice Browning pendant qu'on s'occupe de Cahill et de Davenport. Pas de discussions, Estabrook ! On fait comme je l'entends à partir de maintenant, ou je vous laisse vous débrouiller tout seul.

— Très bien. Conduisez Lizzie auprès de notre prisonnière et veillez à bien verrouiller la porte derrière elle.

Un sourire vint éclairer son visage banal. Il caressa doucement la joue de Lizzie du revers de la main.

— Il faut que cette femme sache le mal que son père t'a fait. Dis-le-lui. Fais-lui aussi comprendre qu'il est responsable de ce qu'elle endure en ce moment.

— Je pensais que j'avais réussi à te cacher ma haine pour March.

Norman émit un petit rire suffisant.

— Tu n'aurais jamais pu me cacher quoi que ce soit ! Tu es complètement transparente, Lizzie. Oui… Tu as toujours été une véritable bouffée d'air pur pour un homme comme moi, plus habitué à la duplicité des courtisans qu'à cette délicieuse candeur qui te caractérise.

Il s'approcha d'elle et enroula une mèche de cheveux autour de son oreille. Un geste possessif, mais sans connotation sexuelle.

— Tu as une place à part dans ma vie, Lizzie. Dès que je t'ai rencontrée, j'ai su que tu compterais pour moi.

— Je te retourne le compliment, Norman. Toi aussi, tu as une place spéciale dans ma vie.

Elle fit abstraction de la brusque sécheresse de sa bouche.

— Tu as transformé mon existence.

Fletcher la prit de nouveau par le bras, plus doucement cette fois, et l'entraîna vers l'escalier qui menait au sous-sol. L'autre homme qui était venu la chercher au pied du pin noueux se trouvait là, et c'est lui qui déverrouilla la porte de l'ancienne salle de jeux. Il attendit dans le couloir pendant que Fletcher l'accompagnait à l'intérieur.

Abigaïl était assise par terre, le dos contre le mur. Elle avait le visage gonflé et ensanglanté, en particulier les lèvres et la pommette gauche, et des croûtes se formaient sur les coupures les plus profondes.

Lizzie étouffa un cri dans sa main et se tourna vers Fletcher.

— Dites à Norman qu'il en a assez fait comme ça, murmura-t-elle. Que son message est passé.

Sans en avoir conscience, elle avait agrippé le poignet de l'ancien agent.

— Dites-lui que tuer Abigaïl banaliserait sa démarche. S'il la laisse vivre, ça lui donnera encore plus de pouvoir sur son père. March saura ce qu'il aurait pu faire. Il saura qu'il ne tenait qu'à lui de lui infliger davantage de souffrance.

— La force de la retenue.

— Exactement.

— Je m'en charge, ma belle. Mais j'avoue que je suis plus tenté de loger une balle dans la tête de cette ordure dès que l'occasion se présentera, ajouta-t-il avec un clin d'œil.

— Mais vous avez besoin de lui vivant, c'est ça ? Pourquoi ? Si vous êtes un agent du MI6…

— Ça n'existe pas, le MI6.

— Le SIS, si vous préférez. *Secret Intelligence Service.* Ou le SAS. *Special Air Service.* Ça vous parle mieux, comme ça ? Même si vous travaillez à votre compte, vous êtes en mission. Je sais que vous avez brusquement disparu en Afghanistan il y a deux ans. Etes-vous sur la piste d'un trafic impliquant des terroristes et des barons de la drogue ?

Ses yeux s'assombrirent, prenant une teinte ardoise.

— Je vais y aller, maintenant. Un bateau doit bientôt accoster sur le vieux ponton de bois. J'imagine que vous connaissez l'endroit par cœur. Il ne faut pas qu'il fasse demi-tour à cause des bruits de fusillade. Je vais essayer d'empêcher Simon et Will de venir vous secourir trop tôt. En attendant, trouvez-vous une bonne cachette.

Il regarda brièvement Abigaïl, puis adressa un nouveau clin d'œil à Lizzie.

— Faites honneur à votre père, ma belle.

Dès que la porte se referma derrière lui, Abigaïl s'assit plus droite avec un grognement de douleur.

— Je vais mieux que je n'en ai l'air, dit-elle.

— Dieu merci.

— Vous êtes Lizzie Rush ?

Abigaïl avait du mal à ouvrir les yeux, surtout le gauche qui était affreusement gonflé.

— Mon père a enquêté sur la mort de votre mère. La police a estimé qu'il s'agissait d'un accident.

— Mais ce n'en était pas un.

Abigaïl hocha la tête.

— Je sais.

Conformément aux instructions de Fletcher, Lizzie se focalisa sur ce qu'il fallait faire maintenant et mit rapidement l'inspectrice au courant de la situation.

— J'ai dit à Myles que je pouvais nous faire sortir d'ici.

— Myles…

Lizzie la vit déglutir.

— Ce Fletcher est un curieux personnage. En plus de lui et d'Estabrook, il y a au moins deux autres types dans l'équipe. Il y en avait un troisième, mais j'ai cru comprendre qu'il était mort.

— C'est bien le cas. C'est Fiona O'Reilly et moi qui l'avons trouvé hier dans une impasse, à proximité de la maison de votre fiancé. Mais restons concentrées sur ce que nous avons à faire. Il faut s'évader avant que Norman ne vienne nous rendre visite. Vous pouvez vous mettre debout ?

Abigaïl répondit par l'affirmative et laissa Lizzie l'aider à se relever.

— Je me trompe, ou vous avez une idée en tête ?

Lizzie sourit.

— Mes cousins et moi, on jouait à être des prisonniers capturés par les pirates. On était détenus dans leur bateau, à fond de cale.

— Et c'était cette pièce, le bateau ? Il y a une sortie ?

demanda Abigaïl d'une voix qui trahissait un immense espoir.

— Un trou de souris, plutôt, répondit Lizzie en éloignant le canapé miteux du mur, tout doucement pour ne pas alerter Estabrook ou ses hommes.

Derrière se trouvait une porte qui semblait conçue pour un enfant de deux ans. La partie la plus haute arrivait à hauteur de genou.

— Ça donne sous l'escalier de la buanderie. Avec mes cousins, on… Disons que c'était une petite aventure et que ça nous plaisait. Mais je ne suis pas certaine que ce soit aussi drôle à notre âge, surtout dans votre état. Il va falloir ramper.

— Je peux y arriver.

Abigaïl secoua la tête, lèvres serrées, visiblement furieuse contre elle-même.

— J'aurais dû trouver cette ouverture toute seule ! Dans la buanderie, vous dites ? Et le sous-sol a une porte qui ouvre sur l'extérieur ?

— Exact. Elle débouche en plein sur les hortensias de ma grand-mère.

— Si Estabrook ou l'un de ses hommes nous surprennent…

— Ils nous ramèneront ici et on jouera aux cartes, dit Lizzie d'un ton léger.

Abigaïl essaya de sourire, mais ça n'était guère convaincant.

— Mon optimisme et mon visage en ont pris un coup exactement au même moment, dit-elle.

Elle observa la minuscule porte pendant quelques secondes, puis inspira profondément.

— Je vais y aller la première. Si on a des problèmes,

vous pourrez toujours dire que j'ai essayé de m'enfuir et que vous vous êtes lancée à ma poursuite.

L'argument tenait debout et Lizzie acquiesça. Elle s'accroupit et releva le petit crochet qui fermait la porte.

— Je me demande si les adultes qui nous gardaient étaient au courant de l'existence de cette porte. Peut-être voulaient-ils encourager notre côté rebelle et débrouillard.

Elle leva les yeux vers Abigaïl.

— Je ne garantis pas que le trajet sera exempt de mauvaises rencontres, genre rongeurs en tout genre, morts ou vivants…

Abigaïl se mit à genoux, la tête à hauteur de l'ouverture.

Il y régnait un noir complet.

— Je préfère mille fois les rats que je risque de croiser là-dedans que ceux qui m'ont enlevée.

A quatre pattes, elle pénétra dans le petit espace sans lumière. Lizzie la suivit, puis tira comme elle pouvait le canapé miteux, aussi près que possible du mur. Mais elle savait que ce ne serait pas suffisant. Estabrook et ses hommes comprendraient ce qui s'était passé dès qu'ils entreraient dans la pièce. Elle prit néanmoins soin de refermer la porte derrière elle et se mit à ramper dans le sillage d'Abigaïl.

Plongée dans l'obscurité complète, elle respirait de la poussière, ses mains touchant parfois des matières indéterminées. Araignées ? Crottes de souris ? Elle ne s'attardait pas, avançant aussi vite que possible jusqu'à atteindre une autre porte, presque aussi petite que celle de la salle de jeux.

Abigaïl l'avait laissée ouverte et Lizzie émergea bientôt dans une pièce éclairée par la lumière du jour. C'était une buanderie classique aux murs couverts de crochets et d'étagères métalliques. Elle était en outre équipée d'un vieux lave-linge et d'un sèche-linge guère plus récent. Seul le congélateur semblait avoir moins de dix ans. Abigaïl, haletante et le teint cireux, tenait en main des cisailles de jardinier aux lames rouillées.

— Je préférerais mon arme de service, dit-elle, mais c'est mieux que rien. Restez derrière moi, Lizzie. Laissez-moi…

Elle s'interrompit, fronçant les sourcils en voyant la jeune femme se saisir d'une vieille canne.

— Qu'est-ce que vous faites ?

Lizzie s'appuya sur la canne, la main sur le bois lisse et usé de la poignée courbe.

— C'était la canne de ma grand-mère, dit-elle, les yeux brillants de larmes. Je la revois comme si c'était hier, inspectant les fleurs de son jardin… Elle était tellement fière de ses pieds-d'alouette.

Elle chassa ces souvenirs et fit tournoyer la canne entre ses doigts.

— Je ne me débrouille pas trop mal avec un bâton.

— Vous pratiquez les arts martiaux ?

— Les arts martiaux façon Harlan Rush, répondit-elle en esquissant un sourire.

— On peut blesser sérieusement quelqu'un avec une paire de cisailles et un bâton, mais n'oublions pas que nos adversaires ont des armes à feu.

Même épuisée et contusionnée, on sentait qu'Abigaïl était une policière expérimentée.

— Alors pas de prise de risques inutile, d'accord ?

Lizzie hocha la tête et elles sortirent dans le couloir, non sans avoir prudemment vérifié que personne ne s'y trouvait. Quelques secondes plus tard, Lizzie ouvrait la porte qui donnait sur l'extérieur avec mille précautions, grimaçant à chacun de ses grincements.

Les jeunes femmes se glissèrent enfin au-dehors, se serrant, courbées en deux, contre les hauts massifs d'hortensias qui touchaient le côté de la maison. Lizzie prit soin de bien refermer la porte derrière elles.

Il suffisait de regarder Abigaïl Browning pour comprendre qu'elle était à bout de forces. Sur sa joue, un filet de sang coulait d'une coupure rouverte. Lizzie respira le parfum des hortensias dans l'air humide et résista à l'envie de se cacher sous le feuillage dense de leurs branches épaisses.

Elle savait ce qu'elle avait à faire.

— Abigaïl…, dit-elle doucement. Vous êtes blessée et vous venez de vivre l'enfer. Je dois retourner voir Norman, mais je préfère que vous restiez cachée en attendant que tout soit terminé. Norman pense que je suis son alliée et…

— Non. On reste ensemble.

Lizzie lui toucha l'épaule.

— Ecoutez… Fletcher veut quelque chose de Norman. Une information. C'est important et je sais que je peux l'obtenir. Si Norman s'en va maintenant, on n'arrivera plus à le retrouver. Il aura gagné.

— Je ne peux pas vous laisser…

— Ne vous inquiétez pas, je ne prendrai pas de risques inconsidérés.

Lizzie tendit le doigt en direction d'un vieux banc de bois presque invisible sous les hortensias.

— Moi qui m'en voulais de ne pas avoir taillé ces massifs depuis des années, dit-elle, je crois finalement que j'ai bien fait. Mettez-vous sur ce banc. Vous y serez bien cachée.

Abigaïl s'exécuta, en proie à une énième vague de nausée. C'était à croire que son mal de mer ne passerait jamais.

— Restez ici avec moi, Lizzie.

— Fletcher va avoir besoin de mon aide. Il n'y arrivera

pas seul. Norman me fait confiance, c'est un grand avantage. Si je ne fais pas ce que je peux maintenant…

Elle ne termina pas sa phrase.

— Si vous voyez Simon et Will, reprit-elle, dites-leur bien que Fletcher est avec nous. Une raison de plus pour que vous restiez en retrait, Abigaïl. La situation est tellement embrouillée que vous pourriez être victime d'un tir ami.

— Peut-être, mais…

Lizzie se redressa et tapota la poignée de la canne contre sa paume.

— Ne m'obligez pas à vous assommer, la menaça-t-elle avec un sourire.

Abigaïl lui rendit son sourire, du moins essaya-t-elle.

— Prenez les cisailles, au moins…

— Regardez comme ce jardin est mal entretenu. Vous pensez vraiment que je sais me servir d'une paire de cisailles ?

Sans attendre la réponse, elle quitta la protection qu'offraient les hortensias et marcha vers l'escalier de pierre. Elle plissa les yeux pour percer la brume basse qui avait remplacé le brouillard, mais elle ne vit personne. Elle continua à marcher dans le jardin en pente, hésitant à appeler Norman. Crier son nom ou attendre de tomber sur lui ou sur un de ses hommes ? La réponse vint d'elle-même moins d'une minute plus tard, quand elle le repéra près du massif de roses du Japon.

Elle agita la main et se mit à courir dans sa direction.

— Norman ! Abigaïl a failli me tuer ! Elle m'a prise en otage et… Oh, je suis désolée… J'ai réussi à m'enfuir et je me suis précipitée dehors. Je ne savais pas quoi faire d'autre !

— Où se trouve-t-elle, maintenant ?

— Au premier étage. Elle te cherche. Elle pense qu'elle peut venir à bout de tes hommes.

— Elle va s'en mordre les doigts !

— Norman…

Lizzie reprit sa respiration.

— … tout ça n'est pas un jeu, n'est-ce pas ?

Le milliardaire la considéra d'un regard froid ; des gouttes de sueur perlaient sur sa lèvre supérieure.

— Non, ce n'est pas un jeu, dit-il. Et que tu me dises ou non la vérité, Lizzie, tu es à moi, maintenant.

Effleurant les rochers les plus hauts, la brume courait comme un ruban de coton le long du littoral. Abigaïl, frissonnant, se laissait guider par le bruit des vagues vers l'océan encore invisible. Elle s'efforçait de rester à couvert, profitant du brouillard, des buissons que personne n'avait taillés depuis longtemps et des pins maritimes qui s'inclinaient vers le vide. Elle avait mal partout et le cœur au bord des lèvres, mais elle ne pouvait rester cachée, pendant que Lizzie risquait sa vie.

Bientôt, elle aperçut Simon émergeant de la brume. L'espace d'un instant, elle se demanda si elle n'était pas victime d'une hallucination. En la reconnaissant, Simon baissa son arme, tandis qu'un autre homme armé apparaissait à son tour, sortant des nappes vaporeuses. Grand, blond et l'arme au poing, ce ne pouvait être que Will Davenport, l'ami anglais de Simon.

Quand elle comprit qu'elle ne rêvait pas, elle dut refouler une bouffée d'émotion et les larmes qui venaient avec.

— Lizzie Rush est avec Estabrook, dit-elle.

Simon estima la gravité de ses blessures d'un rapide coup d'œil.

— On va s'en occuper, Ab.

Ses lèvres fendues et tuméfiées se tendirent douloureusement pour former quelque chose qui voulait être un sourire.

— Faudra-t-il que je sois morte pour que tu cesses enfin de m'appeler Ab ?

Mais elle retrouva vite son sérieux et résuma la situation succinctement pour les deux hommes.

— Lizzie essaie de retarder Estabrook. Elle pense que Fletcher veut lui extorquer une information importante. Elle est persuadée que ce Fletcher est dans notre camp, mais moi…

Elle soupira.

— … je n'en sais rien. En tout cas, Estabrook a au moins deux autres hommes de main. Des truands aguerris et armés.

Le regard de Will se perdit un instant dans la brume, puis revint se poser sur Abigaïl.

— Myles a été seul assez longtemps comme ça, dit-il comme pour lui-même.

Son front se plissa et il secoua lentement la tête.

— Lizzie est aussi têtue et indépendante que lui. Deux francs-tireurs.

Abigaïl croisa les bras sur sa poitrine. L'air humide exacerbait la douleur.

— Je suis désolée de ne pas avoir réussi à l'arrêter, murmura-t-elle. Elle n'a rien voulu savoir.

— Ça fait un an que personne ne réussit à l'arrêter, fit remarquer Simon.

Will lui lança un regard éloquent.

— Il faut que j'y aille.

— Bon Dieu, Will… Ça voudrait dire que Fletcher est toujours au service de Sa Gracieuse Majesté ?

— On dirait bien, oui. Mais je t'assure que je l'ignorais.

— Essayez au moins de ne tuer personne, tous les deux. Je vous rappelle que vous êtes sur le territoire des Etats-Unis.

Pour toute réponse, Will se remit en marche. Il bifurqua vers l'océan et disparut bientôt.

Abigaïl tendit la main vers Simon.

— Donne-moi un pistolet. Je refuse d'affronter ces salopards avec des cisailles de jardinier, dit-elle en jetant l'outil au sol.

Simon esquissa un sourire et lui céda son Glock avant de sortir un pistolet de la même marque de son holster.

Avoir une arme en main redonna un peu d'énergie à la jeune femme. Après être restée deux jours séquestrée et sans défense, elle appréciait de ne plus se sentir complètement vulnérable.

— Il ne faut pas faire feu tant que ce n'est pas absolument nécessaire, dit-elle. Si Estabrook pense qu'il n'a plus d'issue…

Elle savait qu'il n'y avait pas besoin d'en dire plus et elle chercha le regard de Simon.

— Ecoute… Je suis un peu paumée, là. Tu peux me donner ne serait-ce que le début d'une explication ?

— Afghanistan, dit-il.

C'était suffisant pour le moment. Terrorisme, trafic de drogue. Inutile de connaître l'affaire dans les détails pour comprendre que les services secrets britanniques s'y intéressaient de près.

Tout comme son père, à n'en pas douter.

Et Lizzie Rush.

29

Près de Kennebunkport, Maine,
le 27 août à 8 h 56, heure avancée de l'Est

Lizzie vit un Zodiac amarré à l'ancien ponton que sa grand-mère avait toujours voulu supprimer. Mais son mari et leurs deux fils l'avaient construit de leurs mains et il était resté.

Norman se trouvait derrière elle, pointant sur son dos le canon d'un pistolet 9mm. La jeune femme croyait savoir qu'il n'avait rien d'un expert en tir, mais, à cette distance, il suffisait de presser la détente pour être sûr de faire mouche.

Il n'avait pas cru bon de lui confisquer la canne et elle s'en servait à présent pour négocier une section particulièrement délicate du sentier qui descendait jusqu'au ponton.

— Où va-t-on ? lui demanda-t-elle.

— Fais-moi confiance, Lizzie.

Lorsqu'ils parvinrent au bas du sentier, il se mit devant elle et la regarda droit dans les yeux.

— Tu me fais confiance, n'est-ce pas ?

— Bien sûr, Norman. Et je dirais la même chose si tu n'agitais pas ce pistolet sous mon nez. Vas-tu enfin te décider à le ranger ?

Il baissa le canon, mais conserva l'arme dans sa main. Puis il leva la tête en direction de la maison, invisible dans la brume matinale.

Il resta un moment muet, la respiration saccadée.

— Je ne vois rien avec cette purée de pois !

— Naviguer dans ces conditions, ce n'est pas prudent, dit-elle.

Il se tourna vers elle, les traits tendus.

— J'ai traversé cet océan à la rame ! Tu crois que c'est un peu de brouillard qui va me faire peur ?

— Désolée, dit-elle, mais je ne peux pas m'empêcher de m'inquiéter.

Elle espérait adopter le ton juste, ni trop docile ni trop directif.

— Où sont tes hommes ? L'Anglais et les deux autres ?

— Ils vont nous rejoindre ici. Mais reste à ta place et laisse-moi gérer tout ça, c'est compris ? C'est la dernière fois que je te le dis.

Lizzie s'efforça de rester impassible, mais personne ne lui avait jamais parlé comme ça. Il avait une telle haine dans sa voix… C'était encore pire que lorsqu'il avait appelé Simon depuis son ranch pour proférer ses menaces de mort. Les quelques semaines où il était resté assigné à résidence avaient manifestement nourri sa colère. L'humiliation d'avoir été dupé et la douleur de la trahison avaient fait ressortir les plus bas instincts de cet homme, jusque-là refoulés sous un vernis social.

— Que s'est-il passé ? demanda Lizzie. Abigaïl Browning est venue te demander des comptes, parce que tu as osé menacer son père ?

— Non, c'est moi qui suis allé la chercher.

— Ah, je vois. Alors tu le pensais vraiment quand tu as dit que tu allais tuer Simon et John March ?

— Je pense toujours ce que je dis. Les paroles en l'air, je laisse ça aux faibles.

— Mais tu as décidé qu'une mort sans quelques souffrances préalables serait trop douce pour eux, c'est ça ?

— On ne peut rien te cacher, lui répondit-il avec un sourire glaçant.

Fletcher lui avait dit de ne surtout pas partir avec Estabrook, mais elle se rendait compte à présent que ce conseil était inutile. Jamais de la vie elle ne serait montée avec Norman dans un bateau. Pas de son plein gré, en tout cas. Il fallait continuer à le faire parler, songea-t-elle en s'appuyant sur la canne de sa grand-mère.

— Tu sais que j'aurais dû être élevée ici ?

— Bien sûr. Je sais tout de toi, Lizzie. Ce serait ironique, et même poétique, que la fille de March meure ici, dit-il.

Son regard était si froid, une telle haine suintait de son visage crispé, que Lizzie parvint tout juste à hocher la tête alors qu'un bateau approchait dans la brume.

Norman ne la quittait pas des yeux.

— Et ce ne serait pas moins poétique si tu mourais ici toi-même. Si tu m'as trahi…

— Et comment pourrais-je te trahir ? En profitant de ton séjour dans un de nos hôtels pour faire ton lit en portefeuille ?

Il faillit sourire.

— J'ai toujours adoré ton sens de l'humour. Je n'ai pas eu souvent l'occasion de rire, cet été, mais je vais bientôt me rattraper.

Lizzie fit abstraction de sa peur et tendit le doigt vers la main contusionnée de celui qu'elle avait appelé son ami.

— Tu t'es fait ça en te défendant contre Abigaïl Browning ? J'ai vu qu'elle était salement amochée.

— Lizzie, Lizzie…, fit-il avec un air de reproche. Réfléchis un peu, voyons ! Ce n'est pas elle qui m'a agressé. C'est *moi* qui l'ai agressée.

Il posa un pied sur le vieux ponton.

— Tout a changé pour moi en juin, quand j'ai compris ce que ces gens m'avaient fait. John March est passé du statut de défi distrayant à celui de… de…

Il s'interrompit, inspirant et soufflant bruyamment par le nez.

— Nous sommes maintenant engagés dans un combat sans merci, tous les deux. Une lutte à mort.

— Ne me dis pas que tu as organisé tout ça en deux mois, Norman, dit-elle, feignant d'être impressionnée.

Une toute petite planète tournant autour du Roi-Soleil.

— Ne souhaitais-tu pas secrètement qu'il mette le nez dans tes affaires ? Qu'il te donne une raison de l'affronter ?

— March est un adversaire redoutable, et j'ai toujours un plan en réserve. Tu sais bien que je déteste être pris au dépourvu.

— Ces types avec qui tu faisais des affaires… Ceux qui intéressaient le FBI… C'est peut-être idiot de te demander ça, mais pourquoi ne m'as-tu jamais parlé de ce que vous faisiez ensemble ?

— Je te confirme que c'est idiot, répliqua Estabrook d'une voix tranchante. Tu as déjà entendu parler du concept de sécurité opérationnelle ? C'est la maîtrise des risques associés aux activités d'une organisation.

Elle se composa une moue à la fois incertaine et admirative, jouant à la jeune femme fascinée par le savoir de son ami.

— Je me souviens du jour où Fletcher est venu te voir à Las Vegas.

— Il m'a aidé à quitter le Montana, dit-il, visiblement peu enclin à s'étendre sur le sujet.

Les yeux de Lizzie se posèrent brièvement sur le pistolet qu'il tenait à la main. Elle nota qu'il s'agissait d'un Sig Sauer et que Norman n'avait pas le doigt sur la détente.

— Est-ce que tu t'es lié d'amitié avec moi parce que tu savais que John March a joué un rôle dans ma vie ?

— A ton avis ?

Elle ne put réprimer un frisson.

— Ma mère…, commença-t-elle.

— Aide-moi, Lizzie. Bats-toi à mes côtés. C'est ce que j'attends de toi, maintenant. Tu penses vraiment que le FBI sait tout sur mes activités ?

L'intensité de sa voix rappela à Lizzie que cet homme avait gagné des millions grâce à son intuition, à son travail acharné et à sa détermination. Ce n'était pas juste un pauvre type dérangé, un mythomane éperdu de revanche. Norman Estabrook avait passé sa vie à relever des défis qui auraient fait reculer le commun des mortels, à réussir tout ce qu'il avait entrepris.

— Mon travail dans le domaine de la finance m'a appris la valeur de la discrétion, voire du secret. Tu veux que John March paie pour ce qu'il a fait à ta mère ? Tu veux lui rendre la monnaie de sa pièce ?

Lizzie avait si froid qu'elle devait faire un effort pour ne pas grelotter. Mais elle se maîtrisa et regarda Norman dans le blanc des yeux.

— Oui, dit-elle d'une voix ferme.

— A la bonne heure ! Pour moi, bien sûr, c'est différent. Je ne place pas ce combat sur un plan personnel. Mes raisons d'agir sont plus élevées que la haine ou l'envie de se venger. Mais j'apprécie que tu sois là auprès de moi, avec tes émotions brutes. L'un des hommes les plus secrets et les plus puissants de cette planète pense à moi chaque seconde de sa vie, Lizzie. Au fond, si j'aime tant le faire souffrir, c'est que je le considère comme mon égal. Je me délecte à l'idée qu'il pensera à moi jusqu'à son dernier souffle, qu'il m'associera toute sa vie aux êtres qui lui étaient chers et qu'il aura brutalement perdus par ma volonté. Et de me savoir libre, à jamais insoumis à son autorité, le fera souffrir davantage encore.

Un petit mais puissant hors-bord émergea de la brume, interrompant l'effrayant délire d'Estabrook.

— Il est temps de partir, lança-t-il.

— Je n'ai pas ton audace, dit Lizzie d'une voix inquiète, comme si elle avait besoin de l'assurance et de la détermination de son ami pour trouver la force de le suivre. Je n'ai jamais été aussi téméraire que toi.

Elle toucha doucement son bras.

— S'il te plaît, Norman, dis-moi où on va.

— Un yacht nous attend au large. Il va nous conduire vers d'autres horizons, toi et moi. Que veux-tu, j'ai de puissants soutiens, ajouta-t-il avec un petit sourire satisfait.

— On va embarquer à bord du bateau qui t'a amené ici ?

— Non, celui-là est sans doute recherché par toutes les brigades fluviales de la planète. Le yacht qui nous attend n'intéressera personne. Il appartient à une de mes sociétés dont nul ne connaît l'existence.

Il sourit brusquement et lui tendit la main.

— C'est toi qui as inspiré le nom de ce bateau, tu sais… Tu es mon alliée. Mon général en chef.

La jeune femme retint sa respiration, tandis que la main d'Estabrook se refermait sur la sienne.

— Je veux t'aider, mais… je t'avoue que je suis un peu inquiète. Ce yacht… Où…

— Tu m'as dit que ta mère adorait la lavande. Imagine que c'est elle qui t'attend au large… *Lady Lavender.* C'est comme ça que j'ai baptisé le bateau qui va nous emmener.

Il lui parlait maintenant avec gentillesse, d'un ton rassurant bien que toujours suffisant.

— N'aie pas peur. On va gagner, toi et moi. March, Simon… Jamais ils n'ont eu à combattre un ennemi de mon calibre. Crois-moi, Lizzie, je vais leur faire vivre un enfer !

Le hors-bord ralentit à l'approche du ponton. Lizzie distingua un homme au volant et un autre assis à l'arrière, un fusil d'assaut en mains.

Ses doigts se crispèrent sur ceux d'Estabrook et elle se rapprocha de lui, feignant d'avoir peur.

Etant donné la situation, elle n'eut pas à forcer ses talents de comédienne.

— Ne t'inquiète pas, lui murmura Norman.

— Et les hommes restés dans la maison ? Fletcher et les deux autres…

— Ils vont s'occuper de Simon et de son ami l'aristocrate anglais. Je leur ai promis une belle prime en plus, si Simon tombe sur le cadavre d'Abigaïl.

L'air songeur, il essuya son front du revers de la main.

— Je voulais d'abord l'emmener avec moi, mais elle ne m'amuse plus. Je regrette juste de ne pas l'avoir tuée moi-même. Je pense que je l'aurais égorgée. J'aurais eu beaucoup de plaisir à décrire à son père ses râles d'agonie et la sensation de son sang gouttant sur mes bras.

S'efforçant de faire abstraction de ces mots ignobles, Lizzie fronça les sourcils comme si elle essayait toujours de comprendre son plan.

— Tu as quatre hommes avec Fletcher. Plus toi et moi… On ne pourra jamais monter tous à bord de ce petit bateau…

Estabrook changea d'expression, lui donnant la plus éloquente des réponses.

— Tu as décidé de te débarrasser de Fletcher et de l'autre ? Et ceux qui se trouvent dans le hors-bord vont se charger de les éliminer.

— Que veux-tu, j'ai besoin de renouveler mes troupes…

Lizzie savait que si elle montait dans ce bateau, son sort serait scellé. Will, Simon, Fletcher, March… Aucun d'eux ne la retrouverait.

Et ils ne retrouveraient jamais le *Lady Lavender*.

Entre les rochers, les arbres, la brume et la pente escarpée, abris et cachettes ne manquaient pas autour d'elle. Mais il fallait d'abord échapper à Norman et aux cerbères du hors-bord, avant qu'ils comprennent qu'elle ne servait pas les mêmes intérêts qu'eux.

— Je ne viens pas avec toi, Norman.

Il resta interloqué l'espace d'un instant. Une seconde à peine, mais c'était plus de temps qu'il n'en fallait à Lizzie pour agir. Aussitôt sa phrase terminée, elle donna un violent coup de canne sur la main qui tenait le Sig Sauer. Le milliardaire laissa tomber l'arme avec un cri de douleur et de surprise.

Le pistolet glissa sur le ponton humide et termina sa course dans l'eau.

Norman se jeta sur elle, mais elle esquiva. Elle connaissait chaque cuvette de marée, chaque rocher et chaque recoin de la crique.

L'homme assis à l'arrière du hors-bord sauta sur le ponton, son fusil d'assaut pointé sur elle. Elle se mit à couvert derrière un large rocher, juste au moment où elle percevait du mouvement au-dessus d'elle.

Myles Fletcher bondit de derrière un épicéa, lui aussi armé d'un fusil d'assaut. Le point lumineux qui orna aussitôt de rouge le front du mercenaire indiquait clairement ce que l'Anglais avait dans sa ligne de mire.

— Jette ton arme tout de suite, lui ordonna-t-il.

L'autre n'obéit pas et tenta de tirer le premier, mais Myles n'avait plus qu'à appuyer sur la détente. Norman poussa un cri de rage en voyant s'écrouler son homme de main, puis essaya maladroitement de s'enfuir sur les rochers mouillés. Fletcher ne se donna même pas la peine de lui jeter un regard. A cet instant, le milliardaire trompe-la-mort semblait aussi insignifiant qu'un bernard-l'ermite.

Will surgit à son tour de derrière le même arbre. En deux bonds félins, il fut sur le ponton, son pistolet pointé sur le second mercenaire resté à bord.

— Toi ! Mains en l'air !

L'homme s'exécuta sans se faire prier.

Trois coups de feu claquèrent plus haut sur l'escarpement rocheux, mais ni Will ni Fletcher ne semblèrent s'en inquiéter.

— Tu veux qu'il sorte du bateau ou qu'il reste dedans ? demanda Will, sans quitter le mercenaire des yeux.

— Qu'il sorte, répondit Fletcher avant de soupirer, son fusil d'assaut maintenant pointé sur Norman.

La pastille rouge du laser était stabilisée sur le cœur du milliardaire, toujours en équilibre précaire sur les rochers glissants.

— Tu es du genre tenace, lord Will. Ça fait deux ans que j'essaie d'avoir un coup d'avance sur toi.

— Myles…, murmura Will en secouant la tête avec une moue incrédule.

Puis il avança sur le ponton et jeta un regard inquiet vers les rochers.

— Lizzie ? Ça va ?

— Je n'ai rien. Sauf que j'ai dérangé un crabe et qu'il m'a pincé la cheville, répondit-elle en escaladant l'amas rocheux pour rejoindre Norman. Arrête de te tortiller comme un ver de terre ou les Anglais vont te tuer, lui lança-t-elle une fois à sa hauteur. Ils n'attendent que ça, tu sais.

Estabrook se figea et elle le fouilla pour s'assurer qu'il ne portait plus d'arme sur lui.

— C'est bon, il n'a rien, dit-elle en se tournant vers les deux Britanniques.

Elle reporta ensuite son attention sur Estabrook. Il avait beau être désarmé et dans une situation désespérée, la haine qui faisait briller son regard la laissa sans voix.

— Tu avais tout, Norman, lui dit-elle. L'argent, la considération, une vie d'aventures… Et en plus de ta cour de profiteurs, tu avais même quelques amis désintéressés. Mais ça ne t'a pas suffi. A présent, tu es seul au monde, et tu ne peux t'en prendre qu'à toi-même.

— Responsable des services de conciergerie pour les hôtels de la famille ! siffla-t-il. Tu parles ! Une moucharde, voilà ce que tu es ! Une sale traîtresse ! Toi aussi, tu es à la solde de John March ?

Il se mit soudain à parler froidement, comme s'il avait encore la situation en main.

— Tu m'as trahie et tu vas mourir pour ça. Je vais m'en charger moi-même. Crois-moi, Lizzie, ça sera long et douloureux.

Debout sur un rocher, la jeune femme le considéra sans malveillance.

— John March est quelqu'un de bien, Norman. Quant à toi, tu es exactement ce que tu as peur d'être.

— Un petit coq boursouflé d'orgueil, intervint Abigaïl, qui venait d'arriver au bas du sentier.

Norman poussa un grognement de rage et fit mine de s'élancer vers elle. Mais elle braqua sur lui le Glock que lui avait donné Simon.

— Ne bougez pas, lui ordonna-t-elle calmement. Il n'y aura pas d'autre sommation.

Il hésita une seconde, puis se rua sur elle.

Du sentier, Simon tira en même temps qu'elle.

Si Norman poussa un cri, il se perdit dans le bruit des coups de feu et des vagues qui frappaient les rochers. Abigaïl tomba à genoux et se mit à vomir.

Fletcher vint la rejoindre, s'accroupissant auprès d'elle.

— Ce n'est peut-être pas uniquement le mal de mer, ma belle, dit-il en passant le bras autour de ses épaules. Ça ne vous a pas traversé l'esprit ?

Elle leva vers lui ses yeux humides.

— De quoi parlez-vous ?

— Vous ferez une magnifique maman…

Il se releva et marcha jusqu'à Lizzie, frôlant au passage le corps inanimé d'Estabrook.

— Ne le regardez pas, Lizzie…

Il n'y avait plus une trace d'humour dans ses yeux gris.

— Je sais que vous avez éprouvé une amitié sincère pour cet homme à un moment de votre vie. Mais il mort, maintenant. Ça vaut sans doute mieux pour lui que de finir ses jours en prison.

— Oui, sans doute. Vous croyez qu'il m'aurait…

Elle s'interrompit et frissonna dans l'air humide.

— J'ai fait ce que j'ai pu, dit-elle.

— Je sais. Et soyez certaine que je ne l'aurais pas laissé vous tirer dessus.

Un sourire éclaira brusquement le visage de Fletcher.

— Surtout avec lord Davenport dans les parages ! J'ai l'impression que le pauvre garçon s'est entiché de vous.

Du côté du ponton, l'homme resté dans le hors-bord refusait de mettre pied à terre.

— Vous ne ferez pas feu sur un homme désarmé, les provoquait-il.

— Tu n'as pas vu ce qui vient d'arriver à ton patron ? lui demanda Will d'une voix dure.

— Regardez votre lord en action, chuchota Fletcher dans l'oreille de Lizzie.

A peine avait-il prononcé ces mots que Will sautait dans le bateau. Il assomma le mercenaire d'un coup de crosse et l'envoya valdinguer dans les eaux froides du Maine.

— Qu'est-ce que je vous avais dit ? C'est que je connais l'animal. Mais vous n'êtes pas manchote non plus, dans votre genre, ajouta-t-il en regardant la canne avec une moue admirative.

Il tourna vers l'eau ses yeux couleur de brume.

— Un yacht attend Estabrook au large, dit-il. Ce n'est pas le même que celui avec lequel il est venu ici.

— Je sais, dit Lizzie.

Simon s'occupa de l'homme tombé à l'eau, tandis que Will venait les rejoindre.

— Comment s'appelle le yacht ? demanda-t-il.

— Je donnerais cher pour le savoir, répondit Fletcher.

Le mercenaire dégoulinant d'eau traversa le ponton les mains en l'air, Simon derrière lui.

— On était juste payés pour assurer le transport d'un milliardaire, dit-il en baissant les yeux vers le corps de son acolyte. Je ne sais rien de plus.

— Garde ta salive pour les interrogatoires !

— Tu es sur la piste d'un complot terroriste ? demanda Will à Fletcher.

— Depuis deux ans. Il risque d'y avoir beaucoup de morts si je n'arrive pas à le déjouer. Le nom de ce foutu yacht me donnerait un sacré coup de pouce.

Il chercha le regard de son ami.

— Je n'ai pas pu empêcher ce qui s'est passé en Afghanistan. J'ai dû vous abandonner à votre sort, David, Philip et toi. Crois-moi, c'était la mort dans l'âme. Mais je ne pouvais rien faire. Après, il fallait absolument que tu me croies mort. Traître et mort.

— Tu as découvert un trafic de drogue lié au terrorisme, et il t'a mené jusqu'à Estabrook.

— J'ai donné l'info à March. Anonymement, mais je crois qu'il a compris que ça venait de moi. En tout cas, il n'a pas posé de questions sur mon identité.

Abigaïl les écoutait, adossée à un piquet du ponton.

— Mon père ne pose une question que quand il souhaite connaître la réponse.

Fletcher hocha la tête.

— C'est un homme avisé, dit-il, avant de se tourner de nouveau vers Will et Lizzie.

— March n'est pas non plus responsable de ce qui s'est passé en Afghanistan, Will. Ni toi, bien sûr. Quant aux attentats de Boston et à la tentative de meurtre sur Keira Sullivan, Estabrook a agi dans mon dos.

— Tu es allé en Irlande ?

— J'ai failli aller voir Simon, mais il n'était pas dans le village. Ça m'a permis de reprendre mes esprits, ajouta-t-il, une lueur amusée dans les yeux. Dire que je ne parlais pas aux services de renseignements britanniques et que j'étais sur le point de tout déballer aux Ricains du FBI !

— Ça n'a pas dû être drôle tous les jours d'endosser le rôle du traître, lui dit Will. En tout cas, tu peux compter sur moi, maintenant. Tu n'es plus seul, Myles.

Fletcher adressa un sourire goguenard à son ami.

— C'est une façon aimable de dire que tu ne vas plus me lâcher d'une semelle à compter d'aujourd'hui ?

Lizzie prit la parole, s'efforçant de faire bonne figure malgré la présence de Norman étendu là, tout près d'elle, le corps criblé de balles.

— Vous aviez raison, Myles. Norman avait un plan pour fuir. Comme d'habitude, il avait tout prévu. Il voulait faire de moi sa… son général en chef, comme il a dit.

Elle inspira profondément, tournant davantage le dos au corps d'Estabrook. Elle ne voulait plus le voir, ne fût-ce que du coin de l'œil.

— Le yacht s'appelle le *Lady Lavender.*

— *Lady Lavender…*, répéta Myles.

— En hommage à ma mère, murmura Lizzie. Elle adorait la lavande.

— Ce type était un vrai manipulateur. Un égocentrique qui voulait tout contrôler, un homme blasé par trop d'argent et d'aventures, un accro de l'adrénaline que seule la perspective de devenir le pire ennemi de John March parvenait encore à exciter. Et c'est vous, Lizzie, qu'il voulait à ses côtés pour mener sa nouvelle vie de criminel.

Il s'interrompit et la regarda droit dans les yeux.

— Votre aide a été plus précieuse que vous ne pouvez l'imaginer. Je vous promets qu'on arrêtera tous ceux qui ont aidé de près ou de loin Norman Estabrook à réaliser sa vengeance.

— Je ferai ce que je pourrai pour…

— Ce que j'aimerais que vous fassiez, l'interrompit Fletcher, c'est que vous deveniez la principale préoccupation de lord Will. Qu'il s'occupe de vous et qu'il m'oublie un peu !

Il se tourna vers son ami.

— Embrasse Josie pour moi.

— Je ne tiens pas à me prendre une gifle, répondit Will. Ça fait deux ans qu'elle veut te faire la peau, Myles. Même persuadée que tu étais mort, elle ne parlait que de ça. Elle voulait retrouver ton corps, le déterrer et te tuer une seconde fois.

Fletcher hocha la tête, un sourire nostalgique aux lèvres.

— Je reconnais bien là ma Josie…

Sur ces mots, il courut vers le ponton, sauta dans le hors-bord et s'éloigna dans le brouillard.

Lizzie se mit à trembler. Will s'approcha d'elle et la prit dans ses bras. Ils restèrent ainsi, serrés l'un contre l'autre, tandis que le hors-bord disparaissait dans le lointain.

30

Près de Kennebunkport, Maine,
le 27 août à 10 h 45, heure avancée de l'Est

La première vision de Bob O'Reilly, quand il arriva au sommet du sentier, fut celle de Lizzie Rush assise sur un rocher, au-dessus de l'écume bouillonnante, Will Davenport à ses pieds. Le chef de la police criminelle décida qu'il ne servait à rien de chercher à tout comprendre. Durant ces trente dernières années, il s'était passé bien des choses à Boston dont les tenants et les aboutissants lui avaient échappé. Des faits étranges, complexes, et parfois même tordus, derrière lesquels se profilait neuf fois sur dix l'ombre d'un certain John March.

Quand ils étaient arrivés sur place, John, Harlan Rush et lui, ils avaient trouvé des policiers en train de fouiller la maison à la recherche d'explosifs, de cadavres, de truands et d'armes. Mais le SWAT n'avait pas eu à intervenir. Lizzie, Simon, les deux Anglais et une Abigaïl mal en point avaient déjà la situation bien en main.

Une carabine 22 long rifle vaguement dissimulée dans un placard de la cuisine… voilà quelle avait été la maigre récolte des gars du SWAT !

A l'image de sa progéniture, la délicieuse vieille dame

qui avait passé ici les dernières années de sa vie n'avait visiblement compté que sur elle-même pour se défendre.

Depuis leur arrivée, les urgentistes essayaient en vain de convaincre Abigaïl de s'étendre sur un brancard. Elle avait perdu connaissance dans les bras de son père un peu plus tôt, mais elle semblait maintenant avoir repris tous ses esprits. D'ailleurs, elle n'hésitait pas à envoyer sur les roses quiconque venait lui affirmer le contraire.

En plus de son énergie retrouvée et de son autorité naturelle, Abigaïl avait une arme imparable pour tenir ses contradicteurs à distance : elle n'arrêtait pas de vomir. Bob avait vu bon nombre d'horreurs au cours de sa longue carrière et il avait fini par s'habituer à peu près à tout. Mais regarder quelqu'un rendre tripes et boyaux lui soulevait toujours l'estomac.

Il suivit des yeux la progression de Davenport, qui remontait le sentier vers la maison. La brume se déchirait, cédant la place à une lumière blanche, aveuglante. On commençait tout juste à faire le bilan de cette matinée mouvementée. Deux truands capturés et deux morts, dont un milliardaire.

Une inspectrice de police libérée.

Un Anglais disparu.

— Je me suis souvent demandé qui pouvait bien posséder ce genre de grosses maisons plantées face à l'océan, dit Bob en s'adressant à Will, qui arrivait au sommet de la colline rocheuse. Maintenant, je sais. Vous avez déjà fait la connaissance d'Harlan Rush, le père de Lizzie ?

— Nous nous sommes croisés brièvement.

— Il fait le même boulot que vous, vous savez. Pour le gouvernement américain…

Les yeux couleur noisette de Will Davenport dévisagèrent le policier.

— Vraiment ? Il m'a dit qu'il était en semi-retraite après avoir longtemps travaillé dans le groupe hôtelier familial.

Bob l'arrêta d'un geste de la main.

— Ne recommencez pas votre cinéma avec moi !

D'un mouvement de la tête, il indiqua l'horizon. Le disque blanc du soleil perçait derrière les derniers lambeaux de brume.

— Votre compatriote a mis les voiles avant qu'on n'arrive, si j'ai bien compris ?

— Il a utilisé un puissant moteur, en fait. C'est moins poétique, mais je suppose qu'au bout du compte ça revient au même.

— Pardonnez-moi, mais je n'ai jamais été sensible à l'humour britannique. Ce Fletcher, c'est un des vôtres ?

— Un sujet britannique, vous voulez dire ?

Bob leva les yeux au ciel. Il savait pertinemment que l'autre Anglais était un de ces foutus agents secrets, lui aussi.

— Je vous rappelle que ce monsieur a descendu Walter Bassette.

— En état de légitime défense et pour sauver la vie de votre fille, lui rappela Will d'une voix tranquille. Il a découvert que Bassette projetait de la supprimer et il lui a demandé des comptes. Malheureusement, l'explication a tourné au vinaigre et Bassette a sorti une arme, obligeant Myles à faire feu.

— Bassette avait une balle dans la tempe. Par ailleurs, on n'a pas retrouvé d'arme sur lui.

— Tout ça s'explique très facilement, mais je ne vais pas vous ennuyer avec de fastidieux détails, inspecteur…

Il haussa les épaules et fit face, lui aussi, à l'océan.

— Et puis ça a incité votre fille à accepter la protection de la police, finalement…

— Tu parles d'une incitation ! maugréa Bob.

— Myles manque parfois de délicatesse, mais il est d'une efficacité redoutable.

Bob vit l'expression de Davenport s'adoucir tandis qu'il baissait les yeux vers le rivage où grouillait un mélange d'agents fédéraux et de policiers. Il se demanda si l'aristocrate anglais était en train de se remémorer sa dernière rencontre avec la reine mère, quand il aperçut Lizzie qui marchait en direction du sentier. Elle commença à grimper la pente ; la lumière crue qui avait succédé à la brume laquait ses cheveux noirs. Elle se frottait les bras, mouillée jusqu'aux genoux, mais Bob savait qu'il ne fallait pas se fier à son aspect menu et vulnérable. Cette femme avait eu suffisamment de ressource pour mettre au pas un lord anglais, agent secret et officier de la SAS. A voir le regard énamouré dudit lord, il n'allait même pas tarder à lui manger dans la main.

— Je vous prie de m'excuser, lui dit Davenport avant de s'éloigner.

Harlan Rush et John March rejoignirent Bob quelques secondes plus tard. Les trois hommes restèrent un moment silencieux, observant d'un œil bienveillant les tourtereaux qui s'enlaçaient tendrement sur le sentier.

— Vous savez, dit finalement Harlan, quand je lui ai appris à se battre, je ne pensais pas qu'elle aurait un jour à se défendre contre un type armé d'un flingue.

— Ah non ? lui demanda Bob. A quoi pensiez-vous, alors ?

Les yeux d'Harlan Rush, si semblables à ceux de sa fille, brillèrent d'un curieux mélange de douleur et de joie. Les souvenirs faisaient parfois cet effet-là, songea Bob.

— Je pensais surtout que je ne voulais pas la perdre…

John March se tourna vers lui.

— Votre fille est aussi belle et courageuse que sa mère, Harlan.

Le père de Lizzie accueillit ces propos avec un petit hochement de tête.

— Mais elle, elle n'aime pas les secrets, dit-il.

— Abigaïl non plus.

— C'est sans doute une question de génération.

Les sourcils de Bob se froncèrent.

— De toute façon, il n'y a plus de secrets, de nos jours, grommela-t-il. Entre la télévision et internet, mes filles savent tout sur tout !

March haussa les épaules et Bob crut voir sur ses lèvres l'esquisse d'un sourire. Mais c'était sûrement cette lumière aveuglante qui lui jouait des tours.

— A chacun ses combats, conclut le directeur du FBI.

Lizzie et Will vinrent les rejoindre, et il changea brusquement de registre.

— Mes hommes ont investi le *Lady Lavender* il y a quelques minutes. Pas de trace de Fletcher ni de son éventuel passage à bord.

— Il a pris ce dont il avait besoin et il s'est volatilisé dans la nature, dit Bob. Ce type est un vrai fantôme.

Harlan Rush et Will Davenport ne firent aucun commentaire. March aussi resta silencieux, lui qui savait pourtant quand un lézard sortait de sous une pierre à l'autre bout du monde.

Harlan, quant à lui, interpella sa fille.

— Lizzie, bonté divine ! Qu'est-ce que je t'ai appris ?

Elle le regarda avec un petit sourire insolent.

— A ne pas mettre de jupes trop courtes ?
— Avant ça.
— A parer les coups de mes cousins ?
— Après ça.
Elle soupira.
— Je sais, papa. Que les regrets ne servent à rien.
— Exactement. La mémoire doit servir à apprendre de ses erreurs, pas à les regretter. Mais je ne sais pas pourquoi je te raconte ça, puisque de toute façon tu ne te remettras jamais dans un pétrin pareil, n'est-ce pas ? Mon seul conseil sera donc d'éviter à l'avenir les milliardaires givrés et d'oublier toute cette affaire. Tu penses que tu peux y arriver ?
Ne plus croiser de milliardaire givré, ça, c'était sûrement possible, pensa Bob, mais il ne voyait pas comment la jeune femme pourrait oublier les épreuves qu'elle venait de traverser. D'ailleurs, ils allaient tous vivre avec jusqu'à la fin de leurs jours. Abigaïl, enlevée et violentée par un homme obsédé par son père. Scoop, sérieusement blessé dans un attentat à la bombe. Fiona, traumatisée après avoir frôlé la mort à deux reprises en l'espace de vingt-quatre heures. Keira, victime de deux tentatives de meurtre à quelques semaines d'intervalle.
Ils s'en remettraient, bien sûr. Aucun d'entre eux n'était du genre à se laisser abattre par les coups du sort.
Lizzie tourna ses yeux vert pâle en direction de March.
— Norman pensait que vous avez gâché mon enfance. Qu'à cause de vous, ma vie n'a pas été celle qu'elle aurait dû être.
— C'est peut-être vrai, répondit-il.
— Vous seriez aujourd'hui à la tête du FBI si c'était vrai ?

— J'en doute. Votre père se serait arrangé pour que je périsse dans quelque accident tragique. Ça aurait été de bonne guerre.

Mais la lueur amusée qui éclairait son regard s'éteignit aussi vite qu'elle s'était allumée.

— Lizzie, votre père et moi étions prêts à prendre votre place et celle d'Abigaïl.

— On aurait fait n'importe quoi pour vous sortir de là, toutes les deux, renchérit Harlan Rush, visiblement ému.

Etait-ce à cause des démonstrations d'affection qui le rendaient toujours mal à l'aise ? Toujours est-il que Bob trouva le moment opportun pour chapitrer Lizzie.

— Un point de côté ! Franchement, Lizzie ! Quelle excuse vaseuse ! Vous auriez dû sonner à la porte et venir nous parler. Ou au moins dire la vérité à Scoop, quand il vous a surprise devant l'immeuble.

La jeune femme ne sembla pas le moins du monde impressionnée par cette tirade.

— Je n'en savais pas plus que vous, inspecteur O'Reilly. Et vous m'auriez sans doute dissuadée de me rendre en Irlande. Imaginez les conséquences que ça aurait eues.

— Je suppose que Keira aurait dû compter uniquement sur ses fées irlandaises.

— Elles font le déplacement jusqu'à Boston ? Parce que Scoop Wisdom, Owen Garrison et votre fille auraient aussi eu besoin de leur protection.

— Ça va… Ça va… Un peu de respect pour vos aînés, s'il vous plaît.

Elle lui fit un grand sourire et Bob crut voir son Anglais poser un baiser sur ses cheveux. Mais c'était peut-être encore un effet de cette maudite lumière.

Puis il aperçut Owen qui marchait vers eux.

— Tiens, voilà Batman !

Owen repéra certainement Abigaïl, assise sur le vieux ponton, parce qu'il se mit brusquement à courir en direction de l'eau.

— Tu peux descendre par là, lui indiqua Bob en lui montrant le sentier.

Puis il jeta un coup d'œil vers March et détourna aussitôt le regard. Voir pleurer le directeur du FBI ne l'embarrassait pas plus que ça, mais son vieil ami avait sûrement envie qu'on lui fiche la paix.

Harlan Rush croisa les bras. Il semblait ici chez lui, aussi à l'aise devant le spectacle grandiose de l'océan qu'il devait l'être à une table de poker.

Il leva le menton vers Will Davenport qui redescendait le sentier, le bras autour des épaules de Lizzie.

— J'appréciais son grand-père. J'ai eu l'occasion de le croiser à plusieurs reprises durant ma folle jeunesse. C'était l'époque de la guerre froide. La vie est drôle, parfois... Est-ce que ce lord Davenport passe aussi son temps à pêcher dans les rivières écossaises ?

— C'est en effet ce que j'ai entendu dire, confirma Bob.

— Alors c'est de famille.

— Je ne sais pas si ça a traversé l'esprit de Lizzie, mais notre groupe n'a pas encore d'hôtel à Londres ou en Ecosse...

— Vous devriez la charger d'en ouvrir un. Ou même deux, tant que vous y êtes... Ça lui donnera quelque chose à faire, pendant que son lord cherchera un moyen de s'attirer de nouveaux ennuis.

31

Au sud de Boston, Massachusetts,
le 27 août à 18 h 30, heure avancée de l'Est

Owen prit la main d'Abigaïl et la conduisit dans un immeuble rénové du front de mer. L'ascenseur les propulsa au dernier étage, dans le vaste appartement qui s'apprêtait à accueillir le nouveau siège de Fast Rescue. La jeune femme alla se poster devant les grandes fenêtres qui donnaient sur le port. Le médecin des urgences lui avait prescrit quinze jours d'arrêt de travail, en lui faisant promettre qu'elle les consacrerait au repos. Les Rush avaient même mis une chambre à sa disposition à l'hôtel Whitcomb, mais l'envie de venir ici avait été plus forte.

Owen arriva derrière elle et croisa les bras autour de sa taille.

— Il y a deux autres appartements disponibles dans l'immeuble, lui dit-il. On peut s'installer dans l'un d'eux ou réaménager la maison de Beacon Hill à notre goût. A toi de voir ce que tu préfères. Moi, tant que je suis avec toi, je me fiche de l'endroit où je vis.

Elle se retourna et vint poser son visage contre la poitrine d'Owen.

— On a de la chance, tu sais. On a nos familles, des amis… et on s'aime.

Owen crut comprendre ce qu'elle avait à l'esprit.

— Rien n'obligeait Norman Estabrook à dévier du droit chemin.

Abigaïl songea à la première fois qu'elle avait vu Myles Fletcher, dans cette cabine de bateau, et elle dut ravaler ses larmes. Jouait-il sa vie en ce moment même ? Lui arrivait-il jamais d'être en sécurité ?

— Abigaïl…

— Je ne vais pas m'apitoyer sur mon sort, Owen. J'ai vécu des moments très difficiles, mais…

Elle leva ses yeux brillants vers l'homme qu'elle aimait.

— … j'ai le sentiment qu'il me suffit d'être dans tes bras pour guérir de mes plaies. Tu sais, si j'ai pu tenir le coup, c'est parce que tu étais présent à mes côtés à chaque seconde de ce cauchemar.

— Si j'avais pu, je n'aurais pas hésité une seconde à prendre ta place.

— Je sais, mon amour. Je sais.

Elle se tourna de nouveau vers la fenêtre et prit la main d'Owen dans la sienne. Une ou deux minutes passèrent ; l'un et l'autre observaient en silence l'activité du port et les bateaux qui naviguaient au loin.

— J'avais une telle nausée sur le yacht d'Estabrook…, dit-elle enfin. J'ai mis ça sur le compte du mal de mer. Je ne voulais pas m'autoriser à croire que j'attendais peut-être un enfant. Mais quand Myles Fletcher y a fait allusion, j'ai su qu'il avait vu juste.

Owen lui serra la main un peu plus fort, mais il resta muet.

Le médecin qui l'avait examinée aux urgences de l'hôpital

avait confirmé qu'elle était enceinte. De quatre semaines. Ils auraient un bébé au printemps.

— Tu sais que j'aimais Chris de tout mon cœur, dit-elle, en suivant des yeux la lente progression d'un voilier. S'il n'y avait pas eu ce drame…

Abigaïl songea à l'homme qu'elle avait épousé et perdu, il y avait déjà si longtemps.

— Ce que je veux dire, c'est que je pense toujours à lui avec tendresse, tu comprends ? Il fera toujours partie de ma vie…

— Je sais, mon cœur. Et c'est très bien comme ça.

Elle se tourna vers lui.

— Je t'aime, Owen.

— Alors organisons notre mariage.

— Will Davenport a proposé de mettre son château écossais à notre disposition. Oh, Owen…, dit-elle en se pressant de nouveau contre lui, je n'ai pas envie d'attendre une seconde de plus.

— Tant mieux, parce que j'ai justement demandé à Will de faire tondre la pelouse du parc. Je vais m'occuper des détails dès demain. Moi aussi, j'en ai assez d'attendre.

Elle caressa les lèvres de son fiancé du bout du doigt.

— Mes coupures et mes ecchymoses sont superficielles. Un peu de maquillage et les invités n'y verront que du feu.

Il posa un baiser sur son front, puis la serra en silence dans ses bras pendant de longues secondes.

— Fiona et Keira ont déjà eu un mal fou à convaincre Bob d'aller passer Noël en Irlande. Alors quand il va apprendre qu'il lui faudra d'abord se rendre en Ecosse pour un mariage…

Le visage d'Abigaïl lui faisait encore mal, mais c'était bon de rire !

— Pauvre Bob… Lui qui déteste voyager… J'ai hâte de voir sa tête quand on va lui annoncer ça.

Simon faisait les cent pas dans la salle de réception de la maison des Garrison, s'arrêtant de temps à autre pour regarder les dessins de Keira accrochés au mur : une jardinière de Noël dans une rue de Dublin et une statuette celtique représentant un ange.

Quant à Will, il était au téléphone avec son assistante.

— Est-ce qu'il est mort pour de bon, cette fois ? demandait Josie.

— Notre Myles est un Phénix.

— Notre ?

Silence. Juste assez long pour qu'elle comprenne.

— Je suis toujours en Irlande, dit-elle d'une voix mal assurée. Mais Arabella et moi avons décidé de prendre le thé ensemble dès mon retour à Londres. Votre petite sœur se fait beaucoup de souci pour vous, vous savez.

— Dites-lui de préparer ses aiguilles à coudre et son fil blanc.

— Un mariage ? Sans blague ? Lizzie et vous ?

Will crut que son cœur allait s'arrêter, mais il s'efforça de ne rien laisser paraître de l'émotion que cette image avait fait naître en lui.

— Non… Abigaïl Browning et Owen Garrison… Ils vont se marier la semaine prochaine dans mon château écossais.

— Ah… Très bien. Je lui passerai le message.

A bout de patience, Simon prit le téléphone des mains de Will.

— Bonjour, Moneypenny. Vous pourriez me trouver un vol pour l'Irlande ? J'aimerais partir dans dix secondes. Non… Huit !

Will ne put s'empêcher de sourire. Il connaissait suffisamment son assistante pour savoir qu'un avion attendait déjà Simon à l'aéroport.

32

Boston, Massachusetts,
le 28 août à 9 h 30, heure avancée de l'Est

Les médecins avaient renvoyé Scoop chez lui plus tôt que prévu et Bob le trouva dans le jardin de leur immeuble dévasté, en train d'inspecter son potager. Il était encore bandé comme une momie et se déplaçait avec des mouvements de centenaire, mais il semblait avoir retrouvé toute sa combativité.

— Regarde-moi ça ! s'écria-t-il quand il le vit, en lui présentant une tomate écrabouillée. Ces salopards de pompiers ont piétiné mes plants de tomates ! Ces types-là ne respectent rien.

— Disons qu'ils ont moins de considération pour la vie d'une tomate que pour celle d'un homme. La tienne, en l'occurrence.

Scoop soupira.

— Entre la fumée et l'eau, il va falloir entièrement refaire mon appartement.

— C'est tout l'immeuble qu'il va falloir refaire. Et encore, on a eu de la chance qu'il soit resté debout.

— Tu pourras superviser le chantier, dit Scoop. Où vas-tu vivre en attendant ?

— Pour le moment, je squatte l'appartement de Keira. Mais il faut que je retire les rideaux en dentelle. Je me fous que ce soit de la dentelle irlandaise.

— Et ta nièce ?

— Elle a des projets.

Scoop resta silencieux un moment.

— Simon ?

Un juron résonna dans la tête de Bob. Quel imbécile il faisait ! Fiona avait pourtant essayé de lui faire comprendre que ce n'était pas à elle que s'intéressait Scoop. Il était amoureux de Keira !

— Scoop...

— Ils vont bien ensemble, dit-il d'une voix étranglée.

Un peu plus tard, les deux hommes se rendirent au pub du Withcomb. En arrivant, Bob reconnut Jeremiah Rush, attablé avec quelques membres de sa famille, dont son père Bradley et son oncle Harlan.

Lizzie vint les rejoindre plus tard. Personne ne savait où était passé son bel Anglais, du moins officiellement.

Les joues roses, Fiona semblait prendre plaisir à jouer des airs irlandais en compagnie de trois autres musiciens. Elle avait rougi en apercevant Scoop et Bob avait senti son cœur se serrer. Mais il savait qu'elle s'en remettrait.

John March apparut quelques secondes sur le petit escalier, avant de faire demi-tour et de remonter vers le lobby.

Lizzie se leva discrètement et grimpa les marches à son tour. Son père ne broncha pas.

Faire la paix avec le passé, Bob le savait d'expérience, n'était jamais chose facile.

Justement, Theresa arrivait avec Maddie et Jayne.

— Je suis heureuse que tout se soit bien terminé, dit-elle à son ancien mari, avant de serrer brièvement sa main. Merci, Bob...

— Je n'ai pas fait grand-chose, tu sais.

— Tu ne t'es pas fait tuer, c'est déjà bien.

— Et ça fait plus de trente ans que je renouvelle cet exploit.

Ils s'assirent tous ensemble à une table, la troisième fille de la famille chantant et jouant de la harpe sur la petite scène. Bob commit l'erreur de baisser sa garde et, l'espace d'un instant, vit ce qu'aurait pu être son existence s'il ne s'était pas comporté comme le dernier des imbéciles. Mais Theresa et les filles semblaient passer un bon moment et il décida de ne pas gâcher leur plaisir avec ses regrets.

Fiona profita d'une pause pour les rejoindre, les mains chargées de brochures et de dépliants.

— C'est désormais officiel, dit-elle solennellement. L'hôtel des Rush fait partie de notre itinéraire à Dublin ! J'ai réservé une table pour le thé de Noël. Je vous préviens, ça va coûter la peau des fesses !

— Quelle surprise !, maugréa Bob.

— L'un des frères de Jeremiah travaille dans l'hôtel. Il a vingt-deux ans et il s'appelle Justin…

— Tant qu'ils servent les mêmes tourtes sucrées que ma grand-mère, je suis partant, dit Bob. Et, bien sûr, il faut aussi qu'il y ait des chants de Noël, ajouta-t-il en souriant à Jayne qui grimpait sur ses genoux. J'ai toujours eu un faible pour les chants de Noël.

Lizzie trouva John March attablé seul dans l'élégant restaurant du premier étage, une bouteille de bon whiskey à portée de main. Il lui versa un verre, tandis qu'elle s'asseyait face à lui.

— J'ai rencontré votre mère avant votre naissance, commença-t-il. Avant même qu'elle ne fasse la connaissance de votre père. J'étais un jeune policier, à l'époque, et elle, une jolie Irlandaise qui connaissait des gens très dangereux. Elle est restée vivre à Boston.

Lizzie l'encouragea à poursuivre d'un sourire. Pourtant, elle avait la bouche sèche et les mains qui tremblaient. Elle avait courageusement affronté Norman Estabrook et ses sbires, mais parler de la mère qu'elle n'avait jamais connue avec un homme torturé par son passé était presque plus qu'elle n'en pouvait supporter.

— Shauna travaillait pour l'Office de tourisme irlandais, reprit March après avoir avalé une gorgée de whiskey. Sauf que ce n'était qu'une couverture.

— Une couverture idéale pour un agent du renseignement...

— Votre mère était une professionnelle accomplie, Lizzie. Son travail a causé beaucoup de tort aux dirigeants d'une des pires organisations criminelles qui aient vu le jour sur notre territoire.

Il détourna le regard.

— J'aurais tellement voulu la sauver. Je comprendrais que vous me haïssiez...

— Je n'éprouve aucune haine pour vous, monsieur March. Et je n'en ai jamais éprouvé, même quand j'ai commencé à me poser des questions sur la mort de ma mère. Bien sûr, j'aurais aimé la connaître, qu'elle soit à mes côtés si je me marie un jour, qu'elle connaisse les enfants que j'aurai peut-être...

— Lizzie...

Les yeux sombres de March, qui rappelaient tant ceux d'Abigaïl, se remplirent de larmes.

— Je suis vraiment désolé...

— Vous savez, j'ai grandi au sein d'une famille très aimante et j'ai eu une enfance heureuse. Jusqu'à récemment, ma mère est restée très abstraite pour moi, une ombre floue qui flottait quelque part dans mon inconscient. Mais les choix que j'ai faits, les décisions que j'ai prises, m'ont aidée à mieux la comprendre. En particulier le travail que j'ai mené pour vos services. Aujourd'hui, je me sens plus proche d'elle.

— Elle vous aimait de tout son cœur, votre père et vous.

— Et vous, monsieur March ? Vous aviez des sentiments pour elle ?

La question ne le déstabilisa pas.

— J'aurais pu tomber amoureux de votre mère, effectivement. Et c'est peut-être ce qui s'est passé, d'ailleurs. Je l'ai rencontrée juste avant de connaître Kathryn, ma femme. Mais un certain Harlan Rush m'a soufflé sous le nez la jolie Irlandaise aux cheveux noirs et aux yeux vert pâle. Il a suffi qu'ils se croisent une fois ici même, au *Whitcomb*, pour que l'affaire soit entendue. J'ai dû m'incliner.

— Papa connaissait la véritable nature de ses activités ?

— Je ne sais pas. En tout cas, ce n'est pas ce qui les a rapprochés. Shauna a raccroché les gants après votre naissance. Mais il était trop tard.

— Qui l'a tué ?

— L'homme qui est à l'origine de son assassinat et de celui de sa famille était un agent du FBI à la solde de la mafia irlandaise de Boston. Ça faisait un moment que j'essayais de le faire tomber et votre mère m'a donné un sérieux coup de pouce. Il l'a appris et l'a dénoncée à ceux qu'elle avait espionnés avant votre naissance. Ces gens-là se moquaient bien qu'elle ait changé de vie et soit devenue une paisible mère de famille. Ils l'ont tuée, ainsi que ses parents et son frère.

Il but une nouvelle gorgée de whiskey.

— Ensuite, on a dû coopérer avec les autorités irlandaises pour sauver des vies.

— Alors c'est à la demande des autorités irlandaises que l'enquête a conclu à la mort accidentelle de ma mère et des trois membres de sa famille ?

Il hocha la tête.

— Et l'agent corrompu du FBI ? Ne me dites pas qu'il est en train de couler une paisible retraite en Floride !

— Il a trouvé la mort dans une fusillade, dans un quartier mal famé de Boston. Officiellement, il a été éliminé par ses propres amis. C'était une époque troublée, Lizzie, une époque violente où la justice n'était pas toujours rendue dans les règles. On a démantelé l'organisation mafieuse et arrêté les criminels. Mais d'autres n'ont pas tardé à prendre leur place, ajouta-t-il avec un soupçon de lassitude dans la voix.

Lizzie baissa les yeux vers le liquide ambré qui colorait son verre.

— Vous pensez qu'elle a eu le temps de comprendre qu'elle était victime d'un meurtre ?

— Ce que je pense, c'est qu'elle vous aimait. A votre place, je m'en tiendrais à ça.

— J'espérais que vous pourriez répondre aux questions que je me pose.

— C'est humain. Tout le monde veut avoir des réponses. Mais plus j'avance en âge, moins j'en trouve. Aujourd'hui encore, je regrette de n'avoir pas su que votre mère était en danger. Je regrette de n'avoir pu la sauver. Après sa mort, tout le monde s'est préoccupé de vous, Lizzie — son bébé adoré.

— Je savais que cette histoire de chute accidentelle ne tenait pas debout.

Elle essaya de sourire à travers ses larmes.

— Mourir en trébuchant sur un pavé dans une rue de Dublin… N'importe quoi !

Elle se décida à tremper les lèvres dans le whiskey.

— Et le père de Simon, que lui est-il arrivé ?

— Brendan Cahill était mon ami. Lui aussi a été exécuté. C'est arrivé dix ans après la mort de Shauna.

— L'effet de vague, dit Lizzie en regardant longuement l'homme assis en face d'elle. Vous avez beaucoup de secrets, monsieur March.

— C'est ainsi.

— Vous avez toujours été là pour moi durant ces douze derniers mois… Merci.

— C'est moi qui vous remercie au nom du gouvernement américain, dit-il d'un ton solennel. Vous avez fait un travail remarquable.

Il soupira et ses traits se détendirent un peu.

— Ma fille va se marier avec Owen. Ils tiennent à votre présence. La cérémonie a lieu dans cinq jours, dans le château écossais de Will Davenport.

— Vous voulez dire : sa bicoque ? répliqua-t-elle.

Son sourire lumineux sembla sécher d'un seul coup les larmes qui mouillaient encore ses joues.

— C'est comme ça qu'il en parle.

— Vous me direz ce que vous en pensez, quand vous vous y rendrez, mais moi quand je vois des panneaux de bois peints, des tapisseries précieuses et des lits à baldaquins, ce n'est pas le mot « bicoque » qui me vient tout de suite à l'esprit.

— Vous voulez dire que vous y êtes déjà allé ?

Il répondit d'un petit haussement d'épaules. Encore un secret.

— A l'occasion, demandez donc à votre père de vous

raconter des histoires au coin du feu. Il en connaît de belles sur les lords et les ladies.

Elle ne put s'empêcher de rire.

— Je n'en doute pas une seconde.

— Vos parents s'aimaient passionnément. Et, surtout, ils adoraient leur fille. Le reste s'efface doucement avec le temps, mais leur amour durera toujours. Vivez votre vie, Lizzie. Il ne faut surtout pas que le passé vous empêche d'avancer, de vous projeter vers l'avenir.

Il se renversa sur sa chaise et la regarda se lever avec un sourire dans les yeux.

— A bientôt en Ecosse, lui dit-il.

En sortant du restaurant, la jeune femme passa devant une photographie encadrée qu'elle n'avait encore jamais remarquée. On y voyait ses parents, main dans la main sur les rochers du Maine. Sa mère avait le ventre arrondi d'une femme enceinte d'au moins six mois, et tous les deux regardaient l'océan en souriant.

— Ton père l'a accrochée ce matin, lui dit Jeremiah qui venait d'arriver à sa hauteur.

— Où est-il, maintenant ?

— Qui peut jamais dire où se trouve l'oncle Harlan ?

33

Péninsule de Beara, côte sud-ouest de l'Irlande, le 29 août à 16 heures, heure d'été irlandaise

Lizzie s'était installée à la table qu'elle considérait désormais comme sienne, face au feu qui brûlait été comme hiver dans la cheminée du pub. Le livre de contes folkloriques illustrés par Keira était ouvert devant elle.

Elle soupira.

— J'aimerais tellement savoir dessiner comme ça, dit-elle, les yeux posés sur un groupe de fées réunies au sommet d'un rocher moussu.

— Vous avez d'autres talents, lui répondit Eddie, assis face à elle.

Son chien, couché devant le feu, la fixait d'un regard réprobateur, comme s'il savait qu'elle avait été embrassée par un lord et qu'il désapprouvait.

— L'atmosphère a changé ici.

Eddie se pencha et caressa son chien.

— C'est parce que Simon est de retour au village. Mes clients l'attendent impatiemment. Il ne va pas tarder à venir se chamailler avec eux.

Cette perspective semblait le mettre en joie.

— Vous l'avez entendu imiter l'accent irlandais ?

— Il paraît que c'est criant de vérité.

— Pour un touriste, peut-être, dit Eddie avec un dédain exagéré. Mais il ne parviendra jamais à duper un véritable Irlandais.

Lizzie éclata de rire.

— Keira est enfin libre d'aller et venir, maintenant que la police ne craint plus pour sa vie. Elle va être heureuse de le retrouver.

Elle tourna la page. Le dessin suivant représentait une belle princesse et son prince charmant.

— Ça doit être merveilleux d'aimer à ce point-là. Et d'être aimée à ce point-là.

— Il faut faire un peu de paperasserie pour se marier en Irlande, mais je suis sûr que ce n'est pas ça qui les arrêtera, déclara Eddie.

Il se redressa sur sa chaise, tandis que le chien roulait sur le flanc pour se rapprocher du feu.

— Votre mère était irlandaise, je crois ?

— En effet. Il y a quelques années, j'ai vécu en Irlande pendant un an et demi, et j'en ai profité pour aller voir le cottage où elle est née. Il est abandonné, mais la charpente semblait encore solide. Il est situé dans un endroit charmant, au fond d'une vallée isolée, pas très loin d'ici.

— Une vallée magique ?

Lizzie sourit à l'Irlandais qui l'observait avec son regard malicieux, et décida que le scepticisme qu'il affichait vis-à-vis du monde des fées n'était qu'une façade.

— Et pourquoi pas ? Je n'ai jamais eu la chance de croiser une fée, mais je ne m'interdis pas d'y croire. En tout cas, j'aimerais amener Keira là-bas. L'endroit correspond bien au genre de paysage et d'atmosphère qu'elle aime. Qui sait ? Ça pourrait lui inspirer un dessin ou un tableau.

— Vous vous êtes trouvé une nouvelle amie, on dirait…

— Je l'espère. Mais je me méfie de moi-même. J'ai tendance à prendre mes désirs pour des réalités.

Eddie ne la quittait pas des yeux, mais son regard ne la rendait nullement mal à l'aise.

— Vous êtes tombée amoureuse de votre Anglais, pas vrai ? Après tout, pourquoi pas ? Votre mère est bien tombée amoureuse d'un yankee.

— Vous trouvez Will sympathique ? Mes ancêtres irlandais…

— Ils voudraient que vous soyez heureuse. J'ai entendu dire que votre famille n'avait pas d'hôtel à Londres.

— C'est fou, non ?

— Je dirais plutôt que ça tombe bien !

Josie Goodwin pénétra dans le pub et passa derrière le bar pour aller se servir elle-même une rasade du meilleur whiskey d'Eddie. Verre dans une main et bouteille dans l'autre, elle vint les rejoindre près du feu.

Eddie se leva et lui céda sa chaise.

Josie le remercia d'un sourire et s'installa à sa place.

— J'ai un vrai coup de cœur pour la péninsule de Beara, dit-elle avant de froncer les sourcils. J'aurais peut-être dû vous apporter un verre ?

Lizzie la rassura aussitôt.

— Je m'en tiens au crumble aux mûres. Si je m'écoutais, j'en mangerais trois parts tous les soirs.

— Moi j'essaie de m'en tenir éloignée, plaisanta Josie. Quand on commence à en rêver, c'est qu'il y a danger. Et c'est ce qui m'est arrivé ! Je vous assure, ce crumble vous rend encore plus dépendant que le whiskey.

Lizzie rit de bon cœur pendant que Josie sortait une enveloppe de sa poche. Elle contenait une invitation manuscrite au mariage d'Abigaïl et d'Owen en Ecosse, ainsi qu'un billet d'avion.

— Comme je n'étais pas sûre que vous auriez le temps de faire les boutiques, j'ai acheté quelque chose pour vous. C'est une robe fluide bleu pâle et je crois qu'elle vous ira à merveille. En tout cas, elle est juste à votre taille. J'ai demandé qu'on la livre en Ecosse. Je dois dire que votre tante Henrietta est une femme tout à fait délicieuse. C'est Justin, votre cousin, qui m'a mise en relation avec elle.

Josie s'interrompit un instant, le temps d'avaler une gorgée de whiskey.

— Comment allez-vous ? Pas trop épuisée ? Tout ça est un peu bousculé, je sais, mais Will et ses amis américains sont comme ça. Je suis certaine que vous vous sentirez très à l'aise avec eux.

— J'adore les mariages, dit Lizzie.

— Celui-là promet d'être superbe. Vous verrez, en étant bien organisé, on peut faire des miracles en cinq jours. Will a eu quelques imprévus, mais il m'a promis d'arriver à l'heure à la cérémonie. J'ignore à quel point c'est sérieux entre vous, ajouta-t-elle, mais pour lui, il ne s'agit pas d'une simple aventure… Ça crève les yeux, vous savez…

Elle pinça les lèvres, comme si elle hésitait à en dire plus.

— Sa famille est assez compliquée, lâcha-t-elle finalement.

Simon venait d'entrer dans le pub. Les habitués poussèrent de joyeux cris de protestation — *Ah, non ! Pas lui ! Dehors, l'Américain !* — qui ne trompèrent personne : ils étaient manifestement ravis de le voir.

Ils lui lancèrent quelques piques acérées mais bon enfant auxquelles Simon répondit sur le même ton, avant de prendre une chaise et d'aller rejoindre Lizzie et Josie au coin du feu.

— Toutes les familles sont compliquées, Josie, dit-il en s'asseyant entre elles.

A voir leurs sourires entendus, c'était un sujet dont ils avaient déjà débattu. Mais il retrouva son sérieux en s'adressant à Lizzie.

— March aurait dû me dire que vous étiez sa source anonyme, mais je m'en veux de ne pas l'avoir compris tout seul. Vous vous êtes retrouvée isolée dans une situation périlleuse.

— Je n'ai jamais été vraiment isolée, Simon. John March n'a cessé de me proposer son aide. Il m'aurait suffi de lui donner mon identité pour qu'il vole à mon secours. C'est ce que je me disais, quand je me sentais un peu perdue.

— Ça a été une mission complexe et dangereuse du début à la fin. Norman était un manipulateur et un dissimulateur, mais même lui n'avait pas toutes les cartes en main.

— Contrairement à John March ?

C'est Josie qui répondit à cette question.

— Avec lui, on ne peut jamais être certain de rien.

Simon tapota l'invitation du bout du doigt.

— L'heure est aux festivités, on dirait.

Une lueur malicieuse fit briller le vert profond de ses yeux.

— Je me rends compte que j'ignore si Will sait danser, dit-il.

— Ma foi, renchérit Josie, j'avoue que je n'en sais rien moi non plus.

Simon gratifia Lizzie d'un grand sourire.

— Vous allez devoir tirer ça au clair, Lizzie, et nous faire un rapport complet sur cette question cruciale.

Lizzie sentit qu'elle rougissait. Une bouffée de chaleur

qui ne devait rien au feu qui crépitait dans la cheminée, mais tout à la perspective de danser en Ecosse avec son bel Anglais.

— Dois-je considérer qu'il s'agit d'une mission officielle, agent Cahill ?

Simon repoussa sa chaise et se mit debout. Décidément, songea-t-elle en levant les yeux vers lui, cet homme était une véritable armoire à glace.

— Absolument. Un défi qui devrait plaire à la risque-tout qui sommeille en vous !

Son regard se fit chaleureux et il ajouta :

— Sachez que vous serez entourée d'amis, en Ecosse.

Il s'éloigna avec un petit signe de la main et alla saluer les gars du coin qui l'accueillirent bruyamment. Il plaisanta un moment avec eux, mais ne s'attarda pas. Cinq minutes plus tard, il avait quitté le pub. Lizzie se leva à son tour, soudain nerveuse, indécise. Elle n'était même plus sûre de savoir ce qu'elle était venue faire ici.

Elle remercia Josie — qui venait de demander à Eddie d'enlever le verre et la bouteille de whiskey, et de les remplacer par un crumble aux mûres —, et sortit derrière l'épagneul dans la rue principale du village. Le chien se retourna et la regarda en remuant la queue. Frottant les manches de son pull irlandais, la jeune femme suivit l'animal sur le sentier qui surplombait le port. Alors qu'ils s'engageaient sur un chemin terreux, elle vit une silhouette qui dévalait le pâturage et reconnut Keira Sullivan.

Simon se trouvait sur les hauteurs, lui aussi, derrière la clôture. Les collines nues étaient silencieuses, à l'exception du bêlement intermittent des moutons.

Lizzie s'arrêta et l'épagneul fit demi-tour dans la brume légère, d'un gris poudreux, pour venir la rejoindre.

Ensemble, ils regardèrent Simon escalader la clôture. Keira cria son nom et ouvrit les bras ; on aurait dit qu'elle allait s'envoler. Quelques secondes plus tard, ceux de Simon se refermaient sur elle.

Ils s'étreignirent comme si leur vie en dépendait.

Lizzie se tourna vers le chien et le caressa tendrement.

— C'est ce qu'on appelle des âmes sœurs, dit-elle, les larmes aux yeux.

Ils regagnèrent le village. Alors qu'ils atteignaient la rue principale, le portable de Lizzie émit le petit son aigu qui annonçait l'arrivée d'un SMS.

Il venait de Justin.

« Au secours. Ton père est là ! »

Elle l'appela aussitôt.

— Lizzie, lui dit-il d'une voix nerveuse, l'oncle Harlan veut m'emmener dans le village irlandais d'où est originaire la famille de ta mère. Ça me touche, je t'assure, mais j'ai un mauvais pressentiment. J'ai l'impression qu'il a prévu un stage de survie dans une ruine irlandaise. En plus, il insiste pour conduire !

— Conserve ta conscience situationnelle et tout ira bien.

— Ma conscience situationnelle ? C'est quoi ? du jargon militaire ?

— Ta perception de la situation tactique, si tu préfères.

— De la situation tactique ? répéta Justin. Lizzie, je ne comprends rien à ce charabia ! Et je suis trop jeune pour mourir !

Elle éclata de rire.

— Désolée, cousin, mais j'ai un mariage sur le feu !

34

Highlands terres d'Ecosse, le 2 septembre à 15 heures, heure d'été britannique

La « bicoque » de Will Davenport était en réalité un somptueux château Régence situé dans les hautes terres écossaises. Lizzie trouva Abigaïl dans une allée qui serpentait à travers un immense parc visiblement entretenu par une escouade de jardiniers. L'inspectrice, qui portait encore les marques de son calvaire, semblait ici dans son élément.

— Je suis tellement heureuse que vous ayez pu venir, Lizzie !

— Moi aussi, je suis heureuse d'être là. Tout se passe bien ?

— A merveille. Les Davenport se sont montrés d'une telle générosité ! Arabella, la sœur de Will, a dégoté une robe qui me va comme un gant. Elle est prévue pour son prochain défilé en septembre, mais elle m'a assuré que j'avais le droit de renverser du champagne dessus ! Will a affrété un avion privé pour que Scoop puisse être des nôtres, vous vous rendez compte ? Quelqu'un qui nous connaît à peine ! Ce garçon est d'une gentillesse ! Son assistante nous a dit qu'une ambulance se tiendrait prête en cas de besoin. Le pauvre Scoop a une tête à faire peur, mais, d'après lui, c'est uniquement parce qu'il est resté des heures coincé dans un avion avec Bob. Apparemment, Bob a passé le voyage à dire qu'il en avait assez de traverser l'Atlantique à tout bout de champ !

Lizzie ne put s'empêcher de sourire devant tant de joie et d'excitation.

— Qui d'autre est là ? demanda-t-elle.

— Mes parents sont arrivés hier soir. Les Garrison viennent de débarquer en force. Je ne sais pas comment une petite cérémonie censée se dérouler dans l'intimité s'est transformée aussi vite en un si grand mariage !

Abigaïl s'interrompit, un sourire confus sur les lèvres.

— Désolée, je suis un vrai moulin à paroles.

— C'est normal. C'est un grand jour pour vous. Votre famille et vos amis doivent être ravis de vous voir heureuse et en bonne santé.

— C'est que tout est si parfait…, dit Abigaïl en regardant autour d'elle, comme si elle n'en revenait toujours pas d'être sur le point de se marier dans un endroit idyllique, alors que quelques jours plus tôt sa vie était suspendue au bon vouloir d'un type à moitié fou.

Elle prit soudain la main de Lizzie et ses yeux sombres, qui n'exprimaient plus douleur ni fatigue, se mirent à la fixer intensément.

— Je ne vous ai jamais…

Elle inspira profondément.

— Merci de m'avoir sauvé la vie, Lizzie.

— Myles Fletcher aurait veillé à ce qu'il ne vous arrive rien de grave.

— Il aurait fait son possible, mais ce sont vos intuitions, votre connaissance d'Estabrook et votre persévérance qui ont fait la différence. Sans vous, ce dingue m'aurait sans doute…

Elle haussa les épaules et libéra la main de son invitée.

— Parlons d'autre chose. On ne va quand même pas laisser les mauvais souvenirs gâcher cette merveilleuse journée !

— Votre père…

— Comme je vous l'ai dit, il est arrivé hier soir avec maman. Elle est tellement nerveuse qu'elle me rend nerveuse.

— Il faut dire que l'enlèvement, la grossesse et le mariage de sa fille, ça fait beaucoup d'émotions pour une mère en l'espace d'une semaine.

Abigaïl hocha la tête.

— Oui, c'est vrai… Je vais essayer d'être plus patiente avec elle.

Lizzie déambula dans le parc avant de rejoindre l'assemblée massée dans une pièce claire et spacieuse aux murs décorés d'anciennes tapisseries. Elle se faufila entre deux immenses vases remplis de glaïeuls et se retrouva assise à côté d'Arabella Davenport, qui avait les yeux noisette de son frère.

— Will va arriver d'une minute à l'autre, murmura celle-ci à l'oreille de Lizzie.

Comme promis, il fit son apparition au moment dit, alors que la cérémonie était sur le point de commencer. Il resta debout au fond de la salle, réservé, distingué et parfaitement sexy. Les quelques jours que Lizzie avait passés loin de lui n'avaient en rien altéré ce qu'elle éprouvait. Au contraire, elle se sentait plus que jamais attirée. Ça n'avait pas été une toquade, un coup de cœur éphémère et factice nourri par les dangers qu'ils avaient affrontés côte à côte.

Et maintenant qu'elle était dans ses bras, sur le sol dégagé et brillant de la grande salle de bal, elle pouvait répondre à la question qui semblait tant préoccuper Josie et Simon : non, Will ne savait pas danser. Elle non plus, d'ailleurs.

— Ta famille, Will… Ils sont fiers de ce que tu fais ?

Elle trébucha et se raccrocha à lui comme elle put.

— Ma sœur, oui. Mais les autres… pas vraiment, non.

Ou l'art de répondre sans vraiment répondre, songea Lizzie en observant du coin de l'œil Simon et Keira qui valsaient non loin d'eux.

— Voilà ce que j'appelle savoir danser, dit-elle avec un petit mouvement de tête vers le couple ami.

— Simon est bon danseur, c'est vrai. Philip Billings était très doué, lui aussi. David, Myles et moi, on n'en revenait pas, la première fois qu'on l'a vu à l'œuvre. C'était à Buckingham Palace, à l'occasion d'une…

Il s'interrompit et lui sourit. Leurs lèvres se touchaient presque.

— Philip et David avaient raison, murmura-t-il comme pour lui-même. J'ai fini par rencontrer l'âme sœur et elle me met définitivement la tête à l'envers.

— Will…

Mais il lui coupa la parole en la faisant tournoyer sur la piste. En quelques secondes, ils se retrouvèrent devant la porte-fenêtre qui ouvrait sur le jardin.

— Demande-moi ce que tu veux, Lizzie.

— Oh, je ne veux rien de bien extraordinaire… Simplement vivre avec un beau prince et faire pousser des roses trémières et de la lavande dans le parc de son château.

— Et profiter de tes vacances pour aller sauver quelques vies ?

— Avoir des vacances suppose que l'on travaille. Voyons voir… Je pourrais sans doute sillonner le territoire britannique à la recherche d'hôtels à rénover pour le compte du groupe familial.

— Une aventure en soi, dit-il, avant de se pencher vers elle. Laissons tomber la danse, d'accord ? J'ai deux pieds gauches, comme tu as pu le constater.

— Tu fais semblant d'être maladroit pour rester humain. Je connais le truc. Mais ce n'est pas grave, on ira pêcher pour se distraire. J'ai entendu dire que tu fréquentes assidûment les rivières à saumon.

— Je ne sais pas pêcher non plus, figure-toi…

— Tu ne danses pas et tu ne pêches pas ? Que va-t-on faire de nos journées, alors ?

— Viens, je vais te montrer, dit-il en l'entraînant par la main jusqu'à un petit cottage en pierre posé entre un ruisseau et un bouquet de sapins.

A peine furent-ils entrés à l'intérieur qu'il la souleva de terre et la porta jusqu'à un lit. Une fois qu'ils furent allongés sur les draps frais, il la déshabilla, bercé par le chant du ruisseau, lentement, patiemment, posant au passage quelques baisers sur la peau qu'il venait de dénuder.

A présent dans son plus simple appareil, Lizzie frissonnait sous le corps de Will. Sous la caresse de son haleine, de ses larges mains, de ses lèvres…

De sa langue.

— Peut-on tomber amoureux en si peu de temps ?

— J'en suis la preuve vivante, dit-il sans cesser d'explorer son corps. Je t'ai attendue toute ma vie.

— Mon prince charmant, murmura-t-elle, arquant le dos sous l'effet d'une caresse plus précise.

— Tu ne vas pas te transformer en Belle au bois dormant, j'espère ?

Elle ferma les yeux et s'enfonça dans le lit douillet.

— Pas si tu continues comme ça.

Une brise flottait au-dessus d'elle, ajoutant son souffle sensuel aux délicieux attouchements de Will. Elle glissa les mains sous son pull en cachemire et caressa les muscles de son dos. Frissonnant de plaisir sous la paume fraîche et lisse de Lizzie, Will se releva et se débarrassa de ses vêtements en deux temps trois mouvements. Leurs corps nus s'écrasèrent l'un contre l'autre, et Lizzie s'abandonna au plaisir de l'instant. Elle l'embrassa, le caressa, passa la main sur chaque centimètre de cette peau étrangère et pourtant si complice, jusqu'à ce que l'envie de lui soit si forte qu'elle ne put faire autrement que de le conduire en elle.

Ils restèrent un moment immobiles, les yeux dans les yeux, et Will murmura son prénom.

— Lizzie…

Il se mit alors à bouger, lentement d'abord, puis de plus en plus vite, encouragé par les mains de la jeune femme qui l'agrippaient aux fesses, par les mouvements saccadés de son bassin. Elle se sentit partir et ses cris aigus se mêlèrent à ceux, plus rauques, de Will.

Toutes ces journées qu'ils avaient encore à partager, toutes ces nuits…

Il parut lire dans ses pensées et la serra fort contre lui.

— On a la vie devant nous, murmura-t-il, respirant fort, le visage rayonnant. La vie devant nous, Lizzie, répéta-t-il comme s'il n'arrivait pas à croire à son bonheur.

Après cela, ni l'un ni l'autre ne prononcèrent un mot pendant un long moment.

Plus tard, ils s'habillèrent chaudement et allèrent marcher le long du ruisseau, main dans la main, dans l'air frais de cette fin d'été. Lizzie se pressait contre lui et toutes les angoisses des douze derniers mois lui semblèrent soudain très lointaines.

De retour au cottage, ils trouvèrent sur le seuil un panier

d'osier garni d'une bouteille de champagne et d'un brin de lavande.

Ils se regardèrent un instant sans rien dire, mais un nom semblait percer le silence.

Myles Fletcher.

Will ramassa le panier et ils entrèrent. Il fit sauter le bouchon et remplit deux flûtes. La mousse s'éleva bien au-dessus du bord pour redescendre avec un délicieux bruissement.

— Aux amis qui nous ont quittés et à ceux qui sont revenus, dit-il en levant son verre.

Leurs flûtes s'entrechoquèrent délicatement et Lizzie murmura :

— Et à tous ceux qui n'ont pas notre chance.

REMERCIEMENTS

Mille mercis à tous ceux qui m'ont fait profiter de leurs connaissances et/ou de leur expérience professionnelle ; Gregory Harrell, mon cousin inspecteur de police ; Stephen Locke, capitaine des pompiers à Hartford (Vermont) ; Hilda Neggers Stilwell, ma sœur (et mon infirmière !) ; Paul Hudson ; Dave et Margie Carley (ah, le Maine !). Si ce livre comporte des erreurs ou des approximations, elles sont le fait de l'auteur.

Un merci tout particulier à Denis Burke de Cleveland pour ses histoires irlandaises !

L'Irlande est un pays magique ; je ne saurais trop conseiller à mes lecteurs de le visiter. J'en ai ramené quelques livres qui m'ont aidée à mieux comprendre ce que j'y avais vu au cours de mes voyages. Pour ceux qui souhaiteraient en savoir plus sur la péninsule de Beara, je recommande : *The Unexplored Peninsula* de Francis Twomey et Tony McGettigan (Editions Woodpark) ; *la Carte de randonnées de la Beara Way* de l'Ordnance Survey (l'Institut national géographique britannique) ; *The Stone Circles of Cork & Kerry* de Jack Roberts (Editions Bandia). Parmi les innombrables ouvrages sur les contes folkloriques irlandais, j'ai sélectionné *Irish Folktales*, édité par Pantheon Books sous la direction d'Henry Glassie.

Enfin, un grand merci à mon éditrice, Margaret Marbury, ainsi qu'à toute l'équipe de MIRA Books. Pour vos encouragements, votre patience, vos conseils éclairés et votre sollicitude…

… Merci !

A paraître le 1er novembre

Best-Sellers n° 441

Magie d'hiver

Les six histoires réunies dans ce volume nous plongent au cœur d'un hiver romantique, pour mieux explorer la magie de l'amour et de la passion : retrouvailles bouleversantes et tendres réconciliations, rencontres imprévues, plaisir de la séduction, promesses passionnées… sans oublier le parfum d'enfance et le goût du rêve propres à cette saison chargée d'espoirs.

Best-Sellers n°442 • suspense

Plus fort que la peur - Dinah McCall

Quand Catherine Fane retourne pour la première fois à l'âge de 27 ans à Camarune, berceau de sa famille, c'est avec l'espoir d'honorer le dernier souhait de sa grand-mère : être enterrée près de la cabane perchée au milieu des bois où elle a vécu autrefois. Comment imaginer que sa vie va en être bouleversée à jamais ? Catherine ne connaît plus personne dans cette petite ville nichée dans les montagnes du Kentucky. Pourtant, dès son arrivée, les habitants lui témoignent une hostilité incompréhensible, angoissante, même. Jusqu'à ce qu'elle découvre que de sombres histoires de famille sont sur le point de remonter à la surface et qu'elle pourrait bien être associée à des événements du passé dont elle ignore tout. Bouleversée, Catherine accepte avec soulagement la protection du shérif Luke DePriest – un homme qui lui inspire spontanément confiance. Car malgré les tentatives d'intimidation chaque jour un peu plus nombreuses, elle a décidé de rester à Camarune pour découvrir la vérité, quitte à faire surgir de l'ombre le passé de la petite communauté…

Best-Sellers n°443 • thriller

Le secret écarlate - Erica Spindler

A trente ans, Alex Clarkson ressent un immense vide en elle et cherche toujours à percer le mystère qui entoure sa naissance. Aussi, quand sa mère se suicide, la laissant seule avec les secrets de son passé, Alex décide-t-elle de tout mettre en œuvre pour trouver enfin les réponses aux questions qu'elle se pose depuis l'enfance. Pourtant, lorsqu'elle contacte l'inspecteur Daniel Reed, le dernier à s'être entretenu avec sa mère, elle est encore loin d'imaginer les révélations qu'il va lui faire. D'après Daniel, en effet, elle aurait grandi jusqu'à l'âge de 5 ans dans une famille de viticulteurs. Une famille dont elle ne se souvient absolument pas, malgré la tragédie qui l'a frappée à l'époque : la mystérieuse disparition d'un bébé de quelques mois. Son petit frère ? Si tel est le cas… qu'est devenu cet enfant ? Et comment Alex a-t-elle ainsi pu tout oublier de ce tragique événement ? Résolue à aller jusqu'au bout, elle poursuit sa quête pour briser l'amnésie, quitte à déterrer des secrets destinés à rester enfouis à tout jamais…

Best-Sellers n°444 • thriller

Le sceau du silence - Karen Rose

Après des années d'absence, Susannah Vartanian est de retour dans sa ville natale de Georgie pour assister à l'enterrement de ses parents. La petite communauté de Dutton se trouve encore sous le choc de meurtres récents qui ont fait ressurgir des fantômes du passé. Un passé qui la renvoie à l'agression dont elle a été victime, adolescente... A l'époque, la terreur l'avait réduite au silence. Depuis, le remords et la honte ne l'ont pas quittée : parce qu'elle n'a pas eu le courage de parler quand il le fallait, d'autres victimes ont été violées et assassinées. Désormais décidée à surmonter son sentiment de culpabilité, Susannah brise enfin le sceau du silence et accepte de répondre aux questions de Luke Papadopoulos, l'agent du FBI chargé de l'enquête. Mais le temps presse, et Susannah sent l'ombre du mal planer à nouveau au-dessus d'elle…

Best-Sellers n°445 • roman

Un Noël au lac des Saules - Susan Wiggs

Maureen Davenport s'apprête à réaliser un rêve de toujours : se charger de l'organisation du spectacle de Noël dans sa ville d'Avalon, au bord du lac des Saules. Aussi est-elle furieuse d'apprendre que son équipier n'est autre qu'Eddie Haven, un homme qui se moque des règles et des conventions sans se soucier le moins du monde de mettre le spectacle en péril. Mais plus que tout, Maureen est furieuse contre elle-même. Car dès le premier regard que lui jette Eddie, son cœur se met à battre à tout rompre. Pourtant, encore sous le choc d'une récente et douloureuse rupture, elle n'aspire qu'à la tranquillité, loin de toute présence masculine. Tiraillée entre la méfiance et l'intensité des émotions nouvelles qu'Eddie suscite en elle, elle espère plus que tout que la magie réconfortante de Noël l'aidera à soigner ses blessures et à donner à sa vie un nouvel élan…

Best-Sellers n°446 • suspense

Mortel mensonge - Karen Harper

Le monde de Briana s'est écroulé en quelques instants face à cette vision d'horreur : sa sœur jumelle Daria noyée, prisonnière de leur bateau naufragé. Si la police a conclu à un accident, Briana, elle, ne peut s'ôter un affreux doute de l'esprit. Et si Daria avait été assassinée ? Difficile de croire en effet que cette dernière, nageuse accomplie, ait pu se laisser piéger par la tempête. Dès lors, Briana est prête à tout pour découvrir la vérité. Mais à peine démarre-t-elle son enquête sur la sœur dont elle croyait tout savoir, qu'un pan caché de la vie de Daria apparaît en pleine lumière - un secret si brûlant qu'elle a cru devoir mentir à sa propre sœur… Un mensonge qui lui a peut-être coûté la vie ?

Best-Sellers n°447 • historique

Le secret d'une lady - Kat Martin

Londres et Philadelphie, 1810

Cinq ans après que son fiancé Rafael Saunders, duc de Sheffield, a rompu leurs fiançailles, l'accusant à tort de l'avoir trahi, Danielle Duval s'est résolue à quitter l'Angleterre pour fuir le chagrin et le déshonneur. Là-bas, de l'autre côté de l'Atlantique, l'attendent une nouvelle vie… et un nouveau fiancé : un homme d'affaires veuf, prêt à lui accorder son nom et sa protection. Mais à peine est-elle arrivée à Philadelphie que Rafe resurgit dans son existence et prétend vouloir renouer avec elle. Conscient de l'erreur qu'il a commise autrefois, il lui offre même un précieux collier, gage de son amour. A la fois abasourdie et folle d'espoir, Dani est prête à tout pardonner puisque Rafe est l'amour de sa vie ; elle le sait à présent. Pourtant, elle hésite encore car un douloureux secret l'empêche de donner libre cours à ses sentiments…